EXTRAÑA GRACIA

T0244454

‣ **Título original:** *Strange Grace*
‣ **Edición:** Melisa Corbetto con Stefany Pereyra Bravo
‣ **Coordinación de diseño:** Marianela Acuña
‣ **Diseño de interior**: Silvana López y Carolina D´Alessandro
‣ **Diseño de tapa y foto-illustración:** Sonia Chaghatzbanian
‣ **Foto en contratapa:** © 2018 Paul Bucknall / Arcangel Images

un sello de
V&R Editoras

Los derechos de traducción fueron gestionados por Taryn Fagerness Agency
y Sandra Bruna Agencia Literaria, SL. Todos los derechos reservados.

MÉXICO:
Dakota 274, Colonia Nápoles,
C. P. 03810, Del. Benito Juárez, Ciudad de México
Tel./Fax: (5255) 5220–6620/6621 • 01800-543-4995
e-mail: editoras@vreditoras.com.mx

ARGENTINA:
San Martín 969 piso 10 (C1004AAS) Buenos Aires
Tel./Fax: (54-11) 5352-9444
e-mail: editorial@vreditoras.com

Primera edición: junio de 2019

ISBN: 978-607-8614-72-1

Impreso en México en Litográfica Ingramex, S. A. de C. V.
Centeno No. 195, Col. Valle del Sur, C. P. 09819
Delegación Iztapalapa, Ciudad de México.

EXTRAÑA GRACIA

TESSA GRATTON

Traducción: Noelia Staricco

A todas las brujas, las arpías,

las santas y las hermanas

que han hecho que mi vida

sea tan fabulosa.

Los bosques están llenos de criaturas asombrosas por las noches.
Presta atención y las oirás gritar:
El amor es algo extraño, y nos invita a hacer cosas aún más extrañas.

—Luke Hankins.

DIEZ AÑOS ATRÁS

Las ramas le arañan la mejilla, hambrientas de su sangre. Con ojos bien abiertos, el muchacho lo intenta otra vez, con más fuerza, abriéndose paso entre hojas secas y filosas, pisando la maleza. Los árboles se comportan como una especie de maraña de alambres, una red de brazos y dedos y garras que intentan atraparlo.

Detrás del muchacho, el demonio muestra los dientes.

En el valle detrás del Bosque, arde una fogata sobre una colina: una especie de antorcha anaranjada para contrastar con la luna plateada. Sus llamas se mueven y vibran como verdaderos latidos. Es el corazón del valle, que está rodeado de aldeanos exhaustos que mantendrán su vigilia hasta el amanecer. Hombres, mujeres y niños. Se toman de las manos, deambulan en círculos, rezan y murmuran los nombres de todos los santos anteriores. *Bran Argall. Alun Crewe. Powell Ellis. John Heir. Col Sayer. Ian Pugh. Marc Argall. Mac Priddy. Stefan Argall. Marc Howell. John Couch. Tom Ellis. Trevor Pugh. Yale Sayer. Arthur Bowen. Owen Heir. Bran Upjohn. Evan Priddy. Griffin Sayer. Powell Parry. Taffy Sayer. Rhun Ellis. Ny Howell. Rhys Jones. Carey Morgan.* Y ahora el nombre de este otro muchacho, una y otra y otra y otra vez, como una invocación: *Baeddan Sayer. Baeddan Sayer. Baeddan Sayer.*

Es gracias a él y a todos los santos que pasaron antes que él que no existe enfermedad en el valle. El sol y la lluvia comparten el cielo en perfecta armonía y en consideración el uno por el otro y por la tierra. La muerte solo llega en paz en la vejez. Dar a luz a una nueva alma es tan peligroso y extenuante como extraerse una muela, ¡pero aquí nadie debe extraerse muelas! Han hecho un pacto con el demonio: cada siete años, su mejor muchacho deberá ser enviado al bosque desde el ocaso y hasta el alba en la noche de la Luna del Sacrificio. Si vivirá o morirá dependerá exclusivamente de su propia fortaleza, y por ese sacrificio el demonio bendecirá a Tres Gracias.

Mairwen Grace tiene seis años. Está junto a su madre, la bruja, tejiendo delgadas ramas del serbal para hacer una muñeca para su amiga Haf, que tenía mucho miedo de quedarse en la vigilia con los adultos. Pero Mairwen es también la hija de un santo, un joven que murió en el Bosque antes de que ella naciera, y es por eso que Mairwen no tiene miedo. Fija sus ojos de gorrión en aquel muro de oscuridad que tanto conoce: su juego favorito es salir corriendo hasta el mismísimo límite, quedarse allí de pies descalzos y frente a la primera sombra que se aparece. Allí espera, sobre la línea que delimita y separa el valle de la oscuridad, mientras que las sombras cambian y ondulan, y Mairwen puede oír el suave chasquido de dientes, los susurros fantasmales, y a veces, ¡solo a veces!, la risa del demonio.

Siempre se imagina llamándolos, pero su madre le ha hecho jurar que jamás lo hará y que jamás pronunciará su propio nombre donde sea que el bosque pueda oírlo. *Una bruja llamada Grace dio comienzo a este pacto con su propio corazón*, dice su madre, *y el tuyo podría acabar con él.* Así es que Mairwen se queda en silencio y solo escucha. Escuchar: la primera habilidad de una bruja. Escucha las voces de los muertos y de los descartados.

Algún día, piensa mientras construye su muñeca. Algún día, ella entrará en el bosque y encontrará los huesos de su padre.

Arthur Couch tiene siete años… y una ira que no logra comprender lo mantiene acalorado y despierto, con la mirada fija mientras que el muchacho a su lado ya se ha quedado dormido y parece estar soñando plácidamente. Durante los primeros seis años de su vida, su madre crio a Arthur como una niña: la llamaba Lyn, le colocaba vestidos, le armaba trenzas con sus largos cabellos rubios. Hizo todo lo que estuvo a su alcance para salvarlo de su destino como varón, para esconderlo. Arthur no conocía otra cosa. De hecho, nadie sabía su verdad. Hasta un caluroso día de verano, mientras jugaba en el arroyo cerca del cementerio. Todas las niñas se quitaron sus ropas y se bañaron en el agua. Jugaron y se divirtieron, hasta que una de ellas gritó y les mostró que Lyn era diferente.

Nadie culpaba a Arthur, quien se fue a vivir con el clan Sayer y se eligió un nombre de la lista de santos. Su madre abandonó el valle, llorando y diciendo lo mucho que odiaba el Bosque del Demonio y el trato que habían hecho con él y también lo mucho que odiaba tener un hijo varón en Tres Gracias, porque eso solo significaba tener que vivir en constante terror.

—Ya estás muerto —le dijo a Arthur antes de irse para siempre.

Cuando Arthur se queda mirando el bosque, lo hace porque no puede voltearse a mirar a los hombres de Tres Gracias, que ayer se rieron cuando se presentó y dijo que quería ser considerado candidato para ser proclamado santo.

—Soy pequeño y rápido, y también sé nadar —insistió Arthur—. Y no soy cobarde.

Los hombres le dijeron muy gentilmente que debería esperar otros siete años, o tal vez catorce. Pero el *Lord* que baja de su mansión para la Luna del Sacrificio coloca una mano sobre el hombro huesudo de Arthur y le habla solo a él.

—Si quieres ser un santo, Arthur Couch, deberás aprender a ser el mejor. El mejor no arruina su vida entera para avergonzar a alguien más, o simplemente por enojo, o para probarle nada a nadie.

Algún día, piensa Arthur mientras observa con sus ojos azules y encendidos el bosque. Algún día él se adentrará en ese bosque y ofrecerá su corazón al demonio.

R hun Sayer es el primo más pequeño del nuevo santo. Bosteza mientras que apoya su brazo moreno sobre los hombros de Arthur Couch. Él no está preocupado, ya que esta vigilia es lo mismo que todas las vigilias anteriores sobre las que su madre y su padre, sus tíos y tías y sus primos segundos, Lord Sy Vaughn, las hermanas Pugh, el herrero Braith Bowen y todos los demás ya le habían contado. Además, él ya sabe que su primo Baeddan Sayer es el *mejor*. Es el cuarto Sayer en ser nombrado santo. Ninguna otra familia, desde los comienzos del pacto, ha tenido tantos santos en su haber. Lo llevan en los huesos. Dos de los santos Sayer anteriores salieron del bosque por la mañana, fueron dos de los únicos cuatro sobrevivientes en más de doscientos años.

Eso a Arthur le molesta un poco, y a su amiga Mairwen también, pero Rhun sabe que el bosque, el sacrificio y los siete años de buena salud y bonanza son lo único que conforman la vida tal como la conocen. Esta única noche podrá ser terrible, sí, pero luego *ninguna otra noche* lo es.

Y todas esas otras noches en las que la luna y las estrellas brillan e iluminan el valle, los niños pueden correr y jugar y cazar sin miedo a nada: los dedos rotos se curan en cuestión de días, no hay sangre derramada, las infecciones desaparecen a la mañana siguiente, y jamás pierdes antes de tiempo a tus padres o a los bebés de la familia, ni siquiera una mascota. Rhun entiende que todo lo bueno del valle es lo que hace que el sacrificio valga la pena. Recuerda la risa de Baeddan en el día de ayer: manchas rojas en sus mejillas de beber tanta cerveza y bailar sin parar, pétalos que caen por su cabello oscuro y espeso provenientes de la corona del santo. Baeddan se inclinó hacia adelante, sujetó con ambas manos las mejillas de Rhun y le dijo:

—¡Mira todo lo que tengo! ¡Se está tan bien aquí!

Los ojos de Rhun languidecen, aunque él sabe que debería seguir vigilando, seguir esperando a que llegue el rosado del alba, la primera ráfaga de la risa triunfante de su primo. Arthur rechaza a Rhun con un movimiento de los hombros, y es entonces que Rhun abraza a su amigo con más fuerza. Él sonríe y le estampa un beso en la frente pálida.

Algún día, piensa. Algún día él será el quinto Sayer en ser un santo; no en siete años tal vez, pero sí en catorce. Hasta entonces, amará todo lo que tiene.

La Luna se eleva en el cielo, las estrellas titilan y van girando como en una falda amplia que va girando lentamente. Se va arqueando de este a oeste, cuenta las horas. Las personas alimentan la fogata.

El viento hace sonar las hojas del bosque. Sisea y susurra de la misma manera que lo hacen todos los otros bosques, hasta que de sus adentros sale un aullido estremecedor. Ya ha pasado la medianoche, es la peor hora. Y el grito eriza la piel de todos los adultos presentes y congela la sangre de los niños.

Todos se aproximan a la fogata, elevan aún más alto sus plegarias, casi al borde de la desesperación.

Otro grito, inhumano.

Y otro.

Seguido de la risa fría que escala las raíces del bosque hacia la superficie, bañando en escarcha el pasto seco del invierno.

En la cima de la colina, Mairwen sostiene tan fuerte su muñeca de serbal que se oye el chasquido de una de las ramitas cuando se quiebra. Su madre canta una canción, una canción de cuna, y Mairwen se pregunta si su madre estará pensando en este instante en aquella última vigilia de hace siete años, cuando Carey Morgan se adentró en el bosque sin saber que pronto se convertiría en padre… y jamás regresó.

En la fogata, el pecho de Arthur se infla y desinfla con tanta velocidad que pareciera que es él el que está corriendo allí dentro. Se aleja del calor, se aleja de sus amigos y de todos los demás, y se acerca al bosque, al oscuro y escalofriante bosque.

Rhun se voltea cuando el primer rayo de sol le da en la cara. Y entonces lo ve. Se le cae la mandíbula de la sorpresa. Hay otras personas que también lo han notado: su padre y su madre, y la bruja Aderyn Grace, las hermanas Pugh y Lord Vaughn también. El nombre va pasando de boca en boca: *Baeddan Sayer. Baeddan Sayer.*

Los habitantes de Tres Gracias aguardan, aunque seguramente ahora ya sea demasiado tarde.

La Luna del Sacrificio ya se ha puesto, y tenemos otros siete años, murmura la bruja Grace.

Ya no alimentan la fogata. Se apagará sola, y las cenizas se terminarán por asentar.

Mientras que el sol se eleva sobre las montañas, transformando el cielo en un telón sangriento, Mairwen Grace camina muy lentamente hacia el punto donde comienza el bosque. Su madre da solo un paso hacia adelante, pero no dice palabra. Sabe que no debe pronunciar el nombre de su hija cuando el demonio podría escucharla.

Mairwen se detiene sola donde la luz del alba toca los primeros árboles.

Observa la luz y susurra el nombre del santo.

Nada. A continuación, Mairwen arroja su muñeca de serbal hacia el corazón del Bosque del Demonio tan lejos como le es posible.

Más tarde, cuando la luz del sol ya ha cubierto el valle entero, una sombra aparece. Se escabulle, poderosa y hambrienta. Unos dedos de hueso y raíces se elevan desde el suelo del bosque y mecen la muñeca de serbal.

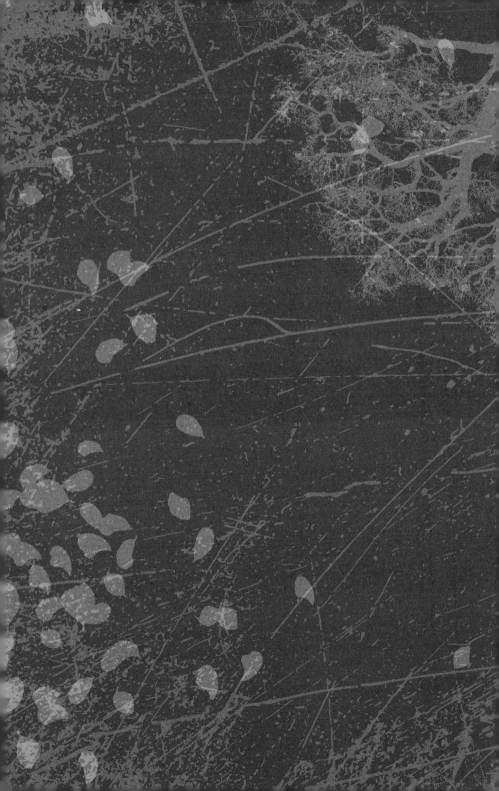

La primera noche

Es un día agradable y tranquilo, como cualquier otro día en Las Tres Gracias, excepto que uno de los caballos ha enfermado.

Mairwen Grace coloca una mano sobre los labios aterciopelados de la bestia y con la otra le acaricia el cuello. Venía del cementerio, descendiendo a pasos agigantados por la colina donde se alimentan los caballos cuando vio al semental de color gris estremecerse y luego bajar la cabeza. No probó el pasto, ni siquiera lo rozó con su hocico. Solo dejó la cabeza colgando y luego tosió fuerte y varias veces.

Mairwen jamás había oído a un caballo toser, ni tampoco imaginaba que eso fuera posible. Sus flancos se oscurecen con el sudor y el espíritu en sus ojos marrones se ha esfumado.

La preocupación se hunde en sus entrañas: Mairwen ha conocido esos caballos durante sus dieciséis años de vida, y ninguno de los robustos y pequeños caballos se había visto en mejor estado de salud.

Nadie se enferma en Las Tres Gracias, y eso se lo deben al pacto.

Preocupada, Mair apoya su hombro contra el cuello del caballo, arrullándolo para calmarlo y también para calmarse a sí misma. Vuelve a mirar el bosque. El invierno llegará pronto, las hojas se enroscan unas con otras, amarillas y anaranjadas; y aún más atrás, las montañas y el brumoso cielo azul. Aún pueden verse algunos parches verdes; son abetos y algunos robles fuertes cuyas raíces se entierran en lo más profundo de la tierra. No se oye ningún sonido venir de allí dentro, ni de pájaros ni de bestias.

Es un bosque silencioso, extraño, un constante de sombras oscuras y árboles ancestrales que acogen al pueblo de Las Tres Gracias como una perla dentro de una ostra.

Y en el centro del bosque, el Árbol de los Huesos se eleva más alto que el resto, con ramas áridas, grises y fantasmagóricas. Cada siete años, un puñado de hojas florece solo en el punto más alto y se tiñen de rojo como si un gigante desde el cielo derramase gotas de sangre sobre ellas. Es la advertencia de que la próxima luna llena será la Luna del Sacrificio y uno de los muchachos del pueblo será proclamado el santo. Si el pueblo no envía a un santo para su sacrificio, la magia benévola que asegura la buena salud de todos los habitantes en el valle se desvanecerá. Y *entonces* vendrá la enfermedad, y las cosechas se arruinarán, y las criaturas más pequeñas perecerán.

Lo extraño es que solo han pasado tres años desde la última Luna del Sacrificio.

Es como si la ansiedad sujetara a Mairwen por la espalda y la empujase hacia el bosque. Sus brazos ya no acarician el caballo y hasta apoya en el suelo su canasta de huesos secados al sol.

Sus botas rozan el pasto mientras que Mairwen camina colina abajo hacia el bosque, con los ojos puestos en ese espacio oscuro detrás de la primera línea de árboles. El corazón ya le late más fuerte.

Mairwen tampoco se había enfermado jamás, aunque sí había llegado a sentir náuseas. Piensa en los cadáveres que cuelgan dentro de las jaulas en el cementerio, los baldes de esqueletos macerándose, todo parte del proceso de limpiar los huesos para hacer amuletos mágicos, peines y botones. Piensa en los tendones, la sangre, las vísceras y los residuos nauseabundos que forman parte de ese trabajo.

A veces el olor a podrido le provoca arcadas, a veces atraviesa el pañuelo que usa para taparse la cara y alcanza su estómago, pero esa sensación siempre se va cuando termina su trabajo.

Esto es diferente.

Mairwen, hija de la actual bruja Grace y del vigesimoquinto santo en Las Tres Gracias, ha sido criada para creer que ella es invencible, o al menos especial. Una bendición y un amuleto de la buena suerte. Pero un pueblo como este casi no necesita bendiciones adicionales ni más buena suerte, no cuando el pacto conserva a todo y a todos en buen estado y perfecta salud. Así que Mairwen tiende a desafiar absolutamente todo. Roza el bosque con sus manos y se permite estar rodeada de huesos. Su madre, Aderyn, se la pasa enseñándole los secretos de sanación de las brujas Grace, pero Mairwen está más interesada en algo más estrafalario: en amuletos hechos de huesos y en límites oscuros, en cuervos y ratones nocturnos. Esas eran todas las cosas que la primerísima bruja Grace conocía y amaba. *La primerísima bruja aprendió el lenguaje de los murciélagos y de los escarabajos, y cantaba con las ranas de la medianoche*, era la frase que la madre de Mairwen solía susurrar muy tarde por las noches, cuando Mair se subía a su cama para escuchar historias sobre la larga lista de brujas en su familia.

Justo en el borde entre la luz del sol y la oscuridad del bosque, Mairwen se detiene.

Dedos de oscuridad serpentean sobre los árboles, sombras donde nada debería haber, moviéndose en formas que ninguna sombra debería moverse. Mair se lame los labios, saboreando mejor la brisa que viene de los árboles, y toca con su dedo el frío tronco de un altísimo roble. Mueve los dedos del pie dentro de sus botas, ansiosa. Da un paso hacia adelante, quedando mitad en las sombras, mitad en la luz. El delantal que lleva puesto se vuelve gris en la oscuridad, mientras que el sol sigue alumbrando su cabellera roja y alocada.

—Hola —dice suavemente, pero su voz solo alcanza los primeros metros del bosque. El viento sopla y murmura desde las copas más altas su respuesta. Desde aquí, Mairwen puede ver filas desparejas de árboles, algunos robles, pinos, castaños, y otros árboles más grandes aún, con sus hojas contorneándose, naranjas y doradas como el fuego. El suelo está cubierto de hojas y agujas de pino, que ya han caído y ahora comienzan a descomponerse y pierden su color. No hay más hojas por un largo tramo. En el fondo, una maraña de arbustos de espinos blancos y serbales y setos cubiertos de maleza.

Mairwen desearía poder dar unos cuantos pasos y adentrarse más en el bosque. Adoraría explorar, descubrir sus secretos. Pero su madre le repetía, una y otra vez:

Las brujas Grace nunca regresan del bosque. Eventualmente todas oiremos la llamada, y todas caminamos dentro para quedarnos allí para siempre. Mi madre lo hizo, y la suya también. Tú naciste con ese don, mi pajarilla, por tu padre, y debes resistir.

Mairwen aprieta sus manos. No le parece bien ignorar este deseo que tanto le urge, pero su madre se lo ha prometido:

Algún día, pajarilla. Algún día.

Allí de pie, Mair escucha con mucha atención. Esa es la primera lección de una bruja, le había dicho su madre. Una hoja cae al suelo. Un racimo de flores blancas se sacude contra una raíz, pequeñas flores como un puñado de dientecillos de bebés.

Mair aprieta los dientes, aunque no con tanta presión. Algunas noches, y también durante algunos amaneceres, Mairwen escucha a las criaturas del bosque rechinar los suyos. Los ha visto: pequeñísimas ardillas negras de ojos hundidos, con manos y hocicos ensangrentados. Y también sombras más grandes, como de personas o pumas; sombras transparentes que cambian de forma a su antojo. Monstruos, porque la magia del pacto así los ha hecho, dice Aderyn. Cuando el sol sale o se pone, pinta el cielo de colores pálidos, y este umbral entre la aldea y el bosque se convierte en algo imposible de ver. Y a Mairwen le gusta venir aquí para descubrirlo ella misma, tocarlo, sentirlo en su piel y su boca y en el nervioso aletear de sus pestañas. Y los escucha. Los chasquidos y los silbidos, la risa agitada que incluso en el verano suena como un concierto de ramas desnudas y huesos.

Pero no ahora, no cuando el sol está tan alto detrás de ella.

Ahora es un bosque común y corriente, tranquilo y tenso. Una promesa.

Mairwen creyó que sabía exactamente lo que esa promesa significaba. Pero ahora uno de los caballos está enfermo. Algo anda mal.

Algo ha cambiado.

Una risotada se le escapa de repente. No hay de qué preocuparse. Nunca nada cambia en Las Tres Gracias, no de esta manera.

Se apura a subir la colina para llegar hasta el pobre caballo. De su canasto toma un hueso delgado y curvo: es la costilla de un zorro, tan larga como su dedo mayor. Lo trenza a la melena del caballo mientras murmura

21

una canción para atraer la felicidad y la buena salud. Cabellos, huesos, y su propio aliento: la vida y la muerte, amarradas, juntas y bendecidas. El amuleto perfecto. Luego, se dirige a casa de su madre.

A la velocidad que va, pisa el pasto dorado con sus botas fornidas casi sin tocarlo, aunque un poco de ese pasto se le pega al dobladillo de su falda. Ha crecido un poco más de unos cinco centímetros en el último año, y sus ropas de verano lo dejan en evidencia. Las mangas le quedan cortas, y la tela de su cotilla, que solía ser de un azul brillante, ahora es de un azul pálido y desgastado. Al menos el manto que había heredado de su madre sí le queda bien. Difícil que no. Mairwen tiene la misma complexión física que su madre, Aderyn Grace: hombros amplios, caderas prominentes y manos hábiles; un rostro rubicundo más interesante que bello, pero con una nariz redonda y pequeña y labios encorvados; debajo de cejas rectas, ojos tan marrones como las plumas de un gorrión; y cabello enmarañado y rojizo que siempre se le enreda como un arbusto.

Cuando llega a la medianera hecha de rocas que delimita el pastizal, Mairwen se trepa y camina sobre ella un poco más para demorar su llegada a su hogar.

Le contará a su madre lo que ha encontrado. Ya no será su secreto. Se esparcirá al valle entero. Rhun también se enterará.

Si algo no está funcionando con el pacto, ¿qué irá a suceder con Rhun?

Estos muros de piedra no son más que bloques encastrados, así que Mairwen pisa con mucho cuidado, no sea cosa que se desarmen. Se le ha prohibido este juego tantas veces, especialmente después de que su amiga Haf se cayera y rompiera la muñeca cuando ambas tenían seis años. Los huesos sanaron en menos de una semana, por supuesto. Las rocas se mueven y Mair pierde un poco el equilibrio, pero ya no puede bajarse. Está demasiado eufórica, demasiado asustada y confundida. Mair se pregunta:

¿esto fue lo que la primera bruja Grace sintió, cuando se encontró con el mismísimo demonio, cuando le entregó su corazón?

El viento frío corre por los campos, peinando los pastizales. Al quedarse quieta, Mair puede oír el golpe característico del martillo de herrero de Braith Bowen, pero ningún otro sonido proveniente de Las Tres Gracias alcanza sus oídos. Aún está dándole la espalda al lado norte del Bosque del Demonio, mira hacia el sur y a la delicada pendiente que conduce al pueblo con sus cabañas grises y blancas, techos de paja y carreteras embarradas. La plaza central está cubierta de heno por todos lados, pero los jardines externos y los pastizales de menor tamaño se conservan verdes. Desde aquí en lo alto, divisa pequeñas figuras, que son sus amigos y sus parientes, con sus faldas levantadas o sus camisas abiertas respectivamente mientras recogen la última cosecha. Allí el arroyo nace del agua de la ladera y tiene al molino funcionando con toda su fuerza. Más allá, todos los rebaños de ovejas se expanden en la montaña, bajo el cuidado de niños y sus perros. Sale humo de las chimeneas en la aldea, y también de las granjas que se ven aquí y allá. Largas curvas de humo marcan las casas de las familias Sayer y Upjohn, escondidas debajo del bosque más agraciado de su propia montaña.

Y aún más alto, la mansión de piedra de Sy Vaughn, que parece agarrar la montaña cuan ave de caza.

Es por eso que le gustaba trepar esta pared de rocas cuando era niña: para ver Las Tres Gracias desplegarse delante de ella, para sentir el placer de poder identificar cada cosa. Para ver su hogar y su inmutable belleza, para imaginarse ella misma una parte intrínseca de todo eso en lugar de estar de alguna manera fuera de todo, solo por ser la hija de una bruja y un santo.

Mair está siempre entre el pueblo y el bosque, por lo que jamás puede asentarse por completo en ninguno de los dos, ni llegar a sentirse cómoda en ninguno de los dos.

Ha trepado el muro con Rhun, con Haf, con Arthur tantas veces. Rhun alardea y abre sus brazos como si fuera a abrazarlo todo; Haf se balancea con mucho cuidado, compensando su miedo de volver a caerse; Arthur camina con facilidad, frente en alto, fingiendo no estar prestando atención a sus pasos, como si todo le resultara natural, como si él definitivamente fuese el mejor.

Mairwen se pregunta dónde estarán ahora. Haf con sus hermanas, lavando pañales y trenzando canastas o cabellos, o ambos, o corriendo detrás de algunos pollos rebeldes. Rhun, en algún campo que esté siendo cosechado, sin duda, y riéndose con todas sus ganas, una risa que hace que los demás a su alrededor quieran imitarlo. Arthur debe de estar solo, asume Mair, y de caza por las montañas hacia el sur, decidido a traer de vuelta algún conejo macho o tal vez más conejos que cualquier otro cazador ese día.

O quizás, al haber un caballo enfermo, todo haya cambiado de repente, y ahora Mair no sabe nada sobre el paradero de sus amigos.

Si algo no está bien con el pacto, ¿habría su padre muerto en vano? ¿Y Baeddan Sayer, y…? Mairwen salta desde la parcelilla de piedras y cae de pie, aunque debe apoyar una mano en el suelo para no perder el equilibrio.

La casa de su madre es la más alejada del pueblo, al norte. La residencia Grace está rodeada de una cerca de troncos y piedras y tiene dos pisos de construcción un tanto extraña, con un ala larga destinada al trabajo herbario y un taller. Es una de las casas locales más antiguas del pueblo. El hogar a leña de esta casa se construyó a partir de un solo bloque de roca gris, mide de largo tanto como una persona de estatura normal, y fue colocado allí hace unos doscientos años por las primeras mujeres Grace que llegaron a esta área del Bosque del Demonio. El nivel superior ha sido modificado dos veces. Una para adaptarlo para los nietos, y otra vez luego del incendio que lo destruyó todo en la época de la bisabuela de Mairwen.

En el patio, tienen pollos y tres cabras lecheras, y la huerta de su madre sobrepasa su campo trasero. Un racimo de grosellas silvestres golpea contra la pared cercana a la puerta principal.

Mair esperaba encontrarse a Aderyn en el patio, donde seguramente estaría supervisando la cocción de sus hierbas, revolviendo la gran olla de hierro para hacer jabón o alguna especie de hechizo, o tal vez estuviera solo lavando la ropa. Pero lo único que ve Mairwen es vapor furioso ondeando sobre el agua en la olla abandonada que ya ha comenzado a hervir.

Es justo en este momento que un grito atraviesa el agradable rugir del viento. Viene del interior de la casa.

Mairwen corre.

Sus huesos se sacuden con cada paso mientras baja corriendo la pendiente, las telas de su falda se le enredan en las pantorrillas hasta que decide levantarse la falda y sale disparada hasta el portón que da al patio. La puerta principal se abre y Mair se apura a entrar, deteniéndose abruptamente en la entrada apenas iluminada.

Una sola habitación amplia de pintura clara y madera oscura, dominada por el hogar a leña y el espacio de la cocina. La planta baja suele estar repleta de vecinos a cualquier hora del día. Pero ahora las sillas y los bancos han sido caprichosamente corridos hacia los costados y apilados sobre la pesada mesa de comedor, y lo único que hay en el suelo son paños trenzados. En el centro de la habitación, Aderyn Grace y su mejor amiga, Hetty Pugh, ayudan a una embarazadísima Rhos Priddy a mantenerse en pie mientras que la joven aprieta fuerte los dientes y grita del dolor. Las tres mujeres dan pasos pequeños alrededor de una manta. Rhos jadea, luego se aferra con más fuerza a las otras dos mujeres, mayores que ella.

—Debes seguir moviéndote, si puedes, y luego te daremos algo de té —dice Aderyn.

—Un pie, y luego el otro, pimpollo —Hetty Pugh aparta su cabello oscuro de la cara.

Rhos, que es cuatro años mayor que Mairwen y lleva solo siete meses de su primer embarazo, asiente frenéticamente con la cabeza, con las mejillas encendidas, el sudor oscurece los rizos dorados que caen a ambos lados de su rostro. El mismo sudor que vuelve negro a ese semental color gris.

Mairwen titubea antes de entrar, una mano sobre el marco de la puerta. Recuerda que el nacimiento es un trabajo arduo, incluso en Las Tres Gracias. Ya ha oído los gritos, ha hervido agua y ha limpiado sangre. Sucede a menudo, ya que la tradición Grace hace que su casa, con su antiguo hogar de piedra, sea el lugar perfecto para darle la bienvenida al mundo a cualquier niño. Pero esto está sucediendo demasiado temprano.

—¿Madre? —dice Mairwen finalmente, cuando Rhos logra nivelar un poco su respiración. Tanto Aderyn como Hetty voltean rápidamente.

—¡Mair! —grita Hetty—. ¡Ve a buscar a Nona Sayer y tráela aquí de inmediato! Seguramente ella conozca algo fuera del valle que pueda ayudarnos.

—¿Qué es lo que sucede? —pregunta Mairwen, aún sin entender exactamente qué hacer.

Su madre pasa un brazo por detrás de la amplia cintura de Rhos y conduce a la muchacha hasta una de las sillas mecedoras.

–Rhos está sintiendo un poco de dolor, eso es todo –dice Aderyn amablemente. Sus ojos oscuros se encuentran con los de Mair, y Mair puede sentir la mentira de su madre en sus entrañas. Pero es una mentira para Rhos, no para ella. Aderyn tranquiliza a Rhos con unas tiernas caricias en el cabello. Una vez más, Mairwen piensa en el caballo gris y sus propios cuidados.

A diferencia de la serenidad de Aderyn, Hetty se ve frenética. Sus pecas resaltan más de lo usual contra su piel pálida por la falta de sangre, quitándole años de sus escasos treinta y pico.

–Madre –dice Mair tan serenamente como le es posible–, necesito hablar contigo –Y de inmediato Aderyn pasa a Rhos a los brazos de Hetty y acompaña con urgencia a Mairwen hasta el patio.

–Uno de los caballos está enfermo –dice Mair–. ¡Y esto que está pasando aquí…! ¿Qué significa?

–Aún no puedo saberlo. Tal vez no sea tan grave –responde Aderyn, pensante–. Ve a buscar a Nona ahora, luego ve hasta la montaña y averigua si Lord Sy ya ha regresado de su viaje de verano. Si ya está aquí, cuéntale lo que está sucediéndolo y tráelo con nosotras.

Mairwen sale otra vez, enredada en sus faldas y hecha una maraña de miedo.

Rhun Sayer baja su guadaña y se agacha entre la cebada recién cortada. El sol da contra sus hombros anchos y desnudos, y el sudor se mezcla con el polvo del campo y los residuos de semillas que le causan una especie de comezón en la espalda, detrás de las orejas y en el área donde los botones de sus pantalones rozan su estómago. Los hombres y las mujeres a su alrededor cantan "mécete, niño, mécete" para mantener un ritmo parejo.

La reluciente neblina solo aparece por las tardes durante los días de cosecha, cuando el sol que se pone está en el ángulo perfecto para iluminar el polvo que echa el trabajo sobre la tierra.

Todos esperan a que Rhun se ponga de pie, majestuoso, suspire alegremente, y sonría, para declarar finalmente que este día ha sido un buen día y tal vez arrancar con una nueva canción, algo más alegre. O un trabalenguas o una especie de concurso de preguntas y respuestas. Porque eso es lo que Rhun suele hacer. Todos trabajan duro con la promesa de un descanso y carne caliente y cerveza en la cena al final del día, todos juntos y bajo el resplandor de la luz del sol cuando este comienza a esconderse.

Pero Rhun no está prestando mucha atención ni al resplandor del sol ni al canto de los trabajadores. Acaba de encontrar una porción de la cebada sembrada que se ha torcido a la mitad y que ha tomado un color más oscuro. Abrió por la mitad uno de los tallos para poder inspeccionarlo mejor. Observa manchas blancas de bordes marrones. Rhun jamás ha visto algo así, pero sabe muy dentro de su ser que esto es una plaga.

Y no es que haya que culpar a los escarabajos o a los saltamontes. Esto es una enfermedad.

Es como la viruela, que a veces amenaza el valle, dejando cicatrices temporales en jóvenes y ancianos, y luego llega el alivio inmediatamente después, porque aquí nadie muere de esas cosas.

Pero algo de esta cebada, cree Rhun, está muerta.

Frunce los labios, preocupado. Rhun lanza un suspiro para deshacerse de esa inquietud que lo molesta. Necesita hablar con alguien. Incluso aunque esto sea apenas un caso aislado.

—¿Rhun? ¿Te encuentras bien? —dice Judith Heir, una mujer cinco años mayor que él. Esa expresión de preocupación no es algo común por estos lares, en especial en el rostro de Rhun Sayer.

Rhun lo sabe, y sonríe. Es guapo, tiene diecisiete años, hombros amplios y una nariz encorvada que heredó de la familia por parte de su padre, y una piel morena y ojos moteados de un marrón rojizo que heredó de su funcional y excéntrica madre, Nona. Es alto y simétrico, lo que sea que vista le quedará bien y combinará con su tarea del día, y suele recoger sus oscuros rizos en una cola de caballo para no tener que esconder sus rasgos.

—Sí, es solo un calambre en el hombro —responde él. A manera de énfasis, mueve su hombro derecho de manera dramática y se queja—. Creo que iré a ver a Aderyn Grace para que me dé uno de sus bálsamos.

—Por supuesto —dice Judith, y se limpia la frente con una manga antes de levantar su guadaña otra vez.

Rápidamente Rhun arranca con la mano un racimo de la cebada dañada. Apoya su guadaña en un poste y avanza en dirección a la casa de la bruja mientras quita la tierra de las raíces.

Los secretos no son exactamente algo que Rhun disfrute, ya que tiñen todo con una combinación quisquillosa de temor y esperanza, pero está seguro de que al menos por el momento será mejor mantener este descubrimiento en secreto. Irá a ver a Mair y le mostrará lo que encontró. Dejará que se fascine como siempre lo hace cuando tiene ante sí algo diferente y único y lo contagiará de su entusiasmo.

Tan solo pensar en ella lo ayuda a calmarse: Mairwen Grace, la persona que ama y tiene permitido amar.

Sopla viento del norte en el Bosque del Demonio.

Rhun mira la oscuridad que allí descansa, un horizonte de árboles negros que ondulan debajo del viento como un océano furioso, con montañas distantes en el fondo. Hace una pausa. El racimo de cebada en su mano se sacude, o tal vez sean sus propias manos las que tiemblan. La necesidad de correr y correr y correr.

Algún día.

Rhun Sayer sonríe, no para demostrarle nada a nadie, sino para sí mismo. Sonríe ante su futuro: algún día él estará de pie en la cima de la colina junto con todo el pueblo, parados frente a la fogata, con la corona del santo en su cabeza. Y, cuando el sol se ponga y la Luna del Sacrificio se eleve, él será quien se adentre en el bosque como ya lo ha hecho su primo, y lo hará... y tal vez muera... Todo por el valle. Para que el valle tenga todo lo que merece tener.

Esta certeza lo conforta tanto como el pensar en Mairwen.

Pero el viento lo alcanza, causándole escalofríos al dar con el sudor en su pecho, y entonces Rhun se da cuenta de que ha dejado su camisa sobre la carreta en el campo de cebada. Será algo incómodo llamar a la puerta de Aderyn Grace sin la camisa puesta, y es por eso por lo que cambia de parecer y toma el camino de regreso a casa.

En medio de un claro de árboles otoñales que brillan bajo el sol de la tarde como una reconfortante fogata familiar, Arthur Couch pellizca los bordes del pelaje con sus dedos, trabaja los cortes que ha hecho en los tobillos traseros y, con un firme tirón, remueve el pellejo entero del conejo que acababa de cazar.

Lo satisface el sonido que se produce cuando despelleja al animal. A esa piel podrá dársele muchos usos. Este conejo murió bajo su propio cuchillo, no necesitó romperle el cuello con una trampa para animales como hacen muchos. Su intención era conservar los diminutos huesos del conejo intactos para Mairwen.

Una descarga de calor trepa las orejas pálidas de Arthur al pensar en la última vez que le había dado huesos a Mairwen: simplemente los arrojó en un barril maloliente repleto de agua y esqueletos de otros animales pequeños, como si no fuesen un regalo, como si no le importase en absoluto el hecho de que había sido él quien se los había entregado. Arthur piensa que quizás no sea nada especial regalarle cosas muertas a una bruja después de todo.

El viento sopla sobre su cabeza inclinando las copas de los árboles, que se le acercan como amigos interesados, pero Arthur apenas lo nota.

El problema es que Arthur quiere que sí le importe. Quiere ser especial para ella. Mairwen solía reírse de sus bromas. Sus ojos solían brillar cuando los suyos ardían. Solía correr carreras con él y para ambos era igual de importante ganar. A Rhun jamás le importó. Rhun jamás *tuvo la necesidad* de que le importara. No hay dudas de que él es el mejor. No importa lo que haga, él siempre será el mejor, incluso si pierde una carrera ante Arthur Couch. Pero a Mairwen sí le importaba. Se molestaba mucho cuando perdía. Desafiaba a Arthur a colocar una mano en el bosque, y sonreía maliciosamente cuando él se negaba.

Han pasado ya tres años desde que alcanzaron ese punto de confianza en que uno puede ser cruel con el otro, y Arthur extraña eso ahora. Extrañarla así de mucho le provoca un dolor que lo despierta por las noches. No sabe si está enamorado de ella o si quiere prenderla fuego.

Lo único que sabe es *por qué* ella había dejado de prestarle atención tres años atrás. Por qué todo es tensión con Rhun. Por qué se siente aún más un forastero ahora que antes.

La respuesta es el secreto de Rhun, pero Arthur intenta ignorar ese hecho.

Pero la única otra cosa que circula con regularidad en la mente de Arthur es la próxima Luna del Sacrificio. Será dentro de cuatro años. Cuatro años más antes de que pueda demostrarles a todos, al valle entero, al pueblo, que él no es un simple tonto arruinado por su madre, que no es un mentiroso, que no es ni débil ni blando. Que puede ser tan bueno como Rhun. Puede ser el mejor.

Arthur mira en dirección al norte, hacia el Bosque del Demonio, aunque apenas puede ver. El corazón le late fuerte, y cierra ambas manos en puños. Arthur es un muchacho alto, y su piel es tan pálida que siempre se le achicharra cuando está expuesto al sol. Es delgado y fuerte, con cabello rubio que él mismo serrucha en mechones cuando pierde la paciencia. No le ha crecido jamás por debajo de la línea de la mandíbula desde que tenía once años, y ese aspecto descuidado arruina las hermosas líneas de su rostro, y eso es exactamente lo que él quiere lograr. Esa ira interna también lo mantiene extremadamente delgado, sin importar qué ingiera, y le ahueca las mejillas y entonces sus ojos azules parecen demasiado grandes, demasiado fríos. Siempre lleva consigo una cantidad sensata de cuchillos como si alguna vez fuese a enfrentarse a un monstruo de siete manos y también su hacha de leñador.

De pronto, Rhun Sayer aparece en el camino. Se queda helado cuando ve venir a Arthur: cada parte de su cuerpo a medio vestir se siente incómoda y tiesa como una roca. Pero logra relajarse y fuerza una sonrisa que no parece para nada forzada. Aunque Arthur sí lo ve. Lo ve y aprecia el esfuerzo, agradecido de que al menos sigan siendo amigos.

—¡Arthur! Iré a ponerme una camisa y luego iré a por Mair. ¿Quieres venir?

—Primero debería separar la mejor carne para guardarla y luego quemar el resto —dice, señalando el cadáver del conejo.

Rhun responde con una mueca. Él también es un cazador, por supuesto, pero prefiere rostizar las pequeñas criaturas tal y como las trae, aunque eso destruya los huesos.

—Solo deja que vaya a buscar una camisa, y espérame aquí.

Pero Arthur posa la mirada en el manojo de cebada muerta que Rhun aún sostiene en su mano.

—¿Para qué es eso?

Rhun sacude la cebada contra su muslo para quitarle los restos de polvo y luego se la pasa a su amigo.

Arthur la mira, aunque sin intenciones de tomarla.

—¿Qué le sucedió?

—Alguna plaga, supongo —dice Rhun, y la coloca en un ángulo diferente para dejar ver las manchas oscuras en los tallos—. Toda una camada así.

—¿Crees que sea una de esas plagas temporales? —pregunta Arthur con una mueca y levantando la vista para mirar a Rhun—. ¿Algo pasajero, quizás?

—Algo así sucedería solo por la noche y ya habría desaparecido por la mañana. Ese tipo de plagas no matan. Es verdad que de vez en cuando hay alguna área inundada o marchita, pero luego el pasto siempre vuelve a erguirse bajo la luz del sol. Y hoy fue un buen día. No hubo demasiada lluvia.

—Entonces esto es diferente —murmura Arthur.

—Es nuevo —dice Rhun en un tono susurrante, que flaquea entre el asombro y el miedo.

—Me gustan las cosas nuevas —dice Arthur, aún sin poder cerrar la boca y dejar de sonreír.

—¿Es eso cierto?

Esa pregunta desafiante borra la sonrisa de Arthur y arruina el momento. Arthur se da la vuelta y se aleja unos cuantos pasos. Rota los hombros para suavizar los nudos que tensan su columna vertebral.

Para compensarlo, Rhun coloca su mano en la espalda de Arthur, firme pero amigable al mismo tiempo, como lo haría cualquier otro par de muchachos. Nada de esa ternura a la que Arthur tanto le teme.

Arthur asiente con la cabeza, aceptando la silenciosa disculpa de Rhun. Juntos estudian la cebada. Arthur toca las cerdas duras y amarillas que se desprenden de las semillas. Apenas puede sentirlas con la piel rugosa de sus dedos. Lo nuevo no es algo a lo que estén acostumbrados aquí en Las Tres Gracias, y lo diferente es incluso peor. Él lo sabe por experiencia propia. Empezando por los muchachos que arrojan flores y preguntan si su mamita se llevó las faldas que eran de él cuando escapó.

—Algo está sucediendo con el pacto —dice Arthur con algo de deleite en su voz. Hace diez años que Arthur espera una oportunidad como esta.

El rostro de Rhun se tensa de golpe.

—¿En verdad lo crees? Es lo que iba a preguntarle a Mair.

—Si no es una plaga temporal, y tú no estás convencido de que eso sea, tiene que ser alguna especie de problema con el demonio.

Mientras se rasca la nuca, Rhun mira en dirección al Bosque del Demonio.

—¿Crees que lo que sucedió la última vez tenga algo que ver?

Ambos muchachos recuerdan la última Luna del Sacrificio muy bien. Fue hace tres años. John Upjohn fue consagrado santo y todo el pueblo lo siguió en una danza serpenteante por el valle. John, que era alto y esbelto y rápido. John, a quien vieron desaparecer dentro del oscuro bosque. Los muchachos recuerdan las horas de vigilia, los aullidos desde el interior del bosque, siempre observando desde una distancia cautelosa, y Lace Upjohn, que se llevaba la camisa de su hijo contra su pecho como un talismán protector, orando junto a Aderyn Grace y las hermanas Pugh. También recuerdan a Mairwen como una fuerza estática entre ambos, balanceándose hacia adelante como si de ser tan alta como Rhun y Arthur fuera a ver más allá. Arthur se había contagiado de la energía de Mairwen, apretaba los dientes, impaciente; Rhun había rodeado la cintura de la muchacha con su brazo, aunque solo para consolarse un poco a sí mismo.

El amanecer ya había pasado, y John Upjohn no había regresado.

Fue Mair la que se adelantó primero, cuando vio una sombra brillante que se escurría por entre los árboles. Luego, también la vio Rhun, y Arthur. La esperanza le punzaba el pecho a Arthur y crecía enfermizamente mientras observaba al joven John de diecisiete años arrastrarse hacia la salida del bosque… con una de sus manos destrozadas.

—Nunca pensé mucho al respecto —dice Rhun de repente, evitando la mirada de Arthur, y Arthur sabe por qué. Ninguno de los dos había tenido mucho tiempo para preocuparse por Upjohn debido a lo que sucedió entre ellos dos muy poco después de aquel momento espeluznante.

—Yo tampoco —admite Arthur—. Pero ahora todos lo recordaremos si esto es… —dice, señalando la cebada.

Rhun respira profundo. Arthur sabe que Rhun desea volver a tocarlo, como él tocaría a Mair si ella estuviera aquí. Para sentir consuelo, para sentir seguridad, y solo porque es lo que quiere. Rhun es la clase de persona que necesita contacto con la gente que ama, pero solo lo evita cuando Arthur está cerca. Una sola señal por parte de Arthur y eso cambiaría, pero Arthur no da señal alguna.

—No puede haberse roto. El pacto, digo. Lo necesitamos —dice Rhun.

—Tú lo necesitas, querrás decir.

—No, yo…

Arthur resopla.

—No podrás cumplir con tu destino si no hay un pacto.

—No es esa la razón. Yo… No quiero que los problemas que están fuera de nuestro valle nos alcancen, eso es todo. Lo que hacemos vale totalmente la pena. Así es cómo nos mantenemos a salvo.

—Tú no —señala Arthur—. Tú estarás muerto, o demasiado cambiado, como todos los otros santos antes de ti.

—Tal vez no sea mi turno —dice Rhun, encogiéndose de hombros.

—Sí, serás tú —dice Arthur con cierto rencor. Silencio— A menos que… A menos que algo esté mal, en verdad muy mal, y haya oportunidad de modificarlo.

Ese pensamiento dispara en Arthur una llamarada de calor que le recorre toda la espalda, y en sus ojos puede verse una pasión que raramente permite que Rhun vea.

Rhun observa los ojos de Arthur, luego su boca, y luego desvía la mirada por completo.

—¿Y si lo pudiéramos cambiar? —insiste Arthur, ignorando el significado real de esa mirada.

—Se trata solo de una camada de cebada infectada, Arthur —insiste Rhun.

Arthur lo mira, incrédulo.

—¿Solo una camada? —repite, esperando que tal vez, *tal vez*, en esta repentina falla en el trato pudiese haber lugar para sus propias ambiciones.

—Deberíamos llevárselo a Mair —dice Rhun.

—Sí —responde Arthur. Coloca una mano sobre el hombro de Rhun, y luego se marcha, y deja olvidada la piel de conejo, su víctima, que ahora queda colgando de un árbol.

Rhun lo sigue, observa a Arthur y a los movimientos precisos de su brazo mientras se deshace de las ramas que atraviesan su camino. Su amigo es cascarrabias como un gato, e igual de orgulloso, y peligroso, y hermoso. Como siempre, Rhun desea hacerle entender a Arthur que es tan bueno como para lograr lo que sea que se proponga. Lo conoce de toda la vida, al igual que al resto de los habitantes de Las Tres Gracias… A Rhun le gustaba cuando era una niña, y le gustaba más ahora que el secreto ya había estallado y que Arthur se había propuesto probar que era el hombre más masculino de todos con sus muecas de desdén, su soledad, y un arma en cada mano. En cualquier otro valle, todos señalarían a Arthur. Aquí es respetado porque nadie tiene miedo de que su actitud o su personalidad puedan provocar daño alguno al resto de los aldeanos.

Si esto se trata de una falla en el pacto y el valle está perdiendo su magia, Rhun necesita hallar la manera de solucionarlo, en especial para que nada malo llegue a pasarle a Arthur. Ni a nadie más. Él encontrará la manera. Para eso es que existen los Sayer: para mantener a todos a salvo. Rhun sabe quién es y qué quiere, por lo que jamás cuestiona por qué todos creen que es el mejor. Y Rhun sabe que Arthur jamás será elegido para ir al bosque, jamás podrá competir, porque Arthur no sabe nada sobre sí mismo. Solo sabe lo que *no es*. Ya se lo había advertido: *El mejor nunca puede ser definido por lo que no es*. Y las cosas no resultaron muy bien aquella vez.

Mientras avanzaban por el camino angosto en dirección a la casa de los Sayer, el sol va descendiendo y el cielo pasa de un naranja intenso a un rosa pálido, veteado con unas suaves sombras y con los primeros sonidos de las aves nocturnas. Rhun alcanza a oler la madera ardiendo y eso lo distrae de su miedo. La temporada está cambiando, y eso le fascina. También ama el verano, y la primavera y el invierno. Cada temporada trae consigo un trabajo diferente y cosas distintas por las que reír. Suspira, feliz, y Arthur oye el suspiro y se da vuelta a mirarlo.

Arthur reconoce la expresión en el rostro de Rhun y lanza una pequeña risotada.

—Eres un tonto —le dice cariñosamente.

—Todo estará bien —dice Rhun—. Como se supone que tiene que ser. Ya lo verás.

—Te tomaría más en serio si tuvieras tu camisa puesta.

Aunque es costumbre que Rhun siempre se burle de Arthur recordándole lo buenmozo que es, él simplemente se sonríe y se encoge de hombros.

Arthur se limita a mirarlo a los ojos y luego asiente con la cabeza, volviendo a tomar la delantera. Está refrescando y es una hermosa noche, pero nada de eso importa cuando hay tanto temor y tanta inseguridad rondando la extraña plaga que ha atacado a parte de la plantación de cebada. Es sorprendente lo sencillo que le resulta a Rhun distraerse con nada más que un atardecer otoñal.

La casa de los Sayer consiste en tres edificaciones de piedra: una casa principal, el granero, y una casa secundaria que funciona más que nada como cocina y almacén. La casa principal tiene dos pisos completos y un techo de pizarra. Los otros son de paja, como el resto de las cabañas en el valle. Hay además un fondo verde vallado, donde las cabras se alimentan y los pollitos caminan sin descanso, pero todos sus caballos están sueltos en el valle con el resto hasta que el invierno se asienta. El lugar está muy tranquilo, ya que la mayoría de los Sayer han salido a ayudar con la cosecha en el día de hoy. Solo hay una delgada línea de humo saliendo de la chimenea, escurriéndose y dispersándose hasta desaparecer mientras que Arthur y Rhun llegan al lugar.

Juntos ingresan en el patio y ven a una muchacha abandonar la casa por la puerta principal y salir disparada hacia el fondo para luego volver a desaparecer entre los árboles y en dirección a la montaña.

—¿Esa era Mairwen? —pregunta Arthur.

—Creo haber reconocido su cabello, sí —dice Rhun, decepcionado de que la muchacha no los viera a ellos. Está por decir algo más, pero Arthur titubea, mirando aún en la dirección en que Mairwen acaba de irse. Tan alto en la montaña, lo único que puede hacerse allí es salir a cazar... Y Lord Sy Vaughn tiene su mansión en esta zona.

Pero Mair no es una cazadora.

Rhun coloca la mano en el picaporte para abrir la puerta principal, pero su madre la abre primero. Se asusta cuando lo ve, pero modera su actitud de inmediato.

—Ve al pueblo y ve si alguien te necesita allí —le ordena Nona Sayer. Nona es tan alta como todos los Sayer varones. Rhun heredó de ella su piel morena y su cabello rizado, y su hermanita menor heredó lo mismo más una nariz algo más recta de lo habitual. Nona fue la primera persona de las afueras en asentarse en el valle en su época. El pacto había curado rápidamente los golpes y la hambruna que le había dejado su viaje por las montañas. Nona observa con atención a Arthur, a quien acogió cuando su madre escapó y su padre lo rechazó—. Lo mismo va para ti, muchachito.

—¿Qué sucede? —pregunta Arthur, tratando de sonar tan amable como jamás lo había hecho con ningún otro ser viviente, y eso solo porque Nona siempre lo ha tratado como a uno de sus muchachos.

Nona lo mira y frunce el ceño, y luego mira a su hijo.

—Rhos Priddy dio a luz temprano esta mañana, y Mairwen Grace asegura que uno de los caballos en la pradera está enfermo.

Arthur se siente estallar de felicidad por dentro, pero la noticia le provoca a Rhun un vacío enorme.

—¿Es el demonio? ¿Acaso hemos hecho algo mal? —pregunta Rhun.

¿Qué puedo hacer para solucionarlo, madre? Es lo que en realidad quiere decir.

Pero Nona sacude la cabeza.

—Tú no, Rhun, eso es seguro. Ve al pueblo y asegúrate de que mantengan la calma. Iré con Aderyn a ayudar con la bebé recién nacida, y nos volveremos a poner en contacto en cuanto podamos. Mairwen ha ido a buscar a Lord Vaughn.

—¿Y qué hay de mí? —dice Arthur—. No soy bueno para ayudar a nadie a mantener la calma.

—Esfuérzate un poco más —dice Nona, y eso es todo lo que dice. Acto seguido, se cuelga la canasta y se apura a salir en dirección al norte, donde la casa de la familia Grace descansa a solo una colina de distancia del Bosque del Demonio.

—Maldición —murmura Rhun.

—Esfuérzate un poco más —la imita Arthur.

Rhun deja caer la cebada que sostenía con ambas manos, cebada que se desparrama sobre el pasto verde como una plaga en sí misma.

Mairwen Grace avanza rápidamente por la colina más empinada en dirección a la mansión de Lord Vaughn. Sabe que es el camino más rápido.

Conoce el camino, como todos los demás en el valle lo conocen también, pero solo unos pocos tienen algún motivo para recorrerlo alguna vez. Todos los lords de la familia Vaughn suelen viajar lejos del valle, y siempre regresan para la Luna del Sacrificio, y a veces también para algún que otro invierno, con baúles cargados de libros y otros objetos exclusivos del mundo exterior. El lord actual, Sy, no ha cumplido aún sus treinta años, y sigue soltero. Mair ha escuchado el rumor de que tiene una amante en la ciudad más cercana al valle, pero que la muchacha no está interesada en una boda que la forzaría a abandonar sus ropas elegantes y la arrastraría a este valle primitivo. Vaughn debería conseguirse a alguien más, piensa Mair, o casarse con alguien de Las Tres Gracias. El lord anterior murió justo antes de la Luna del Sacrificio de John Upjohn, y fue esa Luna la única presidida por Sy. Es por eso que Mairwen no está segura de que cuente con la experiencia para ayudar si algo saliera mal con el pacto.

Mair se toma de algunas raíces y peñascos en el suelo para no perder el equilibrio. Tiene las palmas de las manos ásperas, le duelen los brazos, y su respiración se siente entrecortada y fría en la garganta. Vomita junto a un árbol de raíces gigantes que se inclina sobre un sendero empinado. Ha alcanzado el nivel del suelo sobre el que se eleva la mansión... o mejor dicho *dentro* del que se eleva la mansión, ya que los ladrillos fueron tallados en el acantilado que se eleva justo detrás.

Mair se frota las manos sobre la falda para limpiarlas y luego se quita el exceso de tierra en las suelas de sus zapatos con unos golpecitos contra el taco. Mientras atraviesa el enorme portón principal y sus rejas de hierro, Mair recuerda aquella noche de hace tres años, cuando se sentó junto a John Upjohn mientras sufría sus pesadillas y, antes de que el sol amaneciera, Sy Vaughn vino a llamarlo.

John tenía apenas dieciocho años, y ella tenía trece. Sostenía la cabeza y el brazo de John mientras su madre hacía todo lo que podía para detener el sangrado. Hicieron un torniquete por encima de su codo y juntas susurraron una canción de sanación, aunque no tan efectiva como un verdadero hechizo. Aderyn limpió y amarró el muñón, y luego vendó el brazo entero hasta el pecho, para que la mano faltante estuviera por encima de su corazón, que latía fuertemente. Se quedaron con él todo el día, dándole de beber agua y caldo a sorbos, cantándole dulcemente, dibujando trisqueles en su brazo. Durmió toda la tarde, y también toda la noche. Mairwen se quedó a su lado durante horas. Se acurrucaron en un nido de sábanas cerca del hogar, y ella lo miraba, como si pudiera ver la impresión de los recuerdos en su piel, oír la risa del demonio en su respiración estridente, sentir el escalofrío del miedo y la euforia en los ecos de dolor que podían verse claramente en la expresión de su rostro. Estaba desesperada por saber qué fue lo que John había visto. ¿Habría encontrado los huesos de su padre? ¿Entendía cosas del bosque que ella no podía comprender aún? ¿Tendría información nueva para ella? Hubiese querido murmurarle todo lo que le pasaba por la cabeza al oído y esperar una respuesta, sin importar de qué manera fuese a llegar.

Su cuerpo fornido se sacudía entre pesadillas, derramaba tibias y pegajosas lágrimas. Con su ahora única mano, John se aferraba a Mairwen y le apretaba las costillas o buscaba enredar sus dedos en su cabello enredado. Mairwen había descansado muy poco y había apoyado su mejilla en el hombro de John. Había dormido, pero no había soñado. Simplemente descansó. Pero John sí la pasó mal. Sus pies se retorcían como si jamás hubiese dejado de correr en el bosque, y jadeaba en lugar de respirar.

La puerta de la vivienda Grace se abrió de repente, y una figura oscura entró en la habitación. John Upjohn se despertó con un grito, y Mairwen se arrojó sobre él, entre el santo y este nuevo peligro.

Esta figura llevaba puesta una capa negra con capucha, pero Mairwen no podía decir si la capucha le cubría el rostro o no… o si el visitante carecía de rostro alguno. Se quedó allí de pie, con una mano con guante apoyada en la punta de un bastón que brillaba a la luz de la luna como un cuchillo.

—No te llevarás lo que queda de él —le dijo Mairwen.

El silencio arrasó con todo en la casa, y la luz plateada de la luna había colocado un manto gris sobre todo excepto sobre la sangre que seguía saliendo de la venda en la muñeca de John Upjohn.

La figura se echó la capucha hacia atrás para revelar un rostro cuadrado y pálido, y cabello castaño y ondulado.

—Soy yo. Soy Sy Vaughn, muchachita valiente —dijo él.

Eso la relajó un poco, pero se mantuvo delante de John cual espíritu guardián.

—No te lo llevarás —le dijo.

Sy Vaughn sonrió, divertido.

Estudió con la mirada a Mairwen Grace, trece años y tan pequeña, inclinada sobre el santo herido, mirándolo con los mismos ojos marrones de su madre. Sy Vaughn dio un paso hacia adelante y luego se puso en cuclillas a su lado. Se quitó el guante para tocar su mejilla cubierta de pecas con un solo dedo, y bajó la vista para observar al santo.

John Upjohn levantó el mentón con su último rastro de su coraje y habló.

—Sobreviví.

—Así es, John. Y hay algo que quiero que sepas. A lo largo de los años, mi familia ha ofrecido dinero a todos los santos sobrevivientes. Eso es en caso de que quieras dejar el valle para siempre, si es que no te sientes a salvo viviendo tan cerca del bosque después de lo vivido.

Mairwen lo sabía. Se lo había oído decir a su madre, y también sabía que los otros cuatro sobrevivientes en los últimos doscientos años habían aceptado la oferta y abandonado Las Tres Gracias para siempre, como si fuese imposible permanecer en el valle luego de haberse enfrentado al Bosque del Demonio.

—No, no puedes irte —le murmuró ella. Y John estuvo de acuerdo.

—Llevaré el bosque conmigo a donde sea que vaya. Lo sentiré, lo sé.

—Pero aquí —dijo Aderyn Grace desde la puerta de la habitación— puede que jamás vayas a ser feliz. Los recuerdos, las pesadillas…

—Lo sé —dijo John.

—Eso no es verdad —Mair colocó ambas manos sobre las mejillas de John—. Existen curas para esas pesadillas. Y tú eres el mejor, John.

—Lo era.

Mair se quedó de rodillas.

—Siempre serás el mejor. Ahora y para siempre. Mi padre…

Mairwen no pudo decir nada más, pero John Upjohn pareció haber comprendido el porqué.

—Lo intentaré —le prometió—. Por la hija de Carey Morgan.

—Nadie ha sobrevivido y luego permanecido en el valle —dijo el Lord, estudiando esta vez a Mairwen, no a John. Ella también lo miró fijo, estudiando su rostro, que se veía cálido incluso en aquellas sombras.

—Por favor —dijo ella—, permita que se quede.

Sin pronunciar palabra, el Lord se puso de pie y se dirigió a Aderyn. Vaughn colocó su mano sobre la de Aderyn.

—Mantenlo con vida entonces, bruja Grace —le dijo, y se retiró.

Mairwen no pudo volver a dormir esa noche, y su madre se rehusó a reconocer lo extraño que había sido aquel episodio. John volvió a acurrucarse en el nido de sábanas, con la cabeza apoyada entre los cálidos brazos de Mairwen.

No puede evitar pensar en eso ahora, mientras empuja con todas sus fuerzas el portón de hierro de la mansión, porque han pasado tan solo tres años desde la última Luna del Sacrificio, y ahora el pacto ha comenzado a causar estragos. El único cambio que Mairwen conoce es que John Upjohn sobrevivió aquella noche y, además, decidió quedarse.

Porque ella se lo había pedido. Porque ella se lo había rogado.

Y ahora era probable que Rhun Sayer tuviese que pagar el precio... demasiado pronto.

El portón lanza un chirrido al abrirse, y Mairwen llama a la puerta de madera con un golpe de su puño.

—¡Lord Vaughn! —grita—. ¿Está aquí? ¡Lo necesitamos! ¡Me ha enviado mi madre, Aderyn Grace!

Sus palabras hacen eco en el arco de piedra. Mair aguarda allí, con la espalda apoyada contra la puerta. La casa la protege del viento, y puede ver el lado sur del atardecer contra la montaña, y más allá también; la montaña detrás de la primera es de color verde y picos nevados. Detrás de eso, se imagina otro pico nevado, y otro, en una larga cadena montañosa. Y, si envía sus pensamientos un poco más lejos, llega a ver también las llanas tierras de cultivo que les habían contado que conducían a un vasto río y a la primera de las grandes ciudades. A veces, en la primavera, un carro y un caballo pasaban por los pasajes angostos atravesando estas montañas y llegaban a su valle, conducidos por un comerciante que solo conoce el nombre de Lord Vaughn. Estos comerciantes cuentan historias de las ciudades, los reyes y el amplio gobierno de la iglesia. Con menor frecuencia, alguna que otra persona se topaba con Las Tres Gracias de casualidad y elegía quedarse a vivir allí, como lo había hecho la madre de Rhun. Y estaban los refugiados, los huérfanos, los citadinos que no sabían decir exactamente qué era lo que buscaban hasta que llegaban a estas tierras. Pero lo más extraño aquí era que una persona se marchase para jamás volver.

La madre de Mairwen dice que algún día Arthur Couch se marchará también, porque él arde demasiado para Las Tres Gracias. Pero Mair sospecha que Arthur arde demasiado para el mundo entero. Sin embargo, puede imaginárselo muy lejos de aquí, pasando todas esas montañas y rodeado de otros iguales a él, listo para luchar.

El pensar en eso le provoca un sabor agrio en la boca.

La golpea la quietud del lugar aquí en la mansión del Lord: a diferencia de cualquier otro punto en el valle, donde se puede oír el canto de los pájaros o el sonido metálico del martillo de Braith Bowen o el yunque o las ovejas. Incluso por las noches, el viento pareciera cantar y conversar.

Pero aquí todo es silencio.

Tal vez Vaughn no había llegado a casa todavía, porque no se suponía que fuera a haber un santo este año. Tal vez esté descansando en alguna mansión en la ciudad, con unas naranjas y un vino, con alguna de sus amantes, leyendo un libro y sin pensar en absoluto que lo necesitan en el valle ahora, cuatro años antes de lo esperado. Pero no... Mairwen había visto salir humo de la chimenea esta misma tarde.

De repente, siente en su espalda cómo el picaporte de la puerta se mueve. Alguien del otro lado la está intentando abrir.

Gira y está lista para cuando la puerta se abre. Allí está el Lord en su traje negro y elegante, con un rostro limpio contra la luz del sol. La luz alcanza sus ojos descoloridos, haciendo que se vean tan transparentes como el cristal.

Vaughn se hace a un lado y Mairwen ingresa en el pequeño vestíbulo. Lord Vaughn cierra la puerta y todo vuelve a quedar en la oscuridad. La única luz proviene del pasillo a la izquierda, pero es solo el parpadeo del fuego en el hogar.

—Lord Vaughn —dice ella, ofreciendo una incómoda reverencia.

—Mairwen Grace —le dice él, suave y relajado—. Bienvenida a mi hogar.

Se le adelanta y la conduce hacia la sala.

El pasillo es lo suficientemente amplio como para que quepan los dos, no tiene ventanas y los rincones dispuestos para las velas están vacíos. Hay algunos tapices con patrones florales que intentan darle algo de calidez a las paredes. Pasan de largo dos puertas cerradas y luego descienden tres escalones para ingresar en un cálido salón con vigas de madera y paredes encaladas. Las persianas de las dos ventanas más altas están bajas, pero un pequeño fuego arde en el gran hogar a leña que Mairwen aún recuerda de sus visitas allí con su madre. Un sillón de estilo inglés se ubica cerca del fuego, rodeado de pilas de libros; y Mairwen observa de reojo un escritorio pequeño y un estante entero de plumas y botellas de tinta.

–Puedes tomar asiento si lo deseas –le indicó, señalando la banqueta de tres patas y con almohadón aterciopelado y luego un pequeño sofá de patas bañadas en oro y en forma de garras. Mairwen se sienta en la banqueta y coloca ambas manos sobre las rodillas, agradecida de no sentirse incómoda o extraña en este salón tan agradable.

Vaughn se sienta en su sillón inglés y la observa con atención. Sigue viéndose seductor, a pesar de la rareza en sus ojos: uno es marrón oscuro y el otro es gris. Mueve sus largos dedos sobre los apoyabrazos verdes de su sillón, y en la mano tiene un solo anillo: una banda plateada con tres piedras preciosas de color negro.

–Hay un caballo enfermo –comienza Mairwen luego de respirar bien profundo–. Y la bebé de Rhos Priddy se ha adelantado. Mi madre me envió a buscarlo, porque todo parece indicar que algo ha salido mal con el pacto.

Lord Vaughn asiente con la cabeza y se echa hacia atrás sobre su sillón, y entonces la sombra del alto respaldo esconde la mitad de su rostro. El fuego chisporrotea, y Mair llega a oír su propio pulso latiendo fuerte en sus oídos. Pero eso es todo. Ningún otro sonido.

–No se lo nota sorprendido. ¿Acaso ya lo sabía? ¿Es por eso que regresó este año?

—Regreso a casa casi todos los años. Es difícil quedarse lejos sabiendo que, mientras esté fuera del valle, podría pasarme cualquier cosa y entonces no tendría forma de curarme.

—Ah —Mairwen intenta calmarse. Estuvo a punto de preguntarle cómo es allí fuera, pero eso es lo que Arthur preguntaría. Si ella en verdad quisiera saber, habría ya obtenido esas respuestas de Nona Sayer años atrás. A Mairwen solo lo importa lo que está en el interior del valle.

Vaughn suspira.

—Pero no estoy sorprendido, no. No del todo.

El entusiasmo hace que Mair se incline hacia adelante.

—¿Por qué no?

—Fue John.

—Pero el cumplió con las reglas del pacto.

—Las reglas que conocemos sí, claro. Pero ningún santo ha hecho lo que él ha hecho. Ninguno sobrevivió para luego dejar una parte de él mismo dentro del bosque.

—Yo podría adentrarme, señor, y encontrar lo que sea que haya salido mal.

El Lord levanta las cejas y sonríe, y eso deja ver algo de perspicacia o agudeza en su rostro. Esa expresión le parece a Mairwen algo familiar, aunque no puede descifrar a quién más se la ha visto.

—No siento miedo —dice ella. Luego, coloca los puños sobre las rodillas—. Bueno, sí, pero me siento preparada para hacerlo. Y dispuesta.

Vaughn se acerca a la pila de libros más cercana sin dejar de mirar a Mairwen, y abre el primer libro de la pila para revelar un hueco entre las hojas y, en su interior, una pipa curva y pequeña.

El Lord la toma en sus manos y apoya la boquilla de la pipa sobre su labio inferior, pero no la enciende.

—Ser una bruja no garantiza que serás bienvenida en el bosque en lugar de asesinada y descuartizada durante la primera hora.

—Mi padre era Carey Morgan —dice Mairwen—. Él fue el santo hace diecisiete años. Eso me protegerá.

Sy abre la boca para hablar y la pipa ni siquiera se mueve.

—¿Te protegerá del demonio dices?

—No perderé mi corazón como le sucedió a la primera Grace —miente ella.

—Dios santo, tú sí eres especial —dice Vaughn, algo impaciente.

Mairwen levanta el mentón, sintiéndose igual de impaciente.

—Soy la hija de un santo y de la bruja Grace. ¿Quién mejor que yo para descubrir qué es lo que ha sucedido? ¿Qué tiene de bueno haber nacido así si no puedo hacer algo como esto?

—No —sentencia Vaughn.

—Pero… ¡Señor! —Mairwen se pone de pie de un salto.

—¿Qué sucedería si lo único que haces es empeorar las cosas? ¿Qué haríamos entonces? La bebé de Rhos Priddy podría morir, y también Rhos… ¿Y luego hambruna y plagas? ¿Qué?

—Pero…

Mairwen da unos pasos hacia atrás; el corazón le late ahora acelerado. Si no hay nada que ella pueda hacer, entonces todo recaerá sobre la espalda del santo.

—Deberás esperar, como el resto del pueblo —Vaughn se pone de pie lentamente. Usa su pipa para señalar el pecho de la muchacha, justo a la altura del corazón—. Regresa con tu madre, Mairwen Grace, y dile a ella y a todos en Las Tres Gracias que debemos esperar hasta la mañana antes de actuar. Si algo ha salido mal con el pacto, habrá sangre en las ramas al amanecer y tendremos una Luna del Sacrificio más temprano. Te lo ruego, Mairwen.

Ella quiere decir que no, quiere jurarle que esta misma noche se adentrará en el bosque porque necesita hacerlo y porque siempre lo ha sentido así, porque una Luna del Sacrificio temprana significaría que Rhun tendrá que marcharse ahora y no dentro de cuatro años, y entonces ella habrá malgastado todo este tiempo jugando y postergándolo todo.

Pero en este salón oscuro, con los ojos del Lord tan cerca de los suyos y el olor a tabaco, no puede. Se le congela la lengua y los dedos se esconden en los pliegues de su falda: recuerda haberle pedido lo mismo para retener a John Upjohn. *Por favor.* Aunque esta vez no ha logrado convencerlo.

L a versión de Arthur de *esforzarse un poco más* es apoyarse contra la pared de la iglesia, la que da a la plaza principal, y evitar cualquier tipo contacto visual.

La plaza de Las Tres Gracias fue construida hace doscientos años, antes de que el primer santo se adentrara en el bosque: en lugar de un aljibe central, hay una especie de brasero a nivel del suelo hecho de ladrillos blancos y grises que se extiende en espirales con un diámetro de seis metros de ancho. El resto del espacio abierto tiene algo de pasto y algo de heno aquí y allí, y se extiende hacia el norte hasta la iglesia de piedra y hacia el sur hasta el Royal Barrel, con las puertas de las casas de piedra más antiguas dando directamente al centro de la plaza. Esas puertas y sus correspondientes ventanas están pintadas de colores brillantes, todos colores distintos. Colgando de los linteles, unos talismanes de madera y amuletos hechos con pelo de caballo les dan la bienvenida a los santos a la plaza. Y el brasero, que es el círculo de piedra dispuesto para la fogata, suele estar adornado con dibujos y plegarias escritos en tiza. Arthur observa uno de esos símbolos, un triángulo blanco, cruzado con la palabra "ave". Es la letra de Mairwen.

Arthur levanta la mirada y la dirige hasta la montaña, hasta las ventanas rojas de la mansión de Sy Vaughn. ¿Qué es lo que Mair está haciendo allí arriba? ¿Será que fue a buscar a Lord Vaughn? Lo más probable es que él no esté allí de todos modos.

A unos pocos metros de distancia, Rhun se ríe con Darro Parry. El viejo asiente con la cabeza y su gesto de preocupación desaparece.

Cuando Arthur y Rhun llegaron a la plaza hace poco más de una hora, había muy pocas personas deambulando por allí, algunos se dirigían a sus hogares luego de trabajar en los campos, y otros se dirigían al Royal Barrel por una pinta de cerveza. Había otras camadas de cosechas apestadas, y el rumor de Rhos Priddy y su bebé prematuro ya se había difundido.

—Al menos sabemos cómo solucionarlo –refunfuñó Arthur, pero Rhun aún no quería admitir que algo andaba mal. Se movió por la creciente multitud, mostrando confianza y haciendo bromas, siendo él mismo, y a su paso la tensión iba difuminándose.

La mitad del pueblo ya está agolpándose en la plaza cuando el sol se pone. Arthur no ha apartado sus ojos de la luna, que brilla intensa, casi llena. Había aparecido antes del ocaso, algo desdibujada y pálida en contraste con el azul de la noche. Ahora brilla con un dejo de promesa.

Dos noches más y habrá luna llena. ¿Será la Luna del Sacrificio?

Esa es la pregunta que todo el mundo se está haciendo con miradas encubiertas y gestos de manos inquietas.

Mientras observa a la gente, Arthur lentamente comienza a darse cuenta de qué es lo que lo pone tan nervioso. Al menos más nervioso que de costumbre.

Los hombres se han agrupado con más hombres, y las mujeres se han agrupado con otras mujeres.

En Las Tres Gracias, todos siembran, todos cosechan; pero más allá de eso, el trabajo se divide en el trabajo de los hombres por un lado y el trabajo de las mujeres por el otro. Los hombres cazan. Las mujeres cosen. Los hombres preparan la carne y reparan los tejados. Las mujeres se hacen cargo de los hogares, los jardines y las familias. Los hombres fabrican lo que sea necesario hacer, desde la cerveza y los barriles hasta las ruedas y los zapatos. Hay excepciones: Braith Bowen aprendió su trabajo de herrero de su madre y de su abuela, y Brian Dee e Ifan Ellsworth compiten por la huerta más espectacular. Por las noches, suele haber más hombres en el pub y más mujeres y muchachitas riendo y compartiendo consejos alrededor de fogatas privadas dentro de sus hogares. Nadie sabe tan bien como Arthur que existen cosas para hombres y cosas para mujeres. Pero eso nunca suele ser tan obvio como lo es esta noche. Cuando todo el pueblo se reúne para celebrar alguna boda o algún tipo de homenaje, para celebrar el fin de la cosecha o la primera plantación, cuando Las Tres Gracias se reúne para la celebración, todos se mezclan. Hombres y mujeres, niños y niñas, se unen y comen y se divierten, celebran y coquetean.

Arthur siente cómo una mueca se le forma en los labios y no se molesta en deshacerla. Es probable que los hombres y los niños deban sentirse naturalmente atraídos por determinadas cosas, y lo mismo con las mujeres; pero lo que no es natural es este miedo, esta tensión de preguntarse si alguien morirá, si alguien deberá adentrarse en el Bosque del Demonio antes de tiempo. Y es justamente esta situación la que coloca a todos en una ubicación muy estricta que debe ser ya sea con los hombres o con las mujeres. No hay espacio para intermedios.

En una noche como esta, una persona solo puede ser una cosa o la otra, sin importar cómo eso comprometa la verdad de elegir un lado o el otro.

Arthur debería unírseles a los hombres, claro. Pero aún recuerda a aquellos hombres que, aunque amables, lanzaron sus carcajadas hace diez años, cuando él se había ofrecido a ser el próximo santo. Tenía siete años y mucho miedo, y todos los hombres se habían reído de él.

Ya no se reían de él, pero tampoco les agradaba demasiado.

—Cambia esa cara o te quedarás así para siempre —se le burla Mairwen.

Sobresaltado, Arthur se tensa y luego se da vuelta lentamente para dirigirse a ella. No le dará la satisfacción de mostrarse sorprendido.

—¿Qué te dijo Vaughn? —le pregunta sin más.

Mairwen levanta el mentón. En lugar de responderle a él, marcha hasta el centro de la plaza, levanta las manos y grita.

—¡Escuchen todos!

—Mair —dice Rhun, saludándola con la mano. Se lo ve aliviado.

Todos se dan vuelta para mirarla. Se acercan para poder verla mejor, ya que no hay nada allí que Mairwen pueda usar como tarima.

—Vaughn dice que debemos esperar hasta la mañana. Si esta peste no es algo pasajero, habrá sangre en el Árbol de los Huesos por la mañana y entonces tendremos nuestra Luna del Sacrificio dentro de dos noches.

Habiendo dicho lo que había ido allí a decir, Mair se retira. Arthur se sonríe ante su ingenuidad cuando Rhun la toma por el hombro y murmura en su oído algo claramente desaprobador. Mair frunce los labios y se encoge de hombros.

—No lo sé —le dice con hostilidad. Y luego mira a su alrededor.

Se supone que eres la bruja Grace, piensa Arthur, sacudiendo la cabeza. Se ríe un poco hacia sus adentros y luego se les une.

—¿Qué? —pregunta ella.

53

—Cuenta la historia, Mair —le dice Arthur, dándole la espalda a la multitud para que nadie lo vea.

Así es cómo comienza el ritual de la Luna del Sacrificio cada vez. La bruja Grace vuelve a contar la historia ante todo el pueblo. Algo de familiaridad a lo que aferrarse debería calmar a la multitud. Algo de *tradición*.

Mair abre grandes los ojos, aceptando el desafío.

—¡Las tres hermanas llevaban por nombre Grace!

Rhun se aparece con un banco, y Haf Lewis lo ayuda a cargarlo. Entre los dos la levantan, y ella se toma del hombro de Rhun para no perder el equilibrio, aunque debería haber sido el de Arthur. Él es el más alto.

Mairwen repite:

—Las tres hermanas llevaban por nombre Grace. Nacieron de una madre desesperada, y fue su terrible padre quien les eligió ese único nombre solo para luego hacerlas desaparecer de su hogar y de su vida bajo el pretexto de una muerte súbita. Se las envió a treinta millas de su casa y fueron criadas por su tía viuda. Jamás volvieron a ver a su padre. Durante diecisiete años, las tres niñas vivieron tranquilas. La mayor era alta y hermosa, y prefería su jardín al resto del mundo, la Grace del medio era fuerte y disfrutaba correr y treparse más que cualquier otra cosa en el mundo, y la menor de las Grace jamás se conformaba con nada, porque era curiosa por naturaleza. A la edad de quince años, la pequeña Grace se alejó de su hogar, buscando algo de paz. Pero llegó a este valle: un valle protegido por todos lados por las montañas, hogar de ponys salvajes y cabras felices, con un pequeño arroyo que fluía constantemente y un bosque profundo. No podía creer que nadie viviera allí. Sintió que su corazón pertenecía a ese bosque oscuro y que allí dentro descubriría grandes secretos e incluso encontraría las respuestas que su corazón tanto anhelaba. Sin embargo, durante sus viajes se había vuelto lo suficientemente sabia como para saber

54

que necesitaba a su familia para mantenerse con los pies sobre la tierra. Fue así que la pequeña Grace volvió a buscar a su tía y a sus hermanas. Las convenció con un puñado de flores inmortales y una rama que jamás pudo ser partida y que había recolectado en la entrada al bosque. Las tres Grace llegaron al valle y lo convirtieron en su hogar. Pronto otros se les unieron, como si la presencia amorosa de las hermanas hubiera abierto puertas a través de las montañas, y así llegaron hombres y mujeres de todos los rincones del mundo, llegaron quienes buscaban seguridad, paz o simplemente satisfacer su propia curiosidad. El pueblo creció en tamaño y ejercía presión contra los muros que albergaban el valle, en especial los bosques oscuros al norte. Un buen día, la pequeña Grace se aventuró a adentrarse en el bosque, atraída por las sombras cambiantes y un sueño que tenía con frecuencia por las noches, en el cual ella se paraba sobre un colchón de rosas amarillas junto a un viejo árbol color blanco y sonreía como si jamás se hubiese sentido tan feliz. Exploró el bosque y allí se encontró con el demonio que lo habitaba: lo vio hermoso, tan misterioso como la noche, tan elegante como los robles que los rodeaban, y tan peligroso como para hundirse en su corazón. La pequeña Grace se enamoró del demonio. Llevó a sus hermanas hasta la entrada al bosque y dijo: "Aquí está el viejo dios del bosque. Lo amo y me convertiré en su esposa". Pero sus hermanas pegaron el grito en el cielo, porque lo único que vieron fue un diablo con cuernos, ojos negros y garras. Sus piernas delgadas estaban cubiertas de pelaje duro y sus pies tenían pezuñas horrorosas en lugar de uñas. Vieron un monstruo, no el dios que su hermana amaba. Las hermanas intentaron convencerla de que se quedara con ellas, incluso sugirieron abandonar el valle, porque este demonio no podía ser confiable. Pero la pequeña Grace conocía el bosque y entendía la tierra, y también creía que el demonio era una parte de aquel bosque, peligroso al igual que el resto del mundo, monstruoso como también lo eran un león o un cuervo o cualquier otro ser humano. Entonces les dijo: "Hermanas, yo lo amo. Si me aman, confiarán en mí. Él sabe de magia, y me ha enseñado. Yo les enseñaré a ustedes también. Haremos que nuestro valle sea fuerte y perfecto, para que nada malo llegue a ninguno de nuestros amigos y vecinos". "Imposible", le respondieron sus hermanas. "No hay magia así de poderosa". Y entonces habló el demonio, en una voz delicada como el verano y el canto de los pájaros, que salía por entre sus dientes filosos. "Ah, pero aquí está. Es la magia de la vida y la muerte, los corazones y las raíces, las estrellas y la putrefacción. Nos uniremos, su hermana y yo, y bautizaremos este lugar Las Tres Gracias en su nombre, y entonces todos serán bendecidos para siempre. Por los siglos de los siglos los campos darán frutos, en la montaña abundará la carne, la lluvia será amable, y ningún tipo de plaga los alcanzará". El demonio sonrió y continuó: "Pero, cuando se alce la Luna del Sacrificio, enviarán al mejor de sus hijos varones a mi bosque. Deberá venir predispuesto y listo para luchar. Mis demonios y mis espíritus lo acosarán y atormentarán, lo cazarán e intentarán devorarlo hasta los huesos. Este hijo caerá y jamás será visto en este mundo o en el próximo, me pertenecerá por el resto de los tiempos. Pero, si prueba ser fuerte y valiente como para sobrevivir hasta el amanecer, entonces regresará a su hogar y a su familia, y vivirá una larga vida con la recompensa de su sacrificio".

Mairwen se detiene.

Pareciera no poder consigo misma: mira directamente a Rhun Sayer, pero los ojos de Rhun están clavados sobre la multitud, que mira a Mairwen en silencio, lista para seguir escuchando.

Es Arthur el quemira a Mairwen.

Arthur recordó que él aún era una niña cuando escuchó esta historia por primera vez, y con las otras niñas representaron el cuento una y otra vez. Había disfrutado ser la Grace del medio, la que usaba el hacha. Mairwen, cuando participaba, insistía en ser el demonio. Habían usado la historia para asustarse: Haf hacía de la pequeña Grace que se acercaba hasta la entrada al bosque, y entonces Mair, el demonio, podría fingir que salía del interior del bosque también. Haf siempre gritaba y Mair insistía en que debían tomarse de las manos y besarse, y esa era la parte que a Haf no le molestaba, se sentía ilusionada tanto como si estuviese locamente enamorada del "demonio Mair".

No puede oír la misma historia ahora sin recordar el momento exacto en que lo habían obligado a darse cuenta de que él no era una *hermana*, no era una de las niñas. Porque le gustaba. Encajaba y tenía amigas, vestía faldas y era feliz. Y luego, todo eso le fue quitado.

Extrañar ser una niña lo hizo sentirse un monstruo, como el mismo demonio.

La bruja aparta la mirada de Arthur y termina de contar la historia.

—Las hermanas dudaron, pero la más pequeña sonrió tan ampliamente que terminaron por acceder, ya que era una promesa milagrosa. La Grace más pequeña y el demonio se casaron y así fue cómo sellaron el pacto. La pequeña Grace se fue al bosque y jamás regresó. Su corazón quedó fijado en el centro del bosque, sangrando para bombearle sangre al Árbol de los Huesos, obligando a cada generación en Las Tres Gracias a que viera la Luna del Sacrificio elevarse y entonces enviara al mejor de sus hijos varones a hacerle frente al Bosque del Demonio.

Al fin del relato, y a pesar de que la historia es tan tensa y sangrienta, el pueblo entero pareciera suspirar aliviado. Esto ya lo saben. Esto es lo que conocen y entienden tan bien. Las reglas y el origen.

Al menos eso es lo que ellos creen, piensa Arthur mientras levanta su mano para ayudar a Mairwen a bajarse del banco. No muchas personas en Las Tres Gracias han visto su mundo cambiar bajo sus propios pies de esta manera. Pero Arthur sí. Dos veces.

Para su sorpresa, Mair toca brevemente su mano para poder saltar de donde estaba parada.

—No dormirás esta noche —le dice Arthur—. Yo tampoco. Estaré observando obsesivamente esa luna y la sangre en el Árbol de los Huesos.

Es una invitación a que se le una, pero Mairwen frunce los labios.

—Yo estaré haciendo todo lo que pueda esta noche para mantener a Rhos Priddy y su bebé con vida, Arthur Couch.

Y habiendo dicho eso, Mairwen se retira, dejando a Arthur con una sensación de censura, como si la muchacha hubiera querido reprenderlo y ponerlo en su lugar.

El problema es que Arthur jamás *tuvo* su lugar en Las Tres Gracias. No desde los siete años.

Igual que esta enfermedad y que la plaga, y que la lluvia torrencial y la muerte súbita, Arthur no pertenece a este lugar.

Arthur desearía saber dónde ubicarse en medio de tanto infierno.

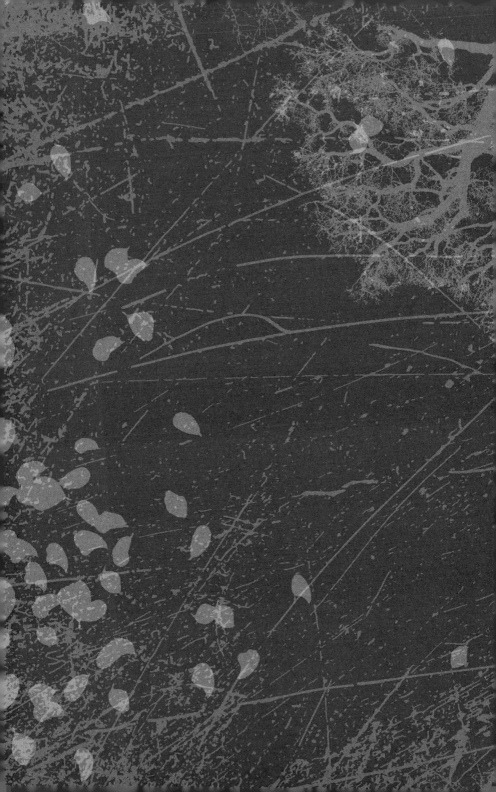

LA SEGUNDA NOCHE

Durante la mayor parte de sus diecisiete años, Rhun Sayer siempre ha dormido como un bebé, despertándose con el sol o apenas unos minutos antes junto con su hermano, sus padres y sus demás familiares, y se les unía a todos ellos para un ruidoso desayuno antes de que cada uno partiera a hacer su tarea diaria, que consistía en cazar o plantar o cosechar, cortar madera o correr con los perros. Al ser el mayor de sus hermanos y ahora que el primo Brac se había casado y Arthur ocupa el entrepiso, Rhun duerme solo en una habitación pequeña a un lado de la cocina. El ambiente siempre se mantiene caliente gracias a la pared trasera del hogar, y allí solo cabe un baúl de ropa y un pequeño camastro. Además, Rhun colocó algunos clavos en la pared y de ellos cuelga bufandas y botas y una pequeña canasta para sus pocas preciadas posesiones. Pero la noche anterior había sido diferente; había permanecido impaciente en la plaza con el resto de los aldeanos luego de que

Mairwen se marchara, deseando poder apoyarse en Arthur, y esperó a que finalmente naciera la bebé de Rhos, ¡es una niña!, pero la pobre está débil y se rehúsa a llorar… Luego de semejantes noticias, Rhun no pudo dormir bien.

Se despierta antes del amanecer, antes de que su madre o su padre animen el fuego, y no puede relajarse. Así que se coloca las botas, los pantalones y su jubón, se mete la camisa dentro del pantalón, toma su arco y alijaba, y se retira silenciosamente de la casa. En lugar de dirigirse a la montaña para cazar, toma el camino que conduce al pueblo. Un cielo estrellado resplandece sobre Las Tres Gracias, y el viento se ha acallado.

Rhun no se permite mirar hacia el Bosque del Demonio. Incluso con esta luz, si hubiera sangre en el Árbol de los Huesos, él la vería desde donde está. Y, si hay sangre, eso querrá decir que habrá un sacrificio.

Rhun será el santo. Así será. Siempre ha sabido que su santidad llegaría algún día.

Pero hubiese preferido tener más tiempo.

Camina lentamente hacia las cabañas encaladas y de techos de paja, aún grises antes del amanecer, dejando que su pecho se estremezca tal como había deseado sentirlo desde que había descubierto aquella cebada en mal estado.

Algo parecido al dolor envuelve sus costillas, y se siente algo aturdido mientras pasa en silencio por la panadería y el bar, ahora vacíos, y se adentra en el centro del pueblo. Camina sobre el espiral de bendiciones escritas en tiza.

Aunque en el último tiempo ha sido con frecuencia reemplazada por su hija, es la mismísima Aderyn Grace la que se dedica a hacer el diseño en tiza todos los domingos como parte de lo que se ha convertido en un ritual semanal para el pueblo desde que el sacerdote los abandonó cuando ellos se rehusaron a abandonar a su demonio. Aquello sucedió durante la niñez del abuelo de Rhun. Ahora, todos los domingos, las mujeres hornean pan para compartir en la iglesia y los hombres traen una cepa especial de vino proveniente de toneles escondidos del sol en el búnker del Royal Barrel. Juntos recitan viejas plegarias mientras que las brujas crean sus diseños en tizas, y mientras los niños juegan y fabrican amuletos con pasto y flores. Es una espiritualidad informal que la misma gente del pueblo se ha construido, arreglándoselas para llevar a cabo sus propias bodas y sus propios bautismos y funerales, siempre rezándole a Dios, esperando que no hubiera renunciado a ellos luego de su práctica pagana de la Luna del Sacrificio.

Rhun jamás se preocupa, porque su abuela le dijo que Dios ama y Dios es amor, y Él mismo había estado dispuesto a sacrificar a su propio hijo ante el mundo y lo había hecho por amor. ¿Y no era esa la misma intención del pacto? Le había dicho: *Dios está con nosotros cada vez que enviamos a un muchacho a ese bosque, porque Él sabe que lo hacemos por amor. Y ese muchacho, nuestro santo, se convierte entonces en una pieza de Dios.*

Pensar en su abuela le provoca una sonrisa mientras cruza el centro del pueblo. Ella murió hace ya unos años, y el funeral se había llevado a cabo aquí y había sido algo alegre. Los encuentros en Las Tres Gracias tienden a ser alegres, incluso los velorios y los funerales, porque nadie aquí deja este mundo antes de su hora. Al menos no hasta ahora. Esta no es la hora de Rhun, y aun así…

El peso de esto recae sobre sus hombros.

Suspira y ve el aire salir de su boca en forma de humo, aunque la mañana no pareciera estar tan fría. Rhun gira y observa los edificios, recuerda cuánto bailó en la boda de su primo Brac la primavera pasada, donde todos se veían felices y sonrientes. Recuerda aquella última noche diez años atrás, antes de que su primo Baeddan fuera enviado al bosque, y lo magnífico que Baeddan se sentía. *¡Se siente tan bien aquí!*

El dolor en el pecho de Rhun es amor. Eso se repite a sí mismo.

Rhun ama Las Tres Gracias, a su gente y a la tierra, y hará lo que deba hacer para mantenerlos a todos a salvo.

Unas pocas estrellas parpadean directamente sobre él mientras que las que están más al este se rinden ante la luz del amanecer, y entonces Rhun sabe que no puede postergarlo más: se da la vuelta para enfrentar al Bosque del Demonio y da el primer paso justo cuando una canción triste suena desde la casa de los Bowen. Rhun altera su curso de inmediato.

La chimenea de la herrería lanza una columna delgada de humo, y Rhun no llega a oír ni voces ni martillazos todavía. Pero a través de las persianas abiertas de la casa se filtra el llanto de la pequeña Genny, y entonces Rhun atraviesa la puerta trasera de la casa sin golpear. Braith está junto a su hija de dos años y con la boca abierta, ojos contraídos, y sus delgadas manos cubiertas de hollín tensas cual ramas de un árbol.

—¿Se encuentra bien, Braith? —pregunta Rhun.

—Es mi esposa. Está… enferma —El herrero de mediana edad afloja los brazos y los deja caer a los lados—. Dice que le duele la cabeza, y yo acababa de encender la…

—Cuánto me apena —dice Rhun, pero fuerza una sonrisa y se inclina para saludar a Genny. La pequeñita tiene medio cuerpo fuera de su bata. Las lágrimas le cuelgan de sus pestañas y caen por las mejillas rosadas, y en sus labios hay restos de una mermelada de color púrpura—. Ven aquí, rayito de sol —murmura Rhun—. Vamos a prepararnos para empezar el día.

Genny se aferra a los pantalones de Rhun con sus manitas pegajosas de mermelada.

–Usted cuide a Liza –dice Rhun–. Yo me llevaré a Genny conmigo y la cuidaré por el resto de la mañana.

Braith Bowen mira fijo a Rhun y a su única hija por un momento. Se desata su pesado delantal de herrero y sigue observando a Rhun mientras que levanta a la pequeña Genny del piso polvoriento y la coloca sobre la mesa. Limpia con mucho cuidado a la niña y canta una canción sobre narices y ojos y boquitas que deben permanecer limpios para que los santos puedan besarlos. Y entonces besa la nariz, los ojos y los labios de su pequeña luego de cada verso y da una palmada. Luego, le hace cosquillas en las rodillas y en las costillas, y le coloca la bata como corresponde.

Rhun observa el cansancio en el rostro del herrero.

–Estaremos bien, señor Braith. A mí también me hará bien estar con Genny hasta que…

–Hasta lo que ya sabemos –dice Braith.

Rhun asiente con la cabeza. Sus ojos se dirigen hasta la ventana norte y el cielo que comienza a encenderse con la luz del sol.

Braith pasa la mano por el cabello de su hija y luego la apoya sobre el hombro de Rhun, para luego desaparecer por la puerta en dirección a la habitación en la parte trasera de su cabaña.

Rhun retoma la canción que el herrero había dejado de cantar, pero la adapta a la temática de las cosechas. Dice que rebanará el cabello de la pequeña con su guadaña si no se lo peina una vez por semana. *Rebanar* como lo hace con la cebada, *rebanar* como lo hace con el trigo, *rebanar* como un carnicero rebana su carne. Y Rhun muerde suave y tiernamente los dedos regordetes de Genny, apoyando suavemente los dientes. Le desenreda el cabello y le hace una trenza, y luego la alza, la apoya sobre su cadera y la lleva afuera, donde la plaza sigue vacía, pero ahora hay más humo saliendo de las chimeneas, y eso es señal de que los aldeanos ya se han levantado y el día ha comenzado. ¿Habrá otros enfermos? ¿Será que las cabras están secas o la leche se ha vuelto rancia? ¿Qué otras partes del pacto se desbaratarán hoy?

La pequeña da patáditas y golpea con sus talones el muslo de Rhun.

—Caminemos hasta el pastizal, ¿te parece bien? —le dice mientras la acurruca un poco más fuerte—. ¿Ves los caballos allí?

—¡Caballos! —repite la niña.

Mientras que se alejan del pueblo, vuelve a cantar. Esta vez es una canción sobre salir a caminar y a trotar y a galopar sobre un pony, y va cambiando el ritmo de su marcha para ir a tono con la canción, hasta que Genny se ríe con tanta alegría que el dolor que Rhun sentía en el pecho comienza a desaparecer.

El alba es aún un delgado hilo plateado en el cielo cuando Mairwen llega a la colina más cercana al Bosque del Demonio. Tal como lo había imaginado, apenas había podido dormir la noche anterior. Se turnó con Nona Sayer para cuidar a Rhos y a la pequeña. Fajaron a la joven madre y la arroparon, le dieron un masaje y controlaron constantemente su respiración, haciendo uso del poco conocimiento que Nona aún recordaba sobre cómo mantener con vida a animales recién nacidos, cosa que solía hacer cuando era niña. El agua hirvió sobre el fuego toda la noche mientras que Aderyn ayudaba a Rhos a amamantar. Ahora Rhos ha logrado conciliar el sueño, pero ni una gota de leche ha fluido aún de sus senos. Aderyn envió a Mair a dormir en su habitación en el altillo, pero apenas había podido cerrar los ojos, demasiado concentrada como estaba en vigilar la respiración de la bebé mientras dormía, deseando haber podido convencer a Lord Vaughn y a su madre de que debía adentrarse en el bosque. Nona Sayer reveló que, sin el pacto, la bebé de Rhos moriría por seguro.

Finalmente, Mairwen se levantó, se vistió y bajó la escalerilla hasta la cocina. Avivó el fuego para que este calentara un poco más la habitación antes de que el resto de las mujeres se despertara, luego tomó un huevo hervido de la canasta y el viejo tapado de cuero de su madre, que colgaba de un gancho junto a la puerta.

Avanza pisando el pasto muerto y en dirección al área de pastoreo de los caballos mientras pela el huevo y va dejando caer la cáscara a su paso, murmurando pequeñas bendiciones para el pasto que crece bajo sus pies. Las estrellas brillan nítidamente en el aire frío, no hay nubes que cubran este cielo repleto de diamantes. A su derecha, el lejano horizonte comienza a cambiar de color y en menos de una hora desde allí se elevará el sol. Para cuando Mairwen alcanza el muro de piedra que rodea el área de pastoreo, ya terminó de comer el huevo y se detiene a arrancar un puñado de eneldo salvaje para masticar.

Los caballos se apiñan en el valle, frente a la pendiente que conduce al bosque. Dos hembras levantan las cabezas para espiarla. Ella les hace señas para que no hagan ruido y busca al caballo gris que ayer estaba enfermo; allí está, solo, con la cabeza gacha.

Cuando Mairwen llega a la cima de la colina para poder observar desde allí arriba el bosque, se sorprende al darse cuenta de que no es la única que se ha salido de la cama tan temprano. Alguien más está allí abajo, en el mismísimo borde del Bosque del Demonio, cerca de aquel feo árbol que los niños llaman "Mano de bruja". Sus ramas destrozadas por varios rayos se trepan hacia lo alto y contra el verde intenso del bosque, manchadas de cenizas blancas y decoradas con un sinfín de amuletos rojos que fueron atados allí por niños muy valientes... ¿o muy tontos?

Suelen desafiarse entre ellos: deben caminar hasta el viejo árbol y colgar en una de sus ramas un amuleto contra el demonio. Sin importar qué vean en las sombras del bosque, sin importar los aullidos que oigan, y hasta obviando lo escalofriante de tener al demonio respirándoles tan cerca.

Tenían ocho años cuando Dar Priddy desafió a Rhun a colgar uno de esos amuletos, y fue Haf la encargada de avisarle a Mair que los muchachos mandarían a alguien al bosque esa noche. A Haf ese le había parecido un acto demasiado valiente, y las hermanas Parry se rieron nerviosas, burlándose de que siempre eran niños y no niñas quienes debían hacerlo. ¿No sería grandioso acaso si alguna de ellas llegara a ser así de valiente? Mairwen, solo para llevarles la contra, dijo que ese era un coraje sin sentido ya que nada podía venir de esos amuletos, así que ¿por qué no ahorrar ese coraje para un acto que importara de verdad? Bryn Parry resopló y le dijo a su hermana que claramente Mair tenía demasiado miedo y usaba su horrible lógica para hacer que su miedo sonara razonable.

Claro que Mairwen no tenía miedo del bosque, así que le resultó sencillo caminar hasta el árbol "Mano de bruja" al mismo tiempo que Rhun Sayer y convencerlo de que no tenía sentido ir allí a colgar un amuleto.

Cuando ella se le apareció por detrás aquel amanecer, Rhun se puso a temblar, tenso. Se dio vuelta cuando oyó los pasos de Mair, con el hacha en una mano y un moño rojo en la otra.

—¡Mairwen Grace! —chilló, echándose para atrás y golpeando su espalda contra el tronco del árbol. Las ramas se sacudieron encima de su cabeza, y Mair presionó su lengua contra el paladar, mirando con ojos bien grandes a Rhun, que no era más alto que ella en aquel entonces, sino solo un niño con mucho cabello y una nariz torcida demasiado grande para su rostro. Mair colocó ambos puños sobre sus caderas y le contestó.

—¡Será mejor darme ese amuleto a mí y no a un maldito árbol como este, Rhun Sayer!

Él abrió grande la boca, sorprendido, y luego largó una carcajada.

Mairwen también se rio.

Jamás le había prestado demasiada atención a Rhun hasta ahora, aunque se conocían de toda la vida. La cadencia de su risa le había provocado una especie de calor de adentro hacia afuera.

Pero el ruido llegó hasta el Bosque del Demonio, y una risa hizo eco detrás de ellos, tan fuerte y malvada como para darles un gran susto.

Los dos dieron un salto, se tomaron de la mano y salieron corriendo colina arriba hasta donde estaban los caballos pastoreando y donde los esperaban sus compañeros, abucheando, aunque temblando del miedo, porque ellos también habían oído la risa de Rhun y luego su reflejo en el bosque.

Las niñas levantaron los brazos para recibir a Mairwen, pero Arthur Couch había sido muy claro:

—No cuenta si no atas el amuleto al árbol —dijo, y extendió la mano—. Yo lo haré. Dámelo a mí.

Pero Rhun no le dió nada. Simplemente ata el moño rojo en el cabello enmarañado de Mairwen.

Ahora el joven que está de pie frente a "Mano de bruja" juega con uno de los amuletos que cuelga de una de las ramas. Pero no lo desata, solo lo acaricia.

Arthur.

Mair se sintió feliz y al mismo tiempo molesta de verlo. Es una mezcla de reacciones muy común que se suele tener ante Arthur Couch. Él es atrevido y audaz, siempre desafiándola de la misma manera que ella desafía al bosque. Como una promesa, una que ella quiere cumplir. Pero es por Rhun que Mair se rehúsa a amarlo.

Camina colina abajo sin prisa, pero se asegura de hacer algo de ruido para anunciarse. Como si Arthur supiera que es ella, no se voltea hasta que Mair está justo al lado de su hombro. Los dos miran el bosque, cubierto por las sombras hasta el amanecer. Esas sombras esperan, quietas y oscuras. Un viento frío sopla de repente, escabulléndose por entre los árboles, pero sin tocarlos, sin mover ramas ni hojas. Solo las sombras se sacuden, se propagan y expanden, alcanzándolos.

Destellos de luz en el suelo del bosque atraen la atención de Mairwen. Algo se mueve más allá de esos troncos oscuros, hay un peso de oscuridad. Mairwen camina en esa dirección, adentrándose de lleno en la oscuridad del bosque.

Arthur la toma del codo para detenerla.

—¿Es en serio? —le pregunta.

Una leve brisa sacude las ramas desnudas.

Tenemos tanta hambre, susurra el bosque.

Arthur arrastra a Mairwen varios pasos hacia atrás.

—¿Quieres empeorar las cosas solo por ir detrás de una estúpida sombra?

Mair responde fríamente. Podría decirse que hasta intentando darse coraje a sí misma:

—Solo porque tú tengas miedo de entrar, no quiere decir que todos los demás debamos sentirnos igual.

Arthur está nervioso y sus fosas nasales se ensanchan.

—No le tengo miedo al bosque, pero sí temo por mi amigo, que pronto será enviado allí dentro.

—Rhun no morirá —dice ella, con dolor en el pecho. Luego, piensa en los santos que sobrevivieron y después se marcharon para jamás volver al valle, y todo por los terribles recuerdos. Al menos eso es lo que se cuenta. Y John Upjohn, el único que se ha quedado, ahora está demasiado débil y afligido. Mairwen no puede imaginarse a un Rhun tan destrozado física y mentalmente como él. Debe imaginárselo más fuerte que eso... Mejor que eso... El mejor de todos. Él podrá sobrevivir y prosperar. Tiene que creerlo. Incluso sabiendo que cada madre y amante y amigo debe pensar lo mismo de su propio santo... ¿Qué más puede hacer? ¿Qué más *tendrá permitido* hacer?

—Yo iría en su lugar si pudiera —insiste Arthur.

—Lo harías por ti —murmura ella.

—Lo haría por todos nosotros.

Mairwen sacude la cabeza. Sabe que está mintiendo. A Arthur no le importa salvar a las personas en Las Tres Gracias. Solo quiere probarles que sí es capaz. Quiere ser el santo que eliminará a la niñita que lo persigue en su cabeza peor de lo que lo hace en la vida real.

—No intentes ser algo que no eres, Arthur —le dice ella, sabiendo que se lo tomará a mal.

Arthur se pasa ambas manos por su cabello rizado y tira de él con fuerza. Pero no dice nada. Mair aprieta los dientes para no decir más nada y se marcha de su lado. Ella no comprende el enojo de Arthur. Lo único que sabe es que su enojo siempre la hace enojar a ella también. Rhun dice que estos dos deberían ser mejores amigos. *Los dos son tan extraños y bellos, ¡mis dos personas favoritas en este mundo!* Pero Mairwen no puede perdonar a Arthur.

—Mairwen —dice él.

Ella lo escucha desenfundar uno de sus cuchillos.

Mairwen se da vuelta y sigue la mirada de Arthur, que apunta hacia el bosque.

Un ciervo camina muy lentamente sobre el lecho de hojas en el suelo. Unas pequeñas astas le salen del cráneo, y en ellas se reflejan los primeros destellos de la luz del amanecer.

Le corre sangre por la boca, un diente increíblemente afilado le atraviesa la cara de forma extraña. Unas hiedras verdes le envuelven las piernas y, cuando avanza un paso más, Mair logra ver sus garras... Sí, garras. No son pezuñas.

El animal alza su cabeza y la mira directo a ella con ojos color púrpura.

Mairwen da un paso hacia adelante, asombrada y emocionada a la vez.

La criatura lanza un bramido, un lamento de furia y dolor, y luego se pone a la carga.

Arthur da un salto entre el animal y Mairwen sin dudarlo, con el cuchillo en alto. Esquiva sus dientes y clava su largo cuchillo bien profundo en el cuello de la criatura. El animal grita y se retuerce, arañando a Arthur. Se arroja al suelo, rueda y patea las patas traseras del animal.

Con lo único que Mairwen cuenta en este momento es con su propio cuerpo, y ninguna arma. Golpea al animal en el rostro, justo sobre la aterciopelada mejilla. El animal grita y agita su cabeza furiosamente, casi dándole en la cara con sus cuernos. Ella se apresura a echarse hacia atrás y escapa colina arriba. Arthur apuñada al animal en un costado con un segundo cuchillo, una y otra vez.

La criatura pierde el equilibrio, cae sobre sus rodillas y aúlla. Arthur toma el primer cuchillo y lo arranca del cuerpo del animal.

De pronto, silencio absoluto. Está muerto.

Mair se adelanta nuevamente. Está temblando. Toma a Arthur del brazo para ayudarlo a ponerse de pie. Juntos observan a la criatura, que yace en el suelo. Sus astas no parecen huesos, sino unas ramas de árbol en invierno, y sus garras son negras. Unas pequeñísimas violas púrpuras florecen de sus heridas y las hiedras se enroscan alrededor de las piernas y el torso, son hojas que emergen de su propia sangre, como si sus costillas cobrasen vida para ahorcarlo.

Arthur se limpia la sangre de la frente. Está herido, pero no es nada preocupante. Es solo un corte poco profundo en el cuero cabelludo, y Mairwen también le encuentra un raspón en su jubón que no alcanzó a rozarle la piel. Su antebrazo derecho tiene manchas de sangre. Pero es sangre púrpura del mismo ciervo, que mancha su torso, su cuello y el lado derecho de su cara.

—Debemos deshacernos de esta cosa —dice Arthur.

—¿Qué? ¿Por qué? —Mair preferiría poder estudiar el espécimen, tomar esos cuernos e investigar de qué están hechos. Nada había salido del bosque hasta ahora, no que ella supiera. Los pájaros jamás vuelan libres; solo gritan con sus voces humanas. Esos ratones escamosos jamás huyen siquiera un centímetro del límite entre el bosque y el pueblo, y ninguna serpiente emerge buscando la luz del sol.

Arthur susurra la peor de las maldiciones que se le ocurre y sacude la cabeza.

—Anoche se andaba diciendo que John Upjohn hizo algo mal, que será su culpa si el pacto termina por romperse.

—¡Él es un santo!

—Si alguien ve a este monstruo, cundirá el pánico.

Mairwen mira los ojos ardientes y claros de Arthur.

—Esto no es culpa de John.

—Pero algo ha salido muy mal. Esto no es natural, incluso para este bosque.

—Pobrecito —dice ella, y sus ojos caen sobre el cuerpo malformado de carne y hojas. Arthur tiene razón: el pacto se ha roto, o se ha debilitado tanto que no puede detener a los monstruos que habitan el bosque.

—Debemos devolverlo al otro lado.

Arthur se agacha y toma al animal por el cuello. Mair lo toma de los tobillos, levanta y arrastra.

Se siente mucho más liviano de lo que debería ser. Como si lo que fuera que hay en su interior se hubiera secado o incluso esfumado.

Se las arreglan para arrastrarlo hasta el límite donde comienza el bosque, donde el sol naciente aún no llega a penetrar. A la cuenta de tres, lo hacen rodar hacia las sombras y luego se quedan allí un rato, intentando recuperar el aliento y observando el animal, que ahora yace escondido en el colchón de hojas secas y en descomposición a menos de un metro de distancia de la luz.

El movimiento del pasto alto detrás de ellos les advierte que alguien está llegando. Mair corre como un rayo colina arriba justo a tiempo para ver a Rhun saltar por encima de la pared de piedra con mucha facilidad incluso cuando trae a la pequeña Genny Bowen en sus brazos. Toda la urgencia que Mair podría haber sentido se desbarata apenas lo ve. *Rhun Sayer cargando un bebé.* Piensa en su padre, Carey Morgan, el santo que se adentró en el bosque sin saber que tenía una hija en camino. Rhun sería un padre maravilloso.

Mair lanza un suspiro lleno de melancolía justo cuando Arthur se le une.

—*Maldición* —murmura Arthur, triste y furioso, consciente de que él y Mairwen están pensando lo mismo.

Pero Rhun les sonríe a ambos, una sonrisa amplia y varonil, y levanta la manita de Genny para que parezca que ella también está feliz de verlos.

—Ve al arroyo y lávate la cara —Mairwen le dice a Arthur.

—Al menos él sí debería saberlo —le responde él.

Mairwen duda por un instante, pero luego asiente con la cabeza y camina lentamente hacia Rhun, que los saluda a ambos con un "buenos días". Como si estuviera siendo manejado por fuerzas invisibles, él también se les acerca. Incluso con Genny en el medio, la besa.

El beso es algo que Mairwen recibe agradecida. Siente que aquieta su corazón, sus huesos dejan de vibrar tan ansiosamente, como pasa siempre que Rhun la besa. Siente que echa raíces, como un sauce. Genny coloca su mano caliente sobre la mejilla de Mairwen.

—¿Besándose donde el diablo puede verlos? —dice Arthur con un dejo de veneno en su tono de voz.

Rhun y Mairwen se separan, aunque Rhun no se aleja demasiado. Mairwen mira a Arthur con cierto enojo.

—¿Qué ha sucedido? —pregunta Rhun, con algo de horror. Sus mejillas se sienten ásperas ahora que una barba irregular comienza a crecerle, y tiene los labios apretados, por la tensión.

—Hola, Genny —saluda Mairwen, tomando en brazos a la pequeña.

—¿Arthur...? —Rhun ve la sangre en el rostro de Arthur.

—Mamá está enferma —le dice la niña a Mairwen.

—Entonces está bien —dice Arthur, señalando con su mano al norte—. Hay sangre en el Árbol de los Huesos.

Todos miran en la misma dirección.

Y allí, alzándose desde lo más profundo del centro del bosque, el Árbol de los Huesos abre sus ramas y unos cuantos capullos rojos se abren para reflejar el ardor del amanecer.

—Entonces —pero Rhun no puede pronunciar otra palabra.

El terror se afianza en Mairwen como si hubiese tragado un puñado de huesos.

Arthur coloca su mano de lleno sobre el hombro de Rhun, mirando fijo las flores sangrientas.

—Mañana a la noche.

Para cuando los primeros aldeanos llegan al lugar, Arthur y Rhun ya han ido al arroyo y regresado. Arthur fue a lavarse la cara y aprovechó a contarle a Rhun su pequeña aventura de la mañana. Mairwen sostiene en sus brazos a Genny y le canta en voz baja. Es una canción sobre el Árbol de los Huesos, sobre tres ardillitas que intentan hacer un nido en sus ramas, y a las tres les crecen alas, cuernos y colmillos. Mairwen no recuerda dónde la aprendió… Tal vez de su abuela… O tal vez la haya inventado ella solita durante las largas horas que se la pasaba limpiando huesos para tallar peines y agujas.

Afortunadamente, a Genny parece gustarle la canción y, como el resto de los aldeanos también se le acercan, Mairwen vuelve a empezar, aunque esta vez canta más fuerte. Todos la miran. La extraña hija de aquel santo. *Todos* la miran, incluso las hermanas Pugh, los pastores y panaderos, las familias que piden por su bendición y aquellos que piensan que es extraño que baile al borde de las sombras y ponga huesos a hervir a pesar de tener un padre santo. Gethin Couch, el padre de Arthur y el curtidor oficial del pueblo, también está allí, de pie junto con algunos cerveceros, observando a su hijo desde la misma distancia de siempre. También está Lace Upjohn, la madre del último muchacho en ser enviado al bosque. Ella tal vez comprenda un poco más cómo se siente Mairwen en este instante. John no está aquí. Devyn Argall llega cargando un banquillo para Cat Dee, la mujer más vieja del pueblo. Y Mair también ve a su amiga Haf Lewis, una hermosa muchachita de sonrisa optimista, mejillas bronceadas y trenzas negras que no cree que Mairwen sea tan extraña como se le acusa. Para ella Mairwen es simplemente Mairwen.

La voz de Mair se desvanece en el aire, y Genny se sacude en sus brazos, pidiendo que la baje al suelo. Mairwen se agacha y la niña apoya sus piecitos sin zapatos, pero con medias, en el suelo y se tambalea un poco antes de salir a paso apurado al encuentro con su padre, que ha llegado cargando a su madre en brazos para que los dos pudieras ver las hojas color escarlata que coronan el Árbol de los Huesos y saber que pronto Liza Bowen sanaría, porque las hojas manchadas en sangre son prueba de que el pacto puede reformularse con el ingreso al bosque de un nuevo santo. A Mairwen le encantaría poder creerlo. Pero algo está mal, así que es probable que *todo* esté mal. Busca a su madre, y encuentra a la bruja de pie frente a la multitud. Aderyn se relaja cuando ve a su hija. Le hace señas para que se acerque.

Es la hora de que comience el primer ritual. Las dos brujas caminan por entre el grupo de caballos y elijen a uno bien sano. Es un ruano de color oscuro, fuerte y joven, y tiene una cría que lleva sus mismas características; eso evitará que la manada pierda su poder. Aderyn lleva al caballo elegido hasta donde esperan el resto de las mujeres. Ellas le cepillan el cuerpo y trenzan su melena y su cola con moños rojos, y le cuelgan del cuello una corona de cardos y encinas. Luego, los hombres ungen la frente del caballo con un bálsamo bendecido, y cada uno de los muchachos con posibilidad de consagrarse santo en esta Luna de Sacrificio también se acerca. Uno a uno, todos se toman de la corona con tanta fuerza que los cardos y las encinas les lastiman las manos, y sangran, y se acercan a la oreja del caballo y le susurran en voz muy baja su nombre.

Mairwen rechina los dientes, ansiosa.

—Sé que tienes una historia para mí, pajarilla —murmura su madre—. Hay sangre en tu manga y sé que has estado llorando.

—No aquí —le contesta Mairwen, apoyando su brazo contra el de su madre. *El demonio es el viejo dios del bosque*, le murmuraba su madre cada vez que estaban a solas y le contaba la historia de su familia solo a ella. Esa era la primera línea de la versión privada de la historia de las brujas Grace. *Era grande y poderoso, hermoso y de temer, pero en verdad amaba a la primera bruja Grace, y fue a partir de ese gran amor que nació el pacto. Este valle está construido sobre el amor, pajarilla mía. Ve tras él, siempre. Allí es donde reside nuestro poder.*

—Buenos días, Mair —murmura Haf, que viene detrás. Mair aprieta la mano de su madre y luego la suelta para hablar con su amiga.

Mairwen le lleva casi una cabeza, pero esa corona de trenzas adornando su cabello le regala unos cuantos centímetros más. Haf es un año más grande que Mairwen, y está comprometida con Ifan Pugh, pero la gente suele señalarla como la más juvenil de las dos por su sonrisa fácil y la tendencia a olvidar lo que está haciendo. Pero jamás se olvida de lo que ha dicho o prometido. Haf adora a Mairwen por ser tan valiente y porque entiende que la distracción y la curiosidad que tiene su amiga por determinadas cosas no tiene nada que ver con ninguna insuficiencia propia tampoco. Fue su personalidad y esa confianza que hicieron que Mair se enamorara de Haf inmediatamente. Fue Mair quien había negociado el compromiso con Ifan Pugh, ocho años más grande que ella, porque el muchacho se había puesto demasiado nervioso como para acercársele. Y eso había puesto a Mair a su favor, porque ¿quién, a excepción de una persona verdaderamente enamorada, le temería más a Haf que a ella?

Mairwen abraza a su amiga por la cintura y la trae contra sí.

—¿Crees que será Rhun? —le pregunta Haf en voz muy baja. Mair mira a los muchachos que ya han formado fila para susurrarle su nombre al caballo. Allí está Rhun con Arthur, apoyándose en su hombro cual camarada, como un muchacho sin ningún tipo de preocupaciones en este mundo, incluso a pesar del hecho de que la Luna del Sacrificio ha llegado más temprano esta vez y muy a pesar del monstruo de esta mañana. Mientras tanto, Arthur echa humo en silencio, moviendo la mandíbula de un lado para el otro para contener su ansiedad. A su lado también están Per Argall, los muchachos Parry y Bevan Heir: todos de entre quince y veinte años que se ofrecen esta noche al pueblo. Pero todos saben quién es el que será enviado al bosque esta vez.

—Él es el mejor —murmura Mair. Sin siquiera decir adiós, se aleja de Haf en dirección a su hogar.

Patea el pasto alto mientras avanza, encontrando satisfacción al ver explotar y desparramarse las pequeñitas semillas doradas de la cebada. Debe de haber una razón por la que esto sucedió ahora, debe de haber una causa… y seguramente esa causa no sea John Upjohn. Si algo salió mal con su expedición, ¿por qué el pacto duró estos tres últimos años sin problemas y no colapsó justo después de que John sobreviviera al bosque?

Mair aprieta los dientes y se prepara para hacer todas estas preguntas a Aderyn Grace.

¿Tú sabes qué es lo que está mal? Deberías, ¿no crees? ¿Acaso no eres una bruja Grace?

¿Por qué no puedo ir yo? Dime la verdad. ¿Qué es entonces la magia en mi corazón o en mis huesos? Soy mitad santa, ¿no es así?

¿Por qué un monstruo intentó escapar?

¿Qué puedo hacer para salvar a Rhun Sayer?

Apenas prestando atención mientras cruza el muro de piedra, apenas controlando su velocidad mientras sale corriendo colina abajo hacia la casa de las brujas Grace, Mairwen respira entre dientes, odia esta incertidumbre. Hasta Arthur sabe cuál será su rol en el día de hoy: postularse para ser un santo, junto con todos los demás. Haf también sabe, y todos los demás aldeanos lo saben: el valle está listo para la celebración con fogata de esta noche, con un festín y baile y el ritual de arrojar los amuletos al fuego. Las mujeres y las niñas hornearán y barrerán. Los hombres y los niños correrán mesas y bancos, asarán un cerdo, llevarán barriles de cerveza.

Mairwen es la única que no sabe cuál es su rol. Claro que aún no es *la* bruja Grace, pero también sabe que es más que solo una niña.

El bosque la llama. El Árbol de los Huesos la llama.

¿Por qué no tenía permitido responder? ¿Por qué no tiene permitido *participar*?

Yo correría por él, había dicho Arthur. Bueno, también Mairwen. Y ella sería más veloz y decidida que él.

¿Por qué le importaba a la magia que fuera el sacrificio de un varón y no de una mujer?

Pero tal vez al demonio sí le importase.

Mairwen abre el pequeño portón de madera e ingresa al patio de su madre, y se detiene cuando oye un gruñido azorado a su izquierda.

Es John Upjohn, agachado del lado interior de la cerca, medio escondido entre los arbustos de grosellas. Tiene veintiún años y es alto y esbelto, con ojos de un verde claro y cabellos finos y dorados que recoge hacia atrás en una cola. Mair ya está tan acostumbrada a su apariencia y actitud fantasmales que le resulta difícil creerle a la gente que lo recuerda alegre y animado antes de su paso por el bosque.

Esconde su muñón en un bolsillo especialmente cosido para él en uno de los lados de su abrigo.

—Mairwen —dice él, intentando sonar normal.

—¡Ah, John! —se arroja a su lado, pero sin tocarlo. Siempre espera a que sea él quien hace contacto primero.

—¿Te encuentras bien? Pensé que estarías con tu madre.

John inclina la cabeza a un lado, el único gesto que expresará su inquietud.

—¿Había sangre en el Árbol de los Huesos?

—Sí —Mair hace un gran esfuerzo para mantener la monotonía en su voz. Intenta ocultar su enojo y su confusión.

A él se le nota la pena en el rostro, pero no la sorpresa.

—¿Me dirás de una vez por todas qué fue lo que te sucedió en el bosque? —le pregunta ella.

—No fui yo quien hizo esto, Mairwen Grace —y cuando le responde lo hace con más ferocidad de lo que ella le ha oído jamás.

—Jamás insinué nada parecido —le responde, volviendo a ponerse de pie—. Esto es algo nuevo, John; una Luna del Sacrificio que llega mucho antes de lo previsto por primera vez en doscientos años. No puede enojarte que queramos saber la razón, y tú eres la última persona que estuvo allí dentro.

El santo cierra los ojos y se pasa la mano por la cara. Luego, por la barbilla, para después convertirla en puño y golpear con fuerza el pasto a su lado.

—Lo lamento mucho —murmura él.

Con mucho cuidado, Mairwen se arrodilla. Rompe su propia regla y coloca su mano sobre la rodilla de John.

—He sido un refugio para ti todos estos años. Mi madre y yo, de hecho. No quisiera que eso se termine hoy. Soy yo la que lo lamenta.

Se quedan allí en silencio, solo respirando, pensando para sus adentros.

Ella piensa en las veces en que él trajo sus pesadillas hasta su puerta, de cómo ella lo sujetaba por los hombros mientras él se estremecía del miedo.

–¿No puedes decirme al menos algo, John? –le pregunta Mair, tan suave y dulce como puede–. ¿Viste al demonio aquella noche? ¿Cómo es? ¿Cómo es que perdiste la mano? ¿Qué hay allí dentro? ¿Es un lugar hermoso?

–¿Hermoso? –dice con ceño fruncido–. Definitivamente no.

Y es un *no* que resuena atravesando todas sus otras preguntas también. Mair quisiera discutir con él, pero él es John Upjohn, el último santo, así que no lo hará. Por el contrario, gira y se apoya en la cerca, donde una planta de grosellas se enreda en el cabello.

–La mayor parte de todo aquello solo sigue en el recuerdo de mis pesadillas –confiesa él.

–¿Por qué te has quedado si es tan duro el recuerdo? –le pregunta Mair sin mirarlo–. No fue por mí, eso está claro.

–El solo pensar en abandonar este lugar es incluso peor. No sé cómo hicieron los otros santos que sobrevivieron al bosque, incluso con la ayuda y el dinero por parte del Lord. Una parte de mí jamás abandonó el bosque. No solo mi… No me refiero a… Pero al menos aquí estoy cerca. *Debo* quedarme cerca.

–Ah, John –susurra Mair, acercándosele más aún.

–No debería esconderme hoy. Eso solo empeorará las cosas.

–Solo sé tú mismo. No has hecho nada malo. No dejaré que nadie te haga daño.

–Te creo –responde él.

–Quiero entrar al bosque –le dice ella manteniendo el mismo tono bajo–. Para descubrir qué fue lo que cambió. John, siento que esto es… una oportunidad. Una puerta a ese mundo por la que solo yo puedo pasar.

—No —John Upjohn amaga con levantarse, pero antes la toma del hombro—. Escucha, Mairwen Grace —dice firmemente, haciendo sonar su nombre como una invocación—, no lo hagas. Piensa en mí. Tú me pediste que me quedara tres años atrás, y yo ahora te pido que hagas lo mismo.

A pesar de que es una mañana muy fría, caen gotas de sudor por la frente.

—Puedo con eso, John —dice ella con desprecio.

—Pero no deberías. Nadie debería hacerlo —Esta vez, hunde más fuerte sus dedos en el hombro de ella.

—Rhun tendrá que hacerlo. ¿Por qué debería de lidiar con eso él solo?

John hace una pausa y baja los ojos. Mair lucha por regular su respiración agitada y así parecer menos enojada, menos alterada.

—Lo siento, Mairwen.

La frustración tensa sus músculos, y Mair debe clavar los dedos en el pasto, arrancando puñados enteros de raíz.

Aderyn regresa una vez que el ritual ya ha terminado. Hace una pausa al ver a su hija y al último santo apoyados el uno sobre el otro en su patio. Mairwen se pone de pie de un salto y conduce a Aderyn al interior de la casa, a la resca sombra de su cocina.

—Madre, ¡un ciervo se escapó del bosque esta mañana! Era monstruoso y deforme. Arthur lo mató y entre él y yo volvimos a colocarlo del lado del bosque.

Mairwen puede ver las líneas en la frente de Aderyn.

—Eso no había sucedido jamás.

—Lo sé. Algo está *muy* mal.

83

—Pero no queda nada por hacer. Solo dejar que la Luna del Sacrificio siga su curso.

—¿Nada? ¡Pero nosotras somos brujas!

—Y protegemos el pacto.

—¿No deberíamos investigar qué está sucediendo? ¿Y si el demonio está herido? ¿Y si el corazón de la primera Grace ya no puede soportar el peso del pacto? Su amor ha perdurado doscientos años, y eso es mucho tiempo.

—Pero no es para siempre —dijo Aderyn con una sonrisa seca—. La magia promete que el pacto durará siempre y cuando nosotros enviemos a nuestro santo con él.

—Cada siete años —grita Mairwen, e inmediatamente baja la voz y mira hacia la ventana de la cocina—. Pero solo han pasado tres desde que John logró escapar.

Aderyn toma a su hija por los hombros, estudiándola un largo rato, hasta que Mairwen se lame los labios y enreda los dedos en la falda de su madre.

—Pero John no es el primer santo en regresar del bosque, y esto sí es nuevo —dice Aderyn.

—Entonces tiene que haber algo más. ¡Algo ha cambiado! ¿No crees que necesitaríamos saber qué es? ¿Por qué no puedo ir yo? Soy fuerte. Soy veloz. Yo… No seré ni tan fuerte ni veloz como Rhun, pero sé que soy lista —Mair sabe que es su madre con la que está hablando.

Aderyn lleva a su hija hasta el hogar, donde ambas se arrodillan ante la gran piedra oscura.

—No pueden ir allí dentro, pajarilla. En especial tú. No porque seas una niña, sino por la sangre que corre por tus venas. Sé que lo deseas con todas tus ganas. Sé que sientes que te está llamando. Pero responderle no valdrá la pena. Estarías poniendo en riesgo tu corazón.

Mairwen apoya la mejilla sobre la falda de su madre. Cierra los ojos y escucha… Escucha con mucha atención al latir de su propio corazón, rápido y fuerte. Aderyn le acaricia sus cabellos e intenta desenredarlos.

—¿Estás segura de que no valdría la pena el riesgo? —susurra Mairwen.

—Eres una bruja Grace, no una santa. Ya te lo he dicho. Cuando una bruja Grace entra en el bosque, jamás sale. Nuestros corazones están atados a ese Árbol de los Huesos, tal como lo estaba el corazón de la pequeña hermana Grace. Espera hasta que hayas vivido una larga y plena vida.

—Rhun tampoco ha tenido una larga y plena vida aún.

—Eso es parte del sacrificio.

—Ya es duro pensar que Rhun morirá si el bosque nos da los siete años que nos debe —dice Mairwen mientras juega con la falda de su madre—. ¿Pero qué pasará si son solo tres años? ¡O incluso menos! No podemos estar seguros de que su sacrificio vaya a ser suficiente si no sabemos qué es lo que ha cambiado allí dentro.

Su madre le sigue acariciando la cabeza.

—Ten fe y amor, pajarilla. En el pacto, en nuestras tradiciones. Confía. Que hayamos tenido un ciclo diferente al resto no significa que nada vaya a valer la pena. Tú *eres* fuerte, Mairwen, y lo que haces tiene un significado para este pueblo. Muéstrales cómo comportarse, muéstrales cómo serás capaz de guiarlos después de mí. No solo por Las Tres Gracias, sino también por Rhun Sayer. Demuéstrale que te mantendrás fuerte cuando le llegue su momento.

—Pero lo amo. ¿Será eso suficiente para salvarlo? —Mair se aferra a las rodillas de su madre. ¿Cómo se ha atrevido a decir semejante cosa cuando su madre perdió a su amor en ese mismo bosque hace diecisiete años?

Sin embargo, Aderyn juega con los rizos de Mair y le responde con mucha dulzura.

—Ese muchacho ama bien y extensamente. Si es verdad que el amor puede proteger a alguien, protegerá a Rhun Sayer.

—¿Acaso ama demasiado bien? —dice Mairwen, entrando en pánico—. ¿Demasiado extensamente?

—Pajarilla mía, no creo que eso siquiera sea posible.

Haf Lewis y su hermana Bree llegan a cocinar para la fogata de esta noche, y envían a Aderyn a que vaya a ver cómo están Rhos y la bebé en casa de los Priddy. Mair desquita su frustración sobre la masa, y su pan termina resultando demasiado duro.

Haf y su hermana de quince años siguen hablando entre ellas. Bromean, compiten para ver quién hará los mejores pasteles. Sonríen ampliamente y sus dedos se mueven a toda velocidad. Nadie puede negar que estas muchachas sean hermanas. Ambas tienen rostros redondos, cabello negro y sedoso, y ojos brillantes, aunque los de Bree son de un verde sorprendente y su piel es bronceada, evidencia de tres generaciones de Lewis que vivieron y se casaron en Las Tres Gracias.

Cuando la mejor amiga de Bree, Emma Parry, entra apresurada en la cocina, deja allí un recipiente con carne y toma más miel de sauco para las hermanas Pugh, choca contra Mair tan fuerte que Mair la ataca tirándole un puñado de harina en la cara.

—¡Fíjate por dónde vas!

El polvo da de lleno en todo el cabello de Emma. La muchacha se ve furiosa, frunce los labios y se coloca las manos a ambos lados de las caderas.

—Deberías ir a la plaza ahora, Mairwen —dice Emma con falsa amabilidad—. Los muchachos están construyendo su fogata, y creo que Arthur Couch la está pasando mucho mejor que Rhun Sayer.

—Ah —dice Bree—, deberías ir a bendecirlos, Mair. Ve ahora.

—Apuesto a que ya ha *bendecido* a Rhun Sayer —agrega Emma entre risas.

Bree hace un gesto de sorpresa, pero Mairwen lo ignora, y se limita a llevar la olla hasta el fuego y revuelve su salsa de grosellas.

—Lo que quise decir es…

—Sé lo que quieres decir, Emma —dice Mair con frialdad. La verdad es que Mairwen disfruta de este tipo de acusaciones. Es bueno para la reputación de Rhun.

Emma sale de la cabaña nuevamente.

—Solo está algo exaltada —dice Haf.

Mair deja de revolver la salsa verde que estaba preparando. Unos minutos más serán suficientes. Necesita terminar de enrollar la masa. O podría dejar que se pase, que se queme, y entonces la arruinaría y podría salir corriendo otra vez hacia la pradera y estar sola, donde no podrá arruinar las costumbres del pueblo.

Se da vuelta para dirigirse a Haf y su hermana, que están de pie junto a la mesa que tiene una pila de pasteles impecables listos para ser llevados a los hornos de los Priddy. Bree tiene la mirada puesta en la mesada; sus dedos pequeños arman el repulgue de un pastel relleno de la carne de venado que Emma acaba de traer. Bree levanta la mirada. Mira a Mairwen por debajo de sus cejas oscuras y luego vuelve la mirada a su masa y se muerde el labio.

Mairwen quita la olla con las grosellas del fuego y lo deja sobre el hogar para que se enfríe. La piedra que conforma el hogar es vieja y de color gris azulado, un solo bloque tallado de forma rectangular como si fuese una piedra pagana antigua inclinada sobre uno de sus lados. Es posible que sea exactamente ese su origen. Mairwen se limpia las manos sobre su delantal.

—¿Crees que todo esto que estamos preparando realmente importe? ¿No deberíamos estar haciendo algo más? ¿Cómo, por ejemplo, intentar descubrir qué fue lo que provocó este cambio? ¿Y si la culpa la tenemos todos en el pueblo?

Haf inclina la cabeza, considerando lo que Mair acaba de decir. Aun así, ni un solo cabello de su corona de trenzas se mueve de lugar. La luz del sol de la tarde atraviesa las ventanas orientadas al oeste, iluminando racimos de hierbas secas que cuelgan de las vigas, y las paredes caladas brillan más que nunca. El aire huele a grosellas agrias y harina, a fuego y piedra caliente.

—¿No se supone que debemos seguir adelante con el pacto sin importar lo que suceda? —dice Haf finalmente—. Jamás he estado enferma, y jamás he perdido un hermano o una hermana.

Los dedos de Bree se retuercen, arruinando así el repulgue de su pastel. Sus trenzas están desarregladas, se desarman. Eso es porque, por alguna razón desconocida propia de una hermana menor, se niega a que Haf le trence el cabello.

—Nuestra abuela solía contarnos historias sobre las plagas que nos castigaban cuando aún éramos malas personas —sigue Bree—. Nos contaba que la piel se descomponía y salían furúnculos que segregaban sangre hasta que terminabas por toser y escupir tus entrañas hacia el exterior. Decía que, si no nos portábamos bien, nos iban a obligar a abandonar Las Tres Gracias y moriríamos después.

—Ay, Bree —dice Haf, algo molesta.

—¡Eso es terrible! —dice Mairwen. No puede siquiera imaginarse lo horrible que eso debería de oler y el terror que causaría a las personas—. Pero sé por qué tenemos ese pacto. Sé por qué enviamos a nuestros santos al bosque. Entiendo esa parte del sacrificio. O al menos entiendo cómo es que se supone que debe funcionar. ¿Pero cómo podemos seguir adelante con las tradiciones de siempre, hacer lo que siempre hemos hecho, cuando la última vez que lo hicimos el pacto solo duró tres años? ¿Cómo es que nuestros rituales de siempre siguen teniendo el mismo peso? ¿Estos pasteles importarán? ¿Y la celebración junto a la fogata importa? ¿La bendición de la camisa del santo importa? Siento que es totalmente inútil si no sabemos si funcionará o no.

—¿Qué más podemos hacer si no es intentar arreglarlo? —pregunta Haf.

—¡Es que no sabemos qué es lo que está roto! —se mofa Mairwen.

—Mi mamá dice que la mano de John que quedó en el bosque es lo único distinto esta vez —murmura Bree.

—Eso ya lo sabemos —dice Mair con pesimismo, pensando en el monstruoso ciervo que había encontrado—. Y, según las reglas del pacto, no hizo nada malo al sobrevivir y dejar su mano atrás.

—Eso ya lo sabemos —repite Haf, sugerente.

Mair aprieta los dientes, pensando en las sombras frías del bosque.

—Exacto. Quiero saber más.

—Pero ¿cómo podrías averiguarlo sin arriesgarte a que *todo lo demás* también se rompa?

—No hay ninguna regla que diga que nadie puede ingresar en el bosque en cualquier otro día del año. Es simplemente que no lo hacemos… porque le tenemos miedo al demonio.

—¡Y por una buena razón, Mairwen Grace! —dice Haf con ojos muy abiertos.

—No puedes ir allí —dice Bree.

—Eso es lo que todo el mundo dice —grita Mairwen.

—Tal vez —dice Haf, bajando el tono de su voz— deberíamos pensar en algo que pudiéramos hacer y que no ponga en riesgo ni al santo ni al pacto en sí mismo.

—Como pasteles y bendiciones. John también tuvo todo eso.

–Y sobrevivió.

No hay nada más que agregar. Todo lleva a lo mismo: a Mairwen no se le permite hacer nada útil. De repente, se le ocurre que fabricará sus propios amuletos para Rhun, para protegerlo.

Cuando los pasteles están listos, con su repulgue terminado y relleno de carne de venado y grosellas, los cargan a todos en la canasta, que ha sido forrada cuidadosamente con una tela, y se alistan para transportarlos hasta el pueblo. Las ventanas de las casas por las que pasan están abiertas de par en par, se escucha el parloteo y las risas por las calles embarradas. Los niños corren más libres que nunca, jugando a ser demonios y santos en plena cacería o imitando los juegos de los más grandes, como el tiro, la fuerza y el equilibrio. Los pequeños Rees pasan galopando y riéndose y aúllan como si fueran una bestia de seis patas. Los niños más grandes vienen detrás, discutiendo para ver quién matará al dragón rojo de Monte Grace. Mair decide descascarar tanta oscuridad, este aire triste y taciturno, tal como su madre le había sugerido. Se concentrará en los protagonistas de esta noche: en los potenciales santos.

Mientras se acercan a la plaza, sienten un cambio en el aire: sigue siendo de celebración, claro, pero hay mayor tensión. Haf dice que llevará los pasteles para ser horneados y que luego se unirá a Mair y Bree para quedarse observando a los muchachos.

Cinco pasos más adelante, Mairwen se detiene en la esquina del Royal Barrel. La fogata ya está lista: ramas apiladas, dos veces su altura. Unas cuantas hojas perennes y unos ramilletes de cardos, romero y bardanas la decoran cual manto, y hay hinojo y apio rodeando la base, junto con algunas flores secas y bulbos, para la prosperidad y la buena suerte.

Se ve gloriosa, y arderá durante horas.

Los candidatos se agrupan en la curva sur de la plaza. Ya han colgado la corona del semental sobre la madera que forma la fogata: es casi un brazo de ancha y da la impresión de ser un blanco de arco y flecha. Todos los muchachos sostienen en sus manos sus arcos y usan una alijaba comunal. Mairwen reconoce los instrumentos de cuero: son los de Rhun. Per Argall está de pie sobre la línea de tiza, apuntando. Per cumplió quince años apenas el mes pasado.

Parece que la mitad de ellos ya ha tenido su tiro y, aunque todos han dado en el blanco, ninguno ha dado en el centro, lo que significa que Rhun aún no ha tenido su turno.

Per lanza su flecha, que atraviesa un ramillete de hojas en uno de los bordes de la corona y desaparece. Bree, de pie junto a Mair, aplaude, al igual que el resto de los espectadores en la plaza, algunos incluso burlándose de cómo el sacudón en el momento del lanzamiento le despeinó su melena. *Él jamás será un santo*, piensa Mair. Su hermano mayor tira a continuación, y logra hacerlo apenas un poco mejor.

Rhun y Arthur Couch intercambian miradas. Rhun se encoge de hombros y sonríe, prepara la cuerda de su arco con un simple movimiento. Toma una flecha, se pasa la pluma de la flecha por la mejilla como es su costumbre, se coloca en posición, apunta y suelta la flecha casi con un gesto de indiferencia. Su flecha vuela y se clava a solo tres dedos del centro de la corona.

Mairwen no puede evitar sonreír, orgullosa.

Arthur da un paso hacia adelante. Ya se han lanzado seis flechas, y solo debe vencer la de Rhun.

Se toma más tiempo que Rhun, se relaja en su pose con porte y elegancia, y no con esa habilidad casual de Rhun. Mairwen nota que levanta los hombros y suspira y vuelve a relajarlos antes de disparar.

La flecha sale disparada, y se clava a solo un dedo del centro de la corona.

Todos en la plaza gritan eufóricos, liderados por Gethin Couch, e incluso Haf murmura su sorpresa detrás de Mairwen. Rhun sonríe y saluda a Arthur con unas palmadas en los hombros, dice algo alegre, pero en voz muy baja y que Mair no llega a oír.

Mairwen también sonríe, y Bree aplaude y se une al resto de los muchachos, y todos los hombres que presenciaron semejante espectáculo aplauden con las manos en sus muslos a manera de celebración. Qué pena para Arthur que todas estas pruebas no sean el método real con el que uno se convierte en santo. Esto no es más que un espectáculo para unir a todos los candidatos y evitar que se metan en problemas. Es tradición.

—Creo que podría ser él esta vez —dice Haf, aferrándose a la canasta de pasteles con emoción. Mairwen la fulmina con la mirada. Pareciera que Haf dijo lo que dijo para consolar a Mair.

—¿No dijiste que llevarías esos pasteles a la panadería? —pregunta Mair.

La boca de Haf se retuerce y sus dedos se aferran aún más fuerte al mango de la canasta.

—¡Lo había olvidado! Sí, claro —Se ríe de sí misma y luego sale corriendo.

Bree le da un empujoncito a Mair y usa su mentón para señalar el otro lado de la plaza, a Ifan Pugh, cuyos ojos siguen a Haf mientras esta se marcha.

Mair apenas puede sacar los ojos de los muchachos, especialmente de Rhun y de Arthur mientras organizan una carrera, debatiendo obstáculos y direcciones. Los hombres hacen sugerencias desde afuera: hablan de vallas y trampas. Mairwen se les acerca y se ofrece a hacer de marcador de la carrera junto a Bree y Haf. Sostendrán los lazos que los muchachos deberán llevar de un punto al otro como prueba de que han hecho el recorrido completo. Ya está todo listo, y así se pasan el resto del día: jugando y preparándose para la noche final, la noche de la Luna del Sacrificio.

Cuando el sol se pone, todos regresan a la plaza, acalorados y cubiertos de tierra. Rhun está sonrojado de tanto reír y por haber participado de la carrera, y va siguiendo a todos mientras charlan y discuten quién ganó. Mairwen recibió un saludo de parte de cada uno de los muchachos que participaron de la carrera: un apretón de manos muy caballeresco y un beso en cada mejilla de parte de Bevan Heir, los hermanos Argall y los muchachos Parry, Arthur la besó en los labios, aunque muy raudamente. El beso los dejó a los dos con la misma reacción de sorpresa, y a Mairwen sin aliento. Rhun la levantó en el aire y la besó lo suficiente como para devolverle la sonrisa.

En un momento determinado, Rhun se queda detrás del grupo, no por nervios ni por pesar, sino por el peso de la alegría de saberse afortunado de tener todo lo que tiene. Sigue caminando tranquilo cuando, de repente, ve a John Upjohn andando por un sendero paralelo en dirección al pueblo, y entonces se sale de su camino para encontrarse con el santo.

John Upjohn es la única persona en Las Tres Gracias que jamás le sonríe a Rhun, aunque Rhun ha oído que el santo tiene la sonrisa más dulce, con hoyuelos justo al lado de las comisuras de los labios. A Rhun le encantaría ver esa sonrisa esta noche.

—John —lo llama, casi tímido.

—Rhun Sayer —Y de repente Rhun puede ver unas arrugas profundas a la altura de los ojos, como si John tuviese el doble de la edad que tiene en realidad, y se ven rojos y cansados, señal de que no ha estado durmiendo muy bien. Mairwen le ha contado a Rhun que John sigue teniendo pesadillas; a veces incluso va hasta su casa a mitad de la noche como si el calor del hogar en casa de la familia Grace fuese lo único en el mundo que lo tranquiliza lo suficiente como para volver a dormir. El santo lleva puesto el traje tradicional de un cazador: calzas y un jubón de cuero sobre una camisa de lino, pero esta noche no lleva puesto el sombrero. Su muñón lo ha guardado en un bolsillo poco profundo de su jubón, y en su única mano lleva un racimo de flores secas para la fogata.

Caminan en silencio, dirigiéndose hacia la multitud reunida en la plaza, hacia las antorchas que ya han sido encendidas. Rhun guarda su lengua detrás de los dientes, no muy seguro de saber cómo hacer sonreír al santo. ¿Qué decir en una noche como esta a alguien a quien justamente los recuerdos de esta noche lo persiguen y lo atormentan?

Dos casas antes de alcanzar la plaza, es John el que detiene su andar.

—Recuerdo a tu primo, hace diez años. Yo tenía apenas once años, pero lo recuerdo muy bien. Se veía tan alegre y entusiasmado la noche de su fogata.

—Yo también lo recuerdo —dice Rhun.

—Me ayudó a sobrellevar la mía. Digo, tener ese recuerdo conmigo. Lamento mucho que el recuerdo que te haya tocado a ti sea el mío.

—¡No! —se apura a decir Rhun, y luego toma el brazo de John para reafirmar su negativa—. Yo no lo lamento.

El santo le dedica una sonrisa más que una simple mueca, pero aún no hay hoyuelos a la vista.

—Pronto lo harás.

Un escalofrío recorre la espina dorsal de Rhun, pero en un segundo sacude los hombros y se deshace de esa sensación, como si tener miedo o no fuese una opción.

—Es justamente por ti que quiero participar —le dice.

—¿De verdad? —John Upjohn sacude la cabeza y le muestra su muñón. El puño de la manga está cerrado para que no quede ninguna cicatriz a la vista.

—Puedes elegir —le dice finalmente, de alguna manera haciendo eco de los pensamientos de Rhun.

—Sé que valdrá la pena —le contesta.

Esperar que John coincidiera de inmediato con esa última frase es un error que Rhun entendió en el mismo instante que lo dijo. Cuando John asiente con la cabeza muy lentamente y de mala gana, Rhun se disculpa.

—Lo siento. Esto debe ser algo imposible para ti. Esta noche, por encima de todas las demás.

El santo sonríe con impotencia, y entonces allí los ve: dos hoyuelos enormes que hacen que John se vea más guapo por un instante antes de que la sonrisa vuelva a desaparecer.

—¿Estás frente a la peor y la mejor de todas tus noches, y te disculpas conmigo? Soy yo· quien lo lamenta, Rhun Sayer. Eres demasiado bueno para sobrevivir esto.

Rhun no se siente sorprendido ante semejante opinión, es solo la brusquedad de alguien diciéndolo en voz alta. Abre la boca grande, y por un instante queda desconcertado. Su primo era el mejor, y él no sobrevivió: Rhun jamás había esperado ser mejor que Baeddan.

—No tengo que sobrevivir para cumplir con el pacto. Solo debo llegar al bosque.

—Deberías querer sobrevivir también —Los ojos azules y ahora turbados de John miran fijo los últimos rayos de sol mientras que él se acerca más a Rhun.

—Y… y así es —dice Rhun, aunque poco había pensado hasta ahora en el futuro después de su gran noche. Todos sus pensamientos sobre el futuro habían sido siempre sobre los otros cuatro años que se suponía que tendría hasta la siguiente Luna del Sacrificio. En el momento en que la sangre apareció en el Árbol de los Huesos esta mañana, el futuro de Rhun se desvaneció por completo. En su corazón, en sus entrañas, él sabe que esta es su penúltima noche.

—Muy bien —dice John, algo triste, como si supiera que no es eso lo que Rhun quisiera decir, pero no se atreve a desafiarlo.

El santo y el casi-santo hacen una pausa en un callejón angosto y empedrado.

—Estaré bien, John. Lo prometo —le dice Rhun, aunque odia las mentiras casi tanto como odia los secretos.

—Solo recuerda lo que te dije —dice el santo, dando un paso atrás y mirando sobre su hombro—. Debes tener algo en qué concentrarte más allá del demonio. Más allá de la aventura en sí misma. Algo aquí fuera… algo bueno. Una persona, o una esperanza. Algo que te saque de allí.

—¿En qué pensabas tú?

John baja la mirada y se sostiene el brazo al que le falta la mano. No responde.

Antes de que Rhun pueda insistir con su pregunta, el santo apura el paso hacia la plaza del pueblo.

Tres años atrás, cuando Arthur apenas tenía quince años, su mejor amigo, Rhun, se detuvo sobre el sendero angosto sobre el que habían estado caminando y lo besó. En el instante anterior al beso, mientras Arthur se iba inclinando hacia adelante para besarlo, los ojos de Rhun brillaban de felicidad, tanto que Arthur comenzó a sonreírle justo antes de darse cuenta de lo que estaba sucediendo.

Un segundo más tarde, los labios de Rhun estaban sobre los suyos, cálidos y suaves, y Arthur se echó atrás, sus botas enredadas en el pasto, y debió sujetarse del tronco de un árbol para no caerse. La corteza le lastimó las palmas de las manos y sintió el ardor subírsele por los brazos y explotarle con furia en el cráneo.

Rhun se rio y tomó a Arthur por los hombros.

—Lo siento. No quise asustarte. Yo solo…

—No me *toques* —gritó Arthur, aunque en voz baja.

—¿Qué? —Rhun echo las manos hacia atrás, con los ojos muy abiertos del shock.

Arthur se alejó del árbol y le dio la espalda a Rhun.

—No soy una muchacha —le dijo.

—Eso ya lo sé —Aunque sus palabras estaban tan cargadas de duda que le salió un tono un poco más a pregunta que a afirmación.

Todo lo que Arthur podía ver eran coronas de flores y pétalos prendiéndose fuego, oía la risa de los muchachos y esa mirada compasiva en los ojos de los hombres más grandes. Estaba temblando. Apretó fuerte las manos, que se transformaron en puños.

—No vuelvas a hacerlo. Jamás. No soy una niña.

Rhun no pudo evitarlo, y volvió a acercársele. Tenía miedo, y Arthur podía ver ese miedo en las líneas que se le formaban en la frente.

—Quería que lo supieras —dijo incómodo Rhun, que era aún un joven de catorce años—. La próxima vez seré yo, y quería que lo supieras.

—¿La próxima vez? —Arthur parecía estar gritando, nervioso e histérico—. ¡No puede haber otra vez!

—Me refiero a la Luna del Sacrificio —murmuró Rhun.

Arthur se quedó callado, pero su pecho se movía agitado. Dos días antes de todo esto, John Upjohn había salido del bosque, así es que tenían siete años más de abundancia y prosperidad. Miró fijo a Rhun, asustado y quieto, y sus labios le quemaban. Se los limpió con la parte de atrás de su mano, sin quitarle los ojos de encima a Rhun.

Rhun hizo una mueca, pero no apartó la mirada.

—Sé que no eres una niña, Arthur. Yo solo… Quise besarte de todos modos.

Una ráfaga de viento sacudió algunas hojas doradas entre ellos y las ramas desnudas que tenían sobre las cabezas. Se quedaron quietos. Ambos aún tenían la apariencia de dos niños pequeños y no de los dos jóvenes hombres en los que muy pronto se convertirían. Hacía meses que Arthur no se cortaba el cabello, y ahora le llegaba hasta los hombros, en capas.

El viento le acarició la nuca, donde le hizo cosquillas y le provocó comezón.

—No puedes hacerlo —le dijo Arthur—. Es más que desagradable —agregó despiadada y terminantemente.

Rhun sacudió la cabeza, triste, y la mueca en su boca sumado a la de su nariz y sus ojos y su mandíbula formaban una expresión que Arthur no lograba comprender.

—No hay nada desagradable en nuestro valle —dijo Rhun—. Y no puede haberlo tampoco. Todo aquí es bueno y está bien.

—Yo no —Arthur lo miró con desdén y emprendió su marcha, dando pasos grandes primero y luego corriendo, corriendo por el bosque cortante, subiendo el valle, hasta los puntos más altos de las montañas, donde no había nada más que brezos ásperos y acantilados de piedra caliza.

La próxima vez es en lo único que Arthur puede pensar ahora, cuando ya han pasado esos tres años, mientras que en este atardecer Sy Vaughn y Aderyn Grace traen las antorchas para la fogata.

El joven Lord y la bruja gritan los nombres de todos los candidatos a santo, y juntos encienden el fuego. Juntos derraman vino para los santos y vino también para el demonio, para Dios y sus ángeles, para el rey y los obispos, y para sus abuelas y abuelos, y luego ambas botellas se lanzan contra el fuego. Sy Vaughn luce buenmozo y sonriente, como si él mismo fuese el santo consagrado, mientras que Aderyn se ve fuerte y peligrosa, sus rizos lucen más rojizos bajo la luz del fuego que sostiene en una mano. Clavan sus antorchas en la pila de troncos y maderas. Al principio, solo se veían llamas en la parte interna: arde, un corazón dentro del caparazón de la fogata. Arthur conoce ese pulso demasiado bien.

Luego, unas ramas de hojas perennes provocan un fogonazo y lanzan chispas, y todos aplauden. Los cardos y las ramas más pequeñas también prenden, y entonces todos festejan otra vez.

Una por una, las madres de los potenciales santos caminan o se arrastran o gatean hasta la fogata y lanzan en ella los amuletos de sus hijos, y entonces todo el pueblo hace silencio. Las madres se quedan de pie, una junto a la otra, viendo cómo los amuletos se consumen. Pero la madre de Arthur no está aquí. Ella se fue hace una década, y Nona Sayer no puede arrojar el amuleto que le corresponde a él porque debe arrojar al fuego el de su propio hijo. Nadie había pensado en este detalle, ya que nadie creyó que el potencial de Arthur Couch fuese a importar. Arthur hace una mueca, incluso cuando Rhun le pasa por al lado y golpea su hombro con el suyo con entusiasmo.

De pronto, Mairwen da un paso adelante, arrugando la nariz, como si se sintiera irritada. Abre grandes los ojos cuando mira a Arthur y le muestra el amuleto hecho de huesos que sostiene en su mano: es una cadena de dientes de diferentes formas y tamaños que obtuvo de ciervos, conejos, gatos monteses, pequeños zorros, cabras y ovejas. Alguien llama el nombre de ella, y otros llaman el de Arthur; y entonces Mairwen arroja los dientes al fuego con un movimiento violento.

Arthur se tensa y abre y cierra la boca apretando los dientes, fingiendo morderla, fingiendo estar besándola con la misma violencia. Rhun le clava los dedos de una mano en su hombro, y así es cómo Arthur comprende. Rhun sabe. Rhun siempre sabe.

Se escuchan los tambores, y también varios silbatos y tres violines. Las mujeres traen platos con pasteles para comer junto con el cerdo asado que se ha estado cocinando todo el día en un pozo en la tierra. Hay tartas y pasteles, mucha carne, risas y música, y el baile comienza cuando la luna reemplaza al sol.

Esta luna es casi llena, regordeta y perfecta: un círculo de plata que completa la ardiente fogata. El fuego escupe chispas rojas contra el cielo negro, y son tan brillantes que consumen las estrellas. Y la luna invita a todos a bailar.

Arthur come y bebe, baila con Haf Lewis y su hermana, con Hetty Pugh, que lo miran con ojos entrecerrados y divertidas todo el tiempo. Bebe más y más, prueba también de las copas de sus compañeros, y un botellón entero de Braith Bowen, el herrero, y también acepta bocados de comida que otra gente le ofrece, porque él *es* uno de esos potenciales santos, aunque todo el mundo sabe (*sabe*, asume, presume) que el santo este año será Rhun. Solo el malvado Alun Prichard se burla de Arthur y lo invita a bailar, hace una reverencia y lo llama *Lyn*. Arthur toma al muchacho por el cuello de su camisa y lo arrastra, lo aporrea y con su cabeza le destroza la nariz, y luego lo lanza unos cuantos metros para que se termine de retirar.

Algunos bailarines se encogen de hombros, murmuran y sacuden las cabezas: es Arthur, el mismo Arthur de siempre.

También están allí Mairwen y Rhun, que están bailando muy pegados. Dan vueltas, y Mairwen se aferra a Rhun, y el terror la hiela. De pronto, Mairwen deja de bailar en el medio de la plaza, haciendo que él se tropiece casi elegantemente. Ella sacude la cabeza y Rhun le pasa su bailarina a Arthur.

Él la atrapa antes de que ella tropiece. El cabello corto de Arthur se encrespa, como si fuera un aura de santo, y sonríe mostrando todos los dientes.

—Mairwen Grace —dice él, sin poder contenerse—, ahora baila conmigo en lugar de con Rhun Sayer.

Mairwen se encoge de hombros y gira. Salta y da vueltas, deja la cabeza caer hacia atrás y se suelta el cabello. El mundo da vueltas también, la fogata arde y destella, las personas a su alrededor ríen y danzan, y Arthur la toma de los codos y luego por la cintura mientras siguen girando. La acerca más a él, ahora están cuerpo a cuerpo, en el centro de toda esta locura, y la luna llena se refleja en su cabello enredado con una luz fantasmal.

—Estoy bailando con todos los candidatos —dice ella.

—Es probable que *yo* sea el elegido —le murmura al oído, y Mairwen se ríe. Se ríe tan fuerte que todos giran las cabezas y los observan. Toma el cuello de Arthur con ambas manos y sonríe.

—Eso estaría muy bien —le declara, sin dejar de reír.

Salen chispas disparadas de la fogata, formando figuras al estilo constelaciones.

La ira quema a Arthur por dentro, y trae a Mair aún más cerca, como si quisiera golpear su cabeza con la suya como había hecho con Alun Prichard.

—Deberás volver a cortarte el cabello, chico violento —murmura ella.

Juega con las puntas irregulares del cabello de Arthur con ambas manos, y también con los lóbulos de sus orejas, y eso al muchacho le provoca escalofríos. El toque de las manos de Mair le deja una impresión de frío, una sensación que baja directamente a sus entrañas. Arthur se echa hacia atrás, abriéndose paso entre la multitud, lejos del fuego y de los tambores.

—Lo lamento —grita ella desde donde quedó parada, mientras que él llega al patio de la iglesia y se detiene contra la pared de piedra del pequeño cementerio. Se da vuelta para mirarla. La luz de la fogata brilla detrás, creando un halo a su alrededor. Mairwen toca la pared para recuperar el equilibrio y se da cuenta de que ella está más borracha que él.

—No lo lamentes —dice Arthur.

—Arthur —dice ella—, jamás he estado tan… tan fuera de mí.

Él no se mueve, es un espíritu pálido contra el oscuro cementerio. Bloques de piedra marcados con nombres de familias en líneas inconsistentes entre el monumento de la santa cruz al oeste y el monumento en forma de columna tallado con los nombres de todos los muchachos que perdieron la vida en el Bosque del Demonio en los últimos doscientos años. Arthur no puede leer los nombres desde aquí, pero los conoce, y conoce el orden también. Los recita en su mente, para distraerse. El último nombre es *Baeddan Sayer*, tallado diez años atrás. ¿Cuán terrible se sentirá ver el nombre de Rhun allí? ¿O esperar hasta el amanecer para entender que esta vez *es él* quien jamás regresará a casa?

Tan perdido estaba Arthur en su pensamiento enfermizo que no nota la presencia de Mairwen hasta que ella queda de pie a su lado. La mira mientras que su furia arranca de nuevo, mezclada ahora no solo con deseo sino con preocupación y pesar. Un verdadero lío de emociones contradictorias.

–¿Te imaginas mi nombre allí? –le pregunta él a ella.

Mair se sienta sobre el muro, se aferra tan fuerte que le quedan marcadas las palmas de las manos.

–Me rehúso a imaginarlo. Ya es terrible ver el de mi padre.

Arthur mira el final de la lista, donde sabe que el nombre *Carey Morgan* está gravado.

–Si fueses tú –murmura ella, y Arthur se ríe, pero se sienta a su lado y cuelga la cabeza–. Si fueses tú –Mairwen comienza otra vez–, ¿qué te haría sentir mejor esta noche?

Él observa la plaza, la luz del fuego reflejándose en sus ojos, en su corazón.

–Saber por qué estaría luchando.

–¿Te refieres al pueblo y a cómo todo esto te recuerda lo afortunados que somos? ¿O a la camisa del santo que llevarás contigo como una especie de talismán de Las Tres Gracias tal vez?

–No, tonta.

Mair endereza la espalda y abre la boca para responderle, pero él le gana de mano.

–Me refiero a *por quién* tendría que luchar. Saber que ella estará allí al amanecer, esperándome.

Mairwen se queda sin aliento.

–Sobreviviría. Soy más rudo y veloz que él –dice Arthur–. Jamás dejo que nada me lastime, y no tengo sentimientos que me detengan o enlentezcan. Y, por supuesto, soy más prescindible.

–Nadie es prescindible –responde Mairwen, casi con ira.

Arthur la besa. La besa con los labios y con los dientes, fuerte y formidable, con sus manos en su barbilla y en su cuello, atrayéndola para sí. Y Mairwen le devuelve el beso. Lo abraza y aprieta su cuerpo contra el suyo. Él muerde los labios de ella con sus dientes. Ella rasguña con sus uñas su cabeza. No son besos frescos ni sencillos.

De repente, Mairwen da una especie de grito ahogado y se aparta, y lo hace tan violentamente que se tropieza y cae al suelo, aterrizando sobre sus caderas.

Levanta la mirada para ver a Arthur, que sigue de pie, dientes apretados, y se ha llevado una mano a sus labios. La luz de la luna se refleja en sus ojos, y sus dientes brillan cuando abre la boca para hablarle.

–No… –dice ella–. No ahora. No contigo, y no esta noche.

Él se ve claramente afectado por lo repentino de su accionar y, finalmente, por su rechazo. Siente la desolación justo en el estómago. Pero la muchacha tiene razón. Esta noche es la noche anterior a la Luna del Sacrificio.

La Luna del Sacrificio de Rhun.

–Rhun me dijo… cuando… me besó…

Mairwen se limpia la boca.

Arthur se siente violento. Debe respirar profundo varias veces. Intenta hablar con voz calma.

–Me dijo que me besó porque quería que yo supiera, antes de *la próxima vez*... Su vez. Su luna.

–Yo sé qué siente Rhun –dice ella–. Sé qué siente por mí y por ti.

–¿Y él sabe qué sientes tú?

–Creo que a esta altura todo el mundo lo sabe.

–Me refiero a si *realmente* comprende –Arthur rechina los dientes, odiando cada cosa en el mundo entero–. Tú también lo amas, así que deberías asegurarte de que sí lo sepa.

Los ojos de ella se posan en los labios de él, y él hace un gran esfuerzo por contener la furia que siente dentro.

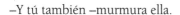

—Y tú también —murmura ella.

Mairwen se pone de pie y lo deja solo, allí, con los muertos.

La fogata arde hasta pasada la medianoche. Solo un puñado de mujeres mayores y sus esposos se quedan en el lugar para apagar las brasas. La plaza está en silencio. Mairwen se adentra en los campos, tambaleándose y un poco pasada de copas, preocupada, algo aturdida y maldiciéndose a sí misma por haber besado a Arthur Couch. Si el amor puede proteger a Rhun, si eso es todo lo que ella puede hacer, ¡no debería dividir su corazón! Finalmente colapsa sobre el pasto frío y mira las estrellas, que se desdibujan y parpadean, su boca aún se siente caliente. Y su corazón, revuelto.

Había estado enamorada de Arthur Couch durante dos minutos cuando eran niños, cuando descubrió que *su amiga Lyn* no era una niña después de todo, aunque seguía sin saber por qué debía eso de importarle. Mair fue testigo de la transformación de Lyn de niña a varón, y recuerda con mucha claridad la expresión en su rostro cuando él eligió qué hacer, a qué parte de él se aferraría, qué reglas permitiría él que lo definieran. Pero por un momento, un misterioso y alocado momento, él había sido un niño y una niña al mismo tiempo, y también ninguno de los dos. Y Mairwen tenía la entusiasta idea de que Lyn-Arthur algún día podría estar con ella de pie frente al Bosque del Demonio.

Pero ese momento había pasado, ese espacio, esa sombra donde vivían las posibilidades.

Arthur jamás volvió a tocar el tema. Eligió los peores aspectos de los muchachos, creyendo que eso lo haría más fuerte, creyendo que eran los menos *femeninos*. Y con eso había herido a Rhun, y eso Mairwen no iba a perdonarlo.

La próxima vez, vuelve a pensar Mair mientras sigue echada en el pasto. *La próxima vez*, como si Arthur estuviese atravesando algún tipo de enfermedad. *Esta* es la próxima vez de Rhun. Endereza la columna y las caderas, coloca las manos sobre la cintura y las desliza por su costilla hasta llegar a sus pechos pequeños. Cierra los ojos y se toca los labios.

Mairwen se despierta, con frío y algo mareada. Agradece que su madre jamás se preocupe cuando su hija olvida dormir en su casa. Se pone de pie, se estira con los brazos hacia el cielo y decide dirigirse a la casa de los Sayer. *La próxima vez*.

Se le ha ocurrido algo que podría hacer.

Mairwen Grace sabe mucho sobre magia, *la vida, la muerte y la bendición entre ambas, y sabe mucho del pacto también, el demonio es el viejo dios del bosque, y el corazón de una bruja es el corazón del hechizo.* Y hay una sola manera en la que ella piensa que puede usar esa magia y ese amor para salvar a Rhun Sayer.

Cuatro horas antes del amanecer, la noche es fresca y tranquila, pero sigue habiendo algo de luz gracias a la luna y a las estrellas que cubren con su manto plateado todo el valle. Mairwen hace una pausa para disfrutar de la vista que tiene ante sus ojos: las casas de piedra caliza de Las Tres Gracias brillan como pequeños trozos de la mismísima luna, los campos también se extienden plateados. Las delgadas olas de humo que salen de las chimeneas y se desvanecen entre las estrellas. Las montañas aguardan calmas, oscuras, fuertes.

No será lo mismo sin Rhun.

Rhun Sayer, que es tan amable con todos, que se detiene a ayudar a cargar agua o a enmendar una muñeca dañada, que es tan bueno para leer a su competencia que siempre sabe si deberá dejarlos ganar o no. Rhun solía cargar a Mair sobre los hombros para que ella pudiera ver por encima de la multitud los juegos de primavera, hasta que la muchacha creció en edad y eso pasó a ser algo mal visto y debió cambiarla por la pequeña Bree Lewis. Rhun jamás bebe demasiado, y soporta las burlas como un roble en una tormenta de otoño. Rhun perdona a Arthur una y otra vez. Mairwen le había dicho a Haf una vez que él era demasiado sobreprotector con ella, y Haf le respondió: *No solo contigo, ¡con todos!*

Había nacido un santo, y nadie en el pueblo lo negaba ni tampoco lo ponía en duda.

Rhun tampoco.

Es tan perfecto, y va a morir.

Mairwen camina rápido al principio, luego apura aún más la marcha y su corazón también se acelera cuando piensa en sus propias intensiones. Rhun no puede estar solo esta noche. Él debe saber cuánto lo necesita, cuánto todos lo necesitan, vivo y real, no solo un nombre en un monumento de piedra. Rhun merece saber que es amado, más que... más que Arthur, más que ella misma.

Los pocos rayos de luz de luna que atraviesan las copas de los árboles son suficientes para que Mair ajuste los ojos y pueda ver el camino. No se ve ninguna luz en la casa de los Sayer, solo la luz de una vela detrás de una ventana en la edificación anexa.

Es una especie de granero, donde los Sayer guardan armas y herramientas de caza, además de una colección algo extraña de ramas muertas con las que el abuelo de Rhun solía construir muebles. Mairwen se escabulle y avanza hacia la ventana, y con mucho cuidado corre la persiana para poder ver dentro. Patrick, el hermano menor de Rhun, está durmiendo sobre una pila de piel de ciervo con Marc y Morcant Upjohn, y otro niño cuyo rostro Mair no llega a reconocer porque el niño se lo ha tapado con ambas manos. Entre los cuatro muchachos hay pies sobre estómagos y cabezas debajo de brazos; están tumbados como si fueran cachorros. Eso quiere decir que Rhun estará solo en el cuarto que solía compartir con Arthur y con Brac.

Mairwen se dirige hasta la casa principal y se sorprende al descubrir la puerta principal descuidadamente abierta. Pero dos de los galgos de los Sayer están atravesados sobre la puerta de entrada cual guardianes de temer. Mair camina lentamente, y la perra de nombre Santa Branwen levanta su hocico peludo.

–Hola, Bran –dice Mairwen suavemente, y oye el golpe contra el piso de la cola la cachorra. El otro perro, Llew, estira las cuatro patas y se estremece, pero no se molesta en ponerse de pie. Confía en Branwen, supone Mair, mientras acaricia al perro en el cuello y detrás de las orejas. Luego se vuelve a poner de pie y da un paso bien grande para pasar por encima de ambos perros.

La casa está oscura, el hogar tampoco está encendido, y en el aire se puede oler las cenizas y el cardo que se usa para las bendiciones. Hace otra pausa para darles tiempo a sus ojos de que se ajusten nuevamente. No quiere golpearse sin querer con alguna mesa o tropezarse por no ver un banco o una silla. Nona y Rhun padre duermen en el primer piso, ya que Nona había reclamado la vista del valle desde allí apenas unos días después de haber llegado a Las Tres Gracias, y no pensaba cederlo ni por conveniencia ni por amor.

Las paredes estaban cubiertas de amuletos de madera, cuernos de animales y una pequeña pintura de una Nona joven que ella misma había traído consigo. No había manojos de hierbas secas colgando del techo, aunque sí varios ganchos que sostenían ollas y cucharas de madera. Había algunas pieles desparramadas por el suelo, y los muebles del abuelo de Rhun se apiñaban en proporciones algo extrañas, ya que rara vez cortaba o tallaba figuras estándar. El apoyabrazos de uno de los sillones siempre era más largo que el otro, pero estaba logrado con tanta elegancia que sería un insulto hacia los santos corregirlo ahora. Los bancos se sentían suaves y cómodos, pero ninguno tenía forma ni cuadrada ni circular.

Vista como un todo, esta casa siempre sorprende a Mairwen por ser tan particular y extraña, aunque extremadamente cómoda. Puede imaginarse viviendo allí, al menos en las escasas ocasiones en que se imagina viviendo encerrada entre cuatro paredes.

La puerta al cuarto de Rhun no es más que un arco rectangular con una tela pesada que la atraviesa. Mair usa los dedos para correrla, arañando un poco la tela áspera para anunciar así su llegada. Con solo dos ventanas altas y angostas sobre la pared de piedra que da al exterior, Mair apenas puede ver algo.

—¿Mairwen?

Lo oye moverse en el rincón más oscuro de la habitación. Las sombras van cambiando, y allí está él, de pie delante de su cama baja.

—Rhun —le responde ella.

—¿Qué haces aquí?

Mairwen da los tres pasos necesarios para poder pararse exactamente frente a él. Estudia con atención su rostro oculto por las sombras. Solo alcanza a ver el destello de sus ojos y sus dientes. Como respuesta, se quita el mantón cuadrado que llevaba sobre los hombros y desarma la cotilla. Respira profundo cuando siente las costillas liberarse de la presión de la prenda, que deja caer al suelo. Se desabotona la faja que lleva a la cintura y luego levanta una pierna a la vez para quitarse la falda. Ahora solo tiene su camisa y sus medias. La invade una sensación de calor, seguramente anticipando lo que viene. Retuerce los dedos de las manos, nerviosa, y abre la boca para hablar, ya demasiado consciente del roce de la tela contra sus pechos, su piel expuesta, su cabello sobre las escápulas. Su estómago se estremece y partes del interior de su cuerpo, que ella desconocía hasta hoy, se vuelven un nudo y se tensan. Y lo único que ha hecho es quitarse las capas de ropa que la cubrían.

Rhun no necesita más invitación que esa.

Se acerca a ella y la toma por las caderas. Mair toca el pecho de Rhun y nota que está tan desnudo como ella: solo lleva puestos sus desgastados calzones largos. Ahora conduce sus manos sobre el pecho de él, las lleva hasta sus pezones oscuros y luego hasta su estómago. Se siente suave, rico como la tierra. Sigue bajando y busca con sus dedos hasta dar con el músculo debajo.

Rhun, conmovido, hace lo mismo con las caderas de ella, y ahora están aferrados el uno al otro, inseparables.

—No deberíamos hacer esto —dice él.

—Lo que sea que el santo haga estará bien y será bueno —bromea ella, repitiendo algo que él mismo disfrutaba decir; y luego inclina la cabeza, esperando el beso.

Sus bocas se unen lentamente, tocándose apenas. Rhun sacude la cabeza, rechaza sus labios y la aleja. No dice nada.

Mair lleva su mano a los labios de Rhun, y luego a su cintura. Tiene la boca seca. Se lame los labios mientras que sus ojos atraviesan la oscuridad para admirar a Rhun y la curva de su estómago y más abajo, hasta que la piel desaparece debajo del cordón de sus calzones.

—Déjame darte esto. Para que te aferres a algo, para que recuerdes, para que sepas exactamente a qué y a *quién* debes regresar.

—Santa María Madre —suspira él.

Mairwen sonríe, pero también se sonroja. Ella ya sabe qué hacer. Su madre se aseguró de que conociera su propio cuerpo tan pronto tuvo la primera menstruación. Desliza ambas manos por la faja gastada de Rhun, pero él vuelve a tomarla de las manos, la atrae hacia sí y la besa con ganas. La toma a la altura de las costillas, desliza las manos por su espalda, los brazos, la cintura y las caderas y más abajo también, casi con desesperación. Mairwen suspira. Deja caer la cabeza hacia atrás, arqueándose aún más contra él. Rhun coloca un brazo alrededor de su cintura. La otra mano sube hasta sus pechos y allí se posa.

Mairwen está quieta, e incluso más tranquila de lo que debería sentirse.

—Rhun —susurra, y él responde con un sonido extraño, sin palabras, con su mano aún ejerciendo presión sobre sus pechos llanos. Lo toma del cuello, se pone en puntas de pie y apoya sus labios sobre su garganta, donde puede probar el sabor a humo y sal. Convertirá estos besos en un amuleto: la vida, la muerte y la bendición entre ambas.

—Espera, Mair. Detente. Por favor —dice en voz baja, resistiéndose a sus besos, empujándola con sus manos hechas puños—. No puedo hacerlo —Jadea entre palabra y palabra, pero sigue hablando—. No puedo. Mair, debemos detenernos… Debemos detenernos ahora.

Ella lo suelta y se sienta sobre el colchón de paja. Luego de una larga pausa, habla.

—No *debemos* detenernos, Rhun.

—Sí, porque…

Pero no sigue. Rhun es solo una columna oscura en el centro del diminuto cuarto y ha juntado las manos palma con palma, como si estuviera rezando.

—Yo sí te amo —dice ella—. Jamás te lo había dicho, ¿cierto?

Ya se había dado media vuelta, pero relaja los hombros e inclina levemente la cabeza para mirarla. Su cabello rizado le cubre la mitad del rostro.

—Yo también te amo. Muchísimo.

–Ven aquí entonces. Ven aquí y... y *hazlo.*

Se sienta en cuclillas, una mano sobre el suelo de tierra.

–No es por ti. No es que no quiera... contigo.

Mairwen se sale de la cama y se arrodilla a su lado. Él ha cerrado los ojos, lo hace con fuerza, y ni siquiera puede abrir la boca para decir nada.

–Es Arthur –dice ella–. Si él estuviese aquí, sí lo harías.

Rhun levanta sus ojos oscuros y se encoge de hombros, vencido.

–Ah, Rhun.

Los dos se quedan allí en silencio por un rato. La frustración la hace sentir frágil.

–Me iré –dice finalmente.

–No –le dice él, tomándola de la mano–. Quédate. Quiero que te quedes. Incluso si él estuviese aquí, yo... Ah, Dios, querría que tú te quedes también. Los dos. Tú y él. Es probable que algo malo esté sucediendo conmigo, lo sé. Tal vez no sea el *mejor* después de todo.

Estas palabras le congelan el corazón a Mair. Parpadea para deshacerse de unas cuantas lágrimas que amenazaban con delatarla. Es tan tonto, tan injusto que haya tenido que cargar con esto durante tanto tiempo.

–No permitas que Arthur Couch te haga cuestionar lo que piensas de ti mismo. ¿Me oyes? Él es un idiota. Él lo tiene todo, y lo aleja solo por miedo –Le quita el cabello del rostro, se lo recoge con ambas manos, y juntos se vuelven a sentar sobre el colchón. Rhun apoya la espalda contra la pared y la atrae hacia sí, la abraza. Ella juega con la punta de sus dedos, callosos de tanto haber practicado su lanzamiento de flecha.

–Cuando todo esto pase, ¿me prometes que cuidarás de él? –le dice él desde la oscuridad.

Mairwen le aprieta fuerte la mano.

–Eso lo harás tú, porque sobrevivirás.

—Mair —dice, y apoya tiernamente la cabeza junto a la de ella.

—Arthur puede cuidarse a sí mismo muy bien.

—Solo prométemelo.

—Tú prométeme que sobrevivirás.

Rhun suspira. Cierra los ojos. Mairwen le da un toquecito en la nariz con su dedo índice.

—Sobrevive, y me casaré con Arthur solo para que jamás pueda abandonar este pueblo, y tú vivirás con nosotros, porque yo soy una bruja y tú eres un santo y ambos podemos hacer aquí lo que se nos antoje, y entonces tú podrás pasar el resto de tu vida seduciéndolo. Pelearemos todo el tiempo, sí, pero seremos felices.

—Y jamás se sabrá quién es el verdadero padre de tus hijos, por lo que tendremos otra excusa para permanecer juntos —ríe Rhun, alegre.

—Ah, sí que lo sabremos —bromea Mairwen—. Tú me darás hijos varones que no me provocarán dolor alguno; y Arthur solo me dará hijas mujeres de corazones candentes.

Rhun la besa suavemente, y luego besa su nariz y sus párpados.

—Deberías hacer eso mismo, incluso si no sobrevivo.

Mairwen siente las lágrimas otra vez, lágrimas de enojo por no saber cómo convencerlo de que no puede adentrarse en ese bosque esperando morir en el intento de salir de él. Él toca el cuello de ella con su nariz, respirando larga y lentamente, y ahora desciende por su clavícula. Se desliza por debajo de la camisa, por encima de sus pechos; y ella se aclara la garganta.

—Desearía poder ir contigo —dice ella, con su tono más normal y tranquilo.

Él solo se ríe y susurra su nombre.

LA ÚLTIMA NOCHE

Arthur se despierta con la luz del sol en su catre en el entrepiso de los Sayer. Es la mitad de un cuarto cuya división la marcan algunos baúles antiguos y piezas de muebles que el abuelo de Rhun jamás terminó. Una ventana cuadrada mira al noreste, aunque los pinos son tan altos de este lado de la montaña que bloquean todo excepto los rayos del alba más testarudos. Arthur no tiene muchas pertenencias, salvo algunas armas.

Arthur bosteza y se friega los ojos, un poco atontado por haber pasado la mayor parte de la noche despierto junto con los otros candidatos a santos. El humor dentro del grupo era bastante flojo para su agrado, todos estaban allí, habiendo aceptado su destino... o, mejor dicho, la falta de uno. Rhun será el santo.

Arthur se hace muchas preguntas. ¿Será siempre así de obvio? Hace tres años, ¿sabían todos que John Upjohn sería seleccionado? ¿Sabían de Baeddan Sayer diez años atrás? Y luego piensa en los niños que serán adolescentes dentro de otros siete años. ¿Podría él adivinar?

No. Arthur no tiene idea.

Hambriento, se quita la colcha y elige una camisa más fresca, botas y un delgado sweater tejido que había heredado de Rhun padre. Con mucho cuidado de no hacer ruido, desciende la escalerilla y toma su abrigo de cuero, y luego se cruza en el camino con algunos Sayer y uno de los hermanos Argall. Le parece que es Per, que lo siguió hasta aquí anoche. Una vez fuera, toma el balde del pozo y lo cuelga de la soga. El agua que retira está fría pero no helada, y se siente muy refrescante sobre su rostro. Se pasa los dedos mojados por el cabello, sacude la cabeza, y envía el balde de vuelta al pozo para recoger más agua y llevársela a Nona Sayer.

La puerta principal está apenas abierta, y Arthur la abre del todo empujándola con el pie. Santa Branwen lo olfatea mientras que Llew estira sus largas patas y le bloquea el camino a Arthur.

—Gracias. Aquí hay algo de pan —dice Nona, y le cambia el balde con agua por un pan caliente—. También tenemos mantequilla... y jamón.

Agradecido, Arthur esparce abundante mantequilla sobre su pan y se sienta en uno de esos precarios asientos de tres patas mientras Nona vierte el agua que él trajo en el caldero sobre el fuego.

—¿Rhun se ha levantado? —pregunta él.

—No —La mueca que Nona hace con su boca en señal de desaprobación le dice a Arthur que ahora está menos feliz por el destino de su hijo de lo que jamás confesó.

—Yo...

Arthur comienza a hablar, pero no sabe cómo expresar lo que siente en su corazón. Jamás había sido necesario; Nona lo había acogido cuando su madre se marchó y su padre no soportaba siquiera mirarlo. Fue algo ruda con él, pero también amable, y la buena mujer no espera ningún tipo de agradecimiento de su parte. Después de todo, ella lo había dicho tantas veces y había insistido tanto al respecto que él terminó por creerle.

Nona enfrenta a su hijo adoptivo, lo estudia cuidadosamente mientras Arthur come su desayuno bajo su atenta mirada. Ella es bonita y alta, con la misma piel morena y los mismos ojos de Rhun, pero los suyos están teñidos con descontento, como si el mundo siempre la decepcionara. Probablemente es por eso que Arthur suele relajarse cuando ella está cerca, sintiendo lo mismo.

—Me alegra tener que preocuparme solo por uno de mis hijos esta noche —dice ella.

Arthur se siente más ofendido que movilizado.

—¿Estás segura de cuál de los dos? —le pregunta, poniéndose de pie.

—No —le responde, haciéndole señas para que baje la voz.

Esto deja a Arthur perplejo. Se cruza de brazos.

—¿Acaso crees que podría ser yo?

—Lo dudo. No en un lugar como Las Tres Gracias... Ahora, en cualquier otra parte del mundo, podrías ser tú sin lugar a duda.

—¿Por qué?

—El resto del mundo aprecia la ambición y el fuego interior.

—Pero tú no. Tú elegiste este lugar, habiendo conocido ambos mundos.

—Este es un muy buen lugar, Arthur —dice Nona, con una sonrisa no tan convincente.

—No lo es, no. ¿Qué clase de buen lugar toma a sus mejores habitantes y los descarta?

—No los descartamos. ¡Es un sacrificio! Difícil de hacer, lo sé, no creas que no. No hay ningún tipo de poder en descartar nada. Pero sí lo hay cuando se renuncia a algo.

117

—¿Cómo lo haces? ¿Cómo puedes permitir que esto vaya a sucederle a Rhun?

La mujer lo fulmina con la mirada.

—Nuestra manera de hacerlo es mejor que la manera en que lo hacen en el resto del mundo.

—¿A qué te refieres? —Arthur puede oír el dolor en su propia voz: es el tono de una plegaria.

Nona suspira tan fuerte que podría haber derribado una casa hecha de paja.

—En el resto del mundo, Arthur, las cosas malas te toman por sorpresa. Te derriban la puerta mientras estás cocinando la cena, te derriban la puerta cuando estás durmiendo, y muchas veces ni siquiera llaman a la puerta. Allí viven siempre preocupados. Si yo hubiese criado a mis hijos allí fuera, el peligro podría haber encontrado a Rhun años atrás; o, de haber sobrevivido todo este tiempo, podría aún encontrarlo en cualquier momento, un día cualquiera de su futuro. Pero aquí, en Las Tres Gracias, abrimos grande la puerta y decimos "Hoy es el día. Tu única oportunidad" —Toma el rostro lánguido de Arthur entre sus manos tibias—. El miedo de hoy no es fácil, pero el alivio se sentirá mucho mejor. Prefiero tener esto del demonio agendado, si no te molesta.

Arthur siente que el fuego en su interior comienza a calmarse. No, no se calma, sino que se asienta aún más profundo, como las brasas más calientes en el corazón de un leño. Siente que sí tiene sentido después de todo: invitan al problema cuando se está listo para hacerle frente.

Y él está listo.

Aunque nadie más pueda verlo.

Nona coloca ambos pulgares en las sienes de su casi-hijo, y luego se aleja.

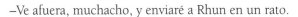

—Ve afuera, muchacho, y enviaré a Rhun en un rato.

Y Arthur obedece.

Pasa el amanecer, y ni Mairwen ni Rhun se despiertan, habiendo dormido tan profundamente como ninguno de los dos lo había hecho en días. Mair se despierta primero y de forma repentina. Algo en la cocina la sacó de un sueño ligero. El colchón cruje mientras ella cambia de posición y parpadea ante la luz intensa del día. Lentamente, estira los brazos por encima del pecho de Rhun, estira los dedos del pie, rota el cuello, y se acurruca aún más contra el cuerpo de él. Su respiración le hace cosquillas en la cabeza, y uno de sus brazos la toma por la cintura.

Mair coloca su mano sobre el corazón de él. Algo de vello oscuro y rizado acentúa la forma de sus músculos, y ella acaricia su cuello y luego baja hasta su estómago. Rhun la sujeta ahora con más fuerza, y ella deja de moverse. Levanta la cara para observarlo, aún no ha abierto los ojos. La luz del sol embellece sus cortas pestañas, y una sensación de dolor se instala en su estómago.

Intenta ignorarla y mira a su alrededor. Hay cobijas colgadas de las paredes para disminuir las corrientes frías que atraviesan las paredes de piedra. Los colores claros le dan luz a toda la habitación. Ha atado amuletos de madera y de hueso en la pared que da al oeste. Sus pocas ropas están guardadas en un baúl en un rincón junto a su jubón de cuero y su capa de cazador, que ha dejado sobre una banca. Sus hachas descansan contra el baúl, su arco y la aljaba, así como también las piezas de unas flechas deshechas en el suelo, incluyendo tres plumas blancas que ella misma le había traído, rescatadas del cuerpo de un cisne.

La luz del día cubre todo de claridad. Proviene de esas pequeñas ventanas mirando al sur. Mairwen sacude suavemente a Rhun, que se despierta al instante.

—¿Mair? —dice él con voz ronca.

—Es *tarde* —murmura.

Justo en ese momento, la pesada manta que separa la habitación de Rhun se abre. Su madre está allí parada, con los brazos abiertos, majestuosa y con una mirada feroz.

—¡Niños tontos! Rhun, llegas tarde. ¡Arriba! Arthur está esperándote fuera para ir contigo. Y tú —Nona mira el cuerpo apenas cubierto de Mairwen—, tú deberías estar en lo de tu madre con el resto de las damas para bendecir la camisa del santo.

Nona Sayer se retira. La manta que antes colgaba cae al suelo.

Rhun sale de la cama raudamente. Mair levanta una de las puntas de la manta y se cubre con ella. Mientras que él se quita la poca ropa que llevaba puesta, ella observa su esbelta silueta en silencio. Rhun, desnudo como un bebé, abre el baúl y busca algo allí dentro. En su mano tiene un paño enrollado.

—Sé que se me entregará la camisa del santo esta noche, pero también debería usar ropa interior fresca, ¿no crees?

Mairwen fuerza una sonrisa, aunque las bromas son lo último que quiere oír en el día de hoy.

—¿A eso le llamas *fresca*? ¿Algo que tienes enrollado en un baúl?

Rhun se ríe, alegre como el sol. A Mair también le gustaría quitarse todo ese peso que siente sobre su pecho. Cuando él se vuelve a poner de pie, de frente a ella y desnudo de la coronilla a los pies, ella simplemente pierde la voz. Él se mete en sus calzones nuevos una pierna a la vez, mientras le sonríe, y se ajusta los largos calzones a la cintura.

Ella se baja también de la cama y se arrodilla a su lado. Ata la parte inferior de sus calzones largos a la altura de las rodillas, pasando los dedos por sus pantorrillas. Cuando termina, lo mira, se echa hacia atrás, sentándose sobre sus talones. Le regala la sonrisa más brillante que puede. Ninguna de sus sombras, ninguno de sus resentimientos.

—Te ayudaré con las medias y con el resto también.

Juntos preparan el atuendo de Rhun, atan y abrochan todo hasta que tiene todo lo que necesita para adentrarse en el bosque. Mairwen se quita el cordón con el que ataba su cotilla y lo usa para ayudarlo a recogerse el cabello.

Él la besa en la boca, y su ritmo cardíaco disminuye, regulándose al ritmo principal y único hoy en Las Tres Gracias: la Luna del Sacrificio, el pacto, el Árbol de los Huesos, y Rhun Sayer.

Rhun recoge la camisa de Mair y la sostiene en el aire para que ella coloque ambos brazos, y luego se la abotona. Mairwen se vuelve a colocar su cotilla, pero queda abierta al frente porque ya no tiene el lazo para atarlo. Rhun le coloca su manta sobre los hombros, y luego recoge sus botas y la ayuda a ponérselas.

—¡Afuera ahora! ¡Los dos! —Nona Sayer les grita desde la cocina.

Rhun toma la mano de Mairwen.

—Cuando el santo venga por ti esta noche, ¿bailarás con él?

—Sabes que sí —responde ella, y luego usa su manta para cubrirse los pechos y sale de la habitación, deseando que ella también pudiera ser santa.

Nona está apoyada sobre la mesa desnivelada de la cocina, con las cejas levantadas, expectante. Mairwen cree que debería contarle a Nona que su hijo fue *bueno* y que no ha roto ninguna regla, incluso con la insistencia de la propia hija del santo, pero lo único que hace es asegurarse de mantener la frente en alto.

—Buenos días —dice tímidamente, y se retira.

—Ya tendremos una charla tú y yo, niña —refunfuña Nona Sayer.

Mairwen debe cerrar los ojos cuando la brillante luz del día le da en la cara. Se para en la entrada de la casa y observa la colina que desciende y termina en las montañas. No puede ver nada del valle desde aquí (para hacer eso, uno debe ubicarse en el segundo piso de la casa), pero los árboles en las montañas son muy coloridos, con hojas que imitan verdaderas piedras preciosas, y son suficiente vista para ella. Sobre su cabeza, el cielo es de un azul perfecto y hay muy pocas nubes. El aire está bastante templado para la época del año.

A unos pasos de distancia, Arthur Couch está sentado en el pasto. Se pone de pie. Tiene algunas hojas sueltas en su cabello rubio. Su expresión de sorpresa al verla es más que obvia.

—¿Qué estás haciendo aquí?

Mairwen se aferra y se tapa aún más con su manta.

—¿Tú qué crees?

—Y vestida así —Arthur escupe cada una de sus palabras.

—¿Celoso?

Arthur abre la boca y la mira, como si no supiera la respuesta a esa pregunta. Mair pasa a su lado y comienza a caminar.

—¿Cómo has podido? —grita Arthur en forma de reproche.

—¡Le estaba recordando por quién tiene que luchar, Arthur Couch! —le grita ella luego de darse vuelta.

En lugar de gritarle, o al menos mirarla lleno de odio como ella hubiera esperado, el joven asiente con la cabeza lentamente, arriba y abajo como un pájaro.

La irritación que Mair siente se desintegra, y se muerde el labio superior. Pero Mairwen no tiene nada más para decirle. Así que vuelve a darse vuelta, pisando fuerte sobre las hojas caídas.

Una mano la toma por el codo y la hace darse vuelta. Arthur la mira fijo.

—Pero no dejó que lo hicieras… ¿Cierto? *Yo* te hubiese detenido.

Mairwen se encoge de hombros.

—Eso solo es prueba de lo que ambos ya sabemos: la diferencia entre tú y Rhun Sayer.

—Y de *ti* y Rhun Sayer —dispara Arthur.

A Mair le hierve la sangre, y las mejillas se le han enrojecido, como si Arthur estuviera infectándola con su cólera.

—Está bien. Sí —responde Mair—. Ninguno de nosotros dos es tan bueno como él. ¿Eso es lo que querías oír? ¡Pero eso no importa! Es él quien irá a ese bosque. Será él quien enfrente al demonio. Los hombres lo elegirán a él porque él siempre ha sido todo lo que el santo de este pueblo necesita ser: valiente, fuerte, amable, generoso, noble e inocente; y no alguien que anda siempre enojado y dudando de todo, como nosotros. Así es cómo debería ser. Si no lo amáramos, esto no lo veríamos como un sacrificio —Mair se libera de Arthur—. Así que mejor que pintes una sonrisa en ese rostro amargo que tienes ahora, y no dejes que Rhun vea otra cosa. Rhun no necesita ni tu frustración ni tus dudas ni tu rechazo. ¿Me entiendes?

—Sí —murmura Arthur, y la deja ir—. Te entiendo perfectamente.

—Muy bien. Porque él *te ama*, y si duda de tener una razón para sobrevivir a esta noche, todo será *tu culpa*.

Esta vez, cuando Mairwen finalmente se retira, Arthur no la detiene.

Lo único que Mair quiere es llegar a su casa, y Nona no podrá reprenderla después de todo.

L a madre de Rhun le alcanza una rebanada gruesa de pan untada en mantequilla, con unas tiras de jamón frito por encima.

—Aquí tienes. Come. Lo necesitarás.

Rhun toma su primer gran bocado mientras que Nona lo observa.

—Debo ir a la residencia Grace —dice ella mientras él traga—. Te amo. Te veré… Te veré mañana por la mañana.

Antes de seguir comiendo, Rhun se levanta con cuidado de que no se caiga la rodaja de pan que deja apoyada sobre el borde de la mesa y abraza a Nona. Esta podría ser su última oportunidad.

Ella le devuelve el gesto, pero ninguno de los dos dice nada. Nona desarma el abrazo y parte.

Rhun mastica lentamente para saborear su desayuno. Se coloca al hombro su aljaba y se asegura de ya estar cargando con el arco en la espalda y su cuchilla larga amarrada al muslo. El mango del cuchillo está hecho de un hueso amarillento, y se siente suave y cálido al tacto.

Una vez fuera, Rhun respira profundo y se le une a Arthur, que está parado en el centro del patio. El cielo está radiante, el aire está más cálido de lo que Rhun esperaba, y todos los árboles sacuden sus hojas para saludarlo. Es un hermoso último día.

Por supuesto que no debería verlo de esa manera, pero no hará un gran esfuerzo para evitarlo tampoco. Si hay algo que ha aprendido sobre sí mismo es que necesita estar exactamente en el momento para poder apreciarlo de verdad. ¿Por qué fingir que podría tener más días de otoño tan hermosos como este cuando puede aferrarse a la promesa de su destino y amar esto mismo *ahora*?

—¿Crees que este lugar sería más bello si lloviese con más frecuencia? —pregunta Arthur—. De esa manera, tendríamos mal tiempo para poder compararlo con el bueno.

Rhun larga una carcajada.

—No. Aquí cae la cantidad exacta de lluvia que debe caer.

Arthur lo mira, algo molesto, y comienza a caminar hacia el sendero que sube la montaña, pero su actitud no es suficiente para afectar el ánimo ganador y relajado de Rhun.

Rhun tararea una canción mientras va tras él, dando pasos más largos de lo necesario hasta que está bien por delante de Arthur para poder darse vuelta, mirarlo y sonreír.

−¡Vamos, hombre!

−¿Cuál es la gracia? −dice Arthur.

−Quiero... Yo... Me alegra poder pasar este día contigo −le dice. Rhun se ha detenido para esperar a que su amigo lo alcance.

−Ah...

Arthur llega hasta él, aunque desvía la mirada. Sus ojos se agrandan en shock y pánico cuando los posa sobre los árboles que los rodean y el camino angosto.

Rhun se da cuenta de que están muy cerca del lugar donde había besado a Arthur tres años atrás. El miedo le tensa el estómago. Traga saliva. Abre la boca, pero no llega a emitir sonido alguno.

−Estoy bien −dice Arthur. Evita el contacto visual con Rhun, pero inmediatamente después decide no resistirse. Los ojos de Arthur son de un azul tan intenso que Rhun no puede evitar sentir una corriente que le atraviesa el cuerpo como un rayo−. Me aventuraría al bosque por ti. Déjame que lo haga por ti.

Rhun se queda pensativo.

Esta podría ser la última vez que estemos solos. La última oportunidad que tal vez tenga de decir algo.

Pero luego se concentra en lo que Arthur acaba de decir. *Déjame lo haga por ti.*

−No puedes hacerlo por mí −dice Rhun−. Es algo que debo hacer yo mismo –Arthur hace un gesto que denota decepción, y Rhun se apresura en aclarar–. No estoy diciendo que no seas capaz de hacerlo. Digo que no lo permitiré. No permitiré que mueras por mí.

–¿Y entonces tú morirás por mí? –susurra Arthur. Hay algo de impotencia en su rostro, Rhun debe hacer uso de toda su fuerza de voluntad para evitar colocar una mano sobre su amigo, su frenético y hermoso amigo. Todo el deseo que Mair había depositado sobre él la noche anterior y esta mañana, lo paralizan. Lo único que quiere es tomar algo que sea de Arthur y quedárselo.

–Voy a entrar en el bosque, no a morir –dice Rhun.

Arthur hace una mueca, pero lo toma bastante bien. Su cabello agitado absorbe toda la luz de la mañana y brilla casi tanto como el sol. De repente, Arthur coloca su mano sobre el hombro de Rhun, sin darle tiempo a reaccionar. Siempre es al revés: es Rhun el que toca a Arthur, no así, no por pura decisión de Arthur.

–No quiero que mueras –dice Arthur–. No sé lo que haría sin ti.

–Yo tampoco quiero morir.

Rhun coloca su mano sobre la de Arthur, esperando conseguir algo más y ya feliz de haber llegado hasta aquí.

–Bien, entonces –Arthur quita la mano, pero no se aleja. Mira a Rhun a los ojos–. Deberíamos ir subiendo.

–Sí –dice Rhun.

Sonríe, ya sin tener que callar a su corazón. Esto es perfecto. Esto era perfecto. Sonríe y tararea una canción, ignorando la típica risa burlona, aunque inocente, de Arthur. Se siente liviano, abierto. Se ha ido todo el peso de la preocupación y de sus cuatro años perdidos, toda la ansiedad de saber que algo ha cambiado también se desvanece. Rhun Sayer sube por la montaña con su mejor amigo a su lado, sabiendo que mantuvo la promesa que se había hecho a sí mismo y a su primo el santo, Baeddan: amar todo lo que ya tenía.

Mair se dirige a casa, atacada. Cada pocos pasos, se detiene, se agacha y arranca un poco de pasto y lo arroja al viento con toda la fuerza que puede reunir.

Cuando ya puede divisar su casa, respira inquieta e intenta calmarse antes de llegar. Se ve humo salir del área del patio frontal, y todas las ventanas de la casa están abiertas. A medida que Mair se acerca, se toma con más fuerza de su manta y se tapa con ella sus pechos. Una ola de risa femenina le recuerda que tendrá público una vez que llegue, ya que las mujeres ya deberían de estar allí reunidas para bendecir la camisa del santo.

Ingresa por el costado noreste, caminando pegada a la pared y en dirección a los arbustos de grosellas. Más de una docena de mujeres están sentadas en círculo alrededor del fogón de su madre, sentadas en sillas y bancas que ellas mismas han traído de sus propias casas. Se pasan tres botellas de vino, atan amuletos y hablan con entusiasmo. Martha Parry es la que tiene la camisa del santo sobre su falda: confeccionada con la tela color gris más fina de todas, con costuras perfectas, y ya con la marca de varias mujeres, que han bordado flores, pequeños círculos, espirales y relámpagos de todos los hilos de colores que pudiera haber en Las Tres Gracias. La mayoría de los arabescos están a la altura del pecho, justo delante del corazón de Rhun, pero algunos diseños se arquean por la altura de los brazos.

La conversación se interrumpe cuando Mairwen ingresa y se queda allí junto a las grosellas. Su madre se pone de pie y abandona su lugar entre Beth Pugh y su hermana Hetty, que sonríe cuando sus ojos coinciden con los de Mairwen. Hetty se echa atrás su cabello oscuro, y Mairwen involuntariamente hace lo mismo con el suyo, que está más enredado que de costumbre. Haf la mira fijo, con los ojos bien abiertos.

Aderyn le hace señas a su hija para que se acerque, y Mair se apresura a avanzar por entre los arbustos y hasta la puerta de entrada con tanta dignidad como le es posible a una niña de dieciséis años cuando es descubierta semidesnuda por su madre y varias mujeres más.

Hetty Pugh le grita desde adentro.

—Niña haragana, te has perdido el desayuno.

La lengua de Mairwen la traiciona en el momento en que se detiene junto al fuego, casi en el mismísimo centro del círculo de mujeres. Deja caer la manta.

—¡Es lo único que tengo permitido hacer! Por él. Pero no puedo ir al bosque.

Las expresiones de sorpresa vienen del sitio donde están sentadas las muchachas más jóvenes, sentadas sobre mantas en el pasto. Todas ellas están aquí por primera vez para bendecir la camisa de un santo. Las mujeres mayores también están sorprendidas, aunque se las ve algo divertidas también. Algunas hasta parecieran haber dado su aprobación. Sí que era la última oportunidad del santo, algunas deberían estar pensando. La mirada de su madre está llena de preocupación. Hetty Pugh se ríe, divertida, y Haf intenta ocultar su carcajada detrás de ambas manos mientras murmura el nombre de su amiga.

—Esta camisa también está haciendo algo por él —dice Aderyn.

—Pero no es suficiente —responde Mairwen.

—Ven adentro y ponte algo presentable —dice Aderyn, más irritable de lo que todas allí estaban acostumbradas a oírla, y vuelve a entrar a la casa. Mairwen obedece. Después de todo, necesitará un lazo nuevo para su cotilla; pero de pronto nota que Hetty también se le suma. Por estar mirándola, Mairwen casi se choca con su madre, que se detuvo en el centro de la planta baja de la cabaña.

—Hetty, cierra la puerta detrás de ti, por favor —ordena Aderyn, y Hetty hace caso. Las dos estudian a Mair. Siente sus miradas frías como la presión de dos decenas de dedos en su cuello, sus brazos y su pecho.

Hetty es quien habla primero.

—Estás asustando a la niña, Addie.

Aderyn presiona los labios.

—Para asustar a mi hija se necesita mucho más que esto.

—Quería que supiera que era amado —dice Mairwen—. Quería que viera mi corazón. Quería hacerle sentir que el suyo pertenece aquí y que tendrá que venir a buscarlo.

Las dos mujeres intercambian miradas.

—Para que no elija quedarse en el bosque —completa Hetty.

—Esa magia es peligrosa, hija —dice Aderyn.

Mair intenta ocultar su frustración, aunque le resulta casi imposible.

—¿Por qué? ¿Amar a un muchacho es peligroso? ¿Unir nuestros corazones? El sexo no es peligroso.

Su madre hace un ruido con la boca, como si se sintiera disgustada o insatisfecha.

—No creo que tu madre esté lista para ser abuela —bromea Hetty.

—No quiero que muera —murmura Mairwen—. Él es tan bueno, y lo necesitamos aquí. Quiero que se quede y que podamos envejecer juntos.

—¿Qué te imaginabas antes? —dice Aderyn—. Todos aquí sabíamos que Rhun sería el santo cuando llegara su turno. Él conoce su corazón y jamás le ha ocultado a nadie que él también siente que irá tras los pasos de su primo. ¿Cómo es que jamás imaginaste que llegaría el día que deberías enfrentar este momento?

—Eventualmente, sí —dice Mairwen, sacudiendo la cabeza—. Pero se suponía que tendría otros cuatro años. Aún no era el momento de sentir este miedo. ¡Es demasiado pronto! El pacto se ha roto, o está jugando con nosotros, y no vale la vida de Rhun.

—Jamás habías cuestionado si el pacto valía la pena o no —dice Hetty—. Porque no ponía en riesgo la vida del muchacho que amas, claro.

Mair se muerde el labio, arrancándose algo de piel, y lo hace tan fuerte que llega a lastimarse. Se hunde en una de las sillas.

—Tienen razón. Ahora se siente peor. Pero ¿por qué no?

Aderyn suspira y se arrodilla junto a su hija.

—Es verdad. Cuando Carey Morgan falleció, la belleza del valle perdió parte de su encanto para mí. Y, cuando Rhun muera, tú también sentirás lo mismo. Lo sentirás cada primavera. Es un dolor que aparece cuando las flores pintan arcoíris sobre las colinas, cuando pruebas bocado de nuestra carne del año o bebes cualquier infusión. Sentirás el dolor, y el dolor hace que todo a tu alrededor brille más. Eso es el pacto: muerte por vida, un sacrificio que hace que todo sea más dulce e intenso. Sin él, ¿cómo podríamos apreciar lo que tenemos? Amamos a nuestro santo, y él se adentra en el bosque por nosotros. Todos aquí sabemos cuán preciosa es la vida, y lo mismo pasa con el amor. Todo el mundo muere, Mairwen, pero los santos de Las Tres Gracias al menos mueren por una razón.

Mair se toma de las rodillas, arrugando la tela de sus faldas. No se dejará convencer.

—¿Y entonces por qué todo sucede tan temprano esta vez? ¿Por qué este año? ¿Qué hicimos mal con John Upjohn? Él era el santo. Sobrevivió. Cumplimos con los términos del pacto, ¿no es así?

–Por lo que sé, sí –dice Aderyn, poniéndose de pie nuevamente–. ¿Has desayunado? Han sobrado unos bocados.

–¿Cómo no pueden querer saber? El demonio nos debe una explicación.

Hetty resopla, pero Aderyn se pone firme.

–Primero, debemos coronar al santo y hacer nuestra parte. De lo contrario, la bebé de Rhos *morirá*. Después de eso, podremos hacer el intento de comprender.

Mairwen se refriega los ojos con los nudillos de sus manos. No quiere que la bebé muera, pero tampoco puede soportar la idea de que Rhun podría estar dando su vida en vano si algo sale mal. ¿Cómo es que no pueden verlo?

–Debo hacer algo. ¿Es que no lo sienten? Algo ha cambiado y no deberíamos estar ignorándolo.

La bruja Grace parece haber perdido las esperanzas. Frunce los labios en una expresión que se parece a la desesperanza.

Mairwen se pone de pie y está por tomar a su madre de las manos, pero se detiene y respira hondo para demostrarles que puede conservar la calma. Eso alivia un poco el dolor en el rostro de Aderyn.

–Tú sabes cómo hacer hechizos –dice Aderyn.

–Sí –Mairwen intenta no sonar tan entusiasmada.

–"La vida, la muerte y la bendición entre ambas". Esa es la receta.

–Siempre un equilibrio de las tres partes.

Hetty se les une, y así quedan de pie formando un triángulo íntimo. Pero no dice nada. Ella ya sabe. O al menos eso es lo que Mairwen sospecha.

–El pacto es un hechizo, uno muy poderoso. La vida, la muerte y la bendición entre ambas.

Mairwen logra verlo ahora:

—La vida en el valle, la muerte en el bosque… Y nosotras somos la bendición entre ambas. Las brujas Grace.

Aderyn toca la mejilla de Mair. Es fácil ver la tristeza en sus ojos.

—Nuestra sangre, nuestros corazones, como algo impuesto por la primera bruja Grace, cuyo amor y sacrificio dieron inicio a todo esto. Nosotras convocamos al santo. Nosotras lo ungimos con sangre. Nosotras, las brujas Grace.

Mair siempre se ha sentido en el medio de algo más, siempre atraída hacia aquel límite de las sombras… porque su sangre ya era parte del hechizo. Es tan simple. Solo que…

—Pero el santo no siempre muere. No siempre hay muerte en el bosque. Cuatro han sobrevivido. Sin embargo, el pacto siempre se ha mantenido igual, con siete años de separación entre una Luna y otra.

—¿Cuál fue el último hechizo que has creado, pajarilla?

—Uno de curación para el caballo enfermo.

—¿Y cómo lo hiciste?

—Un mechón de su melena, la costilla de un zorro, y le sumé mi canción y mi aliento.

—Pero nada más murió gracias a esa muerte. Era solo una porción de la muerte, una promesa de algo más —sonríe Aderyn.

—Ya veo —dice Mairwen, casi creyéndole.

—El santo debe elegir morir, pero no es precisamente necesario que muera. Pero tienes prohibido decirle esto a Rhun Sayer. ¿Oíste?

—¿Por qué?

Hetty se quita el cabello que se le mete en los ojos una vez más y levanta una ceja.

—Si un santo sabe que no es necesario morir, ¿por qué elegiría hacerlo? Lo sé, es paradójico.

Mairwen no tiene nada para decir, solo una nube de pensamientos confusos que le bloquea el cerebro.

—Necesitas comer —dice su madre, que va a buscar la canasta de pan que cuelga de un gancho junto al hogar. Busca y toma un pastel cuyo repulgue es tan perfecto que apostaría cualquier cosa a que es uno de los hechos por Bree Lewis.

—Yo lo haré —dice Mairwen—. Quiero ungir la camisa con mi sangre y subir a la montaña para coronar al santo. Es el ritual. Es lo que hacen las brujas, ¡permítanme que lo haga yo esta vez!

Aderyn hace una pausa, con el pastel en la mano. Esa siempre ha sido su tarea desde que se lo pasó su madre. Mira a Hetty, que se encoge de hombres.

—Esperen aquí —dice Aderyn, y sale disparada hacia su habitación.

Hetty Pugh camina hasta la mesa de la cocina de Aderyn y comienza a probar una hilera de recipientes llenos con agua y hierbas en remojo. Mete un dedo en uno que contiene pétalos de rosa y lo prueba. Mairwen se siente inquieta, ansiosa.

Su madre corre la cortina que separa su cuarto del área principal de la cabaña y se aparece con una tela voluminosa azul y beige doblada sobre uno de sus brazos.

Es un vestido.

Mairwen se toca los labios como para callar la esperanza que le brota de sus adentros.

Aderyn levanta el vestido y le hace señas a Hetty para que la ayude a enseñárselo. Es un vestido de mangas largas con cotilla y sobrefalda teñido de color índigo. Hetty le muestra a Mair el movimiento que tiene la tela, bordada en los puños y en la parte baja de la falda con delicadas hojas verdes que Mair reconoce como obra de su propia madre. El vestido también tiene sobremangas que se acordonan y que están rasgadas para mostrar girones de seda sin teñir.

Es demasiado hermoso, es demasiado perfecto.

—Madre —dice Mair en un suspiro.

—He estado trabajando en este vestido desde la primavera —dice Aderyn, sacando con la mano un polvo invisible de la falda.

»También tienes medias, algunos moños y un cinturón color crema. Y una nueva manta que Hetty y Beth han tejido para ti. Esperaba recibir unas botas que Lord Vaughn me ayudó a mandar a hacer en la ciudad, pero has crecido tanto en los últimos meses que no creo que vayan a quedarte ahora —dice Aderyn mientras mide con la mirada el cuerpo de su hija y su vestido—. Es un vestido apropiado para una bruja.

Mairwen abraza con todas sus fuerzas a su madre, y el vestido queda aplastado entre los cuerpos de ambas.

Las dos mujeres ayudan a Mair a deshacerse de sus ropas viejas. Hetty trae el recipiente con agua de rosas y rocía la espalda de Mair, mientras que Aderyn toma un trozo de jabón de cardo bendecido y comienza a fregar. Mair se queda allí parada, con los brazos en alto para sostener su largo y pesado cabello lejos de su cuello, y trata de asimilar lo que le está sucediendo. Se siente avergonzada y al mismo tiempo fascinada de tener a su madre y a Hetty *bañándola* como si fuese una más de ellas. Cierra los ojos y murmura el nombre de Haf. Hetty camina hasta la puerta y chasquea los dedos llamando a la muchacha Lewis. Haf viene corriendo sin hacer ninguna pregunta, solo aprieta los dedos de Mairwen mientras ella sostiene fuentes con aguas y aceites.

Las mujeres trenzan y atan el cabello de Mairwen. Limpian sus uñas y la zona trasera de sus rodillas, sus codos, caderas y orejas, e incluso le lavan los pies. Luego, la empapan de un aceite que Mair jamás había olido antes sobre su piel. Los dedos firmes de las mujeres trabajan los músculos de Mair y la ayudan a relajarse, hasta que su cabeza cae hacia delante de repente, incluso muy a pesar del aire fresco, de la pose rígida que mantiene con los brazos hacia arriba y de pie en el medio de la casa.

Cuando terminan, la colocan dentro de su nuevo vestido, y la ayudan con las medias, la cotilla y la sobrefalda. Le atan las mangas y también amarran el nuevo manto a su cintura, que está hecho de la lana más suave que Mairwen jamás haya visto o sentido. Hetty le coloca en su muñeca un brazalete en el que entrelazó su propio cabello con el de Aderyn y luego susurra una bendición. Aderyn besa a su hija.

—Mi fuerza es tu fuerza. Tú eres todo lo que yo soy —le dice al oído.

Luego, Aderyn Grace y Hetty Pugh dejan a las dos jóvenes en la cocina, que ahora está invadida por la luz del sol. Aderyn hace una pausa antes de cerrar la puerta.

—Ven a bendecir esta camisa cuando estés lista, hija.

Mairwen respira prestando atención: puede oler el cardo, las rosas y la salvia apenas picante. Su propia piel le hace cosquillas. Quisiera ir a buscar a Rhun y mostrarle cómo Hetty y Aderyn la han convertido en la bruja Grace para su Luna del Sacrificio. Se siente tan poderosa que hasta se lo cree.

Haf toma a Mairwen de las manos y sacude la cabeza, perpleja.

—Mairwen, te ves maravillosa y pareces tan… tan preparada.

—Espero que Rhun también se sienta así mientras los hombres lo preparan a él —murmura Mair, acercándose a su amiga. Abraza a Haf y pasa su mejilla por el cabello negro y suave de su amiga. Es por eso que Haf no llega a ver el rostro de Mair, la tensión que crece en su mirada.

—Cuando le haga entrega de la camisa y él reciba la cabeza del caballo santo, rezo para que sienta la fuerza de todos ellos.

Haf la abraza aún más fuerte.

—Espero que eso sea suficiente.

—Rhun dice estar listo, Haf. Y si yo misma preparo el hechizo... Sé que lo lograré. Sé que sobrevivirá.

Y entonces, si debe abandonar el valle, yo iré con él. Y Arthur también, piensa Mairwen para sus adentros.

—Me refiero a que espero que sea suficiente *para ti* —dice Haf.

—Te adoro, Haf Lewis —Mair quisiera hoy mismo repetir esa misma frase a todas las personas que ama.

Haf la besa la esquina de su boca.

—Yo también te adoro, Mairwen Grace.

Cuando las chicas regresan al patio donde las mujeres del pueblo siguen reunidas junto al fuego, bebiendo, charlando y cosiendo, todas lanzan una exclamación conjunta cuando ven por primera vez el nuevo traje de Mairwen. Ella lo ve como una especie de armadura. Se levanta el manto para mostrar la sobrefalda y también levanta los brazos y da una vuelta entera muy lentamente hasta haber dejado satisfecha a cada una de las presentes.

La apariencia de Mairwen ayuda a Devyn Argall a relajar sus hombros y les pone una sonrisa en la cara a ambas hermanas Perry. Todas hicieron una lectura del vestido y del rostro de Mair: será Rhun Sayer, no sus hijos, quien será enviado al bosque.

Esto la aflige, y Mair les recrimina en silencio su alivio, pensando en el encono en las palabras del propio Arthur: *Sobreviviría.*

Mairwen se sienta en una de las bancas, incorporándose así al círculo de mujeres con mucho cuidado de no arrugar el nuevo vestido. Come los restos de un pastel y Haf se arrodilla a su lado. Bree y su amiga Emma se les unen también. Mientras espera que le llegue su turno de bendecir la camisa del santo, Mair se inclina hacia adelante para hablarles a las otras tres muchachas y les confiesa que sí, que sí pasó la noche con Rhun Sayer. Puede sentir el calor subiéndole por el cuello y la garganta mientras prosigue con su relato. Les cuenta que lo encontró semidesnudo, que lo besó y que terminó durmiendo a su lado, aunque eso fue todo. Emma larga un suspiro, romántica, e insiste con que Rhun debe de ser el hombre más noble en todo Las Tres Gracias; mientras que Bree asegura que Per Argall no hubiera actuado de la misma manera. Haf dice suponer que su propio Ifan Pugh no habría sido tan respetuoso en una situación parecida.

Mairwen se ríe, claro. Apoya su mejilla sobre el cabello de Haf y recuerda la vez que Arthur Couch le dijo lo mismo, como si él quisiera que *ella* lo escuchara. Mair desea que Arthur estuviera aquí con ellas, con las muchachas, para dejar su propio fuego sobre la camisa del santo para proteger a Rhun. Competir con los muchachos en una pérdida de tiempo para Arthur. Su poder sería más apropiado aquí, porque él sí sabe sobre transformaciones. O al menos *debería*, si fuese capaz de admitírselo a sí mismo.

Cuando la camisa llega a las muchachas, todas dejan que sea Mair la primera. Toca la fina tela e imagina un león feroz y una liebre veloz para que le compartan su fuerza y su velocidad respectivamente. Pero entonces, al pensar en el Árbol de los Huesos, en el monstruo que ella y Arthur habían matado y en la pequeña bruja Grace, que se había enamorado de un hermoso demonio, se decidió por un ciervo. Un ciervo para el viejo dios del bosque. Las agujas se movían rápidas y seguras. Las cuatro muchachas lo bordaron a la altura del hombro. Em y Bree crean unas patas de un naranja oscuro, Haf le da un cuerpo liso y brillante, y Mairwen corona el animal con un par de cuernos enormes. Cuando terminan, Mair toma el hilo de color rojo y da unas puntadas para dibujar un corazón ensangrentado en el pecho del animal. Se pincha el dedo y deja caer tres gotas de su propia sangre sobre el corazón que acaba de bordar.

Haf y su hermana intentan no hacer caras ni ningún gesto extraño ante semejante adición.

–Se parece un poco al fuego, ¿no les parece? –murmura Emma.

A continuación, las muchachas beben de sus vasos de vino y arrojan las últimas gotas sobre la tierra.

Si hay una parte del ritual de la Luna del Sacrificio a la que Arthur Couch le teme, esa es el largo ayuno de la tarde y la vigilia que cada uno de los participantes debe llevar a cabo en un terreno cerca de la mansión de Sy Vaughn. Cada uno debe estar solo acompañado de su padre.

Gethin Couch es tan alto y delgado como su hijo, con un color de cabello similar, pero el resto de sus facciones Arthur las heredó de su madre. Gethin tiene una mandíbula pronunciada y un rostro amplio y bronceado, con ojos verde claro, sus manos son regordetas pero más que talentosas con el cuero. Gethin fabrica los mejores guantes en el pueblo y también enmienda cualquier pieza de cuero que requiera de algún trabajo en detalle y dedicación. El año anterior, cuando se cumplieron diez años de que su esposa abandonara Las Tres Gracias para siempre, trabajó en un ritual de des-matrimonio planificado con mucho cuidado con Aderyn Grace. Era lo menos que podían hacer para ayudarlo a salir adelante, cuando no existía ningún tipo de indicio que probase si la madre de Arthur estaba viva o muerta. Arthur había sido invitado al ritual, pero jamás apareció.

Los dos hombres se sientan a un metro de distancia uno del otro. Se sientan sobre una roca en lo alto de la montaña, totalmente expuestos a todos los elementos, ya que no hay árboles que crezcan tan alto, y el brezo y los pastizales no ofrecen ningún tipo de refugio ante el viento. Arthur observa el valle, tan amplio, tan enorme; y los ojos le arden de tanto frío. Se supone que este es el momento en el que el muchacho recibe palabras de apoyo y consejos de parte de su padre, pero hay demasiadas expectativas desperdiciadas entre ellos como para que Arthur quiera y acepte algo así de parte de Gethin.

Se imagina la conversación que Rhun y Rhun padre deben de estar compartiendo en este momento y eso lo relaja lo suficiente como para llegar a recostarse sobre la piedra.

–Bueno, muchacho –dice Gethin Couch–, tu madre estaría furiosa si pudiese vernos ahora. Aunque desearía que así fuera…

Arthur no dice palabra.

–Apuesto a que está contando los años, creyendo que aún tienes otros cuatro. Si está viva, seguirá preocupada y asustada por ti donde sea que esté. Espero que eso la atragante, que la haga verse vieja y fea antes de que le llegue su hora.

–Yo no –dice Arthur, que recuerda la dulce sonrisa de su madre; aunque también recuerda cómo retorcía esos mismos labios para gritarle. *¡Podrías estar muerto, que no me importaría!*

–Sí –dice su padre.

–No hace falta que hablemos –Arthur aún no ha mirado de frente a su padre. Ha evitado hacerlo durante muchos años, sin encontrar ninguna buena razón para depositar su energía en el hombre que lo entregó a los Sayer sin queja alguna. *Será mejor que crezca rodeado de todos esos hombres y muchachotes*, había sido la excusa de Gethin.

–Sin embargo, deberías saber, hijo mío, que yo puedo ver en qué te has convertido. Puede que no seas el mejor, pero no hay duda de que tienes las mismas posibilidades que cualquier otro muchacho con una personalidad como la tuya. Nada de lo que ella hizo te ha lastimado.

Arthur cierra los ojos. Cada palabra le provoca dolor, enojo. Tal vez esta sea la razón por la cual los potenciales santos son obligados a ayunar a solas con sus padres: no para pasar un momento agradable, sino para ver si pueden pasar una última prueba, la de la tortura paternal.

—No necesito tu aprobación —le dice entre dientes.

—Pero la tienes.

—Aprueba esto entonces —dice Arthur, y se pone de pie—. No has sido un padre para mí, y ha sido así al menos desde que madre se marchó, si es que alguna vez cumpliste con tu rol antes de eso. O estabas demasiado ciego o desinteresado en tu *hija* que no pudiste ver lo que ella me hizo, o estuviste de acuerdo con ella desde el comienzo, pero la culpa siempre se la echas a ella. Esto me saca del espíritu del ritual. Me marcho de aquí.

Arthur se aparta de la roca y se dirige hacia el sendero que los lleva de regreso a la mansión de Sy Vaughn. *Este valle es pura mentira*, piensa mientras se marcha. Tal vez el pacto del demonio mantenga la enfermedad y la muerte a raya, pero no hay duda de que no vuelve buenas a las personas ni mantiene unidas a las familias.

O tal vez Arthur sea el único que piensa de esa manera. Tal vez todos los demás estén conformes y felices. Tal vez todos los demás acepten el pacto y sus restricciones. Él es el único que no pertenece, porque su madre en realidad sí lo había lastimado. ¡Lo había arruinado! ¿Quién sería ahora si hubiera sido siempre un varón? ¿Sería tan bueno como Rhun?

¿Quién sería ahora si hubiera seguido siendo una niña?

Un viento fuerte le sopla en la cara, empujándolo hacia atrás en el camino, lejos de Vaughn, lejos del valle. Arthur hace una pausa y observa por encima de su hombro. El camino se abre hacia un lado, en paralelo a un cordón armado de rocas y hacia el pasaje que atraviesa la montaña, conduciéndolo al exterior, al resto del mundo.

Podría marcharse ahora.

El solo pensarlo le quita el aliento.

El resto del mundo aprecia la ambición y el fuego.

Pero Arthur sabe muy bien lo que se diría de él si se marchara ahora. *Cobarde. Estamos mejor sin él. Demasiado candente.* Lo mismo que habían dicho de su madre. *Jamás perteneció a este lugar.*

Además, si se marcha ahora, jamás sabrá si Rhun sobrevivirá.

Ese pensamiento lo carcomería de por vida. *Entonces,* piensa vehementemente, *tal vez pueda marcharme pasado mañana.* Cuando esté claro que ya nadie lo necesita, cuando Rhun ya no necesite abandonar la lucha porque él no estará allí para recibirlo, y Mairwen no pueda acusarlo de estar en falta por ello. Podría sobrevivir sin ninguno de los dos. Claro que sí.

Arthur camina por el sendero hacia la mansión de Sy Vaughn lentamente pero confiado. Cuando llega allí, el Lord está solo, de pie ante un pequeño fuego en el centro de un patio de piedra que se ubica entre el portón de la mansión y una línea de árboles.

El sol de la tarde es brutal, y vuelve cada centímetro del traje de Vaughn más oscuro de lo que el negro debería verse a plena luz del día. Es un color negro que viene de afuera del valle, donde los comerciantes tienen acceso a mejores tinturas y a técnicas más costosas también, y a telas más elásticas o relucientes y elegantes. El cabello del Lord está suelto y cae en tirabuzones rojizos a ambos costados de su rostro y su cuello. Sus manos las tiene escondidas tras la espalda. Cuando el Lord oye los pasos de las botas de Arthur, se da vuelta. Sus ojos son gris y negro: el izquierdo es negro y el derecho es gris, o tal vez eso solo sea así porque el sol apenas ilumina una mitad de su rostro. Sonríe con labios delgados, y Arthur no puede evitar pensar en lo adorable que se ve Lord Sy Vaughn en estos momentos. Llamativo, fuerte, seguro de sí mismo, y también hermoso. Arthur se pregunta cómo habría sido tener a alguien como él como su padre, para protegerlo y defenderlo cuando era niño.

–Arthur Couch –dice Vaughn con calma, haciéndole señas a Arthur para que se le una–. Has regresado muy pronto.

–Ese hombre jamás fue un padre para mí.

Vaughn asiente con la cabeza, y algo toma forma dentro del chico cuando Vaughn parece estar de acuerdo, así sin más.

–Tengo una pregunta para ti –dice Vaughn. Primero, mira al valle y no a él, y Arthur sigue la mirada del joven Lord. Desde aquí pueden ver lo que hay debajo de los árboles, atravesando Las Tres Gracias y los campos de cebada, unos diminutos puntos blancos que son las ovejas, y también las colinas y los pastizales y todo lo demás hasta llegar al oscuro Bosque del Demonio; y allí, justo en el centro, el pálido Árbol de los Huesos con su corona color escarlata.

–Lo escucho –dice Arthur cuando queda en evidencia que Vaughn espera una respuesta.

–¿Por qué tu madre no te llevó consigo?

–¿Cómo iba yo a saberlo?

Vaughn emite un solo sonido en señal de que ha comprendido la retórica de Arthur.

–No me quería. Ella quería una hija mujer.

–Diría yo que ella quería una criatura que fuera a vivir lo suficiente para llegar a adulto.

–Entonces con más razón no me llevó consigo: me habría muerto de otras doce mil maneras diferentes fuera de este valle.

—Sí. He visto las más horrendas maneras de morir para los niños en el mundo exterior. Pero, si yo tuviese una hija, creo que haría cualquier cosa para mantenerla a salvo. Y, si eso fallara, haría cualquier cosa por quedarme a su lado.

—¿Y si tuviese un hijo varón? —lo desafía Arthur.

Vaughn vuelve a sonreír.

—Sé que sería un honor para él ser un santo.

—Tal vez algún día usted sepa si tiene razón o no. Tendrá que casarse y tener su propio heredero para que se haga cargo de este lugar más adelante.

—Supongo que estás en lo cierto. ¿Conoces alguna muchacha que puedas presentarme?

Arthur hace un gesto extraño, exasperado por el giro que ha dado la conversación.

—Quiero hacerlo, señor. Necesito hacerlo. Deme esta misión a mí. Deje que sea yo y no Rhun.

Los ojos multicolor de Vaughn se mueven a toda velocidad, estudiando el rostro de Arthur.

—Tendrás tu turno para defender tu caso en breve.

—Permítame hacerlo ahora. Valdrá la pena. Permítame probarle que puedo ganar esto.

—¿Ganar? —dice Vaughn, levantando las cejas, y hasta deja escapar una risa serena—. Ah, Arthur Couch, no existe manera de ganar. Esto es un sacrificio, no un juego. Y debe hacerse por amor.

—Puedo hacerlo —dice sin pensarlo.

—No.

Arthur se aleja, dando un grito de frustración. Se agacha y su capa de caza flamea de la misma manera que lo hacían las faldas que solía usar de niña. Se agarra la cabeza, furioso, intentando llevar su respiración a un ritmo parejo, intentando encontrar un argumento que le otorgue el derecho de convertirse en santo esta noche, que lo ayude a probar que no es más imperfecto que ninguno de los otros potenciales santos, incluyendo al mismísimo Rhun Sayer.

Por un instante, piensa que podría revelarle a Sy Vaughn en este mismísimo instante que ha mantenido un secreto durante los últimos tres años. Podría decirle que Rhun Sayer está enamorado de otro muchacho.

Y en el siguiente instante, una verdad incluso peor se le revela: él jamás será el mejor, porque no es bueno. Nadie jamás consideraría, ni siquiera por un solo segundo, lo que él acaba de considerar.

Diez años atrás, Arthur se había prometido a sí mismo que algún día se adentraría en el bosque y le ofrecería su corazón al demonio, pero Arthur ahora comprende que el diablo ya se había comido su corazón mucho tiempo atrás.

Una hora antes de que el sol se oculte, todos los potenciales santos, sus padres, y todos los hombres y jóvenes de Las Tres Gracias mayores de trece años se reúnen alrededor del fuego en la mansión de Sy Vaughn. Rhun observa el cielo azul sobre su cabeza con muy bien abiertos, tratando de absorber y asimilar lo más que puede. Los ojos de su padre brillan con lágrimas que no quiere soltar, pero sonríe orgulloso, rodeando con un brazo a su hijo.

–No tienes que hacer esto, hijo. No por mí ni por tu madre. Ya estamos orgullosos de ti –le dijo Rhun padre, justo antes de que regresaran a la mansión.

Pero Rhun ya había tomado su decisión hacía muchos años.

—¿Dónde está Arthur? —le preguntó a Lord Vaughn cuando él y los demás dieron un paso hacia adelante preparándose para la elección final.

—Regresó al valle... Supongo que para lamer sus heridas —anuncia Vaughn.

Rhun mira a Gethin Couch, que se ve tan sorprendido como todos los demás. A Rhun jamás le había agradado el señor Couch, y solía agradarle todo el mundo. Rhun padre mira con pena a su hijo, ya que Rhun le había preguntado si era posible llevar a Arthur con ellos en su ayuno de la tarde y Rhun padre había sugerido que era importante que Arthur y Gethin hicieran las paces si es que Arthur tenía la posibilidad de ser el santo.

—Debería ir a buscarlo —dice Rhun, dirigiéndose hacia el camino, pero el murmullo colectivo de todos los hombres allí presentes lo detiene.

—Quédate —dice Lord Vaughn—, o renuncia a tu oportunidad, como Arthur Couch ya lo ha hecho.

Muy a su pesar, Rhun se queda. Toma su lugar en la fila de muchachos y les dedica a todos su mejor sonrisa. Per y Darrick Argall, los muchachos Parry y Bevan Heir.

Vaughn toma un vial de vidrio del bolsillo de su saco y con ademanes de una gran ceremonia lo arroja al fuego.

Una llama se alza en lo alto, y el humo se vuelve tan blanco como la luna, tan blanco como el Árbol de los Huesos.

La señal para las mujeres: *ya hemos comenzado.*

Rhun respira el humo y nota que se siente más suave de lo que se había imaginado. Hasta es placentero. Su humor alegre sigue firme, aunque aún lamenta que Arthur se haya marchado. Pero los dos tuvieron su momento en el bosque esta mañana, y eso era todo lo que Rhun necesitaba. Este es su momento, el momento para lo que ha nacido.

—Dime, Per Argall —comienza Lord Vaughn—. ¿Qué te hace el mejor?

Per se aclara la garganta y responde, aunque no con mucha seguridad.

—Soy joven y veloz… Soy el más veloz… Yo… Sí... Creo.

—Dime, Bevan Heir, ¿qué te hace el mejor? —vuelve a preguntar Vaughn.

—Tengo un plan —dice Bevan, de diecinueve años y espalda muy ancha—. Alternaré. Correré y me esconderé de a ratos. Jugaré este juego con el demonio y haré que la noche de la Luna del Sacrificio valga la pena.

Y entonces Sy Vaughn llama los nombres de todos los candidatos y les hace la misma pregunta. Darrick Argall argumenta ser el más valiente y el más amable de todos. Ian Parry asegura haber practicado cada día de su vida para este momento. Marc Parry les dice a todos hombres presentes que su madre siempre ha sabido la verdad y siempre supo que él sería el santo, y dice que le gustaría ser todo lo que su madre sueña que él puede ser.

Cuando llega el momento de que Rhun diga qué es lo que lo convierte en el mejor, él se encoge de hombros.

—Me temo que es mi corazón, señor.

Y lo dice con tanta seriedad que los varones allí reunidos asienten todos al mismo tiempo y, como Arthur no está presente para burlarse de él, nadie más lo hace.

La bruja Grace llega en su hermoso vestido azul y beige, con una corona de huesos y flores amarillas colgándole del cuello, y un pesado cráneo de caballo en sus brazos. Sus mejillas brillan por el esfuerzo de haber caminado hasta allí con esa cosa tan pesada, también le brillan de esperanza, de furia y de amor. Huele a la salvia amarga que preparó bajo las instrucciones de su madre, en la que añadió un poco de su sangre y con la cual se había embadurnado.

Rhun espera en el frente con Sy Vaughn.

Cuando ella lo ve, abre la boca y murmura la letanía de los santos.

–Bran Argall. Alun Crewe. Powell Ellis. John Heir. Col Sayer. Ian Pugh. Marc Argall. Mac Priddy. Stefan Argall. Marc Howell. John Couch. Tom Ellis. Trevor Pugh. Yale Sayer. Arthur Bowen. Owen Heir. Bran Upjohn. Evan Priddy. Griffin Sayer. Powell Parry. Taffy Sayer. Rhun Ellis. Ny Howell. Rhys Jones. Carey Morgan. Baeddan Sayer. John Upjohn.

Y juntos, todos claman:

–Rhun Sayer.

Mair deja el cráneo de caballo sobre el suelo y desenvuelve la camisa bordada y bendecida. Levanta la mirada y mira a Rhun, quien se quita la chaqueta y su propia camisa con ayuda de su padre. La bruja Grace da un paso hacia adelante y sostiene la nueva camisa sobre la cabeza del santo. Mientras él se la coloca, ella repite su nombre varias veces. Los hombres la imitan, y el nombre de Rhun Sayer se convierte en una invocación, una especie de silbido, un viento con vida propia.

La bruja desata la corona que llevaba aún colgada en su cuello y se la pasa a Rhun, se para en puntas de pie y lo besa en los labios mientras que pasa los brazos a ambos costados de su cuello y ata la corona. Escondido entre las hojas de la corona, la mandíbula desarticulada del caballo sacrificado. Si la bruja besó al santo con un poco más de pasión que lo usual, nadie comentó nada al respecto.

Mair toma una cajita de metal que llevaba colgada de su cinturón, pasa su dedo pulgar por ese bálsamo oscuro y con él lo unta sobre los labios y la frente de Rhun. El aroma amargo invade el aire por un momento.

Mairwen da unos pasos hacia atrás, abre los brazos. La invade la ansiedad. El padre de Rhun lo ayuda a colocarse su abrigo y su capucha de cazador, y entonces Vaughn levanta el cráneo del caballo y lo coloca sobre la capucha, escondiendo el último reflejo de los ojos de Rhun para Mair y para todos los demás. Mairwen respira entrecortadamente mientras que los muchachos Parry colocan la capa hecha del pelo del caballo sobre los hombros de su santo, y Bevan Heir ata la cola del animal de manera que quede como una especie de cresta en su espalda. Aquí Rhun se ve feroz y aterrador, medio hombre, medio bestia. Ya ha caído la noche.

El cráneo del caballo le sonríe a Mairwen. La mitad refleja la luz del sol que ya se pone. El cielo se ha vuelto naranja y rosa al oeste. La posición de la luz oscurece las cavidades oculares y hace que el hueso nasal se parezca más a una daga. La parte inferior de la mandíbula cuelga de una soga y rebota en el pecho de Rhun como una armadura, aplastando algunas de las flores en la corona. Está apenas reconocible, pero ella sí reconoce ese jubón de cuero, el acentuado rojo oscuro de su capucha de cazador, sus brazales de cuero color marrón. Reconoce esas manos, y los muslos también, cubiertos ahora por sus pantalones, escondiendo la piel que ella había tocado e incluso ayudado a vestir unas pocas horas atrás.

Mair intenta recobrar el aliento.

El santo se le acerca y le ofrece su mano. La camisa bendecida se asoma por debajo de su jubón. El amuleto de Mair. El amuleto del valle entero. Mair lo mira a los ojos, solo un par de destellos debajo de aquel cráneo, y le dedica la mirada más cargada de emoción que está a su alcance. *Por favor, sobrevive*, le dice moviendo los labios, aunque sin emitir sonido. *Contra todo.*

Él la toma de la cintura, inclina la cabeza hacia un costado y unos pocos rayos de sol atraviesan el cráneo del caballo e iluminan sus labios. *Te amo*, le responde él de la misma manera.

Entonces, Rhun mueve la cabeza como un caballo real, cabriolando y abriendo los brazos, invitando a la bruja Grace a que lo imite.

Vuelve a ofrecerle la mano, y esta vez Mairwen la toma. Sus dedos se entrelazan y ella se deja guiar.

Juntos, el santo y la bruja danzan y descienden la montaña, casi sin aliento. Los hombres los siguen, murmuran su nombre, aplauden. Lord Vaughn es el último en unírseles.

Juntos, el santo y la bruja golpean cada puerta en Las Tres Gracias pidiéndole al pueblo entero que se les unan también, avanzando todos hacia el Bosque del Demonio para la Luna del Sacrificio. Pasan por un par de casas y jardines, por callejones empedrados, cruzan la plaza, con una fila serpenteante de personas que les siguen detrás.

Bailan por todo Las Tres Gracias en círculo y mientras el sol se aleja cada vez más, y luego se dirigen a la colina. Detrás de ellos, todos los aclaman y vitorean, cantan y rezan, mientras que Rhun, su santo, los conduce por el pueblo y pasan por el fuego alrededor del cual Aderyn Grace y las otras mujeres ya se habían sentado, por el humo sangriento donde ahora ardían los órganos de aquel caballo sacrificado. Mair y Rhun no se ríen ni gritan con los demás.

La luna se eleva, liberándose de la oscuridad y elevándose sobre el horizonte montañoso, y el santo se detiene.

El pueblo se reúne en un semicírculo, como si fuese un escudo entre ellos y Las Tres Gracias.

Juntos Rhun y Mairwen enfrentan el bosque.

El bosque ahora es un muro negro, silencioso y prohibido, apenas iluminado por la luz de la luna.

El Árbol de los Huesos se eleva en el centro como un salmón plateado que salta en el aire. La corona fantasmal del árbol se ve prácticamente desnuda, aunque imperiosa. Todas sus hojas se han caído durante el día.

Rhun aprieta fuertemente la mano de Mair y luego la suelta. Con ambas manos, se quita el cráneo del caballo y lo coloca sobre una vara que está clavada en la colina junto al fuego. El cráneo allí se asienta, casi como si hiciera una inclinación de cabeza para saludarlo, con un ojo vacío mirando al bosque y el otro hacia el pueblo.

El padre de Rhun camina hacia su hijo con una aljaba y un arco. Lo ayuda a cargarlos sobre su espalda, y luego su primo Brac Sayer le ofrece a Rhun sus hachas, que Rhun decide colgar de su cinto. Braith Bowen le da una daga para que esconda en su bota.

Y eso es todo. Mair esperaba que Arthur se acercara a entregarle algo él también, pero no lo ve por ningún lado.

La decepción le recorre el cuerpo. ¿Dónde está? Él debería estar aquí ahora. Con ellos.

Rhun mira a Mair, le sonríe con valentía, y luego asiente con la cabeza como lo había hecho el cráneo ecuestre. Mairwen se prepara para dar un paso hacia adelante mientras un murmullo se propaga a través del arco que forman las personas presentes.

Una figura oscura se desplaza veloz debajo de todos ellos, como si proviniera del pueblo, y pasando por los pastizales. Arthur Couch está a medio camino entre el Bosque del Demonio y la cresta de la colina donde aún arde la fogata, donde el cráneo del caballo aún asiente, donde los habitantes de Las Tres Gracias esperan para ofrecer a su hijo en sacrificio.

En su cabello se reflejan los últimos rayos de la luz del día.

El corazón de Mairwen late tan fuerte que pareciera estar a punto de salírsele del pecho.

–¿Qué es lo que hace este muchacho? –se oye a alguien decir.

Arthur gira para quedar de frente a la colina. Tiene su arco y aljaba sobre el hombro, y el destello de unas largas cuchillas se marcan a los costados de sus caderas. Lleva puesta una capa de caza color negra, un viejo tapado de cuero, pantalones y botas. Arthur levanta ambos brazos y los sacude para saludar a todos los presentes.

Aderyn Grace lanza un grito suprimido, y Rhun apenas puede expresar su sorpresa.

Mairwen ve a Arthur tenso, aunque decidido, peligroso y listo para hacerle frente al demonio. Cierra ambas manos en puños y da un paso hacia adelante. Aunque no llega a ver sus ojos con claridad, se da cuenta de que Arthur acaba de posar su atención sobre ella. Le duelen las palmas de las manos, y siente un fuego interno, y luego frío, y luego terror. *Arthur no tiene la camisa. No puede meterse en el bosque.*

Él no ha sido bendecido.

–Pero yo soy la bendición entre la vida y la muerte –murmura Mair. Su sangre. Su corazón.

Detrás de Mairwen, su madre la mira fijo. Ella la conoce y teme por lo que su hija vaya a hacer. Pero Aderyn jamás ha pronunciado el nombre de su hija en donde el demonio pudiera oírla.

Lamentablemente, Haf Lewis no se da cuenta del daño que podría causar el pronunciar un nombre estando tan cerca del demonio. Así es que, cuando Mairwen da un salto hacia adelante, toma una de las hachas de Rhun y sale corriendo colina abajo, Haf grita el nombre de su mejor amiga.

Mairwen corre, levantándose la falda de su vestido para no tropezar, intentando respirar a pesar de lo apretado de su cotilla.

Corre más y más fuerte. El sonido de sus botas contra la tierra imita los latidos de su corazón.

Su nombre se transforma en un grito tras ella, una plegaria colectiva, y ella continúa su carrera colina abajo, hacia Arthur.

Sus ojos se encuentran por un instante. Mairwen levanta la mano que no carga con el hacha.

Chocan sus palmas y salen disparados hacia los árboles del bosque.

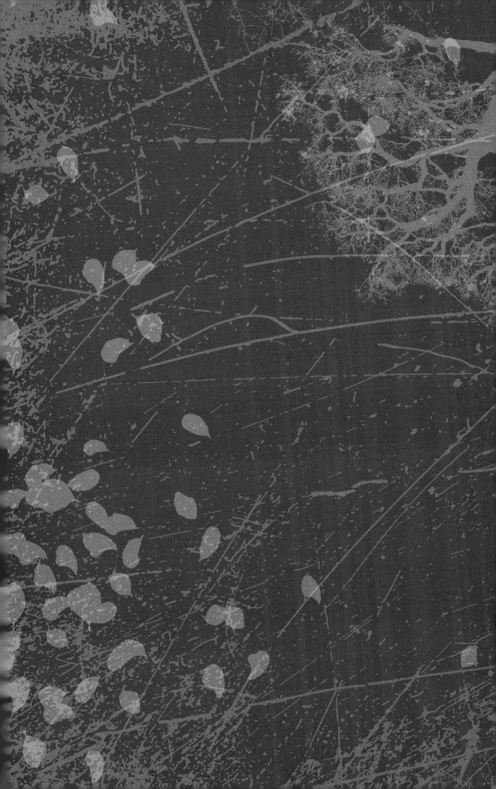

LA VIGILIA

Haf Lewis jamás ha tenido tanto miedo en su vida. Su mejor amiga acaba de desaparecer dentro del bosque y un pedazo de su corazón ya se siente destrozado por completo.

Mairwen sobrevivirá, se sigue repitiendo a sí misma. Mairwen es una bruja Grace y la hija de un santo. El bosque la dejará ir. Siempre y cuando Mair no deje de correr y sepa usar todos sus trucos cual dagas, cual escudo, no hay duda de que sobrevivirá hasta la mañana. Tiene que hacerlo.

Desde la primera fila, Haf tiene una vista perfecta del muro oscuro que conforman los árboles, de las copas que se sacuden a la luz de la luna. Jamás podrá imaginarse qué se esconde detrás de esas sombras, qué monstruos podrían revolotear las raíces del Árbol de los Huesos. Ya era suficiente vivir cerca y escuchar a Mairwen hacerse esas mismas preguntas. Si Haf diera rienda suelta a sus pesadillas, correría tan lejos del valle que jamás encontraría el camino de regreso a casa.

Detrás de Haf, Rhun Sayer murmulla algo que ella apenas puede oír. Con los ojos fijos en el bosque, avanza lentamente, pero con decisión.

–¡Rhun! –lo llama Nona Sayer.

Él finge no escuchar nada. Continúa con el mismo ritmo en su paso hasta que llega al límite con la arboleda. Hace una pausa, pero ni siquiera mira atrás, como si supiera que hacerlo lo retendría en ese mismo instante.

Rhun va detrás de sus dos amigos adentro del Bosque del Demonio.

Haf comprende, pero eso solo hace que su corazón se vuelva más frío.

Oye decenas de conversaciones a sus espaldas, más ruidosas que el mismo fuego. Haf mira su propia sombra: las llamas la proyectan larga y parpadeante, estirándose en dirección al bosque. Jura no cerrar los ojos hasta que vuelva a amanecer. Se agacha y se termina por arrodillar sobre el pasto y, a modo de distracción, juega y se concentra en arreglar su falda de manera que parezca que está sentada sobre un enorme círculo perfecto. Sin embargo, necesitará mucho más que eso para sobrevivir las nueve horas que la separan del amanecer.

–Todo el mundo, ¡cálmense! –dice Lord Vaughn, y las voces se acallan.

–Hay una parte del pacto que sigue intacta –agrega Aderyn Grace, apenas inaudible. Pero todos la escuchan.

–La vigilia se llevará a cabo como siempre –agrega Vaughn–. Como lo hacemos cada vez. En estos momentos, no hay nada que ninguno de nosotros pueda hacer. Cuando el sol vuelva a salir, veremos.

Luego de un momento, alguien comienza a recitar la letanía de los santos.

Uno a uno, los habitantes del pueblo se le unen, hasta que la plegaria es una ola de esperanza que se eleva por sobre la colina. Haf mueve los labios para que parezca que ella también repite la plegaria, se cruza de manos sobre su falda, y deja los ojos fijos en el bosque.

Su hermana Bree le trae un jarrón de cerveza, pero Haf lo rechaza con un solo movimiento de la mano. La cerveza solo le daría sueño. Un té caliente sería mucho mejor, o simplemente agua, aunque la verdad es que no está segura de nada. Haf jamás había formado parte de ninguna vigilia. Diecisiete años atrás, ella era tan solo una bebé en los brazos de su madre. Diez años atrás, se había retirado con sus padres apenas acabado el baile, luego de que Baeddan Sayer ingresara en el bosque. Tenía solo ocho años en aquel entonces, y no le resultó difícil a su madre convencerla de que deberían pasar la noche en su casa con la pequeña Bree de apenas cuatro años. Tres años atrás, intentó quedarse junto a Mairwen, pero a mitad de la noche el cansancio la venció y cerró los ojos. Hizo un esfuerzo por quedarse despierta, se pellizcaba las mejillas, pero varias horas antes del amanecer se quedó dormida apoyada contra la parecilla que divide la pastura solo para despertarse de repente y aterrorizada al ver la muñeca sin mano de John Upjohn.

Haf se imagina a Mairwen cubierta en sangre.

El viento dentro del bosque susurra… Grace, Grace, Grace.

Mairwen corre, oye su nombre, y Arthur se le arroja adelante como si así fuera a protegerla de los fantasmas. Pero el bosque los rodea a ambos por todos los lados. El bosque escucha, acecha, se ríe.

Grace, Grace, Grace, dice, y los pequeños monstruos lo repiten: duendes y espíritus, pájaros de dientes filosos y unos niños muertos vivos se revelan ante el sonido de ese mismo nombre.

El demonio aguarda su momento, abre grande su mandíbula cuando bosteza de manera haragana y exagerada, agachado en la base del Árbol de los Huesos. Pronto irá tras ellos.

Ellos. *Esto sí que es extraño, pero el demonio ahora huele más de un santo, y el bosque ha cobrado vida con aquel nombre tan familiar.*

Haf está tan quieta en su lugar que solo algunos mechones de cabello se mueven en la briza y por el calor que proviene de la fogata. Sus trenzas están perfectamente ajustadas, y solo unos largos mechones han caído exactamente donde Haf quería que cayeran cuando planeó su peinado esta tarde. Quería verse tan bonita como Mairwen en su hermoso vestido azul. Haf incluso pensó en su propio vestido de bodas, casi terminado y guardado en el baúl a los pies de la cama de su madre. Es un vestido fresco y veraniego, de color verde y también bordado como el de Mair, pero sin las delicadas mangas de seda. Haf había insistido en coser nudos y moños en la falda para que pudiera levantarla hasta las pantorrillas luego de la ceremonia y así poder bailar todo el día y toda la noche con su familia, sus amigos y su flamante esposo. Esta primavera, luego de que aparezcan las primeras flores. Mairwen debe estar presente también. En su corazón, Haf está completamente segura de que jamás podrá casarse si no está Mairwen allí para bendecirla, besar su mejilla y hallar el perfecto manojo de huesillos de gorrión para crear el peso suficiente en su velo de novia.

De repente, aparecen las botas de un hombre. Son botas gastadas y de marrón oscuro a la luz del fuego. El hombre se arrodilla y le toca el hombro. Haf mira al hombre a la cara, aunque el fuego detrás de él lo convierte en una mera silueta oscura y sus facciones son casi imposibles de determinar. Pero ella sabe que es Ifan. Como si el terror creciente que siente dentro lo hubiera convocado.

Ni siquiera este acercamiento de su futuro esposo la hace sentir mejor.

Ella toma su mano y él acepta la invitación a sentarse a su lado.

—¿No tienes frío? ¿Estás bien así? —le pregunta él en su tono de siempre. Ella se apresura a asentir con la cabeza, pero el movimiento brusco y demasiado veloz solo destaca su miedo. No puede dejar de pensar en que Mairwen podría estar herida, sangrando… que podría haberle sucedido algo que ella jamás podría haber imaginado. Mairwen en las garras del demonio… O Mairwen obligada a ver a Rhun, o a Arthur, o a ambos perder la vida. Se imagina al mismísimo demonio, como en el cuento: monstruoso y extraño, mitad criatura, mitad hombre, con ojos y rostro hermosos, pero con colmillos y cuernos y pezuñas hendidas.

¿Cómo es que los seres queridos del santo pueden sobrevivir las horas de vigilia? Ya habría sido horrendo tener que quedarse allí para sostener la mano de Mair durante la noche, esperando a que Rhun Sayer regresara del bosque. Aquellas últimas dos horas, Haf se había preparado para permanecer como una sólida fuerza de amistad y amor para Mair. Había preparado pequeñas historias que recordaba de su infancia compartida para distraerla. Jamás pensó que tendría que prepararse para *esto*.

Primero, Rhun se mueve rápido y le es fácil seguir detrás de sus amigos, ya que la falda de Mair se traba, desgarra y arrastra, dejando así un camino que hasta un niño podría haber seguido. La luz de la luna se escabulle por entre el entramado de los árboles y proyecta sombras extrañas. Rhun los sigue hasta un camino angosto que atraviesa un seto el doble de alto que él, cuyas hojas son delgadas y tan rojas como la sangre. El seto emerge junto a un arroyo amplio, aunque poco profundo, y la orilla al otro lado está cubierta de piedras planas. El reflejo de la luna forma un óvalo brillante, un hongo tembloroso sobre el agua.

Todo está demasiado tranquilo. Más allá del suave murmullo del agua y el susurrar de la brisa, Rhun no llega a oír más nada.

El miedo le recorre el cuerpo.

Repara en la marca de agua sobre una roca. Es una huella, una mancha húmeda que señala cual flecha hacia el muro de árboles oscuros. Corre en esa dirección, con los ojos abarcándolo todo, en busca de más señales. Ve una huella. Rhun se adentra en el bosque silencioso.

Detrás de él algo hace ruido, una especie de risa. Rhun se da vuelta mientras toma una flecha para disparar. Prepara el disparo, mano a la altura de la mejilla, y apunta. Oscuridad, sombras sobre otras sombras. Columnas de árboles oscuros.

El viento se mueve por entre las ramas peladas.

—¡Mairwen! —grita Rhun. El silencio se devora el nombre.

—¡Mairwen, Mairwen! —le responden un centenar de voces provenientes de todos los ángulos, de todos lados. Por encima y por debajo.

Rhun gira, con la flecha siempre lista, siempre apuntando, a la izquierda y luego a la derecha.

Pero está solo.

Finalmente, decide guardar la flecha y seguir avanzando.

Sale la luna.

Haf se lleva la mano de Ifan Pugh a la mejilla y ejerce presión. Una lágrima se le escapa y se encuentra con los nudillos de su amado.

—Mi verano —murmura él. Solo la ha llamado así una o dos veces. Luego la abraza. No hay nada que Haf desee más en este momento que esconder su rostro en el hombro de él, dejarlo que actúe de escudo entre ella, el miedo y el bosque. Pero no puede permitirlo. Haf debe ser parte de esta vigilia. Mairwen lo habría hecho, así que será valiente y lo hará por su amiga.

La multitud va cambiando a su alrededor. Algunos deambulan de aquí para allá para no tener frío, otros caminan en círculos sobre el pastizal. Otros se van turnando con sus esposos y esposas, hermanas y hermanos y padres para cuidar a los más pequeños en las casas. Hablan en voz muy baja, cuando hablan. Y, aunque nadie come nada, sí se bebe cerveza y té de hierbas junto al fuego.

El viento canta dulcemente en el valle y la luna brilla intensamente.

—¿Tú acaso me reprochas el que jamás haya sido un verdadero candidato? —le pregunta Ifan al oído.

Sorprendida, Haf deja de mirar el bosque para mirarlo a él. Sus ojos están a pocos centímetros de los suyos, y se ven tristes.

—No. Ah, no. Jamás —responde ella.

Él la estudia por un instante. La tensión desaparece de su rostro. La luz que viene del fuego coquetea con los mechones de cabello oscuro que le caen sobre la frente y con la punta de su nariz respingada. Haf siempre ha disfrutado de mirarlo, aunque jamás ningún tipo de belleza solía impresionarla. Pero él era agradable a la vista, y era bueno, y eso fue suficiente para crear algo de atracción entre ambos. Hacía tres años, Ifan tenía veintitrés años, un poco viejo para presentarse como candidato a santo, pero para la Luna del Sacrificio anterior a esa, tenía dieciséis y sí competía con los demás, hasta habría tenido tantas posibilidades de ganar como Per Argall. Según lo que su madre y sus tías han dicho, Ifan era competente, aunque no estaba lo suficientemente comprometido. Y no tener una conexión intensa con dicha santidad era algo inusual para un muchacho de Las Tres Gracias. A Haf siempre le había atraído lo inusual. Después de todo, su mejor amiga era Mairwen Grace.

—Tú eres lo que eres —le respondió también en un susurro, y luego lo besó.

Su boca se siente seca y fría, levanta una mano y coloca su pulgar junto al borde de sus labios, pasa sus dedos por el cuello de Haf y luego por su barbilla, sosteniéndola con mucho cuidado.

Lejos en el bosque, un grito se eleva por sobre la oscuridad.

Haf se pone de pie de un salto. Ifan hace lo mismo, y también el resto de los aldeanos presentes. Todos conteniendo el aliento.

El grito se desvanece. Para cuando su corazón vuelve a latir, unas diminutas sombras oscuras salen disparadas de los árboles, como una bandada de pájaros furiosos.

*A*rthur *da vueltas y jadea. El pantano brilla con luces pequeñas, como burlándose de él. Odia estar solo en este bosque. Es más difícil fingir no tener miedo ahora que Mairwen no está allí.*

Las visiones danzan delante de sus ojos, iluminadas por la luz de la vida, rostros en descomposición, con miradas lascivas, sonrisas rotas. Ve a su madre, que cuelga del cuello desde un árbol encorvado, con los ojos abiertos y fijos en los suyos.

—Nacer niño en Las Tres Gracias es tan glorioso como mortal —dice ella entre risas.

—¡Niña bonita! —grita un demonio abominable, saltando del barro. Su rostro es el del padre de Arthur, su voz es la suya.

Él sabe. Claro que sabe. Sabe que esto no es más que un truco. Es el bosque, que quiere volverlo loco, quiere confundirlo, quiere ahogarlo en miedo.

—Tú no eres un santo —dicen los espíritus del bosque, acusadores—. Hemos puesto tu corazón a prueba.

162

Los cuerpos esqueléticos ríen tímidos y las luces en el pantano titilan en júbilo.

—No eres santo. No lo eres ahora y jamás lo serás —dice la voz del demonio.

—Sí que podría serlo —dice Arthur, sin poder resistir la provocación.

—Tú no, no con esa vestimenta, ¡no sin siquiera una madre que vaya a creer en ti!

Unas flores caen desde lo alto, se le pegan al rostro y huelen a sangre.

Arthur se deshace de ellos y grita.

—¡Lo que yo sea o no pueda ser, no dependerá de ti!

El silencio cae fuerte sobre la vigilia. La fogata sigue ardiendo. La luna sigue ascendiendo en el cielo.

Haf piensa en Mairwen, Arthur y Rhun juntos, en cómo jamás se sintió un estorbo entre ellos, o como si no encajara en su triada, aunque casi todos esperarían que así fuera. Arthur le había dicho que sí debería sentirse fuera de lugar, pero ella era muy buena evitando sentirse ofendida por Arthur Couch, porque ella había estado allí el día en que todos se dieron cuenta de que Lyn Couch era un varón y no una niña, y recuerda cuando comenzó a llorar y se arrancó mechones de cabello. Recuerda hacerse preguntas sobre su propio cuerpo y hablar con su madre sobre lo que diferencia a los niños de las niñas, y las respuestas imprecisas de su madre que jamás parecían llegar a explicar demasiado, excepto la parte del embarazo. Incluso recuerda intentar contárselo a Arthur, decirle que no había muchas diferencias después de todo, y Arthur se ruborizó, levantó los puños en alto y la maldijo. Por supuesto que una niña no iba a poder entenderlo.

Haf está convencida de que no hay nada que pueda derribar a Arthur esta noche… a menos que el demonio le diga que es una niñita.

Y Rhun Sayer es perfecto, tan perfecto como lo era Las Tres Gracias, no como una persona. Haf lo ama de la misma manera que ama el valle, de la misma manera que ama la primavera. Mair, luego de hacer de mensajera entre Haf e Ifan durante tres semanas, en un juego de propuestas e intercambios de elogios, le había dicho a Haf que este cortejo era ridículo y que agradecía que todos simplemente asumieran que ella y Rhun se terminarían por casar algún día. (Como si no fuera a haber ninguna Luna del Sacrificio para Rhun).

—¿Pero tú lo amas? —le había preguntado Haf.

—Lo amo porque amo la parte de él que nadie más ve —había dicho Mair—. Ese orgullo enorme y fortalecedor.

Ah, y Mairwen, ¡tan astuta y feroz! Tan orgullosa como Rhun y tan ardiente como Arthur.

Haf se abraza.

La luna alcanza su punto más alto, pero aún quedan varias horas por delante.

El santo, la bruja y Arthur vuelven a encontrarse… ¡por fin! El alivio y el terror los unen. Hay sangre en la barbilla de Mairwen, en las piernas y los brazos de Rhun, y Arthur está empapado y tiene mucho frío. Los tres están de pie en un triángulo y oyen con atención los rugidos del demonio.

—Está detrás de mí —murmura Mairwen, con los ojos muy abiertos y llenos de euforia.

Aderyn Grace y Hetty Pugh están de pie, tomadas del brazo y mirando en dirección al bosque.

El clan Sayer está desparramado como una rebaño renuente de ovejas junto a la colina, en grupos de dos o tres, con las manos juntas en oración, o simplemente pasándose botellas de vino y murmurando entre ellos.

Sy Vaughn está junto a la fogata, con una bota apoyada sobre un tronco. Observa el bosque con una ceja en alto, y parece mucho más viejo de lo que realmente es.

John Upjohn está solo. Si Mair estuviese aquí, ella se le acercaría, así que eso es exactamente lo que hace Haf ahora. Toca la mano de Ifan y con ese único gesto él comprende. El pasto ondea contra sus faldas mientras camina, y hay rocío en las puntas de sus botas. Se acerca a John, pero no dice una sola palabra.

Cat Dee sigue sentada en su banco, aunque el sueño está a punto de vencerla. Para sorpresa de Haf, Gethin Couch camina de un lado a otro y se lo ve tan preocupado que Haf sospecha que no volverá a sonreír jamás.

Haf ve a su propia familia, sus padres y dos hermanas, su prima y sus sobrinos.

Poco después de la medianoche, Haf oye que, en la plegaria de los santos, no solo están invocando el nombre de Rhun, sino que el de Arthur y el de Mairwen también. Eso le provoca escalofríos, tanto que las lágrimas parecieran congelársele en los ojos. La bruja Mairwen no puede morir, pero un santo sí. De hecho, para eso están los santos después de todo.

—No puede ser —dice sacudiendo la cabeza.

John Upjohn la mira, preocupado.

—Yo también les pediría que retiren mi nombre —dice él.

—*No permitiré que mueras aquí, Rhun Sayer.*

—¡No quiero morir, Arthur Couch! —grita Rhun con tanta violencia que se da cuenta de que es verdad.

El demonio se ríe, con los colmillos expuestos, y los dos muchachos salen corriendo.

Haf por fin accede a beber unos sorbos y camina un poco para que sus músculos no se enfríen. Tiene las manos juntas, acurrucadas debajo de su manta. Deja que Ifan se quede detrás y apoya sus hombros y cabeza sobre su pecho, él la abraza. La abraza con fuerza y luego le pasa los dedos por los brazos como si le estuviera regalando un masaje, y ella siente la pasión en cada movimiento. Haf le había dicho a Mairwen esta mañana que su Ifan jamás sería tan dulce y respetuoso como Rhun si ella se apareciera semidesnuda en su habitación, aunque eso era solo lo que ella había imaginado.

Tiene esta idea loca ahora de arrastrar a Ifan hasta algún prado apartado e intentarlo, aunque sea en honor a Mair. Se sonroja con solo imaginarse el pasto contra su trasero y las manos de Ifan sobre sus pechos, y tiene la misma sensación en el estómago y en los muslos, y se apoya contra él, prendida fuego.

El bosque está oscuro y callado.

Haf puede escuchar el retumbar de su propio corazón en sus oídos.

La luna se hunde.

El demonio levanta en alto una muñeca de serbal rota.

—Tú me habías dado esto.

Mairwen se queda sin aliento.

Tiene sangre en la boca y debajo de las uñas. Puede ver a través del demonio, a través de su piel moteada y el horrible entrecejo, a través de sus cuernos,

dientes y cicatrices, a través de los años de hambre y tormento, y recién entonces
llega a lo que queda de su corazón.

—Solo espero que Rhos y su bebé estén bien por la mañana –dice Ifan en voz muy baja, con los labios apoyados en la corona de trenzas de Haf–. Me refiero a que espero que no importe que hayan sido tres personas las que ingresaron en el bosque esta vez.

Haf asiente con la cabeza y cruza los brazos sobre su pecho para tomarlo de las manos.

El fuego se calma y Haf también. Se pierde en un aturdimiento de recuerdos borrosos y esperanzas tan crudas como la luz de la noche.

El viento sopla desde las montañas al norte. Se oye en el bosque, golpeando las hojas de los árboles, y las garras largas y blancas del Árbol de los Huesos también rechinan a su paso.

Rhun llega al espacio donde descansa el Árbol de los Huesos y cae de rodillas.

El árbol es una criatura gigante de ramas estriadas, elegantes e inquietas,
desnudas de hojas. La luz de la luna hace que se vea color plata, y palpita y
se mueve como si estuviera respirando. Pero no es por eso que Rhun no puede
quitarle los ojos de encima.

Unido a su tronco, hay huesos humanos. Fémures y vértebras, dedos del-
gados que intentan tocarlo, antebrazos, caderas y espátulas tan delgadas como
alas de mariposas. Y también cráneos sin ojos, bocas abiertas, todo entretejido
con delgadas hiedras. Uno de los cráneos cuelga exactamente a la altura de los
ojos de Rhun, y él observa fijo y estupefacto esa mirada vacía, muerta.

El santo es atravesado por una sensación de terror que jamás había imaginado.
Hay veinticinco cráneos en el Árbol de los Huesos.

En la hora final (al menos eso es lo que espera: que sea la hora final), Haf se pincha las muñecas para permanecer alerta y despierta.

Sus piernas están adormecidas, le duele el cuello, y los ojos le arden, los siente secos. Ifan la contiene apoyando las manos en sus caderas, respira de manera calma y uniforme contra sus cabellos, relajado como si estuviese dormitado incluso de pie y detrás de ella.

Esta imagen le provoca a Haf mucha ternura, aunque no puede evitar ese frunce en el ceño que denota preocupación, ni el dolor en el corazón tampoco. Le gustaría acercarse un poco más al bosque, estar justo en el borde cuando el sol se asome por el este. A unos pasos de allí, Aderyn Grace ha colocado manos y rodillas sobre la tierra, con los dedos enterrados en el pasto. La espalda de la bruja está encorvada, su cabeza cuelga hacia adelante, y todo su cabello oscuro y enmarañado (como el de Mairwen) le cae encima cual velo. Canta una canción, una especie de himno.

Las únicas palabras que se llegan a entender son "Dios" y "madre" y "eterno".

El demonio baila mientras amarra al muchacho al altar. Así fue siempre, y así será: el demonio ha ganado, y este corazón ya pertenece al bosque.

La luna toca el horizonte al oeste.

Haf mira atentamente hacia donde la mitad del cielo ha quedado pintado de colores pasteles, donde las estrellas van desapareciendo, y con ellas su miedo. Algo sólido y pesado le crece en el pecho. Parece esperanza, aunque más fría. El momento llega. El momento, la respuesta a casi diez horas de plegarias.

El pueblo entero sigue firme en la vigilia.

El sol alcanza con sus rayos la cima de las copas de los árboles, proyectando una luz rosada sobre las raíces y los troncos, destruyendo el plano transicional en el que a Mair le gustaba jugar. Ahora todos avanzan, todos se acercan. Todos en el valle están ansiosos.

Arthur Couch sale primero, y eso ya era de esperarse, por haber sido el primero en desaparecer. Carga consigo a Rhun Sayer, que renguea y a quien le resulta casi imposible mantenerse en pie. Rhun se apoya en Arthur como si él fuese lo único en el mundo que lo mantiene vivo.

La multitud suspira aliviada y algunos hasta vitorean, pero la tensión aún no ha desaparecido. Apenas se mueven, esperan sin moverse de su lugar, hasta que…

Y allí, justo detrás de los dos muchachos, avanza ella. Mairwen Grace sale del bosque, dolorida y a paso muy lento, en su destrozado vestido azul.

Pero no está sola.

LA PRIMERA MAÑANA

Arthur jamás se ha sentido tan cansado en toda su vida, pero la luz del alba que le perfora los ojos es un dolor más que bienvenido. En algún momento durante la noche, perdió las esperanzas de sobrevivir. Pero sí había sobrevivido, incluso con el peso de Rhun sobre los hombros, que le provocaba un dolor imposible de explicar, mientras los dos salían juntos como podían del Bosque del Demonio. Eso sí había sido una sorpresa.

Jamás lo reconocerá, no ahora que ya ha sucedido, ahora que ha pasado la noche entera escapando del demonio y que había retornado al valle victorioso. Y sus amigos también están vivos.

No importa que haya partes de la aventura que no pueda recordar. Fue como si cada paso que dieron para salir de allí lo hubiese alejado de lo que sucedió. De lo que hizo.

Pero el sol es una estrella que se eleva en el pecho de Arthur: brillante, pura, llena de claridad. Arthur Couch ya sabe quién es después de anoche.

Incluso si no recuerda exactamente *por qué* lo sabe.

Se queja del dolor mientras que se asoma por completo al sol, se agarra más fuerte de la cintura de Rhun y ambos hacen una pausa para disfrutar de la sensación de calor antes de seguir avanzando. Detrás de ellos, se alza imponente el bosque. Arthur escucha la respiración superficial de Mairwen y también la de esa cosa sin la que Rhun no hubiese accedido a regresar. Esto les costará caro, Arthur lo sabe, pero todo tenía un precio anoche, y todo lo que venga a continuación tendrá un precio también.

El brazalete en su muñeca se retuerce y ajusta, unas diminutas espinas le cortan la piel. Es un brazalete mágico, pero no puede recordar el momento en que se lo puso. Pronto tendrá tiempo para preocuparse por su memoria deteriorada, pero lo único que le preocupa en este instante es el agotamiento físico.

El cielo de la mañana es azul y se extiende por sobre el pastizal, y los aldeanos están aún allí, cansados, pero con los ojos esperanzados y puestos en Arthur. La primera persona que Arthur ve es Haf Lewis, que está un paso delante de todos los demás, con las trenzas ya flojas y la boca abierta, casi a punto de sonreír. Escucha su nombre, y el de Rhun y el de Mair también. Todos se oyen aliviados.

–Mamá –susurra Rhun, apoyándose aún con más fuerza contra Arthur.

No puede terminar su oración. Nona Sayer no puede oírlo desde donde está.

Ella, al igual que todos los demás, está con la mirada clavada en esa cosa… en el hombre, el monstruo, el demonio. Arthur ni siquiera sabe cómo llamarlo.

—¡Baeddan! —grita Alis Sayer, y se levanta la falda para salir corriendo colina abajo y hacia los santos que acaban de regresar de su odisea.

Baeddan Sayer, el vigesimosexto santo de Las Tres Gracias.

¿Por qué será que Arthur ya no puede recordar cómo es que Baeddan sigue vivo? Después de diez años...

El Árbol de los Huesos. Tiene que ver con el Árbol de los Huesos, y con el pacto.

Lo único que Arthur recuerda es que la historia no es verdad. Las brujas Grace lo habían inventado todo.

Alis da inicio a una especie de estampida, y pronto los cuatro están rodeados de lo que parece ser el pueblo completo. Todos les hacen preguntas y se empujan unos a otros para acercarse a los jóvenes. Se los ve llenos de júbilo y de miedo también, se los ve perplejos y sorprendidos.

—Y esto es lo más cerca que estos cobardes estarán de estos árboles oscuros —le dice Arthur a Rhun al oído. Rhun sacude la cabeza, exhausto, e intentando evadir la mirada de Arthur.

Arthur se queja en silencio. Le duele que Rhun lo rechace de esa manera. ¿Qué ha sucedido?

Las hiedras se enroscan en sus brazos, obligándolo a inclinarse sobre el altar.

Arthur cierra los ojos y sabe que esto valdrá la pena si Rhun sobrevive.

El demonio ejerce presión sobre su pecho. Dos de sus costillas se quiebran en una ráfaga de dolor y...

Cuando Arthur traga saliva, siente el dolor punzante en su garganta. Le duele un costado.

—Ten cuidado —dice Mairwen, en voz alta e imponente, incluso con esa boca ensangrentada, el labio partido por un terrible beso.

Entonces, Arthur también lo recuerda Mairwen besando al demonio. Pero no recuerda por qué el cabello de ella ahora no llega siquiera a sus hombros, lo tiene cortado en trozos, incluso peor y más desarreglado que el suyo. Mairwen se acerca a Baeddan, intenta protegerlo, aunque él parece llevarle una cabeza y es tan grande como Rhun.

Con su brazo rodeando la cintura de Rhun, Arthur puede sentir que Rhun está temblando. Sus rodillas cederán en cualquier momento y es muy probable que Arthur no pueda ayudarlo a sostenerse en pie. ¿Qué es lo que Rhun recuerda?

Alis Sayer observa consternada lo que queda de su hijo.

Baeddan había ingresado en el bosque diez años atrás. Todos recuerdan eso. Recuerdan un joven astuto, fuerte y lleno de vida, hasta más encantador que el propio Rhun, orgulloso y buenmozo.

Esto es solo una sombra de lo que alguna vez fue, pero es absolutamente reconocible para aquellos que lo conocían mejor: está en los ojos de los Sayer y en la nariz torcida y la mandíbula. En el porte y en la manera en que Baeddan alza las cejas en señal de esperanza.

Su madre duda por un momento. Tiene las manos en alto, como queriendo alcanzarlo, pero no lo toca, incluso cuando Mairwen se hace a un lado para permitirle que lo haga.

Porque Baeddan Sayer se ve igual de joven que aquella noche en la que se adentró en el bosque. Su piel, sin embargo, se ve algo amarillenta, o verdosa o morada, como los cardenales, como la muerte y como las primeras señales de descomposición. Sangre de un rojo intenso chorrea por su pecho desnudo y lo hace en surcos paralelos, como si hubiese clavado sus propias uñas en la piel y la hubiera arañado una y otra y otra vez. Lleva puestos los restos de su capa de cuero y sus pantalones, pero no lleva calzado. Esos ojos que alguna vez tuvieron el típico rasgo de los

Sayer ahora son completamente negros. Le nacen dos hileras de espinas sobre las clavículas, que empiezan a la altura del corazón y se extienden hasta sus hombros. Los nudillos de sus manos están tan rugosos como la corteza de un árbol. Un par de cuernos se esconden entre su cabello negro, enmarañado y sucio, y envuelven su cráneo cual corona.

Al mirarlo, Arthur sabe, aunque no puede recordar por qué, que la piel de Baeddan se siente fría al tacto, que el vigesimosexto santo murmura antiguas canciones de cuna cual amenazas y a veces grita también, y el Bosque del Demonio le responde.

—¿Qué sucedió anoche? —quiere saber Hetty Pugh, mirando a los tres sobrevivientes con ojos casi furiosos. Aderyn Grace está a su lado. En el fondo de la multitud, Lord Sy también aguarda, ansioso y sorprendido.

Arthur lanza una pequeña carcajada, pero la garganta le duele y las costillas rotas le provocan una especie de descarga eléctrica. Rhun sacude la cabeza, pero lo hace muy lentamente, como si estuviese demasiado cansado como para mantenerla en alto siquiera.

Mairwen coloca su mano sobre el pecho de Baeddan.

—Nos enfrentamos al demonio y lo rescatamos. Había estado atrapado en el bosque durante una década.

Todos hacen preguntas, todos compiten por atención, y Arthur siente que el mundo se sacude bajo sus pies. Se pregunta si Mairwen recuerda algo, o si solo los está cubriendo. Mentir como una bruja Grace es aparentemente algo para lo que ha nacido. Luego, mira las mejillas demacradas de Rhun y el lento aletear de sus pestañas. De repente, Rhun lo suelta y da un paso hacia adelante.

Mairwen intenta hablar nuevamente, pedir silencio, tomar el control de la situación. Baeddan levanta una mano para taparse los ojos y evadir así la invasiva luz del sol. Abre la boca para hablarle a su madre.

—Tengo mucha hambre —le dice directamente a su madre, y suena como un niño que demanda su cena antes de hora.

—Ah, cariño —dice Alis Sayer, lanzándose sobre su hijo transformado. Las lágrimas le tiñen el rostro, y también la sangre de Baeddan, y el pueblo se les acerca un poco más. Algunos ya están riendo y agradeciéndole a Dios, abriéndose paso para acercarse a Arthur, Rhun, Mairwen y Baeddan.

—¡Silencio!

Esta orden conmociona a los aldeanos, y parece haber venido del mismísimo Sy Vaughn.

Todos se callan.

—Esto comenzó con enfermedad y con una Luna del Sacrificio para nada convencional —dice Vaughn, con los brazos quietos pero desplegados para que su capa negra caiga pareja—. Antes de celebrar, antes de ejercer semejante presión sobre estos jóvenes, deberemos reevaluar el pacto.

Rhun mira de soslayo a Arthur, y luego se apura a subir la colina. Su paso se siente menos seguro que lo usual, pero no pareciera estar a punto de sufrir ningún tipo de colapso. Arthur mira a Mair, quien devuelve su mirada y ambos asienten al mismo tiempo. Mairwen toma a Baeddan por la muñeca y, aunque está claro que Baeddan desea quedarse con su madre, tampoco se atreve a protestar antes de pararse junto a Mair y unírsele a Arthur, que va detrás de Rhun.

Todos los habitantes de Las Tres Gracias van tras ellos también.

Mientras Arthur sube la colina, siente la distención en sus músculos, la herida ardiente en las costillas, pero ya ha comenzado a sentirse un poco mejor. El dolor se dispersa y va desapareciendo como un viejo cardenal. Está funcionando. Es la magia del pacto.

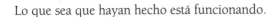

Lo que sea que hayan hecho está funcionando.

cavidades oculares, negras, vacías, los observan desde los cráneos, que están unidos al tronco mayor del árbol por hiedras serpenteantes; y luego omóplatos y cajas torácicas, todos los huesos que forman la armadura del Árbol de los Huesos y

El sol es un disco ardiente en el este que calienta la brisa. El aroma de los restos del otoño, la fogata y el estiércol de caballo le parecen tan familiares como su propia voz. Rhun lleva la delantera. Allí va, delante de él. Puede incluso sentirlo en el brazalete que lleva puesto. *Vivo, vivo, vivo*, como un corazón latiendo. Puede sentir a Mairwen caminar detrás de él y luego a su lado. Igual de viva, igual de conectada.

Sus pies encuentran un ritmo natural, y los tres que se habían adentrado en el bosque la noche anterior cruzan las colinas de Las Tres Gracias al mismo ritmo, al ritmo de la misma canción.

Baeddan Sayer chasquea sus afilados dientes al ritmo de su andar.

Arthur no le tiene miedo a nada, ni siquiera a lo que sea que haya olvidado. Sobrevivió. Es fuerte, y esta mañana será lo que sea que él quiera ser.

Rhun los conduce en un camino recto, no como esa danza serpenteante de doce horas atrás, sino directo al campo de cebada. Avanza sin tapujos, atravesando los campos de pastos altos, ignorando las semillas que se sueltan y quedan flotando en el aire. El sonido es una especie de rugido ajetreado para el tiempo que Arthur y Mair van tras él, y el resto del pueblo detrás, botas y faldas que transforman la cebada en un mar furioso.

Cuando llega al lugar donde había estado trabajando tres días atrás,

Rhun se inclina hacia adelante con un grito ahogado de dolor. Arthur se detiene. Sabe que es mejor no intentar ayudarlo ahora. Pero se queda cerca, dejando su pierna cerca de su hombro. Entonces, si Rhun así lo decidiera, podrá echarse hacia atrás y apoyarse en él. Pero no lo hace.

—Ve y asegúrate de que Rhos y su bebé estén bien, y lo mismo con el caballo enfermo —dice Rhun, serio y extenuado—. Al menos la plaga se ha ido —Se pone de pie, con un puñado de cebada sana, con los ojos sobre la multitud que se ha reunido a su alrededor—. ¡La plaga se ha ido!

Sy Vaughn observa a Rhun con mucha curiosidad, y Arthur apenas puede ocultar su mirada defensiva. Aderyn Grace recita el ritual:

—Y entonces la Luna del Sacrificio se ha puesto. Tenemos otros siete años en nuestras manos.

—Amén —le dice Mairwen a su madre, y los aldeanos la imitan con fervor. Baeddan Sayer intenta hacer lo mismo, pero sus palabras terminan sonando como una horrenda maldición. Mair coloca sus dedos sobre los labios de Baeddan.

—Esto no está bien —dice Rhun.

—¿A qué te refieres, Rhun Sayer? —pregunta Vaughn. Los habitantes de Las Tres Gracias se les acercan aún más.

La que responde es Mairwen:

—Puede que no dure los siete años. No hay —Sacude la cabeza, confundida, como si no pudiera recordar nada—… Baeddan está aquí, y eso significa que no murió, pero tampoco podría decirse que sobrevivió… Sin embargo, su pacto duró siete años completos. Él fue esto, y atrapado en el bosque, pero aún no sabemos por qué la Luna del Sacrificio llegó tan rápido esta vez, luego de John Upjohn y de… y de…

—Necesitamos descansar —dice Arthur. Mira los ojos disparejos de Lord Vaughn y luego al resto de los presentes.

—Vamos a dejar que estos jóvenes coman algo y puedan descansar, y lo mismo para nuestra joven bruja —dice Vaughn, con una sonrisa.

Eso es lo que sucede al día siguiente de la Luna del Sacrificio: el santo, si sobrevive, es llevado a casa para que se alimente y descanse. Y, cuando ya se siente recuperado, el pueblo entero lo recibe con un festín menos apremiante para hacerle entrega de regalos o para pedir más bendiciones.

La última vez, con John Upjohn, había pasado más de una semana antes de que el santo accediera a hacerlo, y luego solo se sentó en un banquillo, quieto y callado, mientras los demás comían a su alrededor y le entregaban los regalos a su madre o a Mairwen para que se los guardaran.

Arthur se pregunta qué es lo que John Upjohn recuerda del demonio.

—¿Qué sucedió dentro del bosque? —pregunta Per Argall.

—Esta noche —dice Arthur, que quiere tener tiempo a solas con Mairwen y Rhun primero. Quiere saber si ellos recuerdan más de lo que él recuerda, o menos.

Mair lo mira, mientras el sol de la mañana brilla sobre los cabellos y las espinas que forman su brazalete y del que cuelga un pequeño hueso que vibra al ritmo de su pulso. Arthur y Rhun llevan exactamente el mismo brazalete. ¿De dónde habían venido esos huesos? Está confundida.

—Sí —dice Mairwen—. Esta noche ya estaremos mejor, y les contaremos nuestra historia.

A su alrededor, sus amigos, vecinos y familiares sonríen, aliviados, se abrazan y se dan la mano, los felicitan y declaran asombrosas predicciones para los años venideros. Nona Sayer toca la frente ensangrentada de su muchacho, le pasa las manos por el cabello rizado, que tiene atado a medias hacia atrás y otro poco suelto en mechones desarreglados.

Nona no sonríe, pero su alivio puede palparse. Entonces se acerca a Arthur y, con más firmeza que nunca, pasa un brazo por su cuello y lo abraza.

Arthur sonríe y mira a Rhun, que lo mira también con ojos vacíos y demacrados, y luego los ojos salvajes de Mairwen.

El pacto sigue firme, por ahora.

M airwen se rehúsa a ser separada de ninguno de los dos. Nadie discute con ella, excepto su madre.

—Yo también debería quedarme contigo mientras descansas —le dice su madre mientras la abraza fuerte.

—No, madre —dice Mair en voz baja. Aderyn huele al humo de la fogata y a flores amargas. Mairwen llega a sentir las lágrimas en sus ojos cerrados. La cabeza le retumba, al igual que la muñeca, donde lleva puesto el brazalete de espinas. Después de anoche, lo único que quiere es hundirse en la falda de su madre y confesarle todos los recuerdos que ya comienzan a disiparse antes de que desaparezcan por completo. Pero Baeddan es prueba de que la historia que las brujas Grace cuentan es una mentira, y Mair no puede estar segura de que su madre no supiera nada al respecto. Aderyn dijo que el santo no tenía por qué morir siempre, que simplemente decide morir, así que tal vez este monstruo viviente que Baeddan es ahora sea exactamente lo que su madre quería decir con esas palabras, y tal vez también este era el destino real de Rhun.

¿Y qué sabe Aderyn de los hechizos y los amuletos para la memoria?

Con un corto suspiro, Aderyn toca las puntas irregulares del cabello de Mairwen.

—¿Al menos me contarás qué es lo que sucedió con tu cabello, cariño?

—Lo hice yo —dice Mair, y el enojo sale disparado de sus labios porque no puede recordar exactamente por qué lo hizo. ¿Una ofrenda? ¿Un amuleto quizás? Hay cabellos en el brazalete que lleva en la muñeca—. Lamento haber arruinado el vestido —agrega, mirando la falda azul completamente manchada y rasgada. La cotilla está manchada con sangre seca... escarlata y violeta, sangre derramada por los cuatro.

la sangre salpica su pecho y su cuello, y ella grita "¡Deténganse!". Arthur cae de rodillas. Es el demonio, y no Baeddan, detrás de él

Mair se estremece, pero transforma ese movimiento en una negación.

Pasa sus dedos por los dedos fríos de Baeddan. Él cierra su mano, casi por reflejo. La aprieta fuerte en un puño.

Nona Sayer deja su mano sobre el hombro de Rhun.

—Podrían quedarse en casa.

—Mamá —murmura Rhun. Toma la mano de su madre y la besa, luego la apoya sobre su mejilla—. Solo necesito descansar, y preferiría hacerlo con las personas que...

—Las personas que saben —termina Arthur, cuando queda en evidencia que Rhun no quiere hacerlo... o no puede.

Mairwen busca a John Upjohn entre la multitud. ¿Él sabe? ¿Él recuerda? Siente en su corazón espinas lo suficientemente filosas como para obligarla a contener la respiración.

—Nadie sabe —dice Baeddan, y muestra sus colmillos por primera vez.

La multitud se muestra sorprendida, incluso la inquebrantable Nona Sayer.

—Qué criatura más lamentable —dice Sy Vaughn, con un tono que suena a verdadera lástima.

Baeddan lanza un gemido y cubre sus ojos con las manos, clavándose las uñas en la piel de la frente y tirando hacia abajo, provocándose unos cuantos cortes.

—No —le dice Mairwen—. Detente.

Él se detiene.

Mair dirige su mirada dominante a todos los que están allí, usando solo sus ojos para abrirse paso entre la multitud hasta que se forma un camino para que ella y los demás puedan pasar.

—Nos hemos ganado un descanso —les dice—. Vayan con sus seres queridos y agradezcan que el pacto haya sido sellado una vez más. Esta noche, les contaré sobre nuestra odisea.

Mantiene la barbilla en alto cuando se marcha, y lleva a Baeddan de la mano, una mano bañada en sangre. No dirige la mirada a ningún otro individuo, ni siquiera a Haf, a quien se muere de ganas de ver. Eso quedará para más tarde, cuando su visión no flaquee tanto, cuando su boca ya no duela incluso cuando ya ha comenzado a sanar. Baeddan es su prioridad ahora. Baeddan y el demonio.

¿Qué sucedió con el viejo dios del bosque?

Es su propia voz en su cabeza, como un recuerdo que hace eco.

No sabe lo que significa. Lo único que sabe es que confía en Baeddan, y que este brazalete que lleva puesto (y que ella *hizo*) es de alguna manera lo que asegura la existencia del pacto. Por ahora.

El camino a casa desde el campo de cebada es un camino de tierra muy angosto y que ha sido recorrido por otras brujas durante doscientos años. Mairwen conserva su herencia por delante de todos sus otros pensamientos mientras conduce por ese mismo camino a Baeddan, Arthur y Rhun. Siente la sangre corriendo espesa por sus venas, dando vueltas en espiral como hiedra dentro de ella. Se tropieza. Baeddan la sujeta del hombro con su mano fría y la lleva contra su pecho restregado.

–¿Mair? –dice Arthur con algo de urgencia.

Ella minimiza el asunto con un movimiento de la mano, y se permite un momento para quedarse apoyada en Baeddan. Su frente parece hervir al tacto con el cuello de Baeddan, el lado de ella que está en contacto con él se enfría como si estuviese parada en las sombras. Eso le provoca una leve sonrisa, porque así es cómo se sentía cuando solía quedarse mitad dentro y mitad fuera del bosque, con el calor del sol y el frío de las sombras. Había traído al bosque afuera con ella, al corazón mismo del bosque, el demonio del bosque. Y a donde sea que lo lleve de ahora en más, tendrá las sombras del bosque para bloquear el sol.

Las hiedras que sentía crecer por sus venas se deslizan ahora con mayor suavidad, con más calma.

Baeddan le respira al oído, apoya sus labios sobre su cabeza. No como un beso, sino como si estuviese probándola. Mair se estremece y se aferra aún más a él. Está vivo después de diez años, y el corazón del pacto es una mentira.

–Vamos –murmura Arthur, pasando junto a ambos–. Muero de hambre y Rhun está a punto de desmayarse.

En lugar de discutir, Rhun sigue caminando. Mira a Mairwen con algo de preocupación, e incluye en esa misma mirada a quien alguna vez fuera su primo, su expresión se vuelve más oscura por un breve instante antes de inevitablemente desaparecer. Rhun sigue su camino.

La casa de Mairwen está vacía. La paja en el techo parece cubierta en oro ahora que el sol de la mañana la baña por completo, las paredes se ven suaves y blancas, los marcos de las ventanas y el marco de la puerta fueron recientemente pintados de un alegre color rojo. Rhun había colaborado con la pintura. Habían trabajado juntos mientras se podía oler los pasteles hornearse en la cocina: sauco y manzana, el favorito de Rhun, y el único agradecimiento que estaba dispuesto a aceptar a cambio de su ayuda.

Ya no huele a pastel, solo a las hierbas que están secándose y Rhun ve cuando empuja la puerta y la mantiene abierta para que pasen los demás. Mair se dirige directamente al hogar para avivar el fuego, pero las brasas han muerto durante la noche, y se inclina para echar más leña.

—¿Arthur? —llama Mairwen, y Arthur aparece con su hierro para avivar el fuego en la mano.

Arthur ayuda a Mairwen a encender el fuego en el hogar. Mair se encarga de tomar la tetera y recolectar algunas hojas de té mientras que él mantiene vivo el fuego. Rhun deja caer unos cuantos leños que tomó del montón del otro lado de la cocina junto a los pies de Arthur y luego sube la escalerilla hasta el piso de arriba.

—Rhun, espera —dice Mairwen.

—Estoy cansado.

—Tenemos algunas cosas que hablar antes de irnos a dormir, y antes de volver a enfrentar al pueblo mañana.

—Puedo oírte —dice Rhun desde el piso de arriba y luego desaparece detrás del techo inclinado donde se encuentra la cama de Mairwen.

Arthur aprieta los dientes y Mairwen siente la necesidad de acariciarle la mejilla.

—¿Por qué lo hiciste? ¿Por qué me seguiste? —pregunta Mair, mirando a Arthur por encima de su hombro. Mairwen es una pieza de este bosque salvaje: hiedras entrelazadas en el cabello, un hermoso vestido desgarrado y con *manchas de barro y agua, ojos peligrosos e insistentes, labios partidos, mejillas sonrojadas. Y un hacha en una mano, como si ella fuese el espíritu vengativo en una terrible historia.*

—Salvarlo es la única manera de ser mejor —dice él.

—¿Mejor que él? —murmura ella, que sacude la cabeza.

—Mejor que yo mismo.

Él quiere preguntarle por qué ella también lo siguió, pero Arthur ya sabe la respuesta. Mairwen Grace pertenece a este lugar.

Mair se aleja de Arthur casi de un salto. Había sido un recuerdo *de él*, pero ahora ella también lo recordaba. Se había olvidado de ese momento hasta que lo tocó.

—¿Esta cosa no es igual al altar del bosque? —pregunta Baeddan antes de que ella pueda decirle algo. El demonio cae de rodillas junto al fuego, con las manos muy abiertas contra el enorme hogar.

—Sí —dice Mairwen, aunque de eso también se había olvidado.

Baeddan se apoya contra la piedra del hogar, sus labios se mueven como si cantara una canción que ella no alcanza a oír. Es incómodo pasar por encima de él y colgar la tetera sobre el fuego, pero lo logra.

—¿Irías a buscar un poco de agua, por favor, Arthur? —pregunta Mairwen—. Necesitamos lavar la ropa.

Arthur sale y Mair continúa cocinando. Encuentra algo de queso y carne seca, e ignora el extraño dolor en sus huesos y el peso de la sangre en sus venas. En su clavícula también aparecieron algunos magullones que parecieran estar volviéndose cada vez más grandes en lugar de sanar. Necesita permanecer concentrada, conseguir suficiente comida y hacer algo de limpieza, necesitan hablar los cuatro juntos y compartir lo que recuerdan, sin importar cuán escaso eso pueda ser.

La mesa está servida. Mairwen llama a Rhun, pero él no responde. Está a punto de ir a buscarlo cuando Arthur abre la puerta.

—No quiere irse —le anuncia a Mair, enojado.

Confundida, Mairwen levanta la vista y ve a Haf Lewis con los ojos muy abiertos, cargando una pila de ropa. Haf sacude la cabeza sin poder hacer nada y su mirada se hunde en Baeddan, que sigue apoyado contra la piedra del hogar como el sacrificio que él mismo es.

—Mairwen —dice Haf, tensa.

Mairwen se para a su lado en un instante. Se lanza con los brazos abiertos sobre su amiga, y ella hace lo mismo. Arthur hace un sonido que denota disgusto y las pasa de largo, salpicando el agua que estaba en el balde que cargaba. Pero a Mairwen no le importa. Tal como esta casa, Haf la hace sentir cómoda.

Rhun está observando la paja en el techo desde el suelo de la habitación y no desde la cama. Está demasiado sucio como para siquiera tocar sábanas o cobijas ni el delicado colchón de paja. De todos modos, este piso de listones de madera se siente bien.

El techo está enmarcado por ramas del diámetro de su propia muñeca. Son rústicas, aunque fueron pulidas. Unas capas de varillas de trigo atadas en manojos amortiguan el sonido proveniente del exterior y mantienen el ambiente cálido. A pesar de que la mayor parte del techo ha sido sellado con cal, esta sección está prácticamente al descubierto y solo la paja ha quedado visible. Se ve más viejo, más oscuro y repleto de secretos escondidos.

En el piso de abajo, Arthur discute con Mairwen sobre cuánto dejar reposar el té, sobre la cantidad exagerada de manteca que le ha puesto al pan, e incluso sobre si Haf Lewis podrá quedarse con ellos o no.

En otro momento, esto habría divertido a Rhun, pero él ahora solo puede sentir las cosas desde una determinada distancia. Incluso los remates de Arthur.

Rhun cierra los ojos y visualiza el bosque: hojas de árboles que deja atrás al correr, el sonido de sus zapatos dando con el agua pantanosa, una luz intermitente color naranja. Un velo blanco. La boca abierta de Arthur, jadeando. Mairwen con… Mairwen con el… No, con Baeddan.

Abre los ojos otra vez para mirar el cielo. Debería seguir allí dentro. Cortado en pedacitos y sometido al demonio para cumplir con su parte del pacto.

Con un brazo se tapa los ojos y hace una mueca, deseando poder sonreír. Sus labios se han olvidado cómo hacerlo.

Incluso ese pensamiento melodramático se forja más y más profundo en la cavidad vacía de su pecho.

Todo en lo que Rhun creía era mentira. Baeddan está vivo, y Rhun se siente traicionado. Ese no era el pacto. Eso no era lo que había prometido. Se suponía que Baeddan estaría en paz, que el destino de Rhun era morir o sobrevivir. Eso era lo que los santos estaban dispuestos a hacer. Ese era el precio. Pero Rhun no olvidará jamás que hay veinticinco cráneos en el Árbol de los Huesos, y veinticinco santos antes de Baeddan.

Rhun cierra los ojos.

Veinticinco pares de ojos vacíos…

El puño de Arthur sale de la nada, golpea la mejilla de Rhun…

Rhun no puede recordar, pero…
Se está desmoronando.

Veinticinco. Ninguno había sobrevivido. Jamás hubo esperanza... Rhun no comprende. Estos cuatro santos habían logrado salir del bosque. Pero él había contado. Una y otra vez.

Veinticinco.

Mair retrocede, alejándose del cráneo más joven. Sacude la cabeza. Su cabello está corto y andrajoso. Sus ojos, enormes y negros. ¡Está tomada de la mano del demonio! "Mi padre", dice, y...

El cansancio y la decepción desaniman a Rhun, y esta cosa en su muñeca pica y molesta. Se la arrancaría si no temiera las consecuencias de semejante acto. Las consecuencias sobre el valle, y sobre Baeddan Sayer.

—Santo, ¡santo! ¡Aquí estás! —dice el demonio—. Reconozco esa camisa y esos huesos, el brillo de tu piel y tu sonrisa.

Rhun presiona con más fuerza su brazo sobre los ojos. No puede evitar soltar algunas lágrimas. No está preocupado por su falta de recuerdos, porque todo lo que cualquiera necesita saber sobre el Bosque del Demonio y el pacto es que no hay forma de sobrevivir. No hay opción. No hay esperanza.

Baeddan siempre había estado condenado a esto. Y también Rhun.

Todo ha quedado en silencio en la planta baja. Rhun se arrastra hasta la escalerilla, y se sorprende al encontrar a Arthur allí, colgado de la escalera, observándolo con una jarra en una mano y un trozo de tela sobre el hombro. Tiene la barbilla manchada con sangre, y el azul de sus ojeras les da a los ojos un color índigo brillante. Sus labios dibujan la mitad de una sonrisa y la mitad de un gesto amargo, y no hay rastros de sangre.

—Aquí tienes un poco de agua —dice Arthur, apoyando la jarra sobre el piso de madera—. Trata de quitarte algo de esa sangre.

Termina de subir la escalerilla y se inclina para no golpearse la cabeza contra el techo, Rhun debe correrse para dejarlo pasar.

A excepción de la sangre en la barbilla, Arthur pareciera ya haberse acicalado. Lleva puesta una camisa nueva que le queda algo suelta y le llega casi hasta las rodillas y unos pantalones color beige. Está descalzo. Se arrodilla y embebe el trozo de tela dentro de la jarra.

—Vamos, Rhun. Tienes la espalda destrozada.

—Y tú aún tienes algo de sangre en el mentón —dice Rhun.

Arthur se pasa el trapo.

—¿Y ahora?

—No —dice Rhun, aunque ambos saben que Rhun no está hablando de la sangre. Lo que Rhun quiere decir es: *Nada jamás estará bien otra vez.*

De repente, un instante de silencio.

Arthur toca la rodilla de Rhun y los dos sienten el mismo calor en los brazaletes con cabellos y espinas que tienen atados a sus muñecas.

—Tenía miedo de que no me perdonaras por entrar aquí antes de ti. Por quitártelo —murmura Arthur.

En las profundidades del bosque, se refugia con Rhun debajo de las raíces de un árbol que se ha inclinado sobre un arroyo, y Rhun disfruta del peso de la cabeza de Arthur sobre su hombro, la manera en que no lo rechaza cuando apoya su mejilla sobre su cabello. Están ciegos en medio de tanta oscuridad, ansiosos por encontrar a Mairwen, sus cuerpos están cubiertos de sangre y cardenales.

—Yo siempre te perdonaré —dice Rhun—. ¿Aún no te has dado cuenta?

Rhun rechaza la mano de Arthur.

Una mueca familiar aparece en los labios de Arthur, la defensiva, la furiosa, pero no hace ningún comentario.

–Ya ha sanado. No está destrozada –dice Rhun–. Mi espalda, quiero decir…

–¿En verdad no vas a dejarme hacer esto? –dice Arthur, incrédulo.

Rhun lo fulmina con la mirada.

–Muy bien, idiota –Larga el trapo en el piso, ofendido, y luego se apresura a bajar por la escalerilla nuevamente–. Termínalo tú y te lanzaré una camisa nueva. Y luego ven abajo con el resto. Necesitamos hablar.

Arthur y su cabello rubio desaparecen cuando desciende por la escalerilla, y Rhun se queda de rodillas en el piso, llevando el pecho y la frente hacia adelante, entrelaza los dedos de ambas manos sobre la nuca. Tiene que hacer algo.

Una camisa vuela por los aires y una de las mangas se queda enroscada en uno de los escalones de la escalerilla. Es una camisa de un verde pálido, fina y gastada, pero al menos limpia. Rhun se arranca su jubón. Perdió su capa de cazador y no recuerda cuándo. Lentamente, se va desprendiendo también de la camisa del santo. Se le adhiere al cuerpo, por la sangre, y tira un poco de la piel que todavía está intentando sanarse.

Rhun se la arranca con fuerza, casi enojado.

La camisa hecha añicos aterriza sobre sus piernas.

Unos bordados muy coloridos adornan las mangas a la altura de los hombros. Flores y relámpagos dorados, estrellas y hasta un sol color naranja, también hay un ciervo cortado en tres pedazos por las garras del demonio. Rhun se percata de que el animal alguna vez tuvo un corazón. Igual que él.

Mairwen sonríe. Es una sonrisa mínima, aunque genuina. Sonríe al ver a Baeddan inspeccionar con atención un trozo de queso, luego lo toca con mucho cuidado y se lo lleva a la boca. Le da unos pequeños mordiscos, inseguro, antes de devorárselo. El fuego sigue ardiendo detrás de él. Mairwen bebe té, que esparce calor por su estómago. Haf está sentada junto a ella. Baeddan levanta los ojos, que ya han pasado a tomar un color un poco más humano: irises negros y con motes verdes. El verde de la primavera y el verde esmeralda, el verde oscuro de las sombras y el verde musgo del estanque con agua quieta. Sus pestañas son cortas y tan oscuras como su cabello, más bien vívidas contra la piel, que es de un morado pálido y salpicada de manchas blancas y amarillentas. Tiene las marcas de sus propias uñas clavadas en la frente, que brillan con el púrpura de su propia sangre. Él le sonríe, una sonrisa suave y hambrienta, y ella puede ver la curva de sus dientes de gato. El cuerpo de Mair se estremece, y la sangre espesa en sus venas ahora bombea más rápido, más suave. Sin importar todo lo demás, Mairwen recuerda que él pertenece aquí. Con ella. ¿O ella con él? ¿Los dos en el bosque? Los detalles son escasos, pero el sentimiento es real: la pertenencia y el bosque.

Mairwen quiere regresar.

Junto al hogar, Baeddan lleva una mano al pecho y ejerce presión con los dedos, pero con los ojos de ambas muchachas sobre él, no hace nada más. Con su dedo índice solo da unos golpecitos en la parte más hueca de su garganta, *tap-tap, tap-tap*, al ritmo del corazón *de ella*. Mairwen se le acerca, atraída por el ritmo. Lo siente bailando por toda su piel, pulsando en puntos de dolor en su clavícula.

Baeddan baja un poco la mano y la ahueca justo a la altura del corazón, donde en su pecho hay veinticuatro huesos pequeños cosidos a su piel y tres heridas sangrantes.

Arthur hace un bollo con los pantalones, la camisa y el chaleco que Haf ha traído de Braith Bowen para Rhun y lo arroja por los aires al entrepiso. Acto seguido, se da vuelta para hablarle a Mairwen.

Está a punto de ir a buscarlo cuando Arthur abre la puerta.

Mair se pone de pie. Se suponía que usaría este tiempo para acicalarse ella también, no para platicar con el santo. Pero ahora Rhun desciende por la escalerilla.

—¿Activar qué cosa, Arthur?

—¡Con nosotros! Con lo que sucedió y con intentar descifrar qué vamos a hacer al respecto.

— Todo era una mentira. Eso es lo que recuerdo —Rhun pasa por un lado, indiferente, y se dirige a la mesa, de donde toma un trozo de pan. Antes de comerlo, mira a Baeddan—. ¿Cómo está el…? ¿Cómo estás? —se corrige. Se lo ve demacrado, y tiene una barba insipiente y desprolija.

—Tibio, primo —dice Baeddan, y luego se ríe ligeramente. La risa aumenta y da paso a una sonrisa más salvaje que se interrumpe de repente—. Mi nombre es Baeddan Sayer —dice en un gruñido Baeddan.

Rhun lo mira detenidamente. Se lo ve exhausto.

Baeddan tararea una frágil melodía y toma a Mairwen por la cintura, animándola a que se siente a su lado junto al hogar. A ella le agrada el gesto y se acerca lo suficiente como para que su cadera quede en contacto con la de Baeddan. Cuando él levanta el brazo, se siente hasta natural acurrucarse a su lado a pesar de la clara desaprobación de Arthur y la confusión en los ojos de Haf. Mair no puede evitarlo: estar cerca de Baeddan es estar consigo misma. La llamada que sentía en su interior se acalla. La tensión y ese deseo con el que ha vivido toda su vida tienen ahora una respuesta. Porque él es el bosque ahora, de alguna manera, sí, él es el corazón del bosque. Y ella es una bruja Grace. Su corazón siempre ha pertenecido al bosque.

Rhun se sienta en un banco, coloca ambos codos sobre la mesa, y comienza a desarmar su pan.

Arthur debe respirar profundo para tranquilizarse.

—Dime lo que recuerdas, Rhun, incluso si es algo que crees que no vaya a resultar importante.

—Recuerdo correr y luchar con unos lobos... Unos lobos negros y grises, que sangraban. Estaban casi muertos. Eran una especie de cadáveres que seguían en pie solo para seguir luchando. Y... Y recuerdo un pantano apestoso con unas extrañas luces naranjas. Tú me golpeaste, Arthur.

—¿Qué? Yo no hice eso.

—Y recuerdo imágenes fugaces de dientes y de gruñidos, y no era el demonio el que me acechaba. Era Baeddan. Se reía detrás de mí. Cantaba una canción sobre un pájaro... ¿Puede ser?

—Conozco esa canción —dice Mairwen—. Yo era quien la cantaba, no Baeddan.

—*Yo soy* el demonio —dice Baeddan.

Mair le levanta con una mano la barbilla.

—Tú eres el santo. Uno de los santos de Las Tres Gracias. El pacto te convirtió en esto que eres ahora, amarró tu corazón al bosque como... —sacude la cabeza—. Tal vez... No estoy segura de qué fue lo que sucedió... No sé cuál es la magia —Sus ojos se dirigen hacia la ventana del norte, como si pudiera ver el bosque desde allí.

—Había veinticinco cráneos en el Árbol de los Huesos —es la voz de Rhun, oscura y apagada.

Silencio.

—*Mi padre* —dice Mairwen, mientras se acerca a uno de los cráneos. El más nuevo, aún blanco, el puente de su nariz filoso como una daga.

—Deberíamos quemarlo —dice Arthur—. Me refiero al Árbol de los Huesos, claro.

—¡Entonces cualquiera podría morir! —gritó Haf, poniéndose de pie—. ¡Incluso bebés!

—¿De dónde vinieron esos cuatro cráneos para que sean veinticinco en total, si hubo santos que sobrevivieron y luego hasta abandonaron el valle? —pregunta Mairwen.

—Todo es una mentira —dice Rhun—. Las brujas Grace cuentan esa historia para convencernos de que debemos correr hacia el bosque, solo eso.

Mairwen lo mira.

Los ojos de Rhun denotan enojo, y Mair siente de repente un estremecimiento que combina con ese enojo y que le recorre el cuerpo entero. Su madre. ¡Su madre! Aunque…

—Tal vez ellas también lo hayan olvidado. Las brujas. Mi madre. Tal vez estemos olvidando. Tal vez… —Mairwen desea con todas sus fuerzas que su madre no sea una villana.

—Cuéntanos tú qué recuerdas, Arthur —dice Rhun.

—Recuerdo a Baeddan ahorcándome. Fantasmas con el aspecto de mi familia, mofándose de mí. Recuerdo un pantano… y recuerdo estar ahogándome en él. Corrí… Pero todo se ve demasiado borroso… como en un sueño. Y hay un altar. Creo que era un altar junto a la base del Árbol de los Huesos.

—¡Sí! —exclama Baeddan—. ¡Un altar como este! —Y pasa una mano sobre el hogar sobre el que está sentado.

—Y recuerdo que Mairwen me preguntó por qué me metí en el bosque —sigue Arthur como si no hubiera sido interrumpido—. Pero no recordaba ese momento hasta que ella me tocó esta mañana. Recuerdo haberme escondido contigo en esa cama de hojas secas junto al arroyo. Lo recuerdo desde que toqué tu rodilla hoy temprano. Tal vez podríamos recordar más cosas si… si lo hacemos otra vez.

La expresión en el rostro de Rhun es demasiado sencilla de leer. *Ahora se te da por tocarme*, dice sin decir nada. Hasta Mairwen lo sabe.

—Recuerdo a Baeddan —sigue Mairwen—. Y también recuerdo estar corriendo… Arthur, tú trepaste un árbol. Pero no el Árbol de los Huesos… Y recuerdo… pájaros. Pájaros pequeños. "¿Qué sucedió con el viejo dios del bosque?" Recuerdo haber dicho eso. Y "Nosotros somos los santos de Las Tres Gracias".

—¡Recuerdo haber dicho lo mismo! —salta Arthur de repente, demasiado extasiado como para calmarse—. "Nosotros somos los santos." Lo dijimos cuando hicimos el hechizo, creo.

—Sabía tan bien —murmura Baeddan.

Todos lo miran por un momento, en silencio atónito.

—¿Qué es lo que sabía tan bien? —pregunta Mairwen con miedo a la respuesta.

Baeddan se toca el pecho, y las tres heridas debajo de esos diminutos huesos cosidos a su carne.

la punta de la pequeña daga presionada al borde del hueso.
—¿Estás listo? —le pregunta Mair a Baeddan, y el demonio mostró los dientes. Mairwen respiró profundo y cortó

Mairwen se mira el brazo y observa el hueso blanco y protuberante que tiene atado a su brazalete.

—Es un hueso de la mano de John Upjohn. Los demás están allí —Y señala el pecho cubierto de cicatrices de Baeddan.

195

—¡Santa Madre de Dios! —dice Arthur, y Mairwen se da cuenta de que jamás había oído semejante veneración en boca de Arthur.

Rhun se lleva las manos a los ojos, sin poder creer lo que está oyendo.

—¿Por qué hicieron eso? —dice Haf, estupefacta.

—No lo sé —dice Mairwen, confundida. Su respiración denota algo parecido al pánico. Entrecierra los ojos para ver más detenidamente el brazalete que lleva puesto. *Recuerda algo más*, se ordena a sí misma. ¡Es una bruja Grace! Debería recordar.

—¿Por qué lo hemos olvidado? —necesita saber Rhun—. ¿Por qué eso tuvo que ser parte del pacto? Nadie jamás nos dijo algo al respecto. John debería haberlo mencionado. Tal vez él también lo olvidó. ¿O será qué…? ¿Habrá sido todo diferente esta vez?

Mair piensa en John Upjohn y en su mirada perturbada, sus pesadillas. Él también recuerda algo, pero quizás no todo.

—Olvidamos para no exponer a la verdad a los santos que vendrán —dice Arthur como si fuese algo más bien obvio—. Los cuatro que sobrevivieron, y John… Si alguno de ellos nos hubiera dicho que habían visto al santo anterior, la historia se habría caído a pedazos.

—Eso sería darle demasiado crédito a Las Tres Gracias. Asumiendo que a alguien le importara, claro —dice Rhun. Esa dureza en las palabras aplasta a Mair como una roca. Se oye muy cruel y feo saliendo de los labios de Rhun.

Arthur la mira, claramente también preocupado por Rhun.

—Se trata también de asumir que esto es lo que siempre sucede —dice Mair—. Un santo ingresa en el bosque y se queda allí y se transforma como lo hizo Baeddan. Luego se envía al siguiente santo, y ese santo reemplaza al anterior… ¿como *el demonio*? A menos que logre zafarse y volver a salir al exterior.

Baeddan resopla.

—La magia… funciona —dice Mair, y piensa en la vida, *la muerte y la bendición entre ambas.*

—¿Qué recuerdas tú, Baeddan? —pregunta Haf, y se muerde los labios mientras lo observa.

Se toca una de las cicatrices en el pecho, que aún se ve morada y viscosa. Sacude la cabeza con movimientos leves.

—El demonio que me perseguía fue el último santo, pero tenía cuernos y se lo veía salvaje y violento —murmura—. Yo corrí y corrí… Hasta que fui yo el que estaba a la caza. Cacé a John Upjohn porque olía como debía oler. Su aliento sabía a sacrificio. Y el tuyo también, Rhun Sayer.

Sus dedos en forma de garras se clavan en su pecho, y vuelve a brotarle sangre nueva. Con esos huesos cosidos sobre su corazón, su pecho es ahora una especie de prado con flores esparcidas por doquier.

Mairwen coloca su mano sobre la de él.

Baeddan muestra sus dientes afilados y se pone de pie tan rápido que Mairwen apenas llega a correrse de su camino.

—El bosque me cantaba —dice—. Cantaba canciones de cuna y otros ritmos relajantes. Hicimos cosas juntos. Criaturas y… y nuevas flores. Yo lo intenté. Intenté ser lo que el bosque necesitaba que fuera, pero no soy lo suficientemente bueno. No lo soy… ¡No recuerdo! Solo que… Si ataba a Rhun Sayer al altar, ¡sería libre! Mi cabeza terminaría en el Árbol de los Huesos con el resto de aquellos santos, para que Rhun Sayer tomase mi lugar y se convirtiera en el nuevo demonio —Se lo oye agitado. Gotas de sudor le corren por su frente manchada—. Me llama —dice, angustiado.

—Baeddan —dice Mair—. Baeddan Sayer.

Muy lentamente, Baeddan vuelve a esconder los dientes, y su entrecejo vuelve a relajarse. Parpadea una y otra vez y sacude los hombros.

—Baeddan Sayer —susurra.

Mairwen se aferra a su hombro frío de sudor y observa a Haf.

Las mejillas de su amiga son ahora de un rosa intenso, pero está haciendo un gran esfuerzo por mantenerse quieta. *Lo lamento*, le dice moviendo los labios.

—Yo también puedo sentirlo —dice Rhun—. Me está llamando. Quiere que vuelva.

Mair está a punto de decir que ella también quiere volver al bosque. Tal vez todos puedan recordar algo si lo hacen.

Mairwen Grace.

Hija del bosque.

Mairwen toma la mano de Baeddan y tiene una visión de Rhun, su Rhun, abierto al medio y atado al altar del Árbol de los Huesos, con unas hiedras perforándole las muñecas y los muslos, retorciéndose por encima de su caja torácica, transformándolo en un demonio. No es un recuerdo, pero Baeddan vuelve a producir otro gruñido y su mano tiembla en la de ella.

Mair siente un fuego en su muñeca. Ve la mueca en los labios de Rhun, y Arthur aprieta los dientes con fuerza. ¡Ellos también pueden sentirlo! Es el hechizo, que los une.

No sabe cómo lo hizo, o cuánto tiempo tienen hasta que el pacto vuelva a romperse, y de repente se siente mareada. Le duele las clavículas, el cráneo le late y la sangre se arrastra por sus venas, lenta y espesa otra vez.

Si vuelve al bosque, todo estará bien.

Mairwen Grace.

Se pone de pie y toma distancia de Baeddan. Toma distancia de todos.

—Está llamando a los sobrevivientes —murmura—. Podrán abandonar el valle, pero vuelven. Y mueren. Eso debe de haber sido lo que descubrimos en el bosque. Que no hay manera de sobrevivir.

—No hay esperanza —agrega Rhun—. Se suponía que yo era un santo que debía morir.

—Arreglaré esto —murmura Mairwen—. Pero ahora... necesito acostarme —dice. Sin más, Mair sale disparada hacia el cuarto trasero de su madre.

Cierra la puerta y apoya la espalda contra ella. Se clava las uñas en su pecho, tal como Baeddan había hecho. Respira más entrecortado, el cuello le duele y le pica.

Sus ojos se agrandan al mismo tiempo que sus dedos dan con la piel sobre su clavícula. Debajo de la piel, puede sentir pequeños bultos. Los toca, con la mirada clavada al frente, al abanico de hermosas plumas de ganso que cuelga de la pared.

Baeddan tiene una hilera de espinas que le crecen como pequeños ganchos en su clavícula.

Mairwen inspecciona sus propias manos con extremada atención.

El brazalete de pelos, hueso y espinas se ajusta cada vez más a su muñeca, pinchándole en varios lugares a la vez. Pero no hay ningún cambio extraño en sus manos. Sus uñas están irregulares y más azules que lo usual por haber estado expuesta al frío durante tantas horas. Se toca el rostro y el cabello. Explora con sus dedos todo lo que puede tocar. Se deshace de su cotilla y su sobrefalda, se quita el vestido de tubo, las mallas, las medias y las botas, hasta que queda desnuda en el cuarto de su madre, temblando y pasándose las manos por todo el cuerpo, buscando alguna otra irregularidad. Todo lo que encuentra son costras y rasguños superficiales de la noche anterior, mayormente en los brazos, el cuello y el cuero cabelludo. Pequeñas picaduras, y las heridas que ya se estaban cerrando, creadas por los árboles invasivos que la hacían saltar del suelo.

Del cajón de su madre, toma una camisa y se la pone. Se mete en la cama de su mamá y se acurruca debajo de la cobija, respirando profundo para retener la fragancia a flores de Aderyn que está impregnada en la almohada y el colchón.

Mairwen deja un vacío cuando se marcha a la habitación. Los demás intercambian miradas hasta que Haf, muy resolutivamente, pone a calentar más té y Rhun ataca algo de la carne de cordero.

Baeddan se inclina junto al hogar, con las manos hundidas en su cabello. Tararea una canción para sus adentros.

Arthur desearía poder decirle algo a Rhun, algo para sacarlo de este humor oscuro en el que está inmerso, pero Arthur jamás ha sido muy bueno con las palabras ni haciendo sentir mejor a los demás. En especial no con Haf Lewis y el demonio como testigos. Se concentra en no retorcerse, en quedarse donde está, cuando casi cada molécula de su ser desearía poder irse por esa puerta e incendiarlo todo a su paso. Tomar una decisión por todos ellos. Rhun tiene razón: el pacto es una mentira, y no debería rehacerse. Deberían terminarlo. Las Tres Gracias debería despertar.

—Me iré a dormir —dice Rhun, y se pone de pie. Antes de subir la escalerilla nuevamente, se acuclilla junto al demonio.

—Baeddan, tú quédate aquí. No sé si estás cansado también, pero necesitamos descansar. Si duermes ahora, entonces el pacto… Tal vez el pacto podría curarte a ti también… Si es que puedes ser curado.

—Sí, primo —dice Baeddan, colocando su mano decolorada sobre la rodilla de Rhun.

Arthur los ve y juraría que Rhun es el mayor de los dos, también el más agotado. Eso le rompe el corazón. Tiene una necesidad enorme de encontrar algo de consuelo para Rhun. Por un instante, nada importa más que hacer que Rhun Sayer vuelva a sonreír.

Es el brazalete. Tiene que ser el brazalete lo que los une. Al ver que Rhun comienza a trepar la escalerilla, Arthur se obliga a preguntarle a Haf si estará bien. Cuando ella contesta que sí, él no pierde el tiempo y va tras Rhun.

Su amigo se acurruca sobre la cama, con la espalda sobre el borde. El cabello oscuro es una desmarañada nube de rulos.

–Deberíamos quedarnos con Mair –dice Arthur–. Creo que deberíamos permanecer todos juntos ahora. Eso nos hará más fuertes. Sanaremos más rápido. Hasta puede que recordemos más también.

Rhun sacude la cabeza.

Arthur se sienta junto a la pila de colchones y cobijas. Resopla, ofendido. Esta no es una posición en la que alguna vez haya deseado estar. Flexiona las piernas y apoya los brazos sobre las rodillas, usando sus antebrazos para apoyar la cabeza. Aguarda, cayendo lentamente en una paz somnolienta, hasta que pasa un largo rato sin que Rhun se mueva otra vez o a cambiar el ritmo de su respiración.

Solo entonces Arthur se estira con mucho cuidado al lado de Rhun, quedando espalda con espalda. Apenas puede respirar, demasiado consciente del roce de los dos cuerpos, enojado al respecto, enojado consigo mismo por estar enojado. Hasta que finalmente se queda dormido, aunque tenso.

*A*rthur *corre con todas sus fuerzas, sorteando troncos caídos y empujando ramas que se le atraviesan en el camino, mientras que las criaturas le pisan los talones. Espera encontrar algún claro para tener tiempo de darse* vuelta y dar pelea, pero no hay tiempo, no hay lugar. Un niño-rata le salta sobre la espalda, le quita la capa y lanza un chillido con mezcla de risotada mientras usa el cabello de Arthur como correa. Arthur toma uno de los cuchillos y llega a dar un golpe, pero la criatura sigue dando pelea. Arthur se queda perplejo, y otros monstruos aprovechan para arañarlo.

Gira y, de un solo movimiento, estalla al monstruo contra un árbol. Arthur queda liberado y a salvo por solo un momento, pero luego otro monstruo lo toma por el muslo. Arthur da una patada y pega un navajazo con su largo cuchillo, rebanándole la cabeza al niño-rata.

Risas por todos lados.

Arthur sigue corriendo.

Quienes lo persiguen son seres diminutos y blancos, con rodillas y codos protuberantes; algunos corren sobre dos patas, otros lo hacen sobre cuatro, con estómagos inflados, pechos cóncavos donde las costillas sobresalen. Sus cabezas son los cráneos de lo que alguna vez fueron: ratas y ardillas, búhos, perros; todos con dientes y ojos negros. Algunos llevan capas harapientas de piel o de plumas. Todos parecen estar en pleno proceso de descomposición.

Lo único que Arthur intenta hacer es mantenerse en pie y llevarles la delantera. No sabe en qué dirección ir. Solo piensa en zafarse y llevarlos lejos de Mairwen.

Pero su pie se traba y él cae. Pierde uno de sus cuchillos antes del impacto. Rueda unos metros, toma el cuchillo que le queda, muestra los dientes y lanza un gruñido. Los muertos vivos lanzan risotadas que suenan como pequeñas campanillas, aplauden y danzan a su alrededor. Una de las criaturas, con panza de pescado y el cráneo de un joven venado, toma el cuchillo que Arthur había perdido, y todos avanzan en manada.

Arthur grita, intenta levantarse, pero lo han agarrado de las piernas, y otras dos criaturas saltan desde un árbol y aterrizan sobre su pecho. Esto le quita el

aliento por unos instantes, y debe esforzarse para recuperarlo. No puede darse vuelta. No puede moverse. Ahora hay una cuchilla fría apoyada contra su cuello, y el cráneo de un cuervo que lo observa con ojos vacíos y oscuros.

Este no puede ser el fin. Él no morirá aquí, no a tan poco tiempo de haber ingresado en el bosque. No morirá en manos de estos malditos monstruos diminutos.

Pero su cabeza le estalla y el pecho le quema. Ahora le desgarran su abrigo, desatan los lazos para abrirlo y revelar así su camisa. Uno de los monstruos produce un sonido, como si dijera algo. Palabras.

Otro le responde, y luego otro más.

La respiración de Arthur comienza a nivelarse, aunque su corazón late frenéticamente y le duele la cabeza. Sigue con un cuchillo en su mano izquierda mientras observa a las criaturas infrahumanas. Está rodeado. Son al menos veinte. Hablan y murmuran entre ellas. Debe arriesgarse, o lo enterrarán aquí mismo.

En un solo movimiento, levanta el cuchillo en alto y se desliza hacia un costado. El cuchillo que las criaturas tenían apoyado contra su cuello le provoca apenas un rasguño, pero él aún no se ha dado cuenta. Su cuchillo le da al niño descarnado en la cabeza, y Arthur es liberado. Grita ante el ataque violento de las garras que intentan atraparlo y le arañan los brazos, las piernas y el pecho. Uno lo ha tomado del cabello. Arthur pega otra patada con todas sus fuerzas y muchas de las criaturas salen volando.

Ya está de pie y listo para correr otra vez, pero las criaturas de pronto se dispersan.

Una parte de él sabe que la razón más probable de todas es que hayan huido solo porque algo incluso peor que ellas está próximo a aparecer, pero se acerca a un árbol, apoya el brazo sobre la corteza y su frente sobre el brazo e intenta respirar profundo.

El dolor se expande en una línea perfecta que le atraviesa el cuello, pero la herida apenas sangra, puede respirar y puede girar la cabeza, lo que significa que el corte es solo superficial.

Con mucho cuidado, Arthur apoya la espalda contra el árbol y mira a su alrededor.

Está solo, rodeado de árboles oscuros y deformes que chorrean savia que se ve algo rojiza bajo la luz de la luna, como si fuera sangre. Pero el aroma en el aire es dulce y floral. Arthur se acerca a su cuchillo, que ha quedado en el suelo. A Arthur le duele la espalda y ya le han salido cardenales, y lo sorprende no haber notado todas esas raíces y esos pinches en el suelo mientras estuvo allí tendido. Logra recuperar su cuchillo y lo guarda, junto con el otro. Su aljaba está destrozada y ya no sirve. Tal vez la haya roto cuando dio contra el árbol, o cuando cayó al suelo. No lo recuerda. Toma el puñado de flechas que llevaba consigo y las acomoda en su espalda, amarradas al cinto del pantalón. Le llevará más tiempo tomarlas cuando las necesite, pero al menos las tendrá cerca. Retrocede unos pasos sobre el camino ya andado durante unos pocos minutos para ver si puede recuperar su arco.

Pero enseguida descubre que eso es imposible. No sabe dónde o cuándo lo perdió. Tal vez tenga que regresar demasiado para atrás, hasta el árbol al que Mairwen se había trepado para orientarlos.

No pronuncia el nombre de Mairwen en voz alta, aunque quisiera, solo para recordar cómo se siente.

Arthur oye un ruido a su izquierda y se da vuelta, con el cuchillo en alto. Mira por entre las sombras, sin pestañar, como si eso fuese a ayudarlo a ver mejor a través de la oscuridad para dar con lo que sea que se esté escondiendo ahora y que alborota las hojas en el suelo.

De pronto, una luz.

Algo se mueve. Es como si alguien estuviera caminando en su dirección, atravesando el bosque, sosteniendo con una pequeña vela blanca.

Arthur se esconde detrás de un árbol y fija su mirada en la luz.

¿Podría ser Mairwen? ¿Habría encontrado algo de fuego?

Pero ella habría hecho más ruido, seguramente.

La luz se acerca cada vez más. Se hace cada vez más grande. Es una figura blanca, y avanza lentamente. El cuerpo está cubierto con un velo blanco y apenas transparente.

La rodea una especie de bruma, que se va volviendo más y más densa hasta ser una agradable neblina que a Arthur le recuerda la imagen del amanecer, cuando sobre los pastizales brilla el rocío, extendiéndose cual diamantes por todo el valle.

La figura se acerca más a Arthur, y ahora él sale de su escondite detrás del árbol.

La figura se detiene. Debajo del velo, Arthur llega a ver un hermoso rostro, el rostro de una mujer. O de una muchacha. Le sonríe. El velo se cae y aterriza sobre sus blancos pies.

Arthur Couch, susurra la muchacha.

Pero sus labios no se mueven.

El susurro vuelve a oírse, pero ahora detrás de él. Arthur se da vuelta de inmediato.

No hay nada allí.

Cuando Arthur vuelve la mirada, la muchacha del velo ha desaparecido.

*E*l bosque no es lo que Rhun esperaba que fuera. Busca a Mairwen y Arthur en la oscuridad, ignorando los sonidos y los movimientos a su alrededor, hasta algunos gruñidos ocasionales también. Y entonces… los pasos.

Pasos firmes, ruidos sordos, como botas pesadas o garras gigantes.

Bien podría ser el demonio.

205

Rhun se mueve más rápido ahora. Mantiene una respiración pareja. Debe encontrar a Arthur y a Mairwen antes de que el demonio lo haga.

A menos que este que viene tras él sea el demonio, y Rhun pueda intentar alejarlo de sus amigos.

¿Pero cómo saber?

Hace una pausa cuando se da cuenta de que el camino que estaba siguiendo se bifurca al llegar a la base de este enorme tejo: las huellas de Arthur arrastrándose están marcadas en el suelo y llevan al noroeste. Las ramas rotas de un arbusto parecieran orientarlo hacia el noreste, por donde Mair y su falda pasaron de forma tan destructiva.

Las sombras se arrastran en su dirección.

Va a por Arthur, repitiéndose a sí mismo que es solo porque cree que Mair estará más segura. La hija de una bruja y un santo puede confiar en su propio poder, pero Arthur estará más vulnerable. Perder a Arthur es un riesgo que no sabe siquiera cómo podría llegar a tomar.

El camino lo lleva lejos. Arthur estaba corriendo, y hay otras huellas alrededor de las suyas, huellas mucho más pequeñas, como la de perros diminutos o de algún otro animal con pezuñas, pero sobre dos patas. Algunas huellas se parecen más a las garras de pájaros o algo parecido. Rhun encuentra un arco y lo recoge del suelo embarrado. Es el arco de Arthur. Rhun se aferra a él.

—¿Arthur? —llama, sin preocuparse por estar llamando la atención. Después de todo, será mejor que el bosque lo encuentre a él antes que a Arthur.

Como respuesta solo obtiene más silencio. Él avanza, intentando hacer el menor ruido posible y con los ojos atentos a la caza de algún cambio de color o movimiento, oídos alerta, y todos los demás sentidos también alerta a cualquier cambio en la luz o la temperatura.

El camino termina en un pequeño claro. Hay señales de una aparente riña. Hojas hechas añicos. Una mancha de barro. Una fleche rota. Los árboles son angostos y negros aquí, y derraman una savia espesa y de color rojo. Se parece más a la miel que a la sangre, Rhun pasa el dedo y la halla pegajosa y olorosa como el cobre.

Una mancha roja le llama la atención en el suelo del bosque.

Sangre.

Pero no la suficiente como para detener el corazón de Rhun. Solo unas motitas sobre unas hojas de roble.

Rhun mide el perímetro y llega a ver las diminutas huellas, cómo se amontonaron y luego se esparcieron, donde siguieron sin Arthur, directamente hacia donde él está casi seguro que espera el Árbol de los Huesos. Es como si pudiera sentirlo, latiendo en el centro del bosque. Parte de él quiere seguir ese llamado, pero mueve sus hombros y rompe con el impulso. Camina en la dirección opuesta, a través de la densa maleza, esperando que sea la decisión correcta para seguir encontrando señales de Arthur.

Más adelante en el camino, ve lo que reconoce como el reflejo de la luna sobre el agua. No oye el sonido de agua correr, así que asume que ha encontrado una especie de estanque o algo parecido, y se pregunta si podrá beber de él.

Luego de caminar unos cuantos metros, nota que los árboles ahora son más delgados, ahora se elevan esbeltos como agujas. Brota luz naranja de la tierra. Rhun puede oler la humedad y la putrefacción, y entonces sopla un leve viento, trayendo un olor muy fuerte, como de hierro quemándose. No es un estanque. Es un pantano.

Las botas de Rhun se hunden en el lodo, y el pasto de color verde brillante se le pega en las pantorrillas.

—¡Arthur! —grita.

Su voz resuena y luego se desvanece, dejando un silencio más pesado que el que reinaba segundos antes.

Un sonido de agua salpicando llama su atención. Algo grande cayó. Rhun sale corriendo en esa dirección, levantando las piernas para no dar con el fango.

Es Arthur, boca abajo, herido. Rhun gruñe su pánico y toma a su amigo por el hombro para voltearlo. El cabello de Arthur queda pegado en su rostro, tiene la boca abierta y llena de agua. Su piel está fría. Arthur no respira.

—Arthur —dice Rhun, mientras que lo abofetea y luego le mete un dedo en la boca y lo sacude para hacerlo reaccionar. Nada. No hay respuesta—. ¡Arthur! —grita de nuevo.

El agua y el barro lo alcanzan, pero Rhun apenas se da cuenta.

Oye el eco de su propio nombre, que le llega de una distancia muy lejana.

Es la voz de Arthur.

Rhun se levanta de repente. El cuerpo que había rescatado roda lejos de él, se hunde. Desaparece.

Busca entre el lodo con sus botas, se inclina para volver a hundir sus manos en el agua una y otra vez. El cuerpo ha desaparecido. No era Arthur.

El terror y el alivio lo han dejado sin aliento.

—¡Arthur! —grita otra vez.

—¡Rhun!

Rhun se mueve hacia la voz. Al menos eso es lo que él cree que hace. El sonido hace eco de una manera extraña en este pantano. La luz naranja lo desorienta, las sombras no se corresponden con lo que deberían reflejar. Vuelve a toparse con otro cuerpo. Esta vez, su madre, Nona Sayer. Ella también aparece ahogada. Su mano está gris y con la palma hacia arriba, los ojos se ven vidriosos y blancos como la luna. Rhun pasa por encima de ella, su ritmo cardíaco era tan veloz que lo golpeaba. Aquí está Mairwen, y su primo Brac, y allí… Oh, Dios… Las manitos de Genny Bowen. Su hermano menor, Elis. Su pueblo, su familia, sus amigos, todos muertos, todos ahogados. Rhun sabe que esto no es real, pero puede tocarlos, puede levantarlos, puede oler la fría muerte, incluso aunque el pantano resplandece y los cuerpos toman formas monstruosas.

—¡Arthur!

—¡Rhun!

Ahora está más cerca, y Rhun corre, dando sus botas contra el agua poco profunda del pantano.

Ve a Arthur del otro lado, dando vueltas como si estuviera ciego, atacando a la nada, con una expresión de ferocidad y terror en su rostro.

—Arthur —dice con firmeza, acercándose a su amigo—. Arthur, yo soy la única persona aquí. Soy yo... Rhun.

Arthur intenta atacarlo, pero Rhun bloquea el golpe y lo toma a Arthur por ambos brazos. Forcejean, y Arthur sacude la cabeza.

—Tú no eres real —dice, desesperado.

—Lo soy. Soy Arthur. Te seguí hasta aquí. Está bien. Estás bien.

—No. NO —grita Arthur. Sus mejillas se ven rozagantes y llenas de vida, tiene los ojos azules salvajes, y hay sangre en su frente y en su cabello mojado—. No puedo creerte. Hacerlo no es más importante que mi propia vida.

Rhun se le vuelve a acercar, sin saber muy bien qué hacer.

—Arthur, por favor.

—Lo siento. No puedo —Arthur se aleja, temblando... y observándolo con tanto deseo que eso le rompe el corazón.

Sabe cómo probarlo, pero tiene miedo. Le preocupa que la respuesta vaya a volverlo todo peor. Una luz fogosa los rodea, como si existieran en el centro de una fogata. El agua oscura les arruga los talones. Los rostros blancos de los cadáveres ahogados lo observan con ojos vacíos. Todo lo que conoce y todo lo que ama está muerto, está destruido. Su peor pesadilla. Avanza. Arthur lo espera.

¿Qué ve Arthur? ¿A qué le teme?

Y Rhun se zambulle en el pantano. Toma el rostro de Arthur y lo besa.

Espera que Arthur lo rechace, que grite y lo golpee, pero que le crea.

Por el contrario, Arthur se entrega a Rhun con un casi inaudible suspiro de alivio. Besa el mentón de Rhun y lo abraza fuertemente con ambos brazos, tan fuerte que los dos tiemblan.

—Rhun —le dice—. Sí eres tú.

*E*l bosque se aferra a Mairwen. Las raíces surgen del barro para trepar por sus botas, las flores oscuras de la noche la toman por los talones. Dedos invisibles presionan sus mejillas y le tiran del cabello. Se engancha las mangas de su vestido, y va dejando un rastro de tela azul por donde quiera que pasa.

—Tranquilo, tranquilo —le habla al bosque, y tararea una frágil melodía. Es una canción de cuna que habla de invocar a los pájaros, una alondra y un arrendajo, que no pueden estar juntos, pero uno siempre reconoce el canto del otro. Las raíces ya no se enredan en su camino para hacerla caer y los árboles se corren para darle paso. Mair canta. Primero suave, y luego más alto, aunque jamás pensó mucho en su propio canto. Repite el estribillo una y otra vez mientras camina por el Bosque del Demonio. Le tiembla la voz.

No por miedo, sino por el placer que crece en su interior. Todo lo que Mair ve la hace pensar en lo acertado de su decisión de entrar al bosque. Ella encaja aquí. La luz y la oscuridad, juntas. Todos los ángulos y todas las promesas.

De pronto, se da cuenta de que está en medio de un grupo de cerezos silvestres muy jóvenes, que dan sus flores blancas incluso ahora durante la época de cosecha. Los pétalos reflejan la luz de la luna cual espejos, y Mair inhala para sentir su perfume a limpio y fresco. Estas flores de cerezo servirían de corona para su cabello. Con su forma de cruz, los tonos rosa pálido, los centros de un verde brillante, y las hojas diminutas y ovaladas. Árboles de bendiciones, así los llaman a veces.

Mairwen se asegura de tener su manto bien amarrado y de allí cuelga el mango del hacha de Rhun para no perderla. La cabeza del hacha hace presión sobre su espalda. Mientras canta su canción en un suave murmullo, Mairwen camina sobre largo pasto hasta el centro de la arboleda. Sopla una brisa cálida, que desprende algunos pétalos blancos que quedan flotando en el aire a su alrededor. Mair se sienta en el suelo.

Su falda se infla primero y luego se posa muy delicadamente sobre el pasto, tal como los pétalos que caen.

Aquí es a donde pertenece.

Coloca sus manos sobre la falda y se permite un momento para lamentar la pérdida de la hermosa tela de algodón color índigo y pasa un dedo por los tajos en la seda de sus mangas. Apenas ingresaron en el bosque, Arthur le advirtió que sus faldas los retrasarían, y a Mairwen no le había gustado ese llamado de atención.

La brisa cálida que juega con sus trenzas le recuerda al sol, y espera que Arthur siga vivo. Tensa la mandíbula. Cierra las manos en puños.

—¿Por qué has dejado de cantar? —le pregunta una suave voz.

Mairwen se levanta de pronto, se tropieza con su propia falda y aterriza en el suelo en una posición un tanto incómoda.

Es una mujer del tamaño de un gorrión, desnuda. Solo unas desaliñadas alas marrones como las de un pájaro están plegadas en su espalda. Sus ojos también son negros como los de un gorrión, tiene el mentón puntiagudo y un cuerpo esbelto y frágil, con apenas un indicio de pechos y de caderas. Está a un brazo de distancia de Mairwen.

—No sabía que alguien estaría escuchándome. Además de los árboles, claro —responde Mairwen, pensando para sí misma que la honestidad es el único camino que conviene tomar aquí.

La mujer pájaro sonríe. Sus dientes son como agujas.

Mairwen ahoga un suspiro e imagina sus propios dientes creciendo largos y filosos como aquellos.

—Nos gusta tu canto —dice otra voz, dirigiendo la atención de Mair hacia las ramas de uno de los cerezos, donde otra mujer pájaro se asoma, desplegando sus alas moteadas.

—Es verdad —responde un coro de voces esta vez.

Desde detrás de los pétalos, más mujeres-pájaros. Se abren camino entre las flores, rozando sus mejillas con los pétalos, abrazándolos como verdaderos amigos. Una mujer-pájaro desciende de la rama donde descansaba, despliega sus alas bermejas y planea en el aire en modesto espiral sobre la cabeza de Mairwen.

La primera mujer pájaro en hablar abre sus alas también y se acerca a Mairwen.

—Sí, canta otra vez. Cántanos sobre tus pájaros.

—Debería irme —dice Mairwen, poniéndose de pie muy lentamente—. Tengo asuntos que atender.

Todas las mujeres-pájaros la miran extrañadas. Debe haber unas cincuenta y, aunque todas son muy pequeñas, Mairwen no quiere siquiera imaginarse lo que sería un enjambre de estas mujercillas atacando con sus dientes aguja.

—Necesito encontrar a un amigo —les dice.

—No te vayas —ruega la primera mujer-pájaro.

—¡Cántanos! —repiten una docena de mujeres-pájaros en discordante armonía.

Mair abre la boca para decir que no, pero luego entiende que no tiene una buena razón para negarles una canción más.

—El arrendajo cacareó su canción solitaria —comienza a cantar Mair, en voz baja y alejándose de la primera mujer-pájaro. El aleteo de las alas le recuerda que está completamente rodeada. No recuerda el siguiente verso de la canción, aunque acababa de cantarla.

Una mujer-pájaro se posa sobre su hombro, sus alas dan con la mejilla de Mairwen. La mujer toma el cabello de Mairwen y el cuello de su cotilla.

—¡Canta! —le grita al oído. Mairwen puede oír el rechinar de esos diminutos dientes—. ¡Canta, hija del bosque!

—Yo… No puedo —dice Mair con firmeza—. Necesito encontrar a mi amigo. Debo irme.

La mujer le tira del cabello otra vez, esta vez más fuerte, y otras tres mujeres-pájaros aterrizan sobre su falda.

Mair trata de ahuyentarlas, trata de deshacerse de la mujer sobre su hombro, pero la criatura se aferra a sus cabellos.

—¡Entonces nos quedaremos con los dedos de tus manos!

—¡Y con los dedos de tus pies!

—¡Y con esos ojos tan bonitos!

—¡O simplemente con tu canción!

Mairwen se cubre el rostro con ambas manos y aprieta tanto los dientes que le duelen todos los huesos de la cara. Canturrea el ritmo de la canción, y las mujeres-pájaros celebran. Al menos cuatro se le enredan en el cabello, aletean a su alrededor y juegan con su cabello. Una de ellas se apoya sobre su tobillo, no pesa más que una manzana pequeña. También puede sentir otra junto a su oreja, con sus dedos diminutos tirando de ella. Otra toma su mano izquierda y tira del dedo pulgar. Otra se apoya contra su pecho, con las alas flameando tan rápido como el corazón de Mairwen.

Ella sigue cantando. Se ha quedado quieta, aunque su cuerpo necesita salir corriendo.

Cuando la canción vuelve a terminar y Mairwen se queda callada, hay un solo segundo de paz y luego todas las mujeres-pájaros suspiran al unísono.

—¡Canta! —grita una.

—¡Sí, canta! —ruega otra.

—No –dice Mairwen–. ¡Debo encontrar a mi amigo!

Una mujer pájaro muerde su oreja y Mair siente el calor de tan filosa mordida. Luego varias de ellas comienzan a tirar de sus cabellos. Le muerden los dedos. Mairwen trata de alejarlas. De un manotazo se deshace de la mujer-pájaro sobre su hombro, que acaba de morderle el cuello.

—¡No! –grita.

—¡Canta, canta!

—¡Sabe a santo!

—¡Sabe al bosque!

—¡Canta para nosotras, santa niña del bosque!

El pedido hace eco mientras que las mujeres revolotean a su alrededor, acercándosele para arañarle la piel, para tirar de sus rizos y lastimarla.

Mair intenta correr, pero estas mujeres-pájaros se posan en su rostro y no la dejan ver, ni hablar. Vuelven a tirar del cabello y le lastiman el cuero cabelludo. Se ríen en voz baja y enredan los cabellos de Mairwen con las ramas de los cerezos.

—¡Canta! ¡Canta! ¡Canta! Danos tu voz, o deberás darnos tus pies y tus manos. ¡Danos tus ojos, danos tu nariz!

—Yo soy la hija de un santo –grita de repente, tratando de quedarse lo más quieta posible, con las manos en alto y temblorosas mientras que el dolor en la cabeza, en sus dedos y en sus orejas va menguando–. Yo soy una bruja Grace, y ya les he dado mi canción.

—¡QUEREMOS MÁS! –gritan todas–. ¡Quédate con nosotras esta noche! ¡No te dejaremos ir! ¡Nos perteneces, bruja Grace!

Mairwen abre grandes los ojos. Aquí tiene poder. Ya lo verán. Las mujeres-pájaros se posan sobre sus manos, mostrando sus afilados dientes. Algunas se acomodan sobre las ramas más bajas de los cerezos, a la altura de sus ojos, y arrancan pétalos como si lo que arrancasen fuese la piel de la bruja. Otras están sobre el suelo, rodeándola para que no escape.

—Les daré algo mejor que una canción —les dice—. Algo que durará.

—¿Para siempre?

—¡Las canciones duran para siempre!

—¡Nos encanta tu canción!

Mairwen sacude la cabeza, tirando para desenredar los nudos de sus cabellos amarrados a las ramas de los cerezos.

—Les daré a cada una un mechón de mi cabello.

Las mujeres-pájaros la observan con sus ojos oscuros. Todas parpadean al mismo tiempo.

—¡Un mechón de cabello! —canta una. Mair ya no sabe cuál de todas ellas fue la primera mujer-pájaro en aparecer.

—¡Sí! —canta otra.

—¡Cabello! ¡Trenzado y enrulado, solo para nosotras!

—¡Qué precioso cabello tiene!

—Libérenme, y entonces me sentaré aquí y no me iré hasta que cada una de ustedes tenga su mechón. Pero libérenme y permitan que me vuelva a sentar.

Varias de ellas vuelan hacia Mairwen, tan rápido que Mair se asusta y se echa hacia atrás, tironeando más fuerte de sus cabellos enredados. Las mujeres-pájaros toman las puntas de los mechones atascados en las ramas, los desenredan con gran habilidad, deshaciendo nudos, hasta que Mairwen por fin siente los últimos mechones caer suavemente sobre sus hombros.

Se arrodilla, aliviada, y rodeada de las mujeres-pájaros, que aletean y chasquean los dientes.

Mairwen tiene lágrimas en los ojos. Toma el hacha que había atado a su manto, la coloca sobre su falda y luego ata todo su cabello en una sola trenza. La toma en una mano, levanta el filo del hacha y, antes de poder siquiera pensarlo dos veces, serrucha cinco veces.

No puede evitar llorar, y las lágrimas aterrizan en su falda.

Las mujeres-pájaros ríen y celebran. Una vuela hasta quedar cara a cara con Mairwen, que llora en silencio. La mujer se acerca y lame una de sus lágrimas.

—¡Ah! —canta la mujer pájaro con alegría.

Otra toma su lugar y hace lo mismo. Y luego una tercera, y una cuarta. La quinta mujer-pájaro muerde la mejilla de Mairwen, y Mairwen pega un grito e intenta ahuyentarlas a todas con las manos.

Sus cabellos se desparraman sobre su falda, oscuros como madera de cerezo, enredados y sucios, con trozos de corteza y hasta algunos pétalos blancos.

—Acérquense —les pide en voz baja—. Aquí tienen. Para sus nidos o sus cintos o sus amuletos.

Las mujeres-pájaros danzan a su alrededor y se le acercan, saltando, volando. Algunas toman pequeños puñados de cabello, y otras le ofrecen sus brazos a Mairwen para que esta ate un rizo a modo de brazalete. Baten sus alas suavemente, ríen y se divierten entre ellas, jugando con la porción de cabello que les ha tocado o alejándose de una vez.

Todo el cabello ya ha sido repartido. Siete de las mujeres-pájaros quedan sobre el suelo y con las alas infladas como túnicas. Mairwen se quita el poco cabello que le queda del rostro. Ahora está demasiado corto como para sujetarlo. Se muerde del labio para evitar que más lágrimas broten de sus ojos, está triste y también enojada consigo misma por semejante reacción. Pero ya está hecho, y el cabello volverá a crecer sin dudas. Se lleva las manos a las rodillas.

—Ahora sí debo irme —les dice.

Las mujeres-pájaros asienten con la cabeza; y una, tal vez la que fuera la primera en hablar, le hace una revelación.

—Encontraremos a tu amigo.

—Les juro que canta muy mal —dice Mairwen, aunque en verdad no puede recordar si alguna vez ha oído a Arthur cantar. Se da cuenta de que su cabello ahora se parece mucho al de él.

Las mujeres-pájaros ríen y todas se elevan hacia el cielo, excepto la primera. Aletean con todas sus fuerzas y desaparecen en la noche.

—Sígueme, bruja Grace —dice la primera mujer-pájaro antes de comenzar a volar. Y Mairwen va tras ella.

Mairwen se despierta del sueño con sus manos en puños y apoyadas debajo del mentón, tiesa y fría. Los recuerdos de las pequeñas mujeres-pájaros siguen muy vívidos.

Al igual que…

La mujer-pájaro agita sus alas y se retira, pero antes de que Mairwen pueda seguirla, un demonio sale de las sombras y en un solo movimiento caza a la mujer-pájaro en pleno vuelo y se la lleva a la boca.

Mair retrocede.

El demonio tiene una sonrisa tenebrosa, sus dientes, brillosos y afilados. Quedaron plumas sobre sus labios, y Mair puede oír el ruido de huesos siendo triturados.

—Bruja bonita, tú no eres ni un fantasma ni una niña de verde —dice el demonio, y escupe algunas plumas que le habían quedado en la boca. Da un salto hacia adelante y toma la cabeza de Mairwen tan de repente como lo había hecho con la mujer pájaro.

Mair se resbala y

Baeddan.

Bosteza. Lentamente se estira debajo de las mantas de su madre, sintiéndose físicamente fuerte. Sale de la cama, sus pies tocan el piso de madera.

La larga camisa con la que se quedó dormida se siente algo extraña a la altura de sus pechos. Mairwen toca la tela a la altura del cuello. Esas pequeñas protuberancias hacen presión contra su piel ahora sin que necesite explorar demasiado.

Mair respira entrecortado. Solo espera que no haya más señales obvias de ningún tipo de cambio. Se pasa la lengua por los dientes: se sienten normales. Vuelve a inspeccionar sus manos. ¿Las uñas se ven más oscuras? ¿Se han convertido en garras o espinas acaso?

Se pasa los dedos por la cabeza, buscando cuernos, pero lo único que encuentra son nudos y más nudos. En la pequeña mesa de su madre, recupera un cepillo de huesos y rápidamente se desata el cabello enmarañado. Sangre y barro siguen impregnados en él; aún no se ha bañado esta mañana.

La invade una necesidad de salir corriendo y despertar a Baeddan o a Haf y confirmar que no hay ningún cambio en el color de sus ojos o en la forma de sus labios, pero permanece calmada, con una camisa vieja color gris de su madre y una cotilla a la que le faltan varias arandelas y que Mair había pensado en guardar y reusar los cordones. Debe de parecer una mendiga, piensa, aunque jamás ha visto ningún mendigo en su vida. Se envuelve el cuello en una bufanda, se la pasa por sobre su pecho y luego se la ajusta a la cintura para así esconder su clavícula lo mejor posible. Luego, y con mucho cuidado, se dirige al frente de la cabaña.

Baeddan está acurrucado junto al fuego. La mayor parte de su cuerpo de hecho está en contacto con la piedra del hogar. Lleva puesto su ya destartalado abrigo de cuero y sus pantalones. Se lo ve tan quieto que por un instante Mair teme que haya muerto… Teme que haberlo sacado del bosque lo haya matado. Pero de pronto ve cómo su pecho se alza y se contrae lentamente. El mismo ritmo lento de su propia respiración. Aliviada, mira a Haf, que dormita sentada en una silla con su cabeza inclinada hacia adelante. Sus manos están apoyadas sin más sobre su falda. Se la ve relajada.

Mairwen deja salir un largo suspiro y piensa en su sueño, piensa en las mujeres-pájaros y el ruido de sus dientes al morder.

Hija del bosque. ¿Habría algo más? Sí, la sensación que había tenido en esa arboleda, como si en verdad perteneciera allí.

No pertenece aquí.

El brazalete en su muñeca vuelve a molestarle. Necesita examinarlo más de cerca. Y necesita también salir para estar bajo el cielo abierto. Más cerca del bosque.

Considera despertar a Arthur y a Rhun y llevarlos afuera con ella, pero no lo hace. Los dejará dormir. Los dejará recordar todo lo que puedan recordar. Ellos solo la mantendrían alejada del bosque. Una vez que se coloca las botas, abre la puerta principal y sale a la luz del día.

Mairwen camina hacia su cementerio privado.

Pasando los pastizales de los caballos y directamente hacia al este desde su casa, su espacio es un vacío entre dos colinas donde un joven roble crece solo y refugiado del viento. Mairwen cuelga cajas llenas de esqueletos en descomposición en el roble para que la naturaleza ayude con el trabajo de limpiar los huesos y que ningún predador pueda escaparse con uno. Tiene barriles de agua para aflojar los tendones y la carne más difícil de remover sin tener que recurrir al fuego o el calor, que ablandarían los huesos y los volvería inútiles. Es un trabajo sucio y apestoso la mayor parte del tiempo, pero su abuela había diseñado un desagüe para enviar el agua hacia el Bosque del Demonio, y Mair siempre había asumido que los espíritus hambrientos disfrutaban de los tentempiés que ella les enviaba.

Mairwen conserva allí un banquillo y una de esas jarras para servir vino, también algunas herramientas para transformar los huesos en agujas o cuchillos, en peines, anzuelos o amuletos, o incluso en recipientes si alguien le trae un cráneo con las proporciones adecuadas.

Nadie ve a Mairwen en su caminata, era casi imposible que eso sucediera. Las personas en Las Tres Gracias siempre han evitado lugares como este, siempre lo han visto como territorio de brujas, excepto por algunos niños un poco más valientes o cazadores que entregaban huesos.

Tendrá que confrontar a su madre.

La brisa de la tarde mece las cajas que cuelgan de las ramas del roble. Mair observa el corral vallado que construyó tres años atrás para proteger la cuesta donde deja huesos secándose al sol. Costillas y fémures de dos ciervos en un trozo de tela de algodón sin teñir, casi terminados. Han estado a la intemperie por dos años, y apenas han perdido su color. El algodón ha sido un éxito parcial. Su abuela solía colocar huesos sobre los techos para lograr el mismo efecto, pero la paja o las lajas siempre teñían los huesos en la parte de abajo.

Junto a la cerca está el área de entierro, donde coloca algunos cadáveres bajo suelo junto con algo de estiércol de caballo para que se descomponga lentamente. Lo hace también en jaulas, para que los huesos más pequeños no terminen por perderse. Es más seguro que colgarlos de una rama si es que quiere conservar todos los dientes.

Mairwen respira profundo.

Han pasado solo tres días desde la última vez que estuvo aquí, pero ahora todo se siente tan distinto.

Se sienta en el banquillo y estudia de cerca su brazalete. Queda claro que lo hizo de forma apresurada. ¿Sería que estaba desesperadamente intentando sellar el pacto? ¿O salvar a Baeddan?

¿Las dos cosas tal vez?

El brazalete es una cosa fea y desaliñada bajo la luz del sol. Abre la caja de hojalata en la que guarda sus herramientas y toma unas pinzas. Las delicadas puntas de metal le permiten retirar uno a uno los mechones de cabello, explorando así el diseño mientras presta mucha atención a cómo se siente por dentro mientras lo hace, cómo la magia se hace sentir contra su piel y debajo también, impulsando la sangre espesa en sus venas.

Aparentemente es su propio cabello junto con el de Rhun y el de Arthur, entrelazados en un embrollo negro y dorado y rojizo y atravesados por una espina larga en forma de aguja y del cual cuelga un solo nudillo proveniente de la mano de John Upjohn.

Baeddan había ingresado en el bosque hacía diez años y había quedado allí. Se había transformado. Siete años después, salió la Luna del Sacrificio y John también se adentró en el bosque, pero él sí volvió a salir. Solo su mano quedó dentro, y Baeddan se la apoderó y se la cosió a su pecho. Tan solo tres años después, la Luna del Sacrificio salió otra vez.

Si Mairwen piensa como bruja, si piensa en lo que siempre ha sabido y en lo que ha aprendido, dejando algo de espacio para las cosas que no sabe o que ha olvidado, tiene sentido que el cuerpo entero de Baeddan permitiera que el pacto durase siete años, mientras que la mano de John consiguiera solo tres.

Col Sayer, Marc Argall, Tom Ellis y Griffin Sayer. Todos ellos sobrevivieron a su Luna del Sacrificio, pero hay veinticinco cráneos en el Árbol de los Huesos. Definitivamente alguien murió allí cada siete años.

Puede sentir el llamado del bosque, una mezcla de curiosidad, nostalgia y desesperación. ¿Será esa la razón para el hechizo de los recuerdos? ¿Para atraer a los sobrevivientes a que vuelvan al bosque? ¿Será que ese misterio los vuelve a llamar, para luego jamás regresar?

Pero Aderyn le dijo que el santo no debe morir. El santo solo elige morir.

O la madre de Mairwen le había mentido, o alguien más le había mentido a su madre primero.

En la historia (la historia privada entre las brujas Grace y la historia que le cuentan a todo el pueblo), el demonio y la primera bruja Grace se amaban de verdad, y Grace le había entregado su corazón al bosque a cambio de progreso y bonanza para su valle. El demonio, en ambas historias, dijo que el pacto solo funcionaría si le enviaban un santo cada siete años.

Entonces, ¿quién mintió primero? ¿El demonio o las brujas?

Hay un enorme vacío en su mente cuando intenta deducir una respuesta: demasiado específico el vacío para ser natural. Ella sabía la respuesta, pero lo ha olvidado.

La frustración la hace rechinar los dientes. Debería marchar hasta el bosque ahora mismo. Directo al Árbol de los Huesos. Ya ha descansado y se siente más que preparada.

El sonido de un paso detrás de ella desvía su atención: Mair ve a John Upjohn de pie junto al umbral de su laboratorio personal. Ella lo mira. Por primera vez, no se siente cómoda.

John se mantiene rígido, sin expresión alguna en su rostro. Lleva colgada del hombro una bolsa de viaje de tela de algodón, y se ha puesto su abrigo y sus botas nuevas.

Mairwen se pone de pie. Las pinzas caen al suelo.

–¿Cómo pudiste? –le pregunta él. Sus labios apenas se mueven.

–¿Qué? –pregunta ella, dando un paso hacia adelante.

–Sacar a ese demonio del bosque –dice, temeroso–. Me ha atormentado. Me ha cazado durante horas y luego…

John cierra los ojos con fuerza y le enseña su muñón, que llevaba metido en el bolsillo de su abrigo.

—¡Entonces lo recuerdas! —dice Mairwen, y se pone roja de furia.

John apenas respira. Mair reconoce esa tensión hirviendo dentro de él de cuando tenía sus ataques de medianoche en la puerta de su casa. John rogando que se le permitiera ingresar en la casa para dormir junto al fuego o con su cabeza sobre la falda de Mairwen. Sus pesadillas lo obligaban a clavarse las uñas en su propio pecho y se sacudía y temblaba. Mientras dormía, extendía ambos brazos, apenado por no poder aferrarse de nada con su mano izquierda.

—A veces, en mis pesadillas, veía a Baeddan —sigue—, pero no… no creí que fuese real. Pensé que era una mera alucinación. Ahora todo en mi memoria está enmarañado.

Y con la boca hace una mueca que le permite a Mairwen admirar sus hoyuelos.

Mair toma a John por los codos y lo acerca. La pena y el dolor se convierten a algo parecido al amor, o al eco del amor.

—Lo siento mucho, John. Mis recuerdos también se sienten demasiado confusos.

Los músculos en el rostro de John cambian.

—Siempre logras calmarme. Tú y ese hogar a leña en tu casa. Cuando mis pesadillas resultaban demasiado para mí, cuando comenzaba a recordar demasiado, lo único que quería era regresar al bosque. Mis sueños me decían que el único que podría calmarme sería el Árbol de los Huesos. Él haría que todo acabara. Fue tan horrible aquella primera noche, Mairwen. Solo tú lograste calmarme. Cada vez que me convencía de que lo único que quedaba era regresar al bosque, pensaba en ti o te tomaba de la mano y… y me quedaba.

—John —susurra ella—. Puedo oírlo. El bosque. Siempre me ha llamado.

—Quiero abandonar el valle —dice John.

—¿Qué?

—Creo que Vaughn podría darme los medios para hacerlo. Su familia lo ha hecho siempre con todos los demás sobrevivientes. Tal vez, si llego a irme lo suficientemente lejos, el llamado pierda su fuerza. Tal vez pueda volver a dormir.

—No creo que esa sea la solución, John. Pero quizás pueda ayudarte. Yo…

—Tú no eres razón suficiente para que me quede, y no puedo… No puedo quedarme mientras el demonio siga acosándome.

—Dime qué más recuerdas, John, y quizás pueda encajar todas las piezas de este rompecabezas.

—Mairwen —dice.

Pero eso es todo.

Mairwen lo mira por un largo momento. Intenta memorizar las líneas al costado de sus ojos, los mechones rubios que caen de su cabello recogido y que enmarcan su rostro.

—No quiero estar solo para siempre —termina por decir—. Debo irme.

Mairwen levanta la muñeca, coloca el brazalete entre los dos, con el delicado hueso orientado hacia el cielo.

—John —murmura—. ¿Ves este hueso?

Tiene forma de guijarro, con cinco puntas redondeadas, y es blanco como la luna.

—Lo veo, sí.

—Es un hueso de tu mano.

John retrocede y se tropieza.

Ella se acerca y lo sujeta, pero él la rechaza.

—John, ¡escúchame! —Mairwen levanta el tono de voz—. Baeddan tiene el resto. Todos los huesos de tu mano. Y están cosidos a la piel de su pecho, justo a la altura de su corazón, y así es como tú estás atado a él y al bosque también. Ese es todo el poder que pudo sacar de ti sin tener que conservarte allí dentro, y esa es la razón por la que el pacto solo duró el tiempo que duró. Porque tu mano era poderosa, aunque no tan poderosa como un sacrificio propiamente dicho como para hacerlo durar siete años. Ahora el pacto sigue en pie solo sostenido por mi fuerza de voluntad, por mi diminuto hechizo. Pero no durará mucho más. Dime lo que recuerdas, para que podamos comprender qué es lo que necesita el pacto, y así mantendremos a todos a salvo. Incluido a ti.

John sacude la cabeza y da otro paso para atrás. Sus movimientos se vuelven torpes y camina hacia atrás como un desgarbado espantapájaros que acaba de recobrar la vida.

—Creí que mi mano estaría en el árbol.

—¿El Árbol de los Huesos?

—Sí. Ese árbol estaba cubierto de huesos. ¿No lo recuerdas? Ha sido el centro de todos mis sueños desde que regresé. ¡Ese maldito árbol! Estaba cubierto de cráneos, costillas, fémures y vértebras. Eran tantos que parecía uno de esos móviles para bebés. Y el altar junto a sus enormes raíces...

Mairwen afirma con la cabeza. Recuerda los cráneos.

—El demonio se reía mientras me arrastraba hacia él, Mairwen. Baeddan Sayer se reía y cantaba una canción que yo conocía. Una canción que mi madre solía… Y yo… yo decidí cantar con él, y él estaba tan fascinado que me soltó y corrió hacia la luz.

—No permitiré que se te acerque —le dice Mairwen. Debe convencerlo de que se quede. No importa qué crea John, Mairwen es la única cosa que lo mantiene fuera del bosque en este momento—. Te lo juro, John Upjohn.

Baeddan Sayer no volverá a molestarte jamás. Me encargaré de deshacerme de sus propios recuerdos también, y encontraré una forma de resolver este caos. Pero, por favor, quédate. Al menos por unos días más.

John se ve aterrado. El temor está en sus ojos, en la mueca de sus labios, y hasta se puede percibir la tensión en el bolsillo de su abrigo, donde ha escondido su miñón.

—Unos días más —murmura él.

—Prometo encontrar respuestas a tus preguntas —le dice ella, acercándose lo suficiente para apoyar la frente sobre su hombro, y sus labios cerca de su cuello, mientras que en su propio pecho las espinas hacen más presión y perforan su piel como pequeñas agujas.

L a criatura que Baeddan Sayer fue, y que ocasionalmente sigue siendo, oye a la bruja Grace abandonar la cabaña.

Cual cachorro que va detrás de su juguete favorito, se pone de pie y la sigue. Sin embargo, en lugar de ir tras ella, que se marcha ahora al cementerio de huesos, su mirada se dirige al sureste, hacia Las Tres Gracias.

El susurrar del bosque repiquetea en sus oídos… ¿o en su mente? ¿En ambos? Cierra los ojos con fuerza y presiona sus puños sobre las sienes.

—Baeddan Sayer —se dice a sí mismo, tan firmemente como lo haría ella. El nombre le infla el pecho, hace que su lengua se sienta más humana, y da unos pasos vacilantes en dirección a la ciudad—. Baeddan Sayer —dice otra vez, enderezando la espalda.

Avanza por el camino en pendiente, atraído por el reluciente blanco de las cabañas y el humo de sus chimeneas que sube, sube y sube contra aquel cielo tan brillante. No puede recordar el rostro de su madre, aunque sabe que la vio apenas hace unas horas.

¿Cuál era su nombre? Baeddan se araña el pecho. El dolor le perfora la mente: Alis Sayer. ¿Estará en el pueblo o en la montaña, en la casa de los Sayer? Solía pasar la mayor parte de sus días en el pueblo con sus hermanas. ¡Ja! Sí, ¡eso lo recuerda!

Además, Baeddan tiene hambre. Se muerde los labios, y lo hace tan fuerte que llega a probar su propia sangre. El sol se siente cálido contra su espalda a través del cuero rasgado de su chaqueta.

La bruja Grace lo había sacado de allí. Y lo había traído a la luz del sol.

Sonríe, ah, sí que sonríe. Una sonrisa amplia y escalofriante. Piensa en Mairwen y en lo extravagante de su persona, en el sabor de sus labios y de su sangre, la presión de sus dedos contra su rostro y sus muñecas, el calor que emana cuando la abraza mientras bailan entre las luces de un alegre fuego fatuo.

—Tú no eres ni un fantasma ni una niña de verde —dice perplejo, avanzando para tomarla por el rostro, para observar más de cerca sus ojos marrones, los tirabuzones que caen a los costados de sus mejillas, los arañazos que tiene junto a su mentón. Mira sus labios, angostos y rosados, y desea devorarla, enterrar su rostro en su cuello y descubrir su carne más tierna. Se ve tan deliciosa como la mismísima Grace.

—¡Déjame ir! —ordena ella, y él le hace caso.

Y así, sin lucha alguna, sin enojo. Obedece como el bosque le obedece a él.

—¿Qué eres tú? —pregunta Grace.

—El demonio —responde él.

Sus ojos se encojen. Se acerca vacilante hasta él. Toca su pecho, los surcos con sangre, las costras, las raíces que han crecido por encima de sus heridas. Él quiere tocarla también, pero ella se aleja.

—No, no eres el demonio —dice ella, firme y convencida.

Baeddan deja escapar una carcajada inevitable.

—¡No, no lo soy! —grita, alegre.

—¿Entonces qué eres? Porque te pareces a mi amigo.

—¿Tu amigo es el santo de Las Tres Gracias? He visto la luna. Sé que el santo está aquí, y corre, corre y corre. Lo encontraré, y tú lo sabes. Puedo olerlo. Siempre tienen el mismo aroma. Mmm, como tú.

La muchacha siente escalofríos.

—Vine aquí sola.

El demonio se inclina hacia adelante, con la nariz contra la frente de ella. Respira profundo, recorriéndole el cuello. Está tan cerca que sus afilados cuernos le rozan apenas la mejilla. ¿Grace había venido aquí sola? No lo recuerda. ¿Debería recordarlo?

—No —responde Grace, aunque no es una respuesta a nada en especial.

—Tú eres Grace —responde él, y el nombre retumba en su pecho. Ella se ve sorprendida. Puede oír el corazón de la muchacha latiendo a toda velocidad.

—Soy una bruja —murmura ella—. ¿Qué eres tú?

Él toca la piel de su cuello, justo por encima del borde de su cotilla. Ella lo observa con ojos gigantes, como si él fuese una criatura tan fantástica como ella lo es para él. Él pasa sus dedos por el cuello de ella y entonces lo invade una ola de escalofríos por la columna y los brazos, haciéndole vibrar hasta las palmas de las manos. La respiración de la muchacha se siente fría, húmeda y dulce, y con un dedo él le levanta la barbilla.

—Un santo —le responde, y luego la besa.

Es solo un momento. Labios con labios. Pero el demonio llega a saborear su corazón.

—¡Baeddan Sayer! —grita ella, apartándose.

La criatura se detiene. Parpadea por un instante. Se lleva las manos a los ojos y da unos pasos hacia atrás.

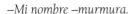

—Mi nombre —murmura.

El viento atraviesa los árboles.

—Tú eres Baeddan —dice ella—. Has estado aquí durante diez años. Tú eras el santo.

—No, el santo me pertenece —dice él, de pronto feroz y mostrando los dientes—. Debo encontrarlo y arrastrarlo hasta el Árbol de los Huesos. Eso es lo que debo hacer. Debo colocar mis manos sobre sus huesos. Y no me refiero a los huesitos de sus dedos que tengo rodeando mi corazón. ¡Ja! ¡Ja!

—Baeddan Sayer, ¡no! Escúchame.

Él se vuelve a clavar las uñas en el pecho.

—Di mi nombre otra vez —le ruega.

—Baeddan.

—Baeddan —repite él, bajando la mano.

Baeddan levanta la cabeza y mira al sol hasta que las lágrimas le queman los ojos. Aún puede llorar.

Intenta recordar la cadencia de su corazón, el ritmo de su canción, que no era la canción del bosque. Debería haber seguido a la bruja. No a Grace, sino a Mairwen. *A la otra Grace.* Pero ahora está aquí, acercándose al pueblo, con mucho cuidado de no ser visto.

Sus pies descalzos aplastan el pasto seco. Está desconectado por completo de la llamada del bosque, la magia que solía fluir por sus adentros con tanta fuerza y que plantaba flores a su paso, enredaba hiedras en sus talones si se quedaba de pie durante mucho tiempo, que atraía los ojos de los árboles, las raíces. Todo aquello se estiraba hacia él, queriendo atraparlo. Su bosque. Su corazón y su bosque.

Esta tierra no lo añora. Es silenciosa, tranquila. Podría estirarse un poco y dormir tan quieto como una roca durante años.

Baeddan respira profundo y exhala.

Las construcciones del pueblo se parecen a un puñado de rocas esparcidas que descienden desde el sudeste ladeando el camino. Trepa con mucha facilidad un muro, salta a una construcción adyacente, y luego sobre un techo de abundante paja, ya que no ha perdido nada de su fuerza sobrenatural.

Las personas se mueven allí abajo, aunque no son muchas, porque aún es muy temprano por la tarde y la mayoría sigue recuperándose luego de la larga vigilia. Los oye moverse en sus camas, murmurando unos a otros, algunos caminan de la casa a un bar o a la capilla. Esos sonidos lo reconfortan, son como aquellas canciones de cuna de hace tiempo. Las canturrea.

¿Qué o quién solía ser él antes, que esto era todo lo que necesitaba?

El Bosque del Demonio es una sombra al norte que abraza el valle… y lo llama.

Baeddan se irgue sobre la cresta de esta casa que ha elegido. El viento le da justo en su pecho desnudo y hace ondear las puntas de su abrigo. El sol se escabulle entre sus cabellos, dando con los cuernos que coronan su cabeza, dando con las espinas que le han crecido a la altura del cuello, y transformando su piel moteada en algo parecido a una perla, o una amatista sin pulir, irregular y hermosa.

Aquí en el sol, entre el pueblo a sus pies y la vista del Árbol de los Huesos maldito, tan lejos y a la vez tan cerca de su corazón, Baeddan se siente puro y salvaje. ¿Por qué no trajo a Mairwen Grace hasta aquí con él para que le sostuviera la mano, para que le prometiera que podrá tener este mismo hogar otra vez?

Abre los brazos, como si estuviese abrazando el oscuro bosque, como si abrazara a Las Tres Gracias contra su pecho, sintiéndose dispuesto a morir por ello. Baeddan repite su propio nombre para sí mismo.

En el centro del pueblo, desde el espiral de adoquines en la plaza, la joven Bree Lewis levanta la vista y ve al demonio allí en lo alto y piensa que ha llegado la hora: ahora que ha sido liberado, el demonio ha llegado con sus alas negras a destruirlos.

Bree grita.

R hun se despierta sin problemas. Simplemente abre los ojos. Arthur lo besó. En el bosque. Ahora lo recuerda perfectamente.

Algo se abre dentro de su pecho y piensa: *habría muerto solo por eso.*

Siente calor en su espalda.

Cree que podría ser Arthur, que está allí acostado a su lado, espalda con espalda, culpa del colchón de paja que se hunde justo en la mitad.

Se sienta muy lentamente, deslizándose por los pies de la cama, y se arrodilla justo allí para observar a Arthur Couch mientras duerme. ¡Cómo había soñado por este momento entre ambos!

Arthur frunce el ceño. Se da vuelta, buscando el cuerpo de Rhun.

Rhun le toca el tobillo y siente que la fuerza le vuelve al cuerpo a través de sus dedos. No hay duda de que esta magia ha conectado la salud y el poder de ambos no solo al pacto sino también entre los dos. Y, de alguna manera, a Arthur no parece importarle.

Reina el silencio en la casa de las Grace. La luz del sol penetra por la pequeña ventana en el entrepiso. Toma sus botas y baja por la escalerilla. Haf Lewis sigue dormitando en la silla, Baeddan Sayer ya no descansa junto al hogar. Rhun bebe los restos de una taza fría de té antes de inclinarse para ingresar en la habitación del fondo. El arruinado vestido azul de Mairwen está hecho trizas en el suelo, y Mair ya no está aquí.

Rhun sale de la cabaña para colocarse las botas. Los pantalones que ha debido tomar prestados son un poco largos para él, así que debe meter los centímetros de tela sobrantes dentro de las botas, y luego se coloca su andrajosa chaqueta de caza sobre su camisa nueva. Se refriega el rostro y se tira hacia atrás el cabello. No le agrada no tener con qué atarlo. Es como una nube negra que aterriza sobre sus hombros. Separa el cabello en mechones e improvisa una trenza; la mezcla de transpiración y sangre seca hacen que los mechones de cabello queden rígidos incluso cuando nada los sostiene.

Avanza decidido. Sale del patio y sube la primera colina. Rhun evalúa el valle: todo se ve sano y hermoso. Debería sentir satisfacción. Debería estar agradecido y maravillado porque, sin importar qué, él había llegado hasta las entrañas del Bosque del Demonio cuatro años antes de lo debido y había sobrevivido.

Pero hay un secreto en el corazón del pacto. Una mentira.

Y Rhun odia los secretos y las mentiras.

–Debería haber prendido fuego ese Árbol de los Huesos cuando tuve oportunidad –dice Arthur en voz baja, justo detrás de él.

Rhun debe hacer un esfuerzo para verlo con la luz de frente de la tarde.

–Quizás sí lo intentaste, pero yo te detuve.

–Eso tendría sentido –se burla Arthur.

Rhun inhala profundamente, tanto que se encoge de hombros. Gira hacia su amigo, que está a varios pasos de distancia, con todo el peso en un lado de su cadera, poniendo mala cara y mordiéndose el labio inferior. Arthur se ve ridículo en esa camisa enorme. Ridículo, aunque muy guapo.

–Deberíamos ir a casa a buscar algo de ropa –dice Rhun.

–¿Tan mal crees que me veo? –pregunta Arthur, abriendo los brazos en cruz.

Rhun lo mira por un segundo. Observa las líneas de sus pómulos, su cuello, la forma en que la camisa se posa sobre sus costillas del lado en que le da el viento y cómo ondea del otro, su cabello despeinado, sus ojos de un azul estridente, y su boca. Aún puede sentirlo, pero lo hace desde esa distancia donde todos sus deseos, necesidades y esperanzas viven. Recuerda la bifurcación en el camino allí en el bosque y recuerda haber elegido ir tras Arthur.

—Me temo que he muerto después de todo —dice simplemente.

—Dios mío, Rhun —se queja Arthur. Acorta el espacio entre ellos y toma a Rhun de los hombros, luego baja las manos a su cuello y con sus pulgares hace presión sobre su mentón.

—¡Suéltalo! —grita Rhun, tirando del cabello y del tapado de Baeddan para apartarlo de Arthur, que sigue en el suelo. Baeddan gruñe, y Arthur se transforma; con el cuchillo en alto, lo mira con desprecio y se lanza nuevamente...

Rhun cierra los ojos con fuerza y echa la cabeza hacia adelante, y Arthur se acerca un poco más.

—Rhun —le dice—. Tú no moriste. Tú estás aquí... con nosotros. Conmigo. Deja de ser tan dramático.

Ese comentario obliga a Rhun a soltar una pequeña carcajada. Arthur retira sus manos de donde estaban.

Pero hay un rastro de lágrimas en los ojos de Rhun cuando los vuelve a abrir.

—Pero quisiera que así fuera, Arthur. Me siento perdido. Debería estar hablando de esto con Mairwen. Es algo que normalmente le confesaría a ella, no a ti. Siempre quise que pensaras que yo era inmune al dolor y al daño en general. Quería que pensaras que no podías herirme, sin importar qué hicieras, y entonces así te quedarías a mi lado.

—Soy un idiota… y un amigo horrible.

—Pedía demasiado de ti —dice Rhun, sacudiendo la cabeza.

—No, jamás. Eso no es cierto. Era… Tú solo querías amor, Rhun. Y yo creí que dártelo me haría de alguna manera más débil. Yo soy el idiota por echártelo en cara.

Rhun mira a Arthur, confundido. ¿Por qué no puede recordar qué fue lo que sucedió y qué hizo que Arthur cambiara tanto? No podría haber sido la mera muerte. Daría cualquier cosa por recordar eso ahora. Prefiere recordar a Arthur en lugar de recordar todo lo demás que sucedió dentro del Bosque del Demonio.

Los dos muchachos, muchísimo más viejos hoy que ayer, no se dan cuenta de que la respiración de uno se ha alineado con la del otro. Rhun levanta su muñeca derecha, y Arthur lo imita, hasta que los dos colocan sus brazaletes uno al lado del otro, sin que se rocen, pero sí ocupando prácticamente el mismo espacio, emanando calor de uno a otro. El viento peina el pasto dorado alrededor de sus pies, murmura en las colinas del valle con olor a humo y el hielo del invierno. Arthur abre su mano, y ahora es Rhun quien lo imita a él. Colocan palma con palma, y no pueden ocultar su sorpresa al experimentar la extraña sensación que danza por sus muñecas y que recorre sus venas.

—Algo así como un rito de Unión de manos —dice Arthur, pero no lo dice con desdén esta vez. Clava sus ojos en los de Rhun, y Rhun casi llega a sentir algo. Su propia respiración le provoca picazón.

—Tú me besaste en el bosque —susurra Rhun antes de poder detenerse.

—No lo recuerdo —jura Arthur, perplejo.

La desesperanza es algo a lo que Rhun jamás pensó que podría acostumbrarse.

—Pero *te creo* —continúa Arthur—. Salí de ese bosque con vida, Rhun, y así es cómo me siento. Vivo, ¡prendido fuego! Ya no te tengo miedo. No le tengo miedo a nada.

—Tú no me tenías miedo.

Arthur lo mira, incrédulo.

—Pero tenía miedo de lo que eras, y de lo que creía que yo era.

Rhun levanta un hombro. Se siente desanimado.

—Tú siempre has estado prendido fuego.

Y entonces llega Mairwen, corriendo hacia ellos en un horrible traje gris y marrón. Rhun piensa que debe haber algo simbólico en el hecho de que ninguno de los tres lleve su propia ropa puesta en este momento, como si todo lo que eran antes hubiese cambiado tanto que nada de lo viejo les queda bien. Arthur alza la otra mano para tomar la de Mair. Ella desciende por la colina, aumenta la velocidad, y llega con su mano también en alto hasta que alcanza la de Arthur. Rhun la toma de su otra mano, impresionado ante este golpe de energía que los ha tomado por sorpresa.

Se toman más fuerte de las manos, mientras Mairwen intenta recuperar el aliento. Hace muecas, como si sintiera dolor en alguna parte de su cuerpo. El pasto surge verde entre sus pies, flameando en el viento.

—¿Mair? —pregunta Rhun.

Arthur la atrae hacia sí, y entonces los dos muchachos quedan a ambos lados de Mairwen. Los tres pares de manos, unidos. Ella sacude la cabeza, con los ojos cerrados. Rhun y Arthur intercambian miradas por encima de la cabeza de la muchacha. Rhun se encoge de hombros. Arthur sacude apenas la cabeza.

Los dos esperan, mirándose y mirándola a ella, mirando las delgadas nubes que vienen del oeste. Rhun está anclado, talones y pies firmes en la tierra, y se siente bien aquí con los dos, tomados de las manos, incluso si todo lo demás allí fuera de su círculo está roto y lleno de secretos.

trepan juntos hasta el altar. Están tomados de las manos. Estremecidos, todos ellos, mientras que las ramas del Árbol de los Huesos se sacuden sobre sus cabezas; y los cráneos tintinean y se ríen casi diabólicamente...

Rhun pone mala cara ante este recuerdo.

La cabeza de Mairwen se echa para atrás. Recupera el color a los labios. Su propia piel se siente un poco más caliente de lo que debería, pero es una sensación agradable. Como los rayos del sol o la risa. Hay tres pequeñísimas flores púrpuras que sueltan sus pétalos a los pies de Mair.

—Violas —dice Mairwen dice, parpadeando, con los ojos desenfocados—. Debo preguntarle a Baeddan algo sobre el Árbol de los Huesos.

—¿Dónde está Baeddan ahora? —pregunta Rhun, con los ojos en la colina detrás de Mair.

—¿En la casa? —dice ella no muy segura.

—No —responde Rhun.

—Creí que estaría contigo —agrega Arthur. —Oh, no —Mairwen suelta ambas manos y da vueltas en un giro bastante frenético—. ¿A dónde podría haber ido?

—¿A una reunión de homicidas tal vez? ¿A saltar por la pradera junto con las ovejas mientras canta viejas canciones de pastores? —se burla Arthur—. ¿Quién podría saberlo?

Pero Rhun cree saber la respuesta.

—Ha ido a casa.

S e dividen.

No es la mejor idea, pero peor sería dejar a Baeddan Sayer merodeando solo por ahí. Mair se dirige al bosque, dará vueltas por el borde norte del valle en caso de que Baeddan esté siendo atraído por lo que fue su hogar. Rhun va hasta la casa de los Sayer. Arthur decide ir directamente a buscarlo a Las Tres Gracias.

Arthur se siente feroz, despierto, realizado, incluso luego de unas pocas horas de descanso. La vista es nítida, puede ver a lo lejos, y está listo para actuar. Arthur salió del Bosque del Demonio sin miedo alguno. Y eso lo hace sentirse poderoso.

¡Lo que yo sea o no pueda ser no dependerá de ti!

Esta es una revelación que le hubiese gustado tener varios años atrás.

Arthur marcha por el pasto, por los campos de cebada, y bordea los pastizales de las ovejas. Sonríe. Siempre pasaba algo en este valle, él lo sabía, incluso si se equivocaba al decir cuál era la fuente del problema. Las Tres Gracias ha estado siempre regida por el miedo. El miedo a la muerte, a la enfermedad, a las malas siembras, a demasiada lluvia… Incluso miedo a ciertas niñas, y a los santos. Recuerda sentir que solo la Luna del Sacrificio es la que les recuerda a todos y cada uno el espacio que les corresponde. Pero esto no tiene que ver con el pacto. Esto es miedo, y no miedo al demonio, sino miedo al cambio. Miedo a hacer algo diferente que pudiera propagarse y desmoronarlo todo. Miedo a un niñito en un vestido, porque no encajaría con la estructura del pueblo, con las reglas.

Jamás hubo algo malo respecto de Arthur.

Excepto su maldita memoria. Está enojado porque no logra recordar haber besado a Rhun en el bosque. Un pensamiento algo alocado se le cruza por la cabeza. *Tendrás que besarlo otra vez entonces…* Y eso le produce pavor, así que se ríe.

Un grupo de niñas (incluidas algunas de la familia Howell y Bethy Ellis) vienen caminando hacia él desde donde comienza el pueblo. Se detienen para observarlo. Murmuran entre ellas, cubriéndose las bocas con las manos, y Bethy hasta aprovecha para rozarse los labios con los dedos, insinuante. La sonrisa de Arthur se vuelve un poco muy presumida.

Y entonces, saliendo de detrás de la última hilera de cabañas, viene Alun Prichard, que le grita algo a Taffy Howell. Alun se detiene de repente al ver a Arthur. Lo mira casi boquiabierto por un instante para luego solo modificar toda su expresión y hablar como si supiera en verdad lo que está diciendo.

—Couch —le dice—, ¿debiste pedirle a tu papi que te prestara ropa de hombre? ¿O fue al papi de Rhun?

Es el típico chiste de Alun, más fácil de ignorar que doloroso, por supuesto, pero Arthur jamás había podido hacerle frente, por más estúpido que fuera el comentario.

Hoy algo asombroso sucede: Arthur se ríe. Y la risa se transforma en una especie de sonrisa altiva y desdeñosa.

—Tú, Alun, eres la última cosa en el mundo que podría asustarme.

Un manto de confusión cubre el rostro de Alun, y uno de los muchachos que está con él coloca una mano en su hombro y se ríe con Arthur. Alun hace un gesto con sus hombros, como si no le importara.

—Arthur es un santo ahora —dice Bethy Ellis.

—No, ese sería Rhun Sayer —dice Arthur, sacudiendo la cabeza—. Yo sigo siendo el hijo de mi madre.

Nadie puede cambiar quién es. Solo él puede hacerlo. No lo hará ningún ritual, ningún idiota, ningún pueblo temeroso, ni una noche en el bosque, ni tampoco un vestido o un beso. Arthur avanza para acercarse a Alun.

—El hijo de mi madre que aún puede golpearte hasta dejarte cardenales por todo el cuerpo si así lo quisiera. ¿Y quién podría decir lo contrario?

Se oye un grito que viene de los tejados.

Todos los jóvenes se alarman y giran en esa dirección en el centro del pueblo.

Arthur es el más rápido en reaccionar, aún conectado al peligro, y corre en esa dirección.

Abriéndose paso entre una multitud en la plaza del pueblo, desea con todas sus fuerzas que esto no tenga nada que ver con Baeddan, aunque él ya sabe lo que está sucediendo. Más aldeanos salen de sus casas. Casi nadie lo reconoce, y eso lo exaspera. Pasa por entremedio de dos hombres que le bloqueaban el paso, ignorando la maldición que lanza el mayor de ellos, avanza hasta llegar al frente, donde queda rodeado por los rostros preocupados y asustados de sus vecinos.

Baeddan está agachado encima de unas manchas de cenizas y carbón que han quedado de la fogata de dos noches atrás. Con sus manos cubiertas de magullones se tapa el rostro, y tiene la espalda encorvada hacia adelante, lo que lo hace ver increíblemente pequeño. El borde de su tapado de cuero flota en el aire, imitando una falda. Tiene los hombros tensos y se balancea lentamente hacia atrás y hacia adelante.

Arthur ya había visto esta misma pose antes. Si todo el mundo se callara la boca, está seguro de que todos podrían escuchar a Baeddan cantar frases y ritmos sin sentido, sin ningún tipo de sutileza.

El demonio se encoge y murmura cosas incomprensibles.

—No es tan aterrador como creí que… —empieza Arthur.

La criatura se pone de pie de repente, mostrando los dientes, mirando fijo a Arthur, que retrocede con el cuchillo ya en su mano. Pero la mano de Arthur tiembla demasiado… Está muy cansado, muy dolorido, ¡muy furioso!

—¡Aléjate! —grita, el demonio hace el ademán de querer morderlo y luego se ríe.

—Correrás y correrás, pero no podrás escapar de mí. No santo, jamás santo, nada santo, santo santo santo…

—Baeddan —dice Mair con suavidad—. Ven conmigo. Déjalos aquí. No necesitas ir tras ellos.

—Puede hacerlo si quiere —lo desafía Arthur—. Te invito a que al menos lo intentes, demonio.

—¡Ja! —El demonio intenta atacarlo, ignorando el cuchillo que lo corta en uno costado, y con sus garras araña el rostro de Arthur.

Arthur avanza un poco más y se dobla sobre una rodilla para quedar a la altura de Baeddan. Tenía razón: el demonio está tarareando.

—Baeddan Sayer —dice Arthur suavemente, aunque firme, tal como Mair lo habría hecho—. Levántate y ven conmigo.

—No santo, jamás santo… ¿Eres tú? —recita Baeddan, con las manos en la boca.

—Soy Arthur Couch. Usa mi nombre tal como yo tuve la cortesía de usar el tuyo.

—¡La cortesía! —La espalda amplia del demonio se sacude cuando se ríe.

Arthur fuerza una sonrisa para igualar su humor. Coloca una mano sobre el hombro del demonio, y lo sorprende una chispa que salta ante el tacto. Su brazalete se ajusta aún más y le lastima la piel. Pero Arthur no lo suelta. El demonio lo mira con ojos negros como el carbón. Una mirada monstruosa y perdida.

—¿Por qué viniste hasta aquí? —pregunta Arthur—. Vámonos de aquí. Buscaremos a Mairwen.

—Sí, sí. Mairwen Grace. La bruja Grace. ¿Dónde está? —murmura Baeddan.

—¿Es el verdadero Baeddan Sayer? —grita una mujer en el fondo.

La mitad del valle está aquí, y siguen llegando más y más personas a medida que se va corriendo la voz. Todos los Lewis excepto Haf están aquí. Haf debe seguir dormida en la casa de Mairwen. La más pequeña de las niñas Lewis esconde su rostro en el hombro de su madre, Cat Dee se sostiene del brazo de su nieto Pad, demasiado arrugada para ver bien. Algunos Sayer y los dos hermanos Parry observan a Arthur con atención. El herrero, el tonelero y la familia completa del carnicero y los hombres que salen del pub. Incluso su padre, Gethin Couch.

—Sí, es Baeddan —dice Arthur.

—¿Baeddan? —Una mujer se aproxima, vacilante.

Es Effa Crewe, bonita y ágil, unos diez años mayor que Arthur. Baeddan lanza un gruñido.

Per Argall, a quien Arthur jamás hubiera imaginado con semejantes agallas, es la que habla a continuación.

—Cuéntanos qué sucede dentro de ese bosque, Arthur. ¿Cómo lo has logrado?

Arthur se pone de pie, usando el hombro del demonio como apoyo.

—Me encantaría poder contarles algo al respecto, Per. Pero esperaremos a los demás.

Lord Vaughn da un paso hacia adelante, apartándose de la multitud. Está con los hombres que habían salido del pub. El Lord está vestido en ropas simples de terciopelo marrón que combinan perfectamente con los trajes de los hombres que lo rodean, y su cabello castaño se vuelve rojizo bajo el sol de la tarde.

A los ojos de Arthur, se ve más joven ahora que antes. O quizás sea que Arthur se siente más viejo.

—¿Cómo están Rhun y Mairwen? —pregunta el Lord.

Arthur se encoge de hombros.

—Ya lo dirán ellos mismos.

Vaughn pone su cara compasiva y sus ojos recaen en Baeddan.

—Pobre criatura... ¡Pobre santo! Nos gustaría escuchar tu historia.

Baeddan se para de repente y mira fijo a Vaughn. Arthur supone que está a punto de atacarlo, pero Baeddan solo resopla y se ríe para sus adentros. Luego, cubre los pequeños huesos que tiene cosidos al pecho con una mano. Se da la vuelta y se retira, dejando a Arthur perplejo. No es esa la salida que hubiera preferido, pero Arthur se retira también detrás del demonio.

R hun está demasiado lejos como para poder oír el grito, a más de medio camino hacia la casa de los Sayer.

Sus piernas se sienten fuertes y seguras, su ritmo cardíaco es firme, aunque hubiera preferido sentirse agotado. Demasiado cansado como para tener que hacerle frente a este día, confrontar a su familia o a cualquier verdad a la que quisiera alguien enfrentarlo.

Las hojas caen de los árboles con delicadeza, amarillas y anaranjadas, son trozos de atardecer que caen desde lo alto. Camina con su ritmo habitual, aunque sí siente un impulso salvaje de apartarse del camino, hacer todo el ruido posible para arruinar la paz y la armonía del lugar. Se detiene y se obliga a respirar profundo varias veces antes de seguir. El otoño sabe bastante ácido en su boca, y la primera brisa del invierno hace presión en la nuca. *Vale la pena luchar por este lugar*, se recuerda a sí mismo. Necesita creerlo. Las personas son tan sinceras y honestas como lo eran ayer. Como él también lo era antes de enterarse de que hay una mentira en el corazón del bosque. Tenía fe en los rituales, en la santidad, en sí mismo. Les debe esa fe.

Una sonrisa agria se dibuja en su rostro. Arthur diría que es Rhun con quien están en deuda, y Mairwen diría que él ya ha dado lo suficiente. Pero él se convirtió en santo, se le dio la carga de ver el pacto completarse, sin importar cuánto de todo eso fuese una mentira. Se suponía que era un honor, y él había decidido tomarlo como tal. No puede defraudar a sus hermanos ni a sus padres.

Es así que Rhun Sayer intenta apreciar los colores dorados de este otoño y el alegre canto de los pájaros, las pequeñísimas pruebas de vida que tanto le harían falta al Bosque del Demonio. Él también tararea, pero solo las primeras notas de diferentes canciones. No puede decidirse por una.

La puerta principal de la casa de los Sayer está abierta. Hasta el humo sale con gracia de la chimenea. Si todo estuviese cerrado, podría escabullirse y tomar algo de ropa, suponiendo que Baeddan no está por ningún lado.

—… no tardará —está diciendo su madre cuando Rhun pone un pie sobre el piso de madera de la casa y entrecierra los ojos, como si necesitara ajustarlos ante la poca luz natural y el destello del fuego en el hogar.

Hay silencio, y se oye la exclamación de sorpresa de una mujer. Hay cuatro mujeres sentadas alrededor de la mesa de la cocina de Nona Sayer: la propia Nona, su tía Alis, Hetty Pugh, y Aderyn Grace. Rhun no sabe qué decir, así que se queda callado.

—Rhun, ¡Dios mío! —Nona se pone de pie, pero no se le acerca. No sería ella. Hetty sonríe a pesar del cansancio que denotan sus ojos brillosos, y Aderyn lo mira fijamente como si fuera un fantasma, aunque no es justamente Aderyn la más afectada por su regreso esta mañana. Esa sería Alis Sayer, la madre de Baeddan, que se le acerca a Rhun y con mucho cuidado lo abraza a la altura del cuello, apretándolo tan fuerte que termina en puntas de pie. Él también la abraza y la levanta levemente en el aire. Le da lo que puede.

—Lamento la conmoción de todo esto —le susurra al oído.

—Yo no lamento nada de lo que ha sucedido hoy —le responde Alis, rompiendo el abrazo con ojos brillantes y una hermosa sonrisa. Coloca sus manos a ambos lados de su rostro y sacude la cabeza, feliz—. Mi hijo está vivo. Lo único que puedo sentir hoy es felicidad y agradecimiento.

Rhun no está seguro de cómo responder sin revelar demasiado sobre la tortura que él sospecha que Baeddan podría haber sufrido durante estos diez largos años. Solo asiente con la cabeza.

Nona se limpia las manos sobre el delantal.

—Ahora dinos, Rhun. Ya hemos sufrido bastante. No deberías hacernos esperar mucho más.

—¿No sería mejor que nos lo contases ahora? —dice Aderyn Grace—. Antes del festín, donde habrá niños que podrían asustarse con las historias.

Eso es lo único que Aderyn podría haber dicho tal vez para solidificar la decisión de Rhun de no compartir nada de lo que ya sabe, en especial con ella, antes de que Mairwen pueda hacerlo primero. Se le tensa la mandíbula y los puños también.

—Son justamente los niños los que se supone que deben entregarlo todo al pacto. Son ellos a quienes sacrificamos. Diría que los niños merecen esta historia más que cualquiera de ustedes ahora.

Aderyn se echa para atrás, con las manos sobre la cintura, y Hetty sacude la cabeza. Alis Sayer se lleva la mano a la boca y derrama un par de lágrimas la primera vez que parpadea. La madre de Rhun planta los puños sobre su cadera.

—Has cambiado, hijo.

Rhun toca su brazalete, disfrutando la picazón que le provoca.

—Ya no soy un niño. Eso es todo... Entiendo cosas que antes no entendía... Sobre las personas.

Nona mira a las demás mujeres, enojada, y luego se dirige a Rhun.

—Esperaba que un valle como este jamás fuera a enseñarte semejante lección.

—Era esta lección o la muerte.

Su madre no podría verse más dolida, y Rhun siente un poco de pena por ella, aunque solo por un instante.

—Jamás se nos promete inocencia en este valle —dice Hetty Pugh.

—Un pacto como ese requeriría un precio mucho más alto —dice Aderyn, de acuerdo con Hetty y estudiando a Rhun con la mirada—. ¿Dónde está mi hija?

—Con Haf Lewis —dice él, con muy poco interés en revelar que han perdido a Baeddan y que se han dividido para encontrarlo.

—¿Ella también ha cambiado tanto como tú?

Rhun no sabe qué decir. No está seguro. El bosque siempre ha estado en Mairwen, él sabe muy bien eso. Pero la noche la intensificaba, la purificaba de alguna manera. Es más ella misma de lo que él jamás pensó que sería posible.

—Mairwen es ahora la versión más cercana a su verdadero ser. Tal vez ese haya sido el cambio en todos nosotros.

El límite del Bosque del Demonio se llena de sombras, y Mairwen toma la mano de Haf Lewis con más fuerza mientras da un paso hacia adelante e ingresa. Haf está asustada, pero la sigue, tiembla tanto que creería que es posible oír sus huesos tiritar.

Mairwen siente que está haciendo bien en volver al bosque. El aire es fresco, y todo es silencio. Mair recuerda la presencia de algo cálido y calmo en el centro. El altar.

la piedra áspera y gris se siente cálida bajo sus dedos. Evita tocar las manchas oscuras, tal vez de la lluvia o de antiguas hiedras ya secas, tal vez sangre. Mairwen se imagina recostándose sobre el altar y luego rindiéndose ante un largo y relajado sueño. Está tan cansada, y esta cama sería el paraíso para sus huesos. Para su corazón. No la asusta, aunque tal vez sí debería hacerlo. La brisa sacude las espinas y las hojas secas que reposan en la superficie del altar. El alba llegará pronto. En menos de una hora.

Más allá del altar, el Árbol de los Huesos. Hermoso: blanco como la luna, y con su armadura de huesos. Medio vivo. Y ella podría resucitar la otra mitad.

—Mairwen Grace.

Mair levanta la cabeza.

—Jamás creí que llegaría a estar aquí —murmura Haf.

Mair le suelta la mano y abraza a su amiga.

—Hay un altar en la base del Árbol de los Huesos que es igual al hogar a leña en la casa de mi madre. Si lo tocas, la piedra siempre está cálida, aunque está hecho de granito. El calor es el corazón del bosque, y la magia pulsa a través del sistema de raíces y las copas de los árboles de la misma manera que la sangre corre hasta llegar a nuestros dedos de los pies y de las manos.

—Por la forma en que lo dices, pareciera que es magia salida de un cuento de hadas.

—Ah, Haf —Mair se toma un momento para observar el bosque, para observar los altos árboles y el verde que crece bajo sus pies, las diminutas flores blancas desparramadas en el suelo y cada capa de sombras, una tras otra y otra–. Todo esto *es* un cuento de hadas.

Haf abraza a Mairwen por la cintura.

–Pero es demasiado real para serlo.

–Lo contamos como un cuento, como una historia: *Las tres hermanas Grace y el demonio*. Esa historia habla de enamorarse de monstruos y de entregar el corazón para salvar un hogar. Se lo contamos así a los potenciales santos para que lo usen como escudo. Se lo contamos así a todo el pueblo para que ninguno de nosotros pueda cuestionar los detalles del pacto.

El viento sopla y mueve las hojas más altas, y muchas se desprenden y caen sobre sus cabezas, y Haf se estremece e involuntariamente se mueve como si queriendo salir corriendo a refugiarse en la luz del sol.

Y justo en ese instante, el dolor punzante en las clavículas de Mairwen comienza a latir otra vez, y Mair cree oír el sonido de ramas que crecen y se doblan con el viento. Cierra los ojos, se concentra en el dolor hasta que este desaparece. ¿En qué se está convirtiendo?

debajo de su velo transparente, la muchacha se lleva un dedo a sus labios para pedir silencio

Mairwen cierra los ojos y estira las manos como si así pudiera sujetar el recuerdo.

Una voz llama "¡Mairwen Grace!" desde los adentros del bosque.

Haf se sobresalta.

–¿Qué fue eso? ¿Quién está allí?

Mair avanza, hacienda crujir el lecho de hojas caídas bajo sus pies.

No era Baeddan. Era una voz suave y hermosa, como la de un pájaro. Mairwen sonríe.

—Serán las mujeres-pájaros. Son pequeñas criaturas de dientes afilados. Solo ten cuidado.

—Ah —murmura Haf, pasmada.

—¡Mairwen Grace!

Saltando de rama en rama y en dirección a las niñas, una mujer-pájaro color verde. Revolotea un rato y luego da un brinco un tanto accidentado.

—¿Eres tú, Mairwen Grace?

—Hola, cariño —dice Mair, y le ofrece la mano para que se pose en ella.

La pequeña criatura desciende y coloca sus manitas sobre la muñeca de Mairwen, y Haf se cubre la boca con ambas manos.

—¡Qué hermosa y escalofriante que es! —se le oye decir entre los dedos apretados.

—Ella es mi amiga Haf Lewis —dice Mairwen.

La mujer-pájaro sonríe, mostrándoles su larga hilera de dientes aguja.

—Desestimando el hecho de que irrumpieron en nuestro bosque, debo decir que cualquier amigo o amiga de la bruja Grace tiene mi amistad también —Y se pone de pie. Sus patitas hacen cosquillas sobre la palma de la mano de Mair. La mujer-pájaro lleva sus manos a la cintura, sobre la que lleva atada una larga trenza de cabellos rojizos a modo de cinto.

—Es un honor conocerla, Lady Gorrión —Y Haf hasta saluda a la mujer-pájaro con una perfecta reverencia.

La mujer pájaro adora el gesto de Haf.

—Me agradas —le dice, satisfecha—. ¿Puedes cantar?

—Más tarde tal vez —responde Mairwen—. ¿A qué te refieres con que irrumpimos en tu bosque?

—¡Se robaron a nuestro dios y no nos enviaron ninguno nuevo a cambio!

—¿Su dios?

—Las brujas lo llaman "demonio" —Abre grandes las alas de par en par: en total, unos treinta centímetros de punta a punta.

—¿Qué sucedió con el viejo dios del bosque?

Ese recuerdo se repite como un eco de su propia voz. Es solo una pregunta. Una y otra vez.

Mairwen acaricia las largas alas de la mujer-pájaro, pensando en lo que ya sabe.

—Baeddan. El vigesimosexto santo. Él se quedó aquí en el bosque y… se convirtió en el dios. Eso es lo que nosotros llamamos el demonio.

—El bosque se siente extraño. Nuestro corazón necesita un corazón.

—Mi madre siempre dijo que era un dios bueno, no un demonio —dice Mair, mirando a Haf.

—Sí, sí, tú comprendes, bonita bruja Grace. Ah, eres tan sabia como hermosa —dice la mujer-pájaro, y le dedica una sonrisa solapada y hasta algo insinuante.

Mair se lleva la mano (y a la mujer pájaro) hasta la altura de su pecho.

—¿Durante cuánto tiempo ha habido un demonio aquí en su bosque? ¿Sabes eso?

—El demonio va cambiando, una y otra vez. Nuevos muchachos, nuevos corazones, nuevas canciones.

—¿Y qué había antes del demonio?

La mujer pájaro ladea la cabeza, tal como lo haría un pájaro.

—Siempre ha habido uno.

—Y este demonio… ¿siempre ha cambiado? —pregunta con mucho cuidado—. ¿El primero? ¿El viejo dios?

—No —trina la mujer pájaro—. El viejo dios abandonó el bosque, el árbol en el corazón de nuestro bosque, y a partir de entonces todo ha sido distinto.

Apenas pudiendo respirar, Mairwen se acerca aún más a la mujer pájaro y recuerda cuánto le agradaban estas criaturas a Baeddan, entonces vuelve a tocarle las alas. El ritmo de sus caricias es el mismo ritmo del latido de su corazón, de su respiración y de la sensación de picazón en su pecho. Ella también lo siente, en sus dedos y a lo largo de su espina dorsal, descargándose por cada centímetro de su piel. Mutándola. Mair invita con un suave movimiento de su mano a que la mujer-pájaro vuelva a volar. Cuando la criatura retoma su vuelo, Mair se encoge. Haf está confundida, pero Mairwen se limita a desatar y sacudir sus botas, y luego coloca sus pies descalzos sobre la tierra del bosque. Es tan fresca y reconfortante que llega a relajar sus hombros y deja que la cabeza caiga hacia atrás.

El viejo dios del bosque se había liberado del Árbol de los Huesos.

Mairwen juraría por las vidas de todos en el pueblo que aquel momento tiene que haber sido el comienzo del pacto. El viejo dios y la pequeña bruja Grace. La historia cuenta que se amaban, pero… ¿Se puede seguir confiando en aquella historia?

Allí está Mairwen Grace, con los pies enterrados en el Bosque del Demonio, ojos cerrados, y el viento peinándole los cabellos tal como hace con las copas de los árboles y sus hojas otoñales. De repente, se siente asustada. Intenta enterrar ese miedo.

–Mairwen, no entiendo qué está sucediendo –murmura Haf.

Mair mira para arriba, y luego mira sus pies. Unos tallos verdes se asoman en la tierra y le hacen cosquillas en los dedos de los pies y en los tobillos, y de ellos crecen diminutas florecillas púrpuras en forma de estrellas.

El atardecer esta vez parece un escenario armado. Las delgadas nubes ruedan en un horizonte de tonos rosados, y el cielo es de un púrpura intenso que a Baeddan Sayer solía llevarlo a pensar en violas, pero ahora solo le recuerda su propia sangre.

Se apoya en una de las paredes de la iglesia, escondido en las sombras, y esperando a la bruja Grace.

Arthur Couch, alto y brillante como la estrella de la mañana, de pie allí entre Baeddan y el resto del pueblo, bebiendo de una jarra de vino. Le ofrece a Baeddan, quien bebe como si estuviera bebiendo agua. La acidez persiste en su lengua como si el vino tuviese vida propia.

Baeddan no puede cerrar los ojos. De lo contrario, todo esto se desvanecerá. Regresará al corazón ardiente del bosque: el Árbol de los Huesos retorciéndose contra él, las diminutas raíces penetrando sus tobillos y sus muñecas, la piel sobre las costillas, girando y atando sus huesos en feroz agonía.

El bosque se comió su carne y sus huesos, lo escupió hacia afuera. Este demonio con canciones sin sentido y canciones de cuna que se repiten en su imaginación, rostros y nombres, y esa gran necesidad que lo empuja más y más. Las palabras aparecen, y él las comprende cuando oye: *encuentra al santo, el santo, el santo. Encuéntralo.*

Es difícil, casi imposible, para Baeddan mirar siquiera a Arthur Couch, que no era el santo, jamás el santo, y hacer cualquier otra cosa que no fuera atacar. Cuando Rhun Sayer llega a la plaza del pueblo, moreno, buenmozo y vistiendo ropas nuevas y de su talla, el santo consagrado, Baeddan no puede respirar debido a la compulsión que le sacude el corazón. Se lleva ambos puños a los ojos, triturándolos dolorosamente hasta que lo único que ve es una especie de brote estelar en la oscuridad, solo manchas blancas y rojas.

El sonido de la gente hablando, esperando, bebiendo, preparando la comida y moviendo mesas enteras, niños gritando, pies yendo y viniendo, todo esto en un enjambre de idas y venidas tan veloces como la sangre en sus oídos, como un viento rugiente que sopla por entre las ramas corrompidas del Árbol de los Huesos. Todo esto lo abruma. Aprieta los dientes con fuerza. Aprieta, chasquea. Ah, sí, chasquea. El chasqueo de los dientes y de las ramas más pequeñitas, el chasquear de las delicadas pezuñas… *Clap, clap, clap.*

–Baeddan Sayer.

Baeddan se estremece. La magia del bosque le acaricia el rostro.

–Baeddan –dice la voz otra vez. Es Mairwen Grace. Él la mira extensamente. Luego, toma su bufanda y la trae contra sí, y la besa.

Se escuchan expresiones de sorpresa y de protesta por todos lados, pero no por parte de Mairwen, quien se lo permite, quien le sostiene el rostro con dulzura. Ella es una parte de él, de su corazón, y Baeddan puede respirar otra vez, puede pensar en otras cosas que no sean arrastrar al santo hasta el altar para que sus huesos puedan ser atados, para que sus huesos se transformen en la carne del bosque. El Árbol de los Huesos resurge en su mente, crece entre ellos, amarrando ambos corazones.

La voz del bosque calla.

Baeddan se echa hacia atrás. En los ojos de ella… Ah, están hechos de tantos tonos de marrones diferentes, y se vuelven cada vez más oscuros, de eso está seguro.

El corazón le late muy fuerte. Mairwen Grace se ajusta la bufanda sobre el pecho y mete ambos extremos en su falda para que quede más firme.

Mairwen decide enfrentar al pueblo.

–Yo soy Mairwen Grace –grita–. Todos ustedes conocen mi nombre, y quien también lo conocía es el Bosque del Demonio. El bosque me conocía. Me reconoció, y es porque tengo la sangre de las brujas Grace y la sangre de Carey Morgan, el vigesimoquinto santo –Mairwen toca su boca, y en los dedos tiene rastros de sangre–. Fue gracias a mi sangre que estuve a salvo en el bosque, y descubrí su secreto.

Baeddan se para de repente. Sabe que Mairwen se está refiriendo a él. Muestra sus dientes, hambriento.

Arthur Couch se les une. Se para a la derecha de Baeddan, y Rhun Sayer se queda a su izquierda. Los dos muchachos colocan una mano sobre cada uno de los hombros de Baeddan, y él se estremece al sentir el flujo del poder reunido entre los tres. Le arde bajo la piel.

Mairwen continúa.

–Nosotros tres encontramos el Árbol de los Huesos, donde Baeddan Sayer ha sobrevivido estos últimos diez años, amarrado al bosque. Él es el sacrificio que nosotros mismos santificamos y enviamos allí dentro para que corriera y muriera. Porque ese es el verdadero destino del santo aquí en Las Tres Gracias: convertirse en el demonio del bosque hasta que se terminen sus siete años.

La multitud habla por lo bajo y se queja, lo observan. Observan a Baeddan. No quieren creer. Algunos señalan. Algunos hacen señales contra el mal.

–Este es Baeddan Sayer, o lo que ha quedado de él –dice ella, y su voz se siente arder en los oídos de Baeddan, que ahora puede ver flashes de quien solía ser: él reía, era feliz, danzaba, era un muchacho que estaba listo para hacer frente a su destino.

–¿Qué te hace el mejor, Baeddan Sayer? –le pregunta el lord. Baeddan es el tercer muchacho en responder, y ni siquiera sabe qué decir.

Se encoge de hombros y mira a todos con su mejor sonrisa.

—Es que no sé si lo soy, milord. Aunque sí sé que estoy dispuesto a intentarlo, y lo haré por Las Tres Gracias. Lo haré si eso es lo que me corresponde hacer.

—Lo que queda de todos nosotros —canta Baeddan suavemente.

La bruja Grace (su bruja) le devuelve la mirada y luego se acerca al banco más cercano y lo levanta desde una de las puntas, lo arrastra por encima del empedrado, haciendo muchísimo ruido. Allí lo deja y se sube a él. Rhun se le acerca de inmediato para asegurarse de que no pierda el equilibrio, y ella coloca una mano sobre su hombro para ayudarse en el impulso. A su alrededor, los rostros de los ciudadanos miran con los ojos bien abiertos. Parecen cráneos. Palidecidos, ansiosos, asustados, emocionados y hambrientos, muy, muy hambrientos.

—Esto es lo que sé —dice Mairwen, levantando ambas manos—. Ingresamos al bosque, allí encontramos a Baeddan, y sobre el altar sobre las raíces del Árbol de los Huesos hicimos un amuleto para sellar nuevamente el pacto. También sé que los santos no mueren de inmediato: son amarrados al árbol, sus corazones son sacrificados ante el corazón del bosque. Y sé que una vez existió un dios del bosque, pero que ese dios ya no está. Murió, desapareció, escapó. Jamás sabré. La historia que conocemos no está completa.

—¿Cuánto tiempo durará el hechizo que hicieron? —pregunta un hombre de barba y chaqueta amarilla.

Baeddan mete sus dedos entre dos rocas en la plaza.

—No lo sé, pero no creo que mucho —responde Mairwen—. El bosque no tiene corazón ahora.

Mairwen es un pilar de luz de pie sobre todos ellos. El sol poniente que brilla detrás hace que toda su anatomía junto con su cabello parezca una antorcha erguida ante el pueblo. Tiene los pies descalzos, sucios de tierra. Baeddan comprende por qué ellos dos son los únicos en Las Tres Gracias sin ningún tipo de calzado: *el bosque, el bosque, el bosque.*

—Deberíamos esperar a que se termine —dice Arthur Couch. Baeddan está de acuerdo con Arthur.

—¡No podemos! —grita una mujer delgada de cabellos muy finos.

—No deberíamos —responde la mujer a su lado. Es su hermana. Eso Baeddan lo sabe, pero no puede recordar sus nombres en este momento.

Arthur se le une a Mairwen en el banco.

—¡Mírennos! Las Tres Gracias jamás cambia. Nosotros jamás cambiamos. Es casi como si no viviésemos... Este lugar bien podría estar muerto también... Aquí nadie arriesga nada. Pero sin riesgo, no hay vida. Si nada se quema, entonces *nada arde.*

—¡Quemarse duele! —dice Beth Pugh. Varios a su alrededor asienten con las cabezas, pero otros se quedan pensando, muchos se toman de las manos y se aferran a sus familiares.

—Y el amor también —dice Arthur, un poco harto.

—¿Cuándo comenzamos a prestarle atención a todo lo que dice este muchacho?

Baeddan no llega a ver quién habla ahora, pero Arthur lo desestima inmediatamente con un gesto de su mano.

—Desde que corrí al Bosque del Demonio y sobreviví, Dar.

—Vivimos. Amamos —dice el señor de rizos castaños—. Ya sabemos cuál es el riesgo de la muerte, Arthur. Es posible comprender el riesgo y el peligro sin necesidad de tener que hacerles frente constantemente.

Arthur sacude la cabeza.

—Es un entendimiento algo indirecto. Lo comprendemos a través del santo, y solo durante una noche, la noche de Luna del Sacrificio. ¿Es que ahora nadie recuerda la tensión y la ansiedad de anoche? ¿En qué otro momento de sus vidas experimentan las mismas sensaciones?

Mairwen toca el brazo de Arthur.

—Hay más. Deberían poder oír la historia completa antes de tomar cualquier decisión —sigue ella.

—¿La recuerdas completa? —pregunta Arthur. Su irritabilidad le causa gracia a Baeddan y se ríe.

—¿Cómo sellaron el pacto, Mairwen? —pregunta Aderyn Grace.

—¡Sí!

—¡Queremos saber!

Mairwen levanta su brazo derecho.

— Este amuleto. Arthur, Rhun y yo nos amarramos al Árbol de los Huesos.

—¿Eso significaría que el pacto podría cumplirse de todos modos sin necesidad de perder a ninguno de nuestros muchachos? —pregunta Alis Sayer, mirando a Baeddan.

—No —Ahora es la voz cansada de Rhun. Él no se une a sus amigos en el banco, pero sacude la cabeza lentamente—. Hay exactamente veinticinco cráneos colgando del Árbol de los Huesos.

Se escuchan las exclamaciones de asombro. Algunos incluso gritan, asustados.

Baeddan cierra los ojos. Le duelen las costillas; de tanta tensión, entierra aún más los dedos de su mano contra el empedrado. Aprieta los dientes. —¡Todos ellos han muerto!

Los que están lo suficientemente cerca para oírlo se quedan callados.

—¿Baeddan? —Es Mairwen, que se le acerca y le toca la frente.

—¿No lo ves? ¿Acaso no lo recuerdas? —le pregunta él. Se toma la cabeza y da unos pasos para atrás. Les muestra a todos los dientes, con los ojos bien cerrados. Sus cráneos se ríen de él. El ruge, y la gente rompe el silencio nuevamente: preguntas, acusaciones, todas violentas, todas crueles.

–Detente. Baeddan…

Mairwen vuelve a tomar el rostro de Baeddan entre sus manos. Detrás de ella está su madre.

Baeddan recuerda a Addie Grace. Ahora que mira sus brillantes ojos marrones, su cabello oscuro, sus manos suaves y sus caderas redondas, la certeza en la forma de su boca, piensa en cómo era ella cuando él era solo un niño. Cuando ella era más dulce y más triste, y llevaba en su vientre el bebé de Carey Morgan.

Carey Morgan, el santo anterior a él.

–¿Sabes qué, Addie? –dice Baeddan con un tono algo elevado que le agrada pero que apenas reconoce. Es la voz del demonio del bosque, la voz del acechador, el asesino, el monstruo amarrado al Árbol de los Huesos–. Yo fui el último en ver a Carey Morgan, cuando fui al bosque, cuando fui tu santo. Él quería atraparme. Se veía algo amarillento, tenía cuernos en la cabeza, garras, y hasta dientes filosos. Me acechaba… Un paso a la vez. Me asustó. Y cuando ya estaba por salir el sol, me arrastró hasta el Árbol de los Huesos –Baeddan levanta el brazo, con su mano en forma de garra, como si estuviera sosteniendo a un hombre de gran tamaño del cuello–. ¡Ah! ¡Me abrió el pecho! Y el bosque creció dentro de mí. Y sí, ah, sí que dolió. Dolió, y él… Él estaba…

Mairwen coloca sus manos sobre el pecho desnudo de Baeddan, acaricia las costras de las heridas más nuevas y las viejas cicatrices también.

–Mi padre estuvo vivo hasta que tú tomaste su lugar. Tú te convertiste en el demonio después de él.

Baeddan asiente con la cabeza, y levanta la voz para todos los que lo están escuchando.

—Estaba vivo hasta hace diez años. Carey Morgan vivió como el demonio del bosque hasta que yo debí tomar su lugar, y sus huesos fueron colgados del Árbol de los Huesos, su cráneo estaba allí con todos los demás —Baeddan se ríe, desesperado, emocionado—. ¡Con todos los demás!

—¿Así es cómo se conserva el pacto? —pregunta Mairwen, como si todavía no lo supiera.

—Sí, sí. Un sacrificio cada siete años. Una vida más que se le regala al Árbol de los Huesos, y entonces su poder fluye hacia la tierra a través de sus raíces y el suelo, extendiéndose cual enfermedad por todo el valle.

—¿Cómo lo sabes? —pregunta Aderyn Grace.

—Es la única manera. ¡Siempre debe haber un corazón en el bosque!

Una ola de susurros ahoga la plaza. Los aldeanos no saben qué creer, no están seguros de nada. La luz del sol va desapareciendo y todos ellos comienzan a ser cubiertos por las sombras, dejando solo el brillo pálido del horizonte que se apaga.

—¿No será que tú eres el demonio, y nos estás engañando? —pregunta una niñita. Valiente, sí, con el mentón levantado, desafiante, pero sus manos temblorosas a un costado. Es la misma niña que le había gritado desde el centro de la plaza.

Baeddan se agacha, posicionándose como el monstruo que pareciera ser. Clava sus uñas afiladas en su pecho y asiente con la cabeza.

—Sí, *yo soy* el demonio, niña bonita. Claro que lo soy.

La niña mantiene su expresión valiente, y un niño tan moreno como ella, aunque mayor en edad y en altura, habla a continuación.

—Pero, a veces, el santo sobrevive.

Otras voces retoman la protesta.

—¡Sí! ¡Algunos sobreviven!

—¡John!

—¡Col Sayer! ¡Griffin!

—¡Tom Ellis!

—¡Marc Argall!

—¡No lo sé, no lo sé! —grita Baeddan—. Pero alguien siempre muere. El santo muere, porque el santo ya está condenado! Así fue cómo conocí a John Upjohn y a... a Rhun Sayer. Ellos ya estaban condenados al Árbol de los Huesos cuando ingresaron en el bosque —Baeddan se tapa los ojos, y luego los oídos, mientras que los aldeanos hacen una docena de preguntas. Rhun Sayer se acerca a Baeddan y se arrodilla a su lado. Su hombro roza el suyo, y Baeddan se tapa los oídos con ambas manos.

Mairwen se ve energizada y algo alocada. Tiene los ojos demasiado grandes, no respira por la nariz, pero inhala el aire como si lo degustara todo, necesitando ese sabor. El bosque murmura su nombre una y otra vez. Lo siente como un hilo de luz que nace en los cuernos que crecen por encima de su corazón y desciende hasta sus vísceras.

Le pide a su madre que les explique a todos el hechizo: la muerte, la vida, las brujas Grace en el medio. Le pide que explique la bendición y la unción de la camisa del santo. Aderyn así lo hace, y no resulta nada sorprendente para ninguno de los aldeanos, que toda su vida han visto a las brujas Grace lanzar hechizos en la plaza y cantar bendiciones. El aceite que se usa para la unción se hace a base de hierbas recolectadas en el límite del pueblo con el bosque, la grasa y los huesos del caballo sacrificado en la Luna del Sacrificio anterior, y una gota de sangre de una bruja Grace. Así es cómo se lo enseñó su madre, a quien se lo había enseñado su madre también, y así había pasado de generación en generación, empezando con las dos brujas Grace más antiguas en la historia.

—¿Qué más te enseñó tu madre que no está en la historia? —pregunta Mair.

Su madre la estudia con cuidado, una impaciencia familiar en su rostro.

—Que el demonio es un dios, el viejo dios del bosque, como tú has dicho, y que el santo ingresa en el bosque para mantener fuerte el corazón del pacto. Que todas nosotras, las brujas Grace, somos siempre llamadas al bosque cuando nos ha llegado la hora de quedarnos allí, y… y que una bruja Grace puede deshacerlo todo si así lo desea.

—Siempre he oído el llamado del bosque —les cuenta Mairwen a todos los presentes—. Desde que era pequeña. Porque mi padre ya era parte del bosque. Su corazón lo era.

—Podrías haberlo deshecho todo cuando ingresaste —dice Aderyn.

—Si no hubiese entrado, Rhun habría muerto.

Nadie quiere discutir eso. No aún.

Pero sí es cierto que no todos están convencidos de lo que sugiere Baeddan: que todos los santos han muerto, incluso aquellos que lograron escapar. Esos santos abandonaron el valle porque sus recuerdos eran demasiado horribles, porque anhelaban tener más aventuras, y porque nunca jamás volverían sin hacérselos saber a sus familias. Algunos dicen que tal vez son otros los que mueren. Extraños. O serán los corazones de las brujas Grace de los últimos doscientos años que sellan el hechizo entre santo y santo. O quizás Baeddan solo esté equivocado. Mírenlo. Mírenlo en lo que se ha convertido. Nadie dice nada. Lord Vaughn dice que buscará información al respecto en los libros de su familia, pero no puede prometer que eso vaya a ser de ayuda.

Sin el viejo dios para responder sus dudas, Mairwen se pregunta si habrá manera de saberlo algún día. Excepto volver a ingresar en el bosque.

Para recordar. A Mair se le retuerce el estómago cuando escucha la voz del bosque en su mente y en su corazón.

Mairwen Grace. Mairwen. Hija del bosque.

Todos en el pueblo le hacen las mismas preguntas una y otra y otra vez, y ella responde una y otra y otra vez, aunque sus respuestas jamás cambian. No recuerda lo suficiente como para darles algo más.

Se muere de hambre. Sin embargo, y mientras que todos traen el pan y la carne afuera, mientras que las patatas con romero llenan el aire de aromas deliciosos, Mair se aparta y se queda a un costado, tratando de respirar, sin poder sentirse parte de todo lo que sucede a su alrededor. De todas las personas allí presentes, es Arthur quien lleva a Baeddan hasta el comedero y lo ayuda a seleccionar su porción.

Arthur mantiene una actitud desafiante, pero al menos ya no parece tan interesado en apuñalar gente indiscriminadamente. Mairwen no puede evitar sentir que eso le agrada de él. Rhun se queda a su lado, sólido y callado, aún sin sonreír. Ella toca su hombro con el suyo. Se estremece, pero no es de frío.

—¿Tienes hambre? —le pregunta Rhun.

Mair asiente con la cabeza. Él va y trae comida y dos cuchillos con los que pinchan y se comen las patatas y la carne de un mismo recipiente, hombro con hombro. Comida caliente en sus estómagos, y Mair ya se siente menos efímera.

Arthur y Baeddan se sientan juntos, y ellos comen el doble de lo que están comiendo Mairwen y Rhun. Mair nota que hay niños que se aproximan, cada vez más cerca, en especial los niños Sayer. Baeddan come con las manos, aunque atento, observando a los niños y niñas a su alrededor. A veces, hasta les muestra los dientes, incluso cuando está comiendo. Arthur hace algunas caras y luego termina regañando a los niños. Baeddan toma un trozo de pan de una de las niñas Crewe, que lo mira por unos segundos, luego le pone mala cara y le ordena que se lo devuelva, y todo con una diminuta pero insistente manita.

Más de los Sayer se reúnen mientras que Baeddan y la niña siguen negociando, se acerca también la madre de Baeddan, Alis, que le desliza una mano por su cabello oscuro. Luego, se echa para atrás, tomándose esa mano con la otra, y el padre de Baeddan, Evan, la inspecciona también. Baeddan se encorva, se cubre los oídos, y es otra vez Arthur quien debe calmarlo.

Rhun nota que Mair deja de comer, así que toma lo que queda. Eventualmente él también se une a los demás Sayer que rodean a Baeddan, y Mairwen aprovecha para escaparse, feliz de que Rhun eligiera buscar algo de confort en su propia familia numerosa. Busca a Haf Lewis y la encuentra con su futuro esposo, Ifan Pugh, también compartiendo un bol de comida.

Ifan traga de manera incómoda cuando ve llegar a Mair, apoya el cuchillo en el borde del bol y lleva su mano a la nuca de Haf para llamar su atención.

Haf se inclina hacia él, probablemente sin haberse dado cuenta aún, y Mairwen sonríe levemente.

—¿Qué creen? —les pregunta—. ¿Qué dicen ustedes que sucedió con los santos sobrevivientes?

—Si no hubieras ingresado al bosque, diría que es tu propia familia la que los arrastra hasta ese altar —responde él, y Haf no necesita pronunciar palabra para expresar su disgusto por semejante respuesta.

—¡Ifan Pugh! —se limita a decir.

Ifan guarda silencio.

—Tiene razón —dice Mairwen—. Si yo fuese culpable, al menos tendría todas las respuestas.

Es *ella* la que recibe las miradas más sospechosas, la que todos hacen a un lado esta noche. Si tan solo supieran que ella se estaba transformando, ni siquiera la escucharían. Asumirían que fue corrompida por el bosque.

Y tal vez así sea.

Mairwen Grace jamás se había sentido tan bruja como ahora. Pero, ¿qué se supone que haga al respecto? ¿Cómo debería comportarse? ¿Qué es lo que ella *quiere* hacer? Salvar el pacto, claro, pero también salvar a los santos. Y hacer ambas cosas no parece viable.

¿Cómo es que Aderyn encaja tan fácilmente?, se pregunta mientras busca a su madre con la vista. La bruja Aderyn, madre soltera. Ella jamás había estado tan alejada de todos como Mairwen siempre lo estuvo.

La mejor manera de buscar a Aderyn siempre ha sido buscar a Hetty Pugh. Lo más probable era que las dos mujeres estuvieran juntas, con Bethy, Nona Sayer y Cat Dee también. Aderyn está mirando a Mairwen también.

Mair camina hacia su madre sin decir otra palabra a Haf o a Ifan. Sin embargo, solo llega a dar tres pasos cuando escucha que alguien llama su nombre.

Rhos Priddy espera allí a la luz de la antorcha, con su bebé en los brazos. Se le puede ver el cansancio en los ojos y en su cabello apenas trenzado, pero sonríe, feliz y hermosa.

—Gracias, Mairwen —le dice, y corre apenas la manta para que Mair pueda ver entre las sombras a su bebé, que está durmiendo—.

Está viva gracias a ti. Sé que estás molesta. Todos lo estamos. Pero no puedo evitar sentirme como me siento.

Sus palabras son una caricia para Mairwen, que hasta ese momento no se había percatado de lo fría que se había vuelto. Con un dedo, toca la nariz de la bebé, y luego acaricia su frente. Es tan pequeña, tan suave.

Mairwen piensa en esas terribles horas en las que debió frotar sus manos contra su cuerpecito para mantenerla caliente, tocándole las mejillas e ignorando los ojitos hundidos y el respirar entrecortado, la angustia.

—Hicimos lo correcto —dice en voz baja, y Rhos Priddy le da un dulce apretón en el brazo.

—Mairwen, ¿podría hablarte un segundo?

Para su sorpresa, quien la solicita es Lord Vaughn, que le dedica a Rhos una mirada tranquilizadora, y ella simplemente hace una leve reverencia y se marcha. Vaughn señala la pared del cementerio, Mairwen lo acompaña, mientras que estudia el rayo de la luz de la antorcha que se refleja en uno de sus ojos. En uno de los bordes de la plaza, Vaughn se detiene y le habla.

—Me gustaría que vinieras a ayudarme a buscar en mis libros. Seguramente tú puedas ver algo que yo no. Digo, ya que tú sí has estado en el bosque.

—No recuerdo mucho.

—¿Es eso cierto?

—Creo que parte del hechizo tiene que ver con hacernos olvidar.

—¿Pero por qué?

—Si el santo sobrevive y recuerda, recordará que el rostro de su demonio es el mismo que el último santo… Supongo.

Vaughn aprieta los labios.

—¿Y eso importaría acaso? ¿Estás segura de que no hay nada más que habría que olvidar?

Mairwen cierra los ojos y ve a la muchacha del velo blanco otra vez.

—Tal vez. ¿Fantasmas? ¿Viejos espíritus? ¿La primera bruja Grace? Recuerdo haber visto una muchacha en un velo, pero no se me ocurre quién podría ser. Tal vez fuera solo mi imaginación. O yo misma, de hecho.

Lord Vaughn le toca el hombro. De repente, *lo recuerda*, cuando era una niñita muy pequeñita, colectando aquilea en la base de la montaña. Él la ayudó, se agachó, le sonrió como si ella fuera el mismísimo sol. Cabello rizado, unos jóvenes ojos marrones.

No podía ser él, doce años atrás: tenía que haber sido su padre, el último Vaughn. Los dos ojos que ella recordaba eran marrones.

—¿Cómo era su padre? —le pregunta Mair entonces.

—¿Mi padre? —pregunta Vaughn, sorprendido.

—Se parecía a usted. ¿Yo me parezco a mi padre?

—Él también tenía cabello ondulado —le responde, sosteniendo uno de sus rulos—. Le gustaba el bosque. Él quería ver qué había allí dentro. Eso lo recuerdo muy bien.

—¿Estuvo usted presente en su ceremonia?

Mair piensa que Vaughn debería haber tenido unos trece años en aquel entonces. Ya no era tan pequeño.

—Sí. Y lamento que hayas tenido que crecer sin un padre.

Ella cierra los ojos. Las lágrimas se detienen justo antes de salir.

—Estuvo vivo hasta que yo tuve siete años. Hasta que Baeddan entró en el bosque. Y yo no lo sabía.

¿Y si hubiera ignorado todo a su alrededor e ingresado al bosque cuando todavía era una niña? ¿Podría haber salvado a su padre de la manera que había salvado a Baeddan?

Baeddan aún no ha sido salvado, le recuerda una voz dentro de su cabeza, con un tono de voz parecido al de Arthur.

—Debo irme ahora —dice Mair, y se apresura a marcharse, fuera del centro del pueblo y hacia las calles laterales y oscuras que encaran hacia el norte. El viento frío ya sopla, agrietando sus labios, y ella los lame y ajusta su bufanda sobre las clavículas, que le arden de dolor.

Mairwen Grace. Ven a casa.

Hija del bosque.

Mairwen aminora la marcha cuando escucha su nombre siendo pronunciado por una voz real detrás de ella. Es la voz de Aderyn. La luna no ha subido al cielo aún, pero el arco del cielo ya se está llenando de estrellas. Mair se detiene junto al portón más pequeño. Docenas de ovejas que se apiñan.

Se apoya contra la valla mientras espera que su madre la alcance. Aderyn lleva consigo una larga vela de sebo y protege la flama del viento con su mano. Al llegar, pega la base de la vela al poste del portón. Estudia a su hija con el ceño fruncido.

Finalmente, Aderyn pronuncia sus primeras palabras.

—Has cambiado, hija.

—Bastante —admite Mair en un susurro.

Aderyn toma el rostro de Mairwen con ambas manos y le acaricia las mejillas con sus pulgares. Inclina la cabeza a un lado, y eso le trae a Mairwen el recuerdo de las mujeres-pájaros, pero es el sentimiento de tristeza y pérdida lo que le suman peso a la expresión de Aderyn, y no curiosidad.

Su madre la abraza, y Mairwen le devuelve el gesto, con cuidado de no apretarla tanto contra su pecho, donde las espinas ya están perforándole la piel, listas para asomar.

—¿Puedo examinar ese brazalete que les mostraste a todos hace un momento? —Aderyn formula su pregunta mientras rompe el abrazo.

Mair coloca su mano sobre la de su madre, y las dos se acercan a la luz de la vela. Aderyn se inclina y pasa el dedo por las diminutas pero filosas espinas que conforman el brazalete.

La piel debajo levanta temperatura al tacto.

—Esto está muy bien hecho —dice su madre—. Y seguro no tuviste mucho tiempo. Qué excelente equilibrio has logrado. ¿Qué representa la muerte en esta bendición? ¿Tu dolor? —Aderyn levanta la vista. Su mirada, curiosa y llena de orgullo.

Mairwen asiente con la cabeza. Se pregunta de qué color eran los ojos de Carey Morgan. ¿Cuándo se había enamorado su madre de él?

—¿Estás segura de que no te quedarás atrapada como le sucedió al pobre Baeddan Sayer? ¿Segura de que no cambiarás como él lo hizo? Si él era el sacrificio, y ahora lo son ustedes tres, ¿no sería lógico que te convirtieras en una criatura como él?

—No todavía —dice Mairwen.

—Y los huesos de la mano de John Upjohn... Dios mío, qué hechizo espantosamente efectivo has creado, hija. Supongo que no estarás sorprendida, dada tu pasión por los restos humanos.

Retirando con cuidado y respeto la mano, Mairwen frunce el ceño a su madre. La luz del fuego resalta el rojo en los cabellos de Aderyn y lo mismo hace con el suyo, y se refleja y titila en los espejos de sus negras pupilas.

—Madre, ¿tú sabías que existía la posibilidad de que Rhun muriese?

Aderyn la mira, extrañada.

—¿Lo sabías cuando fuiste a consolarme y dijiste que, si el amor podía salvar a alguien, ese alguien sería Rhun? ¿Lo sabías cuando me diste el vestido y permitiste que fuese yo la que lo consagrara? ¿Tú sabías que me estabas haciendo instrumento de su muerte?

—Mairwen…

Mair se echa para atrás, lejos de la luz de la vela.

—¿Me mentiste? Siempre has sabido que los santos sí mueren, ¿no es cierto? He intentado descifrarlo de mil maneras, y no he podido. Pero siempre mueren. Siempre ha sido así. ¿Somos nosotras las que los matamos? ¿Las brujas Grace? Y no me mientas ahora. No con esto. No cuando mi propio padre…

Mair desvía la mirada. El dolor le perfora los labios y hace que termine por arrugar la nariz.

Silencio. Varias ovejas merodean cerca. Mairwen cierra tan fuerte los ojos que puede ver pequeñas estrellitas.

—Tú eres la bruja Grace. Tú sabes cómo funciona esto —murmura— No me lo has contado todo. Tú sí sabías que sería una muerte real. Sabías que no había esperanzas para Rhun.

Aderyn la toma de los hombros.

—Debes calmarte —Toma a su hija del mentón y la obliga a mirarla—. Somos las brujas Grace, y protegemos este valle y este pacto también. Es lo que hacemos y lo que siempre hemos hecho. Fuimos *nosotras* las que hicimos el pacto con el demonio, y ahora lo defendemos. El aceite de la unción contiene nuestra sangre. Eso los amarra al Árbol de los Huesos, porque el corazón de una bruja Grace está allí enterrado también. No los matamos ni los arrastramos de vuelta. Ellos simplemente regresan al árbol. Es un hecho el instante en que el santo acepta su corona. Te lo habría contado todo después, te habría pasado toda esta carga. Ibas a tener que cargar con ella con nosotras. Podrías haberlo comprendido y eso habría calmado tu dolor y comprenderías el sacrificio, lo que significa mantener vivo el pacto. Es la única manera de ser una bruja Grace.

—¡Ay, madre! —Mair está furiosa. Camina unos pasos para atrás y da contra el vallado, asustando algunas ovejas. Las estrellas sobre ellas titilan igual que lo hace la vela que trajo su madre.

Aderyn intenta tocarla nuevamente.

—No —la rechaza Mairwen, furiosa.

—Comprenderás cuando lo medites un poco. Escucha. Ya verás que siempre has sabido la verdad en tu corazón. Esa eres tú. Tú siempre has comprendido al bosque. El bosque es vida y muerte. ¡Es ambos! Lo amas, lo anhelas, y yo siempre te lo permití, jamás intenté quitártelo, porque tú te estabas preparando internamente. La única mentira que perpetuamos nosotras es la esperanza, porque la esperanza es lo que permite a los santos hacer lo que deben hacer. Al destruir la esperanza, habrás destruido el pacto entero. Ahora todos sufrirán.

–Pero Rhun está vivo –dice Mair.

Aderyn da un suspiro.

–Si tan solo pudiera creer que lo amas tanto y todo lo demás significa para ti tan poco que serías capaz de sacrificar todo eso por él.

–¿Alguna vez has amado realmente?

–¿En verdad me preguntas?

–¿Sabes cómo se ven los huesos de mi padre? –dice con los dientes apretados, casi en un gruñido, con la desesperación de un monstruo.

Su madre junta sus manos y entrelaza los dedos.

–Te amo. Siempre te he permitido ser libre y que hicieras lo que debes hacer por ti y por el pueblo.

–No te creo. ¿Por qué permitiste que él accediera a ser el santo si lo amabas y sabías lo que iba a pasarle? Si yo hubiera sabido, jamás habría permitido que Rhun entrase en el bosque.

–¿Y habrías permitido que otro muchacho lo hiciera en su lugar?

–Yo… –Mairwen sacude la cabeza, aturdida, furiosa, e incluso llena de miedo–. No lo sé… ¡No! No está bien engañarlos. ¡Siempre ha sido así! Todos deberían saber toda la verdad y entonces sí, si aun así accedieran a ser un santo, si quisieran seguir viviendo de la manera en que vivimos, entonces sí considero que deberían saber el verdadero precio que irán a pagar por ello. ¿Cómo te has atrevido a mantener un secreto como este?

Mairwen se prepara para irse, pero su madre la toma del brazo.

—Ahora lo has roto. Tú lo has hecho. Y nadie te agradecerá haber revelado la verdad, Mairwen. La gente no quiere la verdad.

Mair se libera de la mano de su madre y la observa. Está asustada, aterrada. Su madre también la mira, igual de furiosa.

La luz de la luna brilla a su alrededor, y Mairwen siente el bosque, que la llama.

—Madre, ¿sabes qué le sucedió al viejo dios del bosque cuando la primera Grace murió?

Aderyn despega la vela del vallado, y en su lugar solo queda un aro vacío de cera.

—Tú ya sabes todo lo que yo sé sobre el pacto, Mairwen. Volveré a quedarme con Hetty esta noche, pero mañana volveré a casa.

Cuando Mairwen se queda sola en la oscuridad, cerca de las ovejas que ya dormitan, cae sobre sus rodillas y se abraza el estómago, con la boca abierta en un grito silencioso.

Duele demasiado. Los ojos le arden, el amuleto en su muñeca le pica, puede sentir el pulso filoso de su clavícula, y, ah, su corazón, ¡su corazón! Los dedos de sus pies están apoyados contra la tierra fría, y Mair baja la cabeza. Esos mechones destruidos de cabello le hacen cosquillas en el cuello y las orejas, un recordatorio de cuánto había cambiado, y se encoge allí en medio de toda esa oscuridad y ese silencio. Cierra la boca y aprieta los dientes, hombros encorvados, labios tensos. Hay tanto fuego en su pecho en este momento que se siente como si estuviese siendo apuñada con persistencia.

La piel se abre, y puede sentir el nacimiento de las espinas, que emergen de sus propios huesos.

Chorros de sangre caliente le recorren la piel, descienden por su bufanda y por el cuello de su camisa, sangre que se acumula sobre la delgada línea debajo de sus pechos, donde su cotilla se cierra, bien ceñida al cuerpo.

Rhun está rodeado de los demás Sayer. Se han apoderado de una larga mesa, con Baeddan en el medio, Arthur a su lado, y Rhun al lado de Arthur. Y luego el resto: primos, tías y tíos, reunidos alrededor de la mesa, todos apiñados, compartiendo bebidas y cuencos de comida. Brac, el último primo en contraer matrimonio, comparte un jarrón de cerveza con él. Tan rodeado de su gente, Rhun casi que comienza a sentirse *normal*. La mentira ha terminado, y eso le ha ayudado a remover varias de las capas más duras de su corazón. Ahora todo Las Tres Gracias sabe lo que él sabe, y aunque nada ha sido decidido aún, el pueblo necesita tiempo para acostumbrarse a las revelaciones.

Pero no puede relajarse del todo aquí entre los suyos. Está inquieto y no puede evitar mirar hacia el norte, en dirección al bosque. Como si fuese que allí perteneciese, y no aquí con su familia. El Árbol de los Huesos lo espera, frío y blanco en medio de tanta oscuridad. *Santo*, le susurra.

—Estoy orgulloso de ti —Rhun padre coloca una mano sobre su hombro, como si sintiese que no es recomendable abrazar a su hijo en este instante.

Rhun hijo no puede responder. Si abre la boca, la voz del bosque podría presentarse.

Elis, su hermanito, se coloca con cuidado detrás de Baeddan, se apoya sobre la espalda de Arthur, y entonces su ondulado cabello corto y tan marcado se aplasta contra la camisa prestada. Arthur se mueve para hacer más lugar para Elis, pero el muchacho no se acercará a Baeddan más de eso.

—Elis —dice suavemente Rhun, y levanta la mano. Su hermano aprovecha la oportunidad y se trepa al banco con él. La mitad del cuerpo de Elis, de nueve años de edad, se despatarra sobre su hermano mayor. Y allí tendrá que quedarse. Mientras que alguien esté sentado sobre él, Rhun no puede levantarse y correr al bosque otra vez.

No se sentía de esta manera cuando el sol aún brillaba en el cielo.

Mira la luna al este. Hoy salió más tarde, y ya no es una luna llena.

—¿Recuerdas lo que me contaste antes de la Luna del Sacrificio? —le pregunta Elis.

Claro que lo recuerda, así que dice que sí con la cabeza. *Te amo, y amo todo esto, y eso es lo que debes recordar*, dijo Rhun, antes de ir a casa y colapsar en la cama, en paz con su propia muerte. Es algo parecido a lo que Baeddan le había dicho a él hace diez años.

—Yo probablemente recuerde esto más que todo lo demás: una cena con el demonio del bosque —dice Elis mientras coloca su cabeza sobre el hombro de su hermano mayor.

—Yo también —confiesa Rhun, forzando una sonrisa. Y así, de la nada, piensa que le gustaría saber cómo se verá Elis dentro de siete años, o de diez, o asistir a su boda también.

Brac está contando una historia sobre unas botas perdidas, y Tío Finn lo interrumpe en varias ocasiones para corregirlo, claramente en un patrón familiar bastante común. Han contado esta misma historia cientos de veces. De pronto, Baeddan golpea la mesa con la palma de su mano y se dirige a toda la familia.

—¡Pero el perro estaba bajo la cama!

El silencio aplasta la mesa de los Sayer cual ola gigante. Esa era la revelación final de la historia, solo que un minuto demasiado pronto. Baeddan respira algo agitado, se le pueden ver los dientes.

Y luego Brac larga una carcajada, y luego Arthur, y luego todos los demás alrededor de la mesa.

—Es cierto —termina diciendo Finn—. El perro estaba debajo de la maldita cama.

Los Sayer pasan al siguiente recuerdo, y Rhun cierra los ojos e intenta ignorar la voz del bosque en su cabeza. Jamás podrá dormir esta noche. ¿Será esto lo que John Upjohn siente todo el tiempo? ¿El no encajar? ¿El tener miedo de lo que pueda llegar a tener que enfrentar en sus propios sueños? Si Rhun va hacia la casa de las brujas Grace, hacia Mairwen, ¿el hogar y el abrazo de Mair acallarán el llamado del Árbol de los Huesos?

Cuando vuelve a abrir los ojos, Gethin Couch está allí, ha salido de las sombras y avanza hacia su hijo.

—Arthur.

Arthur se da vuelta y mira a su padre.

—Eres todo un hombre ahora, muchacho —dice Gethin, que se cruza de brazos a la altura del pecho.

Arthur apenas se ríe. Es la risa favorita de Rhun, aunque no debería serlo.

—¿Cómo lo sabes? —dice Arthur—. Tú jamás lo has sido, Gethin. Ahora sí sé la diferencia entre el tener que aparentar ser un hombre y ser un hombre de verdad.

La sorpresa y el enojo fuerzan a su padre a abrir la boca.

—¿Así que lo sabes?

—Alguien que finge ser un hombre se aferra las formas, a las apariencias. Pero, si eres un hombre de verdad, no necesitas aferrarte a nada. Solo debes ser tú mismo.

—Si tú lo dices…

—Lo digo, y eso es todo lo que importa —Se encoge de hombros y vuelve a la mesa con los Sayer.

Por un momento, Gethin se queda allí, pero nadie le presta demasiada atención. Rhun le pide a Elis que le alcance su cerveza mientras observa al padre del Arthur por el rabillo del ojo. Por último, Gethin resopla y se marcha.

Rhun finalmente corre a Elis del camino.

—¿Arthur? —lo llama.

Arthur fulmina a Rhun con la mirada. Luego, hace una mueca.

—Lo siento. Es con él, no contigo.

—Lo sé.

—Elis, estás en mi camino —dice Arthur, sosteniendo a Elis de la cintura y levantándolo en el aire para hacer que se siente junto a Baeddan. El rostro de Elis se tensa y sus ojos marrones se abren bien grandes.

Baeddan mira a Elis bajo la tenue luz de la antorcha.

—A ti no te recuerdo.

—Todavía no había nacido cuando entraste en el bosque —gimotea Elis.

La sonrisa de Baeddan le provoca a Elis (y a Rhun) otra sonrisa.

—¡Por fin algo nuevo para mí! —dice Baeddan, apretándole el cachete a Elis. Arthur se corre a donde está Rhun, y sus brazos se rozan cada vez que uno se mueve.

—¿Puedes oír al bosque llamándote? —murmura Rhun, con la cabeza algo inclinada en dirección a Arthur.

—No. ¿Tú sí? —Arthur lanza una maldición por lo bajo. Toma la rodilla de Rhun, los dedos casi traspasando los pantalones—. No permitiré que regreses.

Rhun estudia la expresión en el rostro de Arthur, sus labios presionados y su ceño fruncido, la certeza en sus ojos azules, y entonces recuerda…

—¡Detente! ¡No permitiré que mueras aquí!

—No quiero morir, pero si es eso o dejar que tú lo hagas, preferiría morir yo una y mil veces.

—Y yo también, idiota. ¿Por qué tendría que tocarte a ti esa satisfacción?

El demonio se ríe con su risa aguda y monótona.

—¡Ah, pero ambos van a morir! —les dice—. ¡Morirán intentando morir el uno por el otro! El bosque murmura tantas cosas, y la batalla entre ambos sabe tan bien.

Arthur levanta las cejas, sorprendido. Rhun lo toma de la mano.

El sol se elevará en cuestión de minutos, pero el demonio les bloquea el camino.

A Rhun le duele la garganta y siente un calor intenso en el pecho. A su lado, Arthur está encorvado, escupiendo sangre en el piso de hojas secas.

El Árbol de los Huesos gobierna esta arboleda y el bosque entero también, como un rey coronado con la luz de la luna y vestido con los huesos de veinticinco jóvenes que han perdido la vida.

Rhun cierra los ojos.

—Es el turno de que muera el demonio —dice Arthur.

Mairwen se molesta.

—¡No estás ayudando, Arthur Couch!

—Baeddan Sayer ya está muerto —dice Arthur—. Lo siento, demonio, pero lo estás.

—Muerto, muerto, muerto y respirando —bufa el demonio.

—Deja de recordar —dice Arthur, temblando.

Rhun coloca sus manos sobre el altar, se deshace de las hojas secas en la superficie y de los restos de sangre y manchas negras de putrefacción.

—El bosque necesita tu corazón —se queja el demonio a su lado.

—No puedo detenerlo —responde Rhun—. Me está presionando… Pero se terminará si vuelvo al bosque.

—Escúchame a mí en vez de escuchar al bosque. Escucha a Baeddan hablar con tu hermanito, y a toda tu familia.

—Lo intentaré.

—Yo no me apartaré de tu lado.

—Yo no me apartaré de tu lado. Ni ahora ni nunca, Rhun Sayer. ¿Me oyes?

—Y yo no te dejaré ir, Arthur.

Arthur levanta la quijada, mirando a través de un hilo de sangre que mancha su frente y gotea sobre su ojo izquierdo.

Frente a todo el clan Sayer, Arthur coloca su pálida y fuerte mano sobre la mejilla de Rhun, y Rhun respira lentamente, pensando en nada. Pensando solo en esa mano, en los sonidos de la conversación de fondo, alguien que se ríe. Es bueno, y él está aquí, y está vivo.

—Vayamos a buscar a Mair —le dice Arthur.

L a noche es fría, y Mair se acurruca contra el vallado de las ovejas. Su rostro se siente pegajoso luego de haber llorado tanto. Sus ojos están hinchados, pero ahora respira con calma. Con los ojos cerrados, puede oír el bosque llamándola.

Mairwen Grace. Hija del bosque.

Todo lo que llega a oler es su propia sangre, y el estiércol y el pasto seco. También hay lluvia en el viento.

Está temblando. Estira un brazo y se aferra al pasto. Se arrastra hacia adelante, hacia el bosque. Allí es donde pertenece. Y, a diferencia de John Upjohn, es allí donde quiere estar. El corazón del bosque, enroscado contra las raíces del Árbol de los Huesos, ellas harán de cuna contra el viento. Allí podrá dormir. Allí podrá finalmente descansar. Está tan, pero tan cansada.

—¡Mairwen!

Mairwen se detiene.

No era la voz del bosque.

—¡Mairwen!

Es Rhun.

Se estremece, sí, sí, el santo puede ir con ella al bosque. Juntos colocarán un corazón en el... en el...

levanta el velo y dice

—Mair, ¿eres tú?

Es la voz de Arthur, que se le une a Rhun.

Sus botas golpean fuertemente contra el suelo, como si estuviesen corriendo tras ella, y ella siente la vibración en todo el valle.

Mairwen se pone de pie. El bosque la necesita.

—Ahí voy —murmura.

—Mair —dice Arthur casi sin aliento, y entonces Rhun toca su mano.

Un dolor le parte los huesos. Las espinas en su pecho parecen endurecerse y crecer al mismo tiempo. La canción del bosque es tan desafiante que sus rodillas flaquean y se cae al suelo otra vez, y allí se queda.

Tiembla, con la cabeza gacha, los dientes apretados, luchando contra el bosque, sangrando, hasta que la alcanzan. Deja que la ayuden a levantarse y luego se refugia en el pecho de Rhun. Él comienza a caminar, dejando el pueblo atras, y Arthur se queda con ellos todo el camino de regreso a casa.

Los tres se adentran en el oscuro y aislado subsuelo de la casa de las Grace. Mairwen es la que está más alejada, contra la pared, donde el techo de paja se encuentra con la piedra. Rhun sostiene sus manos heladas mientras que Arthur apila varias mantas sobre ella, dando vueltas como un viejo preocupado.

—¿Pueden oírlo? —murmura Mair, con los ojos cerrados, ya que no hay mucho para ver, solo el brillo de los ojos de Rhun y de Arthur y algunas sombras.

—Yo sí —dice Rhun.

—Yo no —responde Arthur en simultáneo.

Mair toma con fuerza las manos de Rhun, y luego libera una mano para tomar con ella la de Arthur.

—¿Dónde está Baeddan?

—Con mi madre —dice Rhun—. Con ella y con todo el clan Sayer. Se veía más calmado luego de comer, y luego de pasar tiempo con todos ellos.

—Incluso comentó una historia que recordaba de antes del bosque —dice Arthur mientras juega con los dedos de Mairwen, separándolos y midiéndolos, uno por uno.

—Bien —Mairwen tira de ambas manos para tener a ambos muchachos más cerca—. Estoy tan cansada…

—¿Qué ocurrió? —Rhun no cede. Se queda en su posición incómoda, mitad del cuerpo en el colchón, y la otra mitad fuera–. Yo puedo oír el bosque, pero eso es todo.

A Mairwen le irrita el hecho de que él ni siquiera se le acerque y la abrace o la deje dormir a su lado.

–Hablé con mi madre, y ella sabía que todos esos habían muerto. ¡Y sabía que tú debías morir también, Rhun! Dice que las brujas Grace han sabido desde el principio de los tiempos que el santo siempre muere. Es nuestro deber asegurarnos de que sean ungidos para poder mantener el pacto. Básicamente, mentimos.

Arthur resopla.

–Lo sabía.

Rhun lo mira de soslayo, pero la oscuridad se traga la mirada y todo queda en nada.

–Es cierto –continúa Arthur–. Deberíamos haber prendido fuego el Árbol de los Huesos y entonces nos hubiéramos visto forzados a crear un nuevo pacto. Uno para el que conociéramos todas las reglas. Debemos romper el pacto actual, incluso si no puede ser rehecho. Ninguna otra cosa lo detendrá, y seguirá molestándote. Yo lo haré. Iré y lo resolveré ahora mismo –dice, confiado. Pero él también está demasiado cansado. Agotado, tal como Mairwen. Se acerca a Mair y se lleva la mano de la muchacha al pecho.

–Quizás debamos hacerlo –coincide Rhun.

–Pero no esta noche –murmura Mairwen, acercándolos a ambos otra vez.

Esta vez, Rhun se toma un momento para quitarse las botas y recostarse a su lado, y abre un brazo para que ella se recueste sobre su hombro.

–¿Creen que yo podría detenerlos si ambos decidieran acudir al llamado del bosque?

—Yo no te dejaré —le dice Rhun, imitando la promesa que Arthur ya le había hecho más temprano.

Mairwen acaricia sus sábanas.

—Se siente más tranquilo donde tú respiras. Acércate un poco más.

Debajo de esa coraza, no hay nada que Arthur desee más que ser amado por estos dos. Sin embargo, algo le dice que un futuro juntos es tan imposible ahora como lo había sido antes.

—Vamos, Arthur —murmura Mairwen.

Y entonces Arthur se recuesta junto a Rhun, entre ellos dos y el resto del mundo.

La luz de la luna se trepa por las oscuras ramas allá a lo alto, brillando entre hileras de hongos y colonias de liquen color escarlata. Se están buscando: Arthur y Rhun, embarrados y mojados, van detrás de una mujer-pájaro que los había estado molestando, cantando canciones inventadas y utilizando el nombre de Mairwen, hasta que se decidieron a seguirla; Mairwen jadea en una combinación de excitación y miedo a los pies de un demonio que le sonríe con dientes afilados, la toca con ternura, y se ríe, se ríe, se ríe.

—¡Allí, allí! —grita el demonio, levantando un brazo—. Te lo dije, Mairwen Grace. Te dije que encontraría a tu santo.

La mujer-pájaro abre sus alas para girar, volando por su vida, y Arthur frena de repente. Rhun apoya una mano en el tronco de un árbol, y se echa hacia adelante debido a la herida en su muslo, que lo retrasa.

—Mair —dice Arthur, pero lo único que Rhun llega a ver es al demonio. Se prepara para apuntarle con su arco y flecha.

Incluso mientras Arthur y Mairwen se funden en un abrazo, aliviados, el demonio sale corriendo, y Rhun dispara.

Su objetivo es tan acertado como siempre, y la flecha da justo en el hombro del demonio, atravesando su capa de cuero negra.

—¡Rhun! —grita Mairwen.

El demonio gruñe y se arranca la flecha, solo para recibir el impacto de una segunda.

Arthur oye el tono de aflicción en la voz de Mairwen. Oye su miedo, no solo por Rhun, sino también por el demonio, y la furia lo hace separarse de ella y tomar el último cuchillo que le queda. Se une a Rhun en su ataque.

Donde sea que la piel del demonio se abre, brota sangre púrpura, y hojas verdes, unos tallos que se retuercen y de los que brotan unas hojas diminutas y pétalos incluso más pequeños.

El demonio no resulta verdaderamente herido. Pero grita y gruñe. Y sangra. El demonio apuñala a Rhun con la flecha que este había usado para atacarlo y luego golpea a Arthur en la cara. Rhun toma su hacha, pero el demonio lo toma por la muñeca y aprieta tan fuerte que está a punto de romperle un hueso. El demonio sonríe maliciosamente y baila en su lugar.

—Estoy seguro de que sabes delicioso, santo. Tú llenarás este bosque de vida nuevamente.

Arthur salta sobre la espalda del demonio, apretándole el cuello con ambos brazos. El demonio se mueve de un lado a otro y lo arroja con todas sus fuerzas. Arthur cae sobre Rhun.

—Détente ahora —ordena Mairwen mientras tira del brazo del demonio.

El demonio da un paso hacia Mairwen.

—Váyanse, váyanse de aquí —les dice a Arthur y Rhun—. ¡Sigan corriendo!

—No —se opone el demonio, sacándose a Mair del camino para volver a enfrentar a Rhun.

—¡Váyanse ahora! ¡Sigan corriendo! —grita Mairwen.

Rhun apenas puede oírla. El demonio no se ve afectado ni por la pérdida de sangre ni por las heridas, y se acerca a él y a Arthur mientras la sangre le corre por el rostro. Tiene cuernos asomándole por entre los cabellos y espinas que le crecen en el pecho, y sus ojos negros son imposiblemente oscuros y no reflejan nada de vida ni de luz.

—No te dejaremos aquí —dice Arthur.

Pero Mairwen se acerca al demonio y con la mano muy abierta lo golpea en el pecho.

—Baeddan Sayer, ¡détente ahora!

Algo cambia en el demonio. La criatura parpadea. De pronto… conciencia. La conciencia que tendría un hombre, no un monstruo. Eso es lo que ve Rhun y lo asusta más que cualquier otra cosa, aunque no entiende por qué.

El demonio se sacude como un perro mojado.

—Mairwen, Mairwen, ¡no me puedo detener! ¡Los devoraré! Quiero sus huesos. ¡Quiero ser libre!

Mair se desliza para quedar justo frente al demonio, empujando disimuladamente con su bota a Rhun para que se salga del camino.

—Lo sé, lo sé. Llévame lejos de aquí. Baeddan, déjame ayudarte.

Y entonces Rhun lo escucha: el nombre penetra su batalla. Su primo, el santo, su maravilloso primo, quien le había enseñado a amarlo todo. Lo reconoce en la línea torcida de la nariz del demonio, marca inconfundible de los Sayer, y en la forma de sus hombros.

—Dios mío —llega a decir Rhun en un suspiro.

—¡Dios! —repite el demonio, desesperanzado.

Rhun se separa de Arthur, con los ojos fijos en su primo.

—No es posible.

—Es un truco. ¡Tiene que serlo! —dice Arthur.

—¡Santo! —grita el demonio, y Rhun salta para alejarse, pero el demonio lanza sus garras y llega a arañarle la espalda.

Las rodillas de Rhun finalmente ceden. Cae al suelo, retorciéndose del dolor.

Arthur logra atraparlo antes de que se desplome por completo, y Mairwen golpea el pecho del demonio una vez más, intentando llamar su atención.

—¡Lárguense de aquí! Yo estaré bien. He sobrevivido sola estas últimas horas. Confíen en mí —le dice a Arthur.

—Maldición —se queja Arthur, y ayuda a Rhun a ponerse de pie. Los dos salen corriendo, alejándose de Mairwen.

Se tropiezan, vuelven a caer y se vuelven a levantar.

—Baeddan, muéstrame el lugar más hermoso de tu bosque —dice Mairwen.

—¿Puedes imaginarte algo de belleza en un lugar como este?

—Sí. Tú.

Los ojos de Baeddan ahora reflejan la luz de la luna, y en ellos se revelan las estrellas: infinitas, brillantes, frías, distantes. Pero sus ojos, al igual que las estrellas, a Mairwen solo le generan más ganas de acercársele un poco más.

Él ruge, y ella puede sentirlo en las palmas de sus manos.

El demonio se mueve tan rápido que la asusta. Está a unos doce pasos, agazapado, observándola.

—Me estás volviendo loco. El bosque me dice una cosa, y tú me dices otra. Y yo quiero… Yo quiero oírte a ti. Pero el bosque es mi demonio. El bosque es todo lo que soy. Es mis huesos y mi corazón y… ¿Qué puedo hacer para oírte a ti?

—Yo amo el Bosque del Demonio —confiesa Mairwen—. Si el bosque es tus huesos, entonces amo tus huesos. Si es tu corazón, yo… yo amo tu corazón.

—¡Bruja! —grita él, y corre hacia ella, la toma de la mano y salen disparados por el bosque, y el bosque les abre el paso. Los árboles se inclinan hacia los lados, las ramas se enrollan o forman una especie de pasadizo, las raíces se retraen y se hunden en la tierra para allanarles el camino. Las botas de Mairwen parecen volar sobre el suelo, su corazón late tan fuerte como las alas de un gorrión, y el demonio, que la lleva de la mano, sonríe y ríe vivamente.

La lleva hasta un conjunto de árboles plateados que se elevan desnudos de hojas hacia el cielo, con delgadas ramas que suben más y más arriba. No hay hojas en el suelo, ni tampoco raíces desgarbadas ni maleza. Está vacío. Hay solo algunas hiedras blancas, que se enredan vagamente por entre los árboles, trepando troncos y cayendo desde las ramas más bajas, cubriendo la tierra con nudos y rulos blancos.

—¿Esto? —pregunta Mairwen. No es lo que ella se había imaginado cuando le preguntó por el lugar más hermoso, pero hay que admitir que la austeridad puede ser inspiradora.

—Aquí hay espacio para mí —dice el demonio—. Y los árboles no hacen ruido.

Mairwen no sabe decir si siente lástima o amor en este instante.

Y entonces, el demonio Baeddan Sayer, sonríe con malicia.

—Y, además, esto —abre los brazos, tomando forma de cruz, y su capa se abre por encima de su pecho ensangrentado. Inclina la cabeza para atrás. Y, en las puntas de sus dedos con formas de garras, florecen unas diminutas flores de luz.

Mair está asustada.

Las luces se mueven en el aire, parpadean al ritmo de un corazón. Siguen apareciendo más y más, todas a su alrededor. Mairwen gira lentamente, fascinada. Cuando termina de dar una vuelta completa, Baeddan está justo delante de ella, y la toma de las manos. Levanta una ceja a modo de invitación encantadora y la invita a bailar.

No hay música. Hay solo luz de luna, vegetación y un viento suave que sacude los árboles desnudos. Solo los pasos de él, los de ella y el roce de su pesado vestido azul contra las piernas del demonio.

Es tan hermoso como ella había esperado.

La mano de Baeddan se siente fría sobre la de ella, y esas espinas que nacen sobre sus clavículas están muy cerca del rostro de Mair mientras bailan. Ella puede oler la sangre, terrosa y espesa, como lo está el suelo luego de una lluvia de otoño. Granito fría en su aliento, una dulzura sombría que quiere volver a probar. Siente más frío en su espalda y no en el frente, al igual que le sucedió el otro día, cuando puso un pie en el bosque y dejó el otro afuera.

Se acerca a él, bailando, con cuidado, pero con una levedad a la que no está acostumbrada, como si en este momento nada más importara.

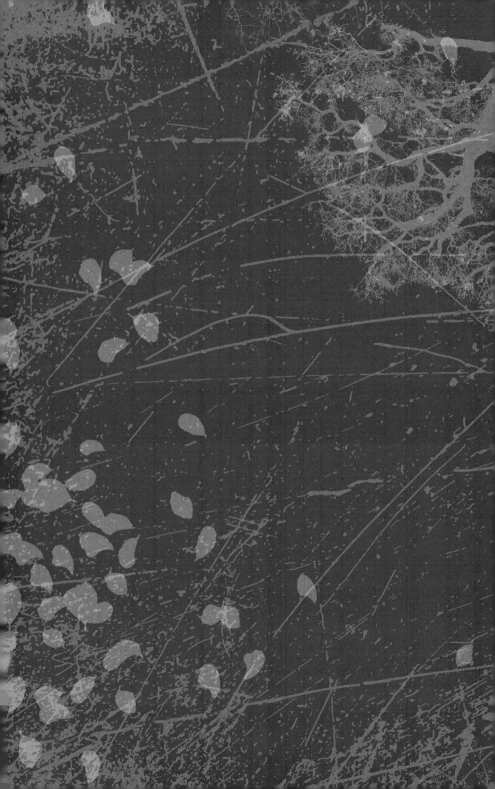

La segunda mañana

Rhun se despierta primero, justo cuando el sol amanece. Mairwen duerme con la cabeza apoyada en su hombro, un brazo estirado por encima de él y que descansa en el pecho de Arthur. Rhun abre los ojos. Se siente cómodo y feliz con sus dos amigos más amados a ambos lados. La luz del sol penetra la pequeña ventana cuadrada, y la mano de Arthur está bajo la suya. Se acurrucaron juntos toda la noche. Ahora gira la cabeza. El rostro de Arthur está justo allí. Sus pestañas son delgadas y doradas. Sus fosas nasales se agrandan y se vuelven a cerrar mientras él respira y comienza a despertarse, dirigiendo la mirada directamente a Rhun.

La chispa en los ojos de Arthur es claramente enojo, como siempre, pero esta vez no desvía la mirada ni finge no darse de cuenta de cuán íntimo es en verdad este momento. Se queda quieto.

—Me anclaste aquí —murmura Rhun. Su boca se siente toda pegajosa, es por haberse despertado recién.

Arthur levanta ambas cejas y gira su mano para tomar la suya. Las espinas en el brazalete de Rhun pinchan la muñeca desnuda de Arthur.

—No permitiré que desaparezcas, Rhun Sayer. O que te transformes en un monstruo. O que te vuelvas amargo. Eres el mejor y… No, escucha. Eres el mejor *para mí*. A mí solo me importa lo que me importa. Tú eso ya lo sabes. Y tú me importas. Y Mairwen también. Ahora sé lo que es este valle, y sé quién soy yo, sé quién eres tú, y eso es todo lo que importa. Ya lo sé. No soltaré nada de eso. No te soltaré a ti.

Rhun asiente con la cabeza. Toma la mano de Arthur e intenta no dejar tan en evidencia lo que está sintiendo su corazón. Su vida parecía haber llegado a su fin, y luego se enteró de que todo aquello era una mentira. Solo esto era real y siempre lo ha sido: él ama a Arthur Couch.

Apoyada en su hombro, Mairwen suspira entre sueños. Él y Arthur la observan. Su piel está muy pálida, tiene unas pequeñas manchas, y bolsas bajo sus ojos. Sus labios, sin sangre. Su cabello es lacio y alocado. Rhun recuerda su sueño, incluso lo que no estaba en su propia memoria: ella bailaba con el demonio del bosque como si perteneciera allí.

—Debemos mantenerla segura a ella también —le dice a Arthur. La abraza y la arrima un poco más a su lado, pero siente una especie de pinchazo cuando su pecho roza el de ella.

—¿Qué es eso? —pregunta Arthur, levantándose apenas.

Rhun se da vuelta. Aunque Mairwen sigue aferrada a él, Rhun la hace rodar delicadamente, y ella termina por despertarse, algo confundida y con una mueca algo incómoda, él le quita la bufanda. La tiene enroscada en el cuello, luego cruzada sobre su pecho, y atada a la cintura. Hay manchas de sangre sobre la piel debajo de la bufanda, algo adheridas a la tela.

Una hilera de delicadas espinas le cortan la piel a lo largo de sus clavículas.

Arthur aún no se ha percatado. Rhun está en shock, paralizado. Y Mairwen finalmente se despierta por completo y se estira. Se nota su expresión de dolor cuando siente que la piel le tira, y se lleva una mano a las espinas sin pensarlo. Son espinas diminutas, de un marrón muy oscuro que se va tornando rojo en las puntas, como las espinas de las rosas.

—Tus ojos —dice Arthur.

Rhun levanta la mirada y también lo ve: los ojos de Mairwen son más negros ahora. Como si, durante el sueño, le hubiesen removido trozos de marrón que fueron luego reemplazadas por esquirlas de oscuridad.

—¿Qué pasa con mis ojos? —pregunta con calma, con demasiada calma tal vez, la calma de una persona que lo único que no está es calmada.

—Se ven más oscuros —dice Rhun.

Mairwen se sienta, con la cabeza apenas rozando el bajo techo de paja.

—Quiero ver. Tu madre tiene un espejo, ¿no es así, Rhun?

—¿Somos diferentes? —pregunta Arthur antes de que Rhun pueda hacer algo más que solo asentir con la cabeza.

El miedo se apodera de Rhun, que mira a Arthur con detención, a pesar de que se había pasado un largo rato observándolo. Pero Arthur se ve tan bien como siempre. Excepto por su muñeca.

Los tres levantan sus muñecas con el amuleto: pareciera que han crecido para hacerse uno con la carne. Para Rhun y Arthur, es una ligera fusión: piel que crece contra el cabello trenzado, las espinas y los huesos.

La muñeca de Mairwen parece un guantelete de piel endurecida, de varios centímetros de ancho, piel rojiza y amarronada como la corteza de un árbol en buen estado. Las uñas tienen un tinte azul, pero ella asegura que no es por el frío.

—¿Por qué esto solo te está sucediendo a ti? —pregunta Arthur, casi sonando ofendido.

—Yo soy la bruja —murmura ella—. Mitad de nuestro corazón ya le pertenece al Árbol de los Huesos. Se suponía que yo dejaría que Rhun muriese luego de que yo lo ungiese, pero di la otra mitad de mi corazón al bosque a cambio.

Rhun la sujeta de los hombros, estudiando su rostro en busca de otros cambios. Le toca el cabello, entierra tiernamente sus dedos contra su cuero cabelludo. No hay corona de espinas ni cuernos. Pasa las manos por su cuello. Sus ojos nuevos proyectan inseguridad, algo que Rhun jamás había visto en Mairwen Grace. La besa.

Sus manos tocan su pecho por un instante, y luego las posa sobre su camisa. Él la mira, pero ella ya ha cerrado los ojos.

—No te correspondía solo a ti decidir si entregar tu corazón o no, Mairwen Grace —le dice Arthur.

Las nubes se elevan a lo alto sobre el valle, en paz y en silencio. El fondo gris hace relucir el dorado de los campos. Mairwen se coloca entre Rhun y Arthur cuando los tres abandonan la residencia Grace y se dirigen a la de los Sayer. Los lleva a ambos de la mano.

Mairwen no está asustada, aunque tiene el presentimiento de que debería estarlo. Está emocionada, hasta exaltada, porque el pacto que hizo debe estar funcionando incluso mejor de lo que había esperado. Tal vez pueda mantenerlo, dentro de sí misma, de la misma manera que Baeddan Sayer lo hizo. Y tal vez dure siete años sin necesidad de ninguna otra muerte. Porque Arthur tiene razón: no podía entregarle su corazón entero al bosque. Hay demasiado aquí, con Rhun y Arthur y Haf y su madre, incluso con Baeddan. Todas las personas en el corazón de Mairwen le otorgaban mayor fuerza y lo anclaban en el valle. Tal vez haya una manera de hacer que esta sea la solución permanente: podrían enviarse dos o más personas ante el Árbol de los Huesos, y así ninguna persona deberá morir. Juntos, sus corazones, su amor, podrían ser lo suficientemente fuertes para superar la necesidad del sacrificio.

Está claro que Mairwen pareciera estar lidiando con la parte más difícil, pero puede soportarlo. Nació para hacerlo. Nació para ser la bendición entre la vida y la muerte. Santos y brujas.

Se ríe para adentro, ganándose así una mala cara por parte de Arthur y una mirada cargada de ansiedad por parte de Rhun.

—Suenas como Baeddan —dice Rhun.

Eso hace que Mairwen detenga su andar tan de repente que casi se cae.

Los muchachos la toman de los codos para protegerla.

—Me siento bien. No estoy ni loca ni confundida como él.

Y eso es cierto.

Mair cierra los ojos, protegida por sus amigos. Escucha. Los dedos del pie tocan el pasto debajo, y el latido de su corazón golpea la tierra. Una brisa fresca le desordena algunos cabellos y le toca la punta de la nariz, sus labios, sus orejas. Vuelve a entrelazar sus manos con las de Rhun y Arthur, y siente que el latido de su corazón se extiende hacia ellos también.

De la tierra se eleva un murmullo, no un sonido sino una sensación electrizante a través de su sangre. No es un murmullo conformado de palabras. Le genera calor en el estómago y le estira la piel, en especial a lo largo de su columna y sus pechos.

—¿Te encuentras bien? —pregunta Rhun.

Mairwen inclina el rostro hacia adelante. Sí, Rhun Sayer serviría. Dejaría los huesos en el altar.

Mairwen se aleja inmediatamente de los dos. Ellos comienzan a acercársele, pero ella les dice que no con la cabeza.

–Deténganse ahora, por favor –les pide, con las manos en alto. Ah, lo que daría por un rayo puro y tibio sol.

–Es como Baeddan –dice Arthur–. ¿No es cierto? Este nuevo acuerdo te está transformando en lo que él ya es. Parte del bosque.

–Algo parecido –admite Mair, sin moverse.

Aun así, podría funcionar. Lo tomará de todas formas. Ella puede sobrevivir a esto.

–Maldición –suelta Arthur, se aproxima a Mair y la toma por los hombros. La acerca a él de un solo movimiento brusco–. Esto no puede estar sucediendo. No permitiré que suceda.

–No puedes detenerlo –murmura Mairwen.

Arthur mira a Rhun.

–Encontraremos la manera –dice Rhun–. Mairwen, él tiene razón. No permitiremos que mueras en mi lugar.

–Ninguno de ustedes va a morir –dice Arthur–. ¿Qué es lo que comen y beben? ¿Qué es lo que sueñan que los hace querer darlo todo por este pacto? ¿Creen que no comprendo lo mucho que importa? ¿Creen que quiero dejar que se lleve todo lo que tenemos en este valle? ¿Creen que no me importa que las criaturas puedan morir de hambre o de alguna enfermedad extraña? Claro que sí, pero no permitiré que gane. *Ninguno de nosotros va a morir. ¿Me oyen?* ¿Debo traducirlo a ese idioma extraño y exclusivo que tienen ustedes dos?

Arthur besa a Mairwen, y ella queda estupefacta ante lo repentino y lo ardiente del accionar de Arthur. Su beso es distinto esta vez. No contiene enojo, a pesar de su enojo, sino que pareciera estar demandándole algo. Demandándole que se ponga a su altura. Si Arthur es fuego, su beso debería arder y consumirla, pero la hace querer vivir. Como si él fuese la poderosa luz del sol que ella anhelaba tanto unos instantes atrás. Y cuando el beso termina, ella vuelve a quedar en las sombras.

Mairwen deja la boca abierta, pero no sabe qué decir. Sus besos siempre han sido un reto o un desafío, jamás su propia conclusión.

Arthur mira a Rhun, que retrocede bajo la fuerza de ambos.

—Ustedes causaron esto —dice Arthur—. Ustedes dos hicieron que esto sucediera, entre nosotros tres. Creí que era solo el bosque, lo que fuera que había sucedido junto al Árbol de los Huesos, pero era más inevitable que eso, ¿no es cierto? —Y entonces Arthur toma a Rhun de su jubón y lo besa a él también.

Mairwen se ríe, divertida. Junta las manos, como si con ganas de aplaudir, y simplemente apoya su mentón sobre los dedos entrelazados y los observa: Arthur no tiene idea de lo que está haciendo, claramente, y golpea sus labios contra los de Rhun en lugar de usar lo que sabe por haber besado a Mairwen. Ella se hincha de amor por ambos. Su sangre fluye más tranquila ahora, ya no es tan espesa, y el dolor en su clavícula ya no es dolor, sino una sensación de un conjunto de golpes y mordeduras.

Los murmullos han desaparecido.

Rhun lleva sus manos hasta el cabello de Arthur, y Arthur se aleja. Los músculos de su mandíbula cambian de repente, un color rosado incendia sus pómulos. Se muerde el labio una vez, y Rhun sonríe.

Arthur suspira y se aleja de ambos.

—Solo piensen en *eso*, ¡tontos suicidas! —les grita.

—Arthur —Rhun comienza a caminar tras él, pero Mairwen se apresura a tomarlo del brazo y lo hace girar en una ronda alegre, como si estuviesen jugando.

—Quédate conmigo, Rhun —le susurra ella a modo de canción—. Él ya regresará. Sabes que así será. Solo debe encontrar la manera de procesar lo que sea que esté sintiendo ahora y esperar a que crezcan espinas para protegerse de eso.

—No quiero que le crezcan espinas —Rhun mira a Arthur, que ha avanzado a toda velocidad y está llegando a la colina en dirección a Las Tres Gracias. Sus cabellos dorados y su chaqueta marrón oscuro se mezclan con los campos otoñales, y a Mairwen le agrada pensar que encaja en todo aquello, por fin.

—Te gustan sus espinas. Sé que sí. De lo contrario, no estarías tan enamorado de él.

Y la lenta sonrisa que Rhun le ofrece está tan llena de creciente emoción y reconocimiento que, por un instante, Mairwen se olvida de todo lo demás.

La casa de los Sayer está repleta de familiares, como pulgas en el clima de verano, en especial cuando Rhun y Mairwen salen del camino para ingresar en el corralón de las cabras. Rhun no puede dejar de pensar en Arthur.

Santa Branwen y Llew están atados, ladrando, y eso a Mairwen le causa gracia. Rhun siente sus ladridos en el pecho y se arrodilla para abrazar a sus perros. Los dos lo golpean en su bienvenida, pero Rhun se mantiene erguido, rasca sus cuellos peludos mientras que sus largas patas le golpean los muslos. Siente un eco del dolor en la herida de la pierna, el recuerdo de los perros-monstruo de ojos rojos, y el haberlos matado con sus propias manos y flechas. Rhun se estremece. Extraña a Arthur, quien apuñaló al perro que había clavado sus garran en su espalda. Arthur, quien lo había besado, no solo dentro del bosque, sino también allí en el valle, donde el beso significaba algo completamente distinto. Quien está en llamas por salvar a todos, pero especialmente a Rhun. Es algo bueno, y Rhun no puede pasarlo por alto.

Su padre, Rhun padre, llama a los perros con un silbido, y los sabuesos obedecen de inmediato.

Él y Mairwen están rodeados de los Sayer, la mayoría hombres y niños varones, porque así resultó este extraño truco del linaje.

—Hola, hijo —dice, sonriendo con la misma sonrisa fácil que Rhun solía usar—. Mairwen Grace —saluda, conjetural pero cálido. Durante años, había procurado guardar distancia, no porque Mair fuese una bruja, sino preocupado de que fuese demasiado duro perderla a ella también cuando el pueblo y la familia perdieran a Rhun en su Luna del Sacrificio. Ahora que todo aquello había acabado, no estaba seguro de cómo tratarla.

Mairwen se lleva una mano al pecho, sobre las espinas ahora escondidas.

—Señor Sayer.

—¿Dónde está Baeddan? —pregunta Rhun.

—Durmiendo en el altillo con nosotros —responde contenta Elis Sayer, tirando de la manga de Rhun.

Rhun padre señala con un movimiento de cabeza la dependencia.

—Seguía durmiendo al alba. Se veía más como sí mismo, ¿sabes? Como si el haber vuelto a casa lo estuviese ayudando a sanar.

—Quisiera verlo —dice Mairwen.

—Tal vez deberíamos dejar que duerma —murmura Rhun, mirando el cuello de Mairwen.

—Vengan a comer. Nona sigue cocinando. Este grupo no se cansa —dice Rhun padre.

—Muy bien —dice Mair. Fortalece la expresión en su rostro y se dirige a la casa.

—Claro, papá. Tengo tanta hambre que podría comerme un oso entero —dice Rhun, mirando a su hermano menor. Elis arruga la cara ante tan ridícula idea.

Rhun padre sonríe y los acompaña hasta la casa.

Una estela de primos Sayer va tras ellos, detrás de Rhun y Mairwen, aunque ninguno de ellos siquiera se atreve a cruzar el umbral de la puerta, temerosos de la ira de Nona Sayer. Está haciendo una especie de ruido metálico en el hogar mientras que Delia Sayer, la tía de Rhun, prepara un pobre pollo para mandar a la olla. La esposa de Brac, Sal, está revolviendo un enorme pote de crema, sentada en una de las incómodas banquetas de los Sayer.

—¡Ah, aquí estás! —dice Sal, apartándose esos radiantes rizos del rostro con el dorso de una mano—. Estábamos hablando recién de quién creemos que mató a los santos que sobrevivieron.

Nona lanza un suspiro de frustración, y apoya de mala manera la tapa sobre la olla que despide un intenso aroma que hierve sobre el fuego.

—Las brujas Grace —dice Mairwen.

—Tienes que estar bromeando —dice Nona, con los puños sobre las caderas, aunque los demás presentes no reaccionan tan rápido.

—¿Alguien tiene un espejo que Mair pueda usar? —pregunta Rhun, para desviar el conflicto. Desde que Arthur lo había besado, se sentía algo más compasivo y empático.

—Yo sí —dice su madre—. Y tú, Mairwen Grace, piensa en otro culpable. Tu madre es una bruja, no un demonio.

Mair toma una postura que Rhun conoce muy bien: testaruda y desafiante.

—Mi madre sabía que nuestra unción de bendición para el santo ataría a Rhun al Árbol de los Huesos, condenándolo a una muerte segura.

Se crea un hechizo que conduce al santo de regreso al árbol incluso si sobrevive a su gran noche, incluso si abandona el valle. Y eso es igual a matarlos, es hacerlo a consciencia. La sangre de Rhun habría estado en mis manos porque fui yo la que hizo el hechizo. Ese es el legado de mi familia.

Nona mira a Mairwen con ojos severos.

—Mi muchacho no está muerto. Y ese es *tu* legado.

Mairwen abre la boca, pero no dice nada. Se queda mirando a Nona.

—El espejo está arriba, en mi baúl, cariño. Y puedes tomar uno de mis echarpes si quieres.

Mair se da media vuelta y se dirige al piso de arriba.

La madre de Rhun echa al resto también, y solo quedan allí ella y su hijo. Nona se dirige al fuego como si no tuviese nada más que decir, y Rhun le observa la espalda. La fuerza en sus hombros, la amplitud, el largo de su cuello, y los rizos negros pegados a él.

—¿Sigues amarrado de alguna manera a ese árbol, hijo? ¿Es verdad lo que dijo esa muchacha?

—Sí —responde él—. Es diferente, gracias a Mairwen y todo lo que sucedió después.

De pronto, Nona se da vuelta más rápido de lo que Rhun jamás la ha visto moverse, y su mandíbula tensa se parece tanto a la suya, el color carmín en sus ojos, que brillan también como los suyos.

—Estoy tan orgullosa de ti por haberle puesto un final a todo esto, Rhun Sayer. Corriste al bosque, luchaste, y lo cambiaste todo. No importa qué vaya a pasar ahora, ya no importa en qué vaya a convertirse el pacto. No podría soportar tener que cambiar mi vida fuera del valle, por el riesgo que eso significaría, así que solo escapé. Pero tú haces lo que sabes que es lo correcto, para todos, todo el tiempo. Estoy muy orgullosa de ti.

Rhun siente cómo se le aflojan las rodillas, y debe tomar asiento. Respira profundo antes de responder.

—Fueron Mairwen y Arthur los que me obligaron, los que lo cambiaron todo. No yo.

—No te creo. Ellos fueron a ese bosque por ti. Puede que ellos hayan dado inicio al cambio, pero jamás lo habría hecho sin ti.

—Viví toda mi vida esperando ser un santo. No es un sacrificio tan grande después de todo, si jamás has soñado con tener un futuro en primer lugar —dice Rhun, encogiéndose de hombros—. Es por eso que no soy mejor que nadie. Ni el mejor. La realidad es que no tuve que renunciar a nada en absoluto.

—Rhun, renunciaste a ti mismo cada día, una y otra vez. Yo lo he visto. Siempre eligiendo a los demás por sobre ti. Mi niño heroico. Desearía que hubieras sido un poco más egoísta. Espero que estés aprendiendo tu lección ahora.

—Tal vez. Yo… Yo amo a Arthur.

¿Y?, parece preguntar la ceja de su madre.

—Mamá… Lo que quiero decir es… Lo amo como tú amas a papá, como yo amo a Mairwen, como… Lo besé. Y él me besó.

Nona aprieta los labios sin decir palabra y le clava la mirada.

El estómago de Rhun finalmente se pone a tiro con su confesión y se le revuelve como nunca.

—Bien —La mamá de Rhun suspira y luego se desploma en el banco junto a su hijo—. Está bien.

—Es solo amor, mamá —murmura Rhun. No sabe qué hacer con sus manos, le gustaría poner una mano sobre la de su mamá, o tomarla del hombro, o darle un abrazo.

—Nada nunca es *solo amor* —dice Nona casi tiernamente.

El segundo piso de la casa Sayer es un gran salón dividido en dos por paneles de madera. El frente corresponde a la habitación de Nona y Rhun padre. La luz grisácea del sol se extiende a través de las altas ventanas, haciendo que todo en la habitación se vea en tonos fríos, aunque claros.

Mairwen se agacha al borde de la escalerilla para escuchar la dolorosa conversación entre Rhun y su madre. Su viejo amor por Rhun crece nuevamente mientras que escucha a Nona decirle lo orgullosa que está de él, y se vuelve ardiente como el mismo sol cuando Rhun le confiesa a su madre su amor por Arthur. Está lista para caer rodando por las escaleras y aterrizar justo sobre Nona si la mujer atina a castigarlo de alguna manera.

Pero Nona no hace nada de eso, y Rhun se queda callado, y Mairwen toca las espinas que tiene en su pecho, que hacen tanta presión que le siguen provocando dolor. Lo ama tanto, y sabe que Arthur también, y no permitirá que nada le suceda a ninguno de los dos, ni a Haf o su familia, y ni a los Priddy o los Pugh, ni a una mujer como Nona Sayer, quien jamás hablará de su pasado pero que fue lo suficientemente valiente como para dejarlo atrás y conseguirse un futuro.

Eso es lo que Mairwen debe hacer: forjar un futuro para *todos* en Las Tres Gracias.

Mair se pone de pie y camina hasta el pequeño baúl que está junto a la cama. Lo abre. El espejo está apoyado sobre un estante angosto que fue tallado en el lado izquierdo del baúl. Su mango está hecho de hueso, que se ha vuelto amarillo con los años, y el espejo mismo está pegado sobre plata y nácar.

Respira profundo para juntar coraje y da vuelta el espejo.

Lo primero que nota son las líneas duras en sus mejillas, que jamás habían sido tan obvias hasta ahora. Sus ojos se ven apenas un poco hundidos debido al cansancio, aunque más grandes que nunca. Los labios, rosados; cuando revisa los dientes, le agrada el brillo que tienen. Su mentón parece más delicado ahora debido a la maraña que tiene por cabello, que cae en mechones dentados y capas extrañas.

Y esa oscuridad en sus ojos. Ha tomado forma de espiral en uno y solo manchas negras arbitrariamente desparramadas en el otro. Mairwen se estremece. Le encanta, aunque también la asusta.

Acerca el espejo a su cara a un ángulo algo extraño para inspeccionar el nacimiento del cabello sobre la frente. Indaga con sus dedos, buscando alguna pista de cuernos o espinas que vayan a brotarle del cráneo. Nada. Deja el espejo en su lugar y se desabrocha la camisa. Hay sangre en la base de las pequeñas espinas, no las ha lavado bien aún, y su piel ha tomado un color azulado.

Sigue el camino que estas espinas crean atravesando su pecho. La piel se siente muy sensible, al igual que sus labios. Le gustaría saber qué se siente que alguien más la toque, con manos suaves o con sus labios.

Durante unos instantes, Mairwen está perdida en un bosque que crece atravesando las paredes de la casa de los Sayer, hiedras de un verde intenso, ramas retorcidas con hojas verdes moradas.

El bosque susurra en sus oídos, le roza la piel desde adentro hacia afuera. Su pecho se expande, sus caderas se mueven lentamente, y su cabeza cae hacia atrás al tiempo que el bosque le promete que pronto la llevará de vuelta hasta su corazón. La llevará una y otra vez.

El velo cae sobre sus trenzas, hombros y brazos a medida que él se lo va quitando con mucho cuidado. A través de la tela blanca, ella puede ver el brillo oscuro en sus ojos, el resplandor de su forma, siempre cambiante… Cuernos, colmillos, pelos, piel suave, cuatro patas, pies descalzos, manos que la toman de la cintura, hiedras delgadas de color verde que se enredan en su brazo, su cuello, y largo cabello salpicado de diminutas flores, y plumas que le recorren la espalda, y alas que se ensanchan y son tan inmensas como el cielo de la noche. Y ella anhela volver a ser arrastrada hacia todo aquello, a esa parte de él, cuando el velo ya ha caído por completo.

Se miran a los ojos, y entonces ella le sonríe a la criatura.

Luego, un susurro en el viento le hiela la sangre. Él se ha ido.

Está sola, pero…

¿Quién?

¿Qué es esto? ¿Cuándo es esto?

Mairwen está de pie frente a la muchacha del velo blanco, y la muchacha levanta la mano, señala a Mair, y dice

El sonido de unos pasos subiendo las escaleras trae a Mairwen de vuelta al presente, y ahora vuelve a ser solo una joven muchacha sosteniendo un espejo, de rodillas en el suelo de la habitación de alguien más, observándose fijamente a sí misma. Sus ojos están más negros ahora, y le duelen las encías como si hubiera acabado de perder todos los dientes. Se mira en el espejo y descubre que sus colmillos han crecido unos pocos milímetros y se ven más afilados.

—Haf está aquí —dice Rhun—. Dice que hay algo que debes ver.

Aderyn Grace está parada en el medio de su cabaña, con las manos alzadas para bajar un ramo de aquilea seca. Un recuerdo persistente la detiene en seco, la imagen de un sueño… un sueño que ya ha experimentado tres noches seguidas.

En el sueño, ella está apoyada contra una pared, se está riendo, y un hombre besa la curvatura de su cuello. El hombre huele a lluvia y a flores de verano, y Aderyn se entrega a él como si nada en el mundo perteneciera más a ella que él mismo.

Cuando se echa hacia atrás y la toma de ambas manos, ella puede ver su rostro. Y es hermoso.

Sin embargo, cuando se despierta del sueño, las facciones de aquel hombre se desvanecen y solo son una nebulosa de afección y recuerdo distante. A la bruja Grace no le gusta la incertidumbre ni los recuerdos confusos. Ella jamás ha estado en el bosque... ¿Por qué su mente resultaría igual de afectada que la de su hija?

—¿Aderyn?

Hetty da la vuelta a la mesa de la cocina y llama a la bruja con un golpecito en el hombro. Esto saca a Aderyn de su trance.

—Estoy bien. Es solo que...

—El sueño. Fue todo causado por tu hija, revolviendo recuerdos de Carey, y el sacrificio que llegó antes, y todas esas cuestiones que le siguieron. Tú lo sabes.

Aderyn mira a Hetty y toma las manos manchadas de pecas de esta otra mujer entre las suyas.

—Solo espero que esto no te lastime de ningún modo.

—¿Cómo sería eso posible? Jamás resentiré ninguna parte de tu vida, especialmente la parte en que tu vida te dio a Mairwen.

La bruja Grace sonríe tristemente, pero con todo su corazón, y luego abraza tiernamente a Hetty e inclina la cabeza para que los labios de ella tengan acceso a su cuello. Reemplazará aquel recuerdo con un amor más candente.

—Señoritas.

La voz retumba en las costillas de Aderyn y se asusta tanto que se aleja de Hetty unos pasos. Cierra fuerte los ojos cuando los recuerdos parecen sacudirle los huesos, pidiéndole a su corazón que se tranquilice.

Recuerdos de sexo y flores violetas y la emoción de haberse salido con la suya de algo terrible.

—Addie, necesito algo que es tuyo —dice la voz, que trepa su columna vertebral como la caricia de un amante.

Hetty grita.

De pie bajo el marco de la puerta principal de la cabaña, se encuentra el padre de Mairwen.

Arthur Couch está al pie del Bosque del Demonio.

La luz del día se cuela por entre las copas de los árboles, a pesar de que el cielo está algo nublado, y refleja los rastros de polvo y demás partículas que flotan en el aire del bosque. Aún quedan algunas hojas marrones y doradas que se sacuden con la tierna brisa, como si los árboles estuvieran saludándolo.

—¡Arthur Couch! —canta una mujer-pájaro, precipitándose hacia él—. ¿Nos has extrañado?

—Hola, pequeña. No, no las he extrañado en absoluto.

Ella lo muerde apenas y sale volando, desaparece en la luz gris por lo alto.

Arthur gira para verla retirarse. Justo después, otras dos mujeres-pájaros salen volando. Se ríen y dan volteretas. Una de ellas vuela tan alto como un halcón. Vuelan hacia el cielo abierto, muy lejos de donde él está parado ahora.

El miedo hace que su ritmo cardíaco se acelere.

Si pueden volar y salirse del bosque, ¿entonces qué? Un poco más y pasaría lo mismo que con aquel ciervo que salió cuando el pacto se había debilitado. Hay tantas cosas peores escondiéndose en las profundidades del bosque, y peores incluso de lo que ni siquiera pueda recordar.

Esto debe hacerse. Debe hacerse ahora, antes de que su hechizo conjunto se rompa. Antes de que Rhun o Mairwen respondan al llamado del Árbol de los Huesos.

Arthur levanta el hacha en su mano izquierda, y toca con sus dedos el chispero en el bolsillo de su abrigo.

Cuando aún era un niño, juró que se adentraría en el bosque y le ofrecería al demonio su corazón, tan solo para probar que era el mejor. Resulta que el demonio jamás lo había querido, pero no porque hubiese algo malo en él. Todo lo que está mal en el valle nació con el mismísimo pacto. Son esas reglas que demandan el sacrificio: solo un muchacho, y solo el mejor. Esas reglas pasaron de generación en generación cual tradición, creando una red ajustada de lo que significa ser el mejor muchacho y también barreras que dividen a las personas. Esa forma de vida, ese sistema, casi había estrangulado a Arthur y podría haber matado a Rhun Sayer, la única persona en Las Tres Gracias que no lo merecía por haber nacido de una mentira que dice que puedes nacer santo y sobreviviente.

Si la única manera de evitar que eso suceda, de desarmar la historia hasta el principio, es prenderlo todo fuego, entonces eso es exactamente lo que hará Arthur.

Se adentra en el Bosque del Demonio una vez más.

Baeddan está acuclillado entre dos árboles altos justo detrás de la casa de los Sayer cuando oye el cantar de los pájaros. No hay palabras en ese canto, no hay nostalgia, ni peligro. Son solo dos pájaros.

Mira hacia las copas de los árboles, queriendo espiarlos. Algunas hojas se desprenden y caen lentamente, planeando en el aire del bosque. Y, un poco más atrás, las ramas se abren hacia el cielo gris, por el que se asoman apenas unos pocos rayos de sol. No hay ruido. Todo es paz. Baeddan hasta puede oír su propia respiración, calma, y no llega a oír siquiera sus propios latidos.

Se tapa los oídos para estar seguro, con los ojos clavados en el cielo, que algunos pájaros luego cruzan lentamente.

¡Allí! El revoloteo de un ala, demasiado intenso como para ser una hoja cayendo al suelo. De pronto, una ráfaga de marrón oxidado.

Baeddan se pone de pie y avanza, siguiendo al pájaro. Canta alguna canción para sus adentros. Se siente libre. Alguien o algo se ha llevado ese enorme peso con el que había estado cargando.

Quizás esté muerto, piensa, solo que el canto de ese pájaro es demasiado adorable, se parece demasiado a su hogar.

Se despertó esta mañana en un cúmulo de muchachos y perros, rodeado de heno y muebles desechados envuelto en una tela que olía a humedad y con su rostro contra una manta de piel. Unos niños muy pequeños y sus primos menores pero que parecían mayores, todos ellos roncaban, bocas abiertas, algunos despatarrados, otros acurrucados. Eso le recordó a Baeddan las raíces del Árbol de los Huesos: todos sus dientes eran como flores, sus cráneos pronto quedarían a la vista a través de piel muerta, y sus cabellos se convertirían en hiedras.

Se apartó del montón de niños durmientes y se apresuró a bajar la escalerilla con un poco de prisa y torpeza y se dirigió hacia atrás, donde él sabía que había una puerta que conducía a un camino que subía por la montaña antes de hacer un giro y tomar el sudoeste hasta llegar a la casa de Upjohn.

Parecía un buen camino.

Su cantar arruina el de los pájaros, pero un cuervo se le une, y Baeddan suelta una carcajada. Huele humo y de repente siente hambre… de algo… de cualquier cosa. Se acerca a un árbol, pasa sus dedos por debajo de un abanico de liquen naranja. Se detiene. No. Él no come esas cosas, no aquí. No…

Baeddan cierra fuerte los ojos. El hambre desaparece de golpe, y es reemplazado por la incomodidad apenas sus pies descalzos comienzan a sentir el frío.

–Baeddan –dice él mismo en voz alta. ¿Alguna vez dejará de causarle impresión ese nombre?

¿Dónde está la Bruja Grace?, se pregunta, mirando a su alrededor, buscando alguna ráfaga de color blanco. No. Ella tiene el cabello castaño enmarañado y ojos oscuros y…

De repente, el corazón del bosque late en su pecho.

Estruendoso y abrupto.

Santo.

Santo.

Da sus pasos al ritmo del llamado del bosque. Va descendiendo la montaña.

La voz del Bosque del Demonio es escandalosa, lo llama a él y a otros también… Baeddan siente que se expande de repente: hay una necesidad del bosque de salirse hacia afuera más y más que antes. Hacia él.

No puede explicarlo, pero la sombra que tiene dentro está comenzando a crecer.

¿Cuál es su nombre?

Suspira entre dientes, piensa que será mejor regresar a… a lo de los Sayer. Baeddan Sayer. Sí, debería encontrar…

Unos pájaros pasan volando a toda velocidad sobre su cabeza. Se están riendo. No son pájaros, o al menos no son *solo* pájaros. Sino...

No, debería tomar *este* camino.

Y lo hace. Sigue su instinto y baja la cuesta cubierta de coníferas.

Sus pies se deslizan por el suelo cubierto de hojas y entonces disminuye la velocidad para callar su andar. Esto requiere silencio, el acecho, el deslizarse y esconderse y encontrar recovecos, el escuchar... llegar a escuchar el...

Santo, dice el bosque, con una voz pesada y exigente que este joven demonio jamás había escuchado antes.

Tráeme al santo.

Haf espera en la cocina de los Sayer, estrujándose las manos. Por un segundo, Mair ve a la muchacha del velo parada en el lugar de Haf, pero luego parpadea y su amiga vuelve a reemplazarla. Mairwen se alista junto a Rhun, que la toma del codo.

Mairwen se siente extraña, y el recuerdo de la muchacha del velo sigue allí en sus pensamientos. No era su recuerdo, ni el de Rhun, ni tampoco el de Arthur, sino que era un recuerdo del bosque. ¿Serían la primera Grace y el viejo dios?

—*¿Qué sucedió con el viejo dios del bosque?* —pregunta.

—¿Mairwen?

Saliéndose de sus propios pensamientos, Mair se concentra en Haf mientras que Rhun la ayuda a sentarse a la mesa y coloca un plato de pan caliente frente a ella.

—Sí —responde, tomando en su mano el pan.

Rhun y Haf se sientan a ambos lados de Mair. Los dos se le acercan, a modo de conspiración.

—Mira —murmura Haf, y le muestra su mano, palma arriba. Una mancha de sangre ha estropeado la delicada piel entre su pulgar y el dedo índice, rodeando una herida que pareciera ser un pinchazo—. Fue una espina, anoche. Me tropecé en la oscuridad, y luego lavé la herida, la vendé y me volví a dormir. Estaba así esta mañana cuando desperté.

—El pacto debería curar este tipo de heridas durante la noche —dice Rhun.

Mairwen los mira fijamente. En el fuego, Nona remueve los trozos de carbón debajo de la olla y coloca sobre estos unas patatas. Sal ha vuelto a revolver su bol de crema y Delia está rellenando el pollo que ella misma había limpiado en la otra punta de la mesa.

Todos en silencio. Todos escuchando.

—Dije que sería un hechizo temporario —dice Mairwen en su tono normal, aunque un poco preocupada.

Los ojos de Sal miran directo a Mairwen, luego a Delia, y luego a Mairwen otra vez.

—¿Pero *tan* pronto?

—¿Te sientes bien? —le pregunta Rhun a Mair, acercándole el plato a su mano—. Come algo.

Nona se pone de pie.

—Durará lo que tenga que durar. Y entonces, estaremos a nuestra propia merced.

—A menos que hagamos un nuevo pacto —dice Rhun. La está mirando a Mairwen, no a su madre.

—Si mi hechizo no sostiene el pacto, si mi corazón no logra hacerlo, así, de esta manera, entonces la muerte será nuestra única salida —dice

Mair–. Pero no podemos simplemente enviar a alguien al bosque para que muera allí.

Rhun coloca su mano sobre la de ella.

–No es tan simple. Si yo hubiese sabido la verdad, me habría ofrecido de todos modos. Si me hubiesen criado de esa manera, sabiendo lo que significaría para el resto del pueblo, sin necesidad de la mentira.

–Rhun –murmura Haf.

Rhun la mira.

–Bree no estaría con vida si no hubiera sido por el pacto. Cuando yo era pequeña, hubo una plaga que pasó durante la noche y luego desapareció. ¿Cuántas vidas más se habría cobrado si no hubiera desaparecido de esa manera? Y la bebé de Rhos está viva en este instante, y yo pude tocar su naricita. Es el mismo pacto de siempre: una vida a cambio de todo esto. ¿No crees que vale la pena?

–Eso es lo que se anda diciendo en el pueblo –comenta Haf–. Que el santo es el santo, y que tu deberías… o nosotros deberíamos… enviarte de regreso.

–Eso es exactamente lo que hace que todo esto no tenga sentido –dice Nona, golpeando con la palma de su mano la repisa del hogar–. Cualquiera que piense de esa manera no se merece la vida de mi hijo.

Mairwen asiente con la cabeza, y Haf también. Sal se inclina en la punta de la mesa.

–En eso tiene razón, Rhun.

La tía Delia tiene lágrimas en los ojos, pero también asiente con la cabeza.

–Deberías quedarte aquí por un tiempo –le dice Haf–. Mantenerte lejos de todo. ¿Dónde está Arthur? Él no es el santo, no en verdad, pero la forma en que hablan su padre y algunos otros… Temo que pudiesen…

—No puedo esconderme –dice Rhun–. Iré a buscar a Arthur. El pacto durará un poco más, y luego…

Mair se pone de pie.

—Yo iré a la mansión y revisaré los libros de Sy Vaughn. Tal vez pueda encontrar respuestas allí. Quiero saber qué piensan sus ancestros sobre lo que pueda haberle sucedido al viejo dios.

—Iré contigo –dice Haf, y Mair accede.

—Rhun, tú ve y encuentra a Arthur, y a Baeddan si puedes. Ve a la caza. Alienta a todos los que te encuentres en el camino a que sigan con sus tareas habituales y todo estará bien. Las Tres Gracias es la vida del pacto, así que eso es lo que debemos hacer si queremos colaborar: debemos *vivir*.

Rhun coloca sus manos sobre la cintura de Mair y la besa.

El velo cae sobre sus trenzas, hombros y brazos a medida que él

Mair lo besa aún con más intensidad, siente el ardor de las espinas en su clavícula y la presión de sus propios dientes filosos contra su labio superior.

—Ten cuidado –le susurra.

Cuando lo suelta, da un pequeño grito de dolor. Su sangre se tensa, espesa y fría. La invade un escalofrío, y deja que Rhun la envuelva en sus brazos. Mair puede sentir el bosque viniendo a buscarla, aquí a la montaña. Es desesperante, ¡y muy *fuerte*!

Las sombras atraviesan la línea de árboles y suben por la pradera hacia la casa de su madre. Con los ojos cerrados y el rostro presionado contra el hombro de Rhun, Mair puede ver una bandada de pájaros volar sobre el valle, y un viento sale furioso del Bosque del Demonio, rodando en dirección a Mairwen.

El demonio avanza algo torpe, cruza el patio y abre la puerta de un solo golpe, tan duro que la puerta se sacude y su hombro se gana una nueva magulladura. Tiene la visión borrosa. Le duele cada punto de su cuerpo, y la orden del bosque es todo, todo, todo lo que puede oír: *hambre, tanta hambre. Trae al santo, encuentra al santo, el santo, santo*

Cada paso que da marchita el pasto bajo sus pies. Cada árbol que toca se sacude y su palma queda marcada en la corteza como una mancha oscura.

El demonio está muriendo, y se está llevando todo con él.

Mientras gruñe, vuelve a tirarse contra la puerta. La golpea y la rasguña, y finalmente la puerta cede.

Hace calor dentro de la casa. El fuego en el hogar está encendido. Gruñe a una mujer y a una niñita. Ambas lo miran con ojos bien abiertos, se abrazan y juntas gritan:

—¡John! ¡John!

El bosque también llama. *¡John! ¡John!*

—¡John! —ruge el demonio y, por un instante, su vista se aclara, su mente también. Baeddan sabe por qué está aquí.

Corre y empuja a la mujer. Se apresura a ingresar en el segundo cuarto de la casa: allí un hombre lo está esperando, a medio vestir, con el cabello suelto. Tiene una sola mano. El otro brazo termina en una muñeca cerrada en la punta con una brillante cicatriz rosa.

John Upjohn apenas puede respirar.

La piel del demonio es amarillenta. Los cuernos se le han salido e incluso sus espinas están marchitándose, ya ha perdido dos y han dejado la herida abierta, a través de la cual se puede ver el hueso oscurecido que está debajo. El demonio tiembla. Está débil. Sus ojos, hundidos en su rostro; y sus labios, secos y tajeados, que comienzan a sangrar cuando abre la boca para mostrar sus dientes filosos.

John se le acerca, con los ojos puestos en el pecho del demonio, donde los huesos de su mano siguen cosidos con hiedra y tendones al pecho del demonio. Falanges, nudillos y los huesos de la muñeca también.

El demonio da un salto hacia adelante, reclamando su premio.

El bosque está callado, pero no en silencio.

La luz queda tamizada por la barrera que forman las copas de los árboles, aunque sigue siendo muy brillante, y perturbadora, mientras que Arthur continúa su camino directamente hacia el norte, hacia el Árbol de los Huesos. Se imagina tomando hachas y palas y, abriendo un camino a través del bosque junto a un gran grupo de otros hombres. Dejarían marcas con pintura roja como advertencia para no perder el rumbo.

A diferencia de hace dos noches, Arthur es ahora una figura fuerte y segura de sí misma mientras avanza a pasos grandes entre los árboles. No se inclina, no espía entre las sombras, asustado. Cuando llega a un arroyo, lo reconoce por haberlo visto en aquel intermitente recuerdo, y entonces salta y lo deja atrás así sin más, satisfecho con saber que sigue en la dirección correcta. Cuando una docena de mujeres-pájaros llegan y se precipitan hacia él, Arthur simplemente las ahuyenta moviendo suavemente las manos.

—Soy Arthur Couch, y ustedes ya me conocen. Déjenme ser. No tendrán mi sangre —cuando su camino se ve bloqueado por tres muertos vivos, uno con cráneo de cuervo, el otro con el de una cabra, y el último con el de un zorro, Arthur muestra su sonrisa más feroz y presume de su cuchillo.

Los muertos vivos se ríen y saltan a su alrededor, y terminan por unírseles a las mujeres-pájaros, que siguen a Arthur.

No pasa más de un cuarto de hora antes de que Arthur tenga un séquito de demonios, necrófagos y muertos vivos, todos haciendo ruido con los dientes y riéndose por lo bajo. Un ciervo con colmillos y garras en lugar de patas se aparece por detrás, y lo mismo hacen un puñado de lobos negros, de ojos rojos y dientes tan filosos como navajas.

Las sombras se mueven. No tienen mucha forma, y son casi invisibles en esta luz tan escasa.

El estómago le ruge. Arthur desearía haber comido algo antes de salir.

Si bien pasa junto a manzanas relucientes y algunas bayas de un negro vibrante, sabe que no quiere arriesgarse.

La canción del viento se vuelve un repiqueteo más bien esquelético, y Arthur sabe que ya está cerca del Árbol de los Huesos. Ruge y rechina, incluso sin ayuda del viento, estirándose para volverse más amplia y enterrándose en la tierra debajo del bosque.

Arthur ingresa en el bosquecillo, dejando su séquito escalofriante apiñado en la entrada.

Todo es gris, algo parecido a la superficie de la luna, excepto que aquí hay una especie de jaula de árboles negros que lo rodean en un círculo. El Árbol de los Huesos se eleva alto, se alza sobre todo lo demás con ramas blancas y cicatrices grises. Desparramados en la tierra desnuda, hay un centenar de hojas escarlata, y están todas secas. Y también hay unas diminutas manchas de sangre, que pasaron a marrón o púrpura.

Arthur se inclina hacia adelante, escupe algo de sangre sobre el suelo, y luego hace su mejor intento para rugir una vez más. Es una batalla que perderá. Está débil, pero no permitirá...

Parpadea varias veces para ahuyentar el recuerdo. ¿De qué le serviría ahora de todos modos? Ahora tiene una misión. Arthur camina con mucho cuidado hacia el Árbol de los Huesos.

El altar lo espera, frío, pálido y vacío, sin sus hiedras negras ni restos repugnantes. Raíces gruesas y extremadamente pálidas, como gusanos enormes que salen de la tierra, abrazan el altar y sirven de base para el propio Árbol de los Huesos.

Y, por supuesto, allí también están los huesos. Arthur aprieta los puños, furioso ante la evidencia de siglos de sacrificios. Veinticinco cráneos, mirando fijo y sonriendo, atados en una especie de espiral al rostro blanco y áspero de este árbol. Un destello de escápulas y costillas, como alas que se abren hacia lo alto y hacia atrás, e hileras de huesos más largos, fémures y brazos enteros alineados y formando una especie de armadura.

Arthur mira hacia arriba y debe cerrar los ojos ante el resplandor de la luz. Todo es demasiado brillante, todo es demasiado blanco. Al menos la conflagración que ha planeado volverá todo un poco más cálido.

Se dirige hacia el altar. Toma las hiedras viejas y los restos de tela que quedan de los jubones, los pantalones y las camisas de los otros santos anteriores a Baeddan. Es terrible pensar en todo aquello, pero le provoca satisfacción saber qué está a punto de ofrecerles una enorme fogata.

Ha recolectado una buena pila de hojas, ramitas y trozos de corteza seca, y todo está amontonado contra, sobre y alrededor del altar, listo para ser encendido. De pronto, un sonido lo quita de su concentración.

Gira y mira hacia todos lados, a los límites de esta arboleda donde se encuentra el Árbol de los Huesos, tratando de encontrar con los ojos a lo que sea que haya provocado ese sonido.

Nada.

El silencio lo rodea, incluso los espíritus maléficos y los monstruos escondidos en las sombras han dejado de parlotear. Esta quietud le provoca más temor a Arthur, que saca el cuchillo. No podría ser Baeddan. Ese demonio jamás fue demasiado silencioso. Pero entonces, ¿quién era? ¿Qué era?

Aminora la respiración con gran esfuerzo y toma su chispero.

Se parte una rama.

Algo gruñe. Es el Árbol de los Huesos.

Estupefacto, Arthur mira a los esqueletos y a los cráneos mirones, a las ramas blancas más altas, con marcas profundas que dan cuenta de su edad. ¿Es eso una ráfaga de color? Color violeta.

Es una flor. Desciende flotando en el aire y se posa en su proyecto de fogata. Los pétalos parecen aterciopelados, con forma de lágrimas, y uno a uno van marchitándose hasta volverse oscuros.

Caen más. Tres por allí, y luego un puñado por allá, tiemblan al tiempo que van descendiendo y caen a su alrededor.

El Árbol de los Huesos se estremece, y unos bucles ver salen de las grietas en su corteza.

—¿Qué está sucediendo? —pregunta Arthur en voz alta.

—He venido a casa —dice una criatura detrás de él, con voz suave y repleta de satisfacción.

La última vez que Mairwen había trepado este dificilísimo camino de montaña, estaba ansiosa y desesperada, casi sin esperanzas, porque uno de los caballos estaba enfermo y Rhos Priddy había entrado en trabajo de parto antes de tiempo. Ahora lo escala determinada, con Haf justo detrás de ella, conquistando el camino sobrecrecido de pasto, tomándose de las rocas, los peñascos y las raíces enredadas para poder seguir subiendo. Ahora es más fuerte de lo que era antes. Está llena de un poder que le dice de dónde sujetarse, dónde colocar cada pie. De hecho, incluso retrocede un poco un par de veces para ayudar a Haf a seguir subiendo.

—Mairwen, tú no tienes miedo.

Sorprendida, se detiene. Haf lanza una maldición por lo bajo. Tanto esfuerzo le ha puesto los labios más rojos y los ojos más brillantes. Largos mechones de cabello negro y sedoso se le pegan al cuello.

Mairwen levanta su brazo para mostrarle a Haf cómo la piel del brazo donde tiene su brazalete va pasando de rosada a casi violeta desde su muñeca y hasta su codo.

—Es el poder del bosque. Una manifestación de esto en lo que me estoy transformando.

—¿Y qué es eso exactamente?

—Parte del bosque, supongo. Como lo fue Baeddan, antes de que nosotros lo sacáramos de allí.

—¿Y eso es porque eres una bruja?

—Y la hija de un santo. Y porque me bendije a mí misma —confiesa Mair, con un breve parpadear.

Riéndose sin respiro, Haf toma la mano de Mair.

—Yo siempre quise ser una bruja también. Porque tú lo eres, y eres tan…

—¿Rara?

—Y no te importa.

—Creo que serías una maravillosa bruja. Si no fueras tan feliz con Ifan, y si supiera que mi decisión no pondría a Arthur a llorar, te convencería para que fueras mi compañera bruja, como Hetty y mi madre.

—¿Y ellas…?

—Así es.

—Bueno —Haf retrocede y se toma de la mano de Mairwen con firmeza.

—Ahora bien —dice Mair, sonriendo con sus afilados dientes—. Esta es la primera lección: tienes que escuchar.

El silencio se extiende. Mairwen asiente y continúa escalando, con la mano de Haf todavía aferrada a la suya. Mair escucha el deslizar de las rocas que se van derrumbando bajo sus pies, el viento soplando a través de los árboles y el pasto alto por delante, donde la montaña se eleva allí detrás de la línea de árboles.

Escucha la respiración de Haf acelerarse con el esfuerzo y la esperanza, e incluso se escucha a sí misma con el esfuerzo. Hasta llega a oír el zumbido de la sangre en sus oídos. Escucha la voz del bosque, que la llama y la llama. Y el llamado no está en sus oídos. Está en su corazón. Desde que el bosque comenzó a salirse de sus límites, se ha vuelto a callar, como si hubiese atrapado lo que buscaba y entonces retrocedió y volvió a su posición habitual.

—¿Escuchar qué? —pregunta Haf finalmente, exasperada.

—¡Solo escucha! —ordena Mair mientras hace fuerza para seguir subiendo un poco más rápido—. Escucha todo. Escucha. Mamá solía llevarme hasta determinados puntos y me dejaba allí por una hora. Cuando regresaba a buscarme, me pedía que le contara todo lo que había escuchado y qué pensaba yo que era —El recuerdo resultaba algo amargo luego de la confesión de Aderyn: Mair cree que, de haber aprendido mejor la lección, habría sabido la verdad hace mucho tiempo.

—¿Cuál es la segunda lección? —pregunta Haf.

—Mi madre decía que aprender a remojar hierbas y hacer un bálsamo, o la paciencia. Pero creo que es poder ver entre el día y la noche. Aprender a encontrar un lugar entre todo lo demás. Ese es el hechizo: vida, muerte, y la gracia entre medio. La *bruja* entre medio.

—Sentirse cómoda allí —dice Haf pensativamente, y luego pasa sus brazos por la cintura de Mairwen.

Mair asiente con la cabeza y le devuelve el abrazo.

—Creo que ser una bruja también significa tomar decisiones. Si puedes ver entre el día y la noche, si ves sombras entre lo bueno y lo malo, entonces puedes actuar sobre lo que los demás no pueden o se rehúsan a ver. ¡Cambiar las cosas!

—Siempre he admirado la manera en que tú no encajas en ningún lado, y es por eso que siempre te haces tu lugar.

—Y tú también, Haf. Nadie puede decirte quién eres. Solo tú. No importa quién quieren los demás que seas. Nosotras elegimos. Nosotras decidimos.

Haf deja de moverse. Mira a Mairwen por un instante, y luego asiente con la cabeza.

—Tal vez… Diría que soy una afortunada porque yo sí quiero ser lo que los demás quieren que yo sea. Pero es más difícil para ti.

—Yo lo hago difícil.

—¿Arthur es un brujo?

Mair resopla.

—Él también ha estado en el medio, ¿verdad? —sugiere Haf—. Lo creía un afortunado. Me refiero a ser ambas cosas… Pero ahora sé que lo odiaba.

—¡Arthur lucha mucho contra ser indefinible! Y eso me encanta de él. Él preferiría que nadie viese su dualidad. ¿Cómo es que puede ver entre la luz y la oscuridad si está decidido a quedarse en lo oscuro?

—Tal vez no podía decidir quién quiere ser cuando los demás habían ejercido tanta presión desde tan temprana edad.

—No más que la presión que sufrimos todos los demás cuando nacemos y enseguida nos visten de determinada manera y nos entrenan para que seamos lo que se supone que debemos ser –dice Mairwen.

Haf suspira.

–El problema de Arthur –continua Mairwen– es que él le da más valor a ser un muchacho que a ser una chica. Como si el hecho de que es siempre un varón el que se sacrifica significase que los varones son mejores que las chicas. Y esa no es la razón en todo esto.

–¿Y cuál es?

–Es simplemente la pauta que se eligió para armar el pacto. Yo creo que cualquier corazón podría sellar el pacto, pero así la historia no era lo suficientemente atrapante. Para hacer que la gente accediera a algo que terminaría por herir a otros, el pacto debía ser más específico, debía crear determinadas reglas a las que el pueblo pudiera asignarle un significado. Algo a lo que el pueblo pudiera infundirle valor. Créeme, a las personas no les gusta la magia sin sentido, que no es sencilla de creer. Era fácil creer que un muchacho fuerte, habilidoso y noble debía ser digno de sacrificio, especialmente si tenía una oportunidad de sobrevivir.

–Y tú quieres cambiar esa historia.

–Debemos hacerlo.

–Pero eso provocará dolor también –murmura Haf, aunque no se opone a la idea tampoco.

Por un momento, Mairwen escucha el viento otra vez, y escucha la voz distante del bosque, y el latido de su corazón. Sabe que Haf tiene razón, al menos en la mayor parte. No era el nombre de niña o los vestidos lo que herían a Arthur. No, él era feliz cuando eran niños. Mairwen recuerda cuánto solía reírse Lyn Couch. Lo que a él más le dolía era el cambio de reglas. Ser forzado a abandonar la niña en él para ser un niño, como si no tuviese la opción de ser ambos, como si tomar cualquier otra decisión fuese sobrenatural. Era tan pequeño cuando todo su mundo se le fue arrancado que no sorprende que hubiera decidido aferrarse a las reglas de ese momento en adelante. Su mundo entero cambió, y él no quería cambiar con él, hasta que rompió otra regla, hasta que se adentró en el bosque y vio con sus propios ojos aquellas mentiras. Arthur debió cambiar para sobrevivir. Igual que Las Tres Gracias. Las reglas del pacto han cambiado, y ahora todos deberán hallar juntos una forma de cambiar otra vez. De cambiar para mejor. Mair sonríe.

—Todos deberíamos aprender a ser brujas en Las Tres Gracias.

—Yo empiezo —dice Haf.

Mairwen le da un beso en la mejilla y respira el maravilloso aroma del aceite dulce que Haf suele pasarse por las puntas de su cabello para evitar que se seque durante el invierno.

—Vamos.

Finalmente llegan a la parte llana de piedra y grava, donde ya no crecen más árboles. Aún están allí los restos de la fogata de la noche de la Luna del Sacrificio, cuando ella era la bruja Grace y ungió al santo y lo besó, sin saber a qué lo estaba sentenciando.

Mairwen pasa de largo y atraviesa el portón de hierro. De pie frente a la pesada puerta principal, levanta la mano para llamar a la puerta, pero descubre que esta ya está apenas abierta.

—Ah —dice Haf, preocupada.

Mair usa su hombro para empujar la puerta un poco más.

—¿Hola? ¿Lord Vaughn? —Su voz hace eco en el pasillo a media luz. Mair avanza—. ¿Vaughn?

No obtiene respuesta. Y no hay prácticamente nada más para escuchar. Ni el crujir de un fuego. Ni un ruido más allá de los pasos de Haf al cruzar la entrada. Los pies descalzos de Mairwen no hacen ruido.

Las muchachas avanzan por la mansión, pasan delante de las paredes de piedra blanca y los paneles de madera oscuros, por la biblioteca y la cocina, la sala de estar y una pequeña sala de música repleta de instrumentos cubiertos de polvo. Buscan en cada habitación que encuentran, incluso espían debajo de los tapices en las paredes en busca de habitaciones secretas.

Vaughn no está por ningún lado.

Mientras que sigue su camino en dirección a Las Tres Gracias, los pensamientos de Rhun revolotean entre una anticipación de placer por volver a ver a Arthur y un poco de preocupación por no poder cumplir con las expectativas de su madre. *Tú lo que sabes que es lo correcto, para todos, todo el tiempo.* Su madre está orgullosa de él, y Rhun quiere que eso siga siendo así, pero ya no está seguro de saber qué es lo correcto esta vez. Haf Lewis dice que los aldeanos están enojados, ¡y tienen razón para estarlo! Dicen que, en lugar de cumplir con su tarea, Rhun dejó que Mairwen y Arthur modificaran el pacto, sellándolo de una manera que no podrá durar lo suficiente. Y tienen razón. Él había elegido vivir; él eligió darle a Mairwen una oportunidad de sellar el pacto a su manera.

Hay un instante que ahora recuerda del bosque, cuando Arthur intentó entregarse ante el demonio y salvar la vida de Rhun, y lo único que Rhun pudo sentir en ese instante fue una necesidad desesperante de sobrevivir. Para que *los dos* pudieran salir de aquel bosque. Juntos. Había olvidado eso, como también había olvidado qué es lo que habían ido a salvar.

Rhun quiere vivir, pero no quiere que Las Tres Gracias sufra por ello.

Avanzando tan silenciosamente como lo hace, Rhun termina por asustar a Judith y Ben Heir, que están de turno cuidando a las ovejas, orientando al rebaño hacia la zona de pastos más altos. Están tomados de la mano, y Judith se le acerca para susurrarle algo en el oído. Eso le causa cosquillas a Ben y él sonríe. Anoche en la mesa de los Sayer, Rhun oyó a su prima Delia, que lo oyó de su cuñada, que Judith está embarazada. La próxima generación de niños que deberán ser sacrificados por el bosque.

Se detiene.

—Felicitaciones a ambos —Es difícil decir si realmente siente lo que está diciendo.

Judith se echa hacia atrás, apoyándose sobre su marido, que la toma por los hombros.

—Gracias, Rhun —dice ella con una sonrisa.

—Quiero que mi niño esté a salvo —dice Ben, un poco menos feliz, pero con una mirada que Rhun sabe exactamente cómo interpretar.

—Yo quiero exactamente lo mismo, Ben. ¿Han visto a Arthur?

—No —responde Judith. Y duda antes de decir algo más.

—¿Cómo es que vamos a permitir que todo esto se caiga a pedazos? —pregunta Ben.

—Estamos intentando que eso no suceda. Arthur, Mairwen y yo, y Haf Lewis, y todos los que quieran intentarlo con nosotros. Mair y Haf están subiendo hasta la casa de Vaughn en este instante para intentar hallar respuestas. Necesito a Arthur. Para…

Rhun se encoge de hombros.

—Vi unos pájaros extraños volar desde las entrañas del bosque esta mañana —dice Ben—. Y el cielo lleva horas cubierto de nubes.

—Necesitamos lluvia —le dice Judith a su esposo.

—Solemos tener la cantidad exacta de lluvia todos los años. Ahora no lo sé… ¿Y si hay una inundación luego?

—¿Qué crees tú que deberíamos hacer? —le pregunta Rhun.

El hombre se pasa una mano por el pelo castaño y luego sacude la cabeza.

—No estoy seguro.

—Es difícil. Sé lo que algunas personas están diciendo.

Rhun comienza a caminar y les pasa por al lado, pensando en las palabras de su madre. *Cualquiera que piense de esa manera no se merece la vida de mi hijo.*

—Solo quiero que mi hijo viva… o mi hija —dice Ben.

Rhun se da vuelta para responderle.

—Tú quieres que yo, o que cualquier otro muchacho, muera para que el tuyo pueda vivir, Ben. Eso lo entiendo. Pero así será hasta que tenga quince años, y entonces tal vez le toque al tuyo ser el santo. Y tú sabrás que no hay oportunidad de que regrese del bosque —Rhun se le acerca y mira a Ben a los ojos—. Lo siento mucho.

—Sin el pacto, mi hijo podría morir incluso antes de nacer —murmura Judith, con ambas manos sobre su vientre.

—Lo sé.

—¿Qué vamos a hacer entonces? —se lamenta Ben mientras abraza fuerte a su esposa.

El brazalete de Rhun se ajusta de repente. Él se queda helado y se levanta la manga de la camisa. Los cabellos y los tallos en el brazalete aprietan y se deshacen, convirtiéndose en cenizas.

Ha desaparecido. Rhun levanta la mano, la cierra en un puño, concentrándose en la fuerza de su brazo. No hay magia.

Con los ojos cada vez más grandes, mira en dirección al norte hacia el bosque. No se había dado cuenta de que la voz había estado callada durante un largo rato. Dormida, aburrida, o quizás sin interés de seducirlo para que regrese al Árbol de los Huesos.

Pero ese no es el problema. Su hechizo no está debilitándose lentamente, no está desapareciendo.

Algo acaba de romperlo.

En la recámara de Vaughn, Mairwen y Haf descubren una cama del tamaño del altillo en la casa de Mair. Sus postes están construidos de sólidos troncos, madera oscura y pulida hasta haberle sacado brillo. El colchón es grueso y relleno de plumas, no de paja, y huele a pino y a una fragancia a tierra para la que Mair no puede pensar en otro nombre que "otoño". Haf pasa los dedos por los bordes de la delgada almohada de seda y también se estira para tocar los flecos que decoran la cortina azul oscuro.

Aunque se muere por explorar la pequeña pila de cartas que está sobre la mesa en uno de los rincones y la caja laqueada junto a esas cartas, Mairwen se detiene justo cuando pasa frente a los pies de la cama. Hay una piedra gris y larga con unos mosaicos también de piedras incrustados. Cuando se inclina para tocarla, descubre que emana algo de calor.

Al igual que el hogar en su casa, y al igual también que el altar del Árbol de los Huesos.

—Mairwen —susurra Haf, aunque no haya nadie cerca de quien deban de esconderse.

Un escalofrío le recorre la espalda. Mairwen mira a su amiga. Haf está señalando el hogar frío y un pequeño set de pinturas ovalado apoyado contra ella. Es un retrato pintado de una niñita.

Mairwen se aproxima con prisa y lo levanta con mucho cuidado. Es una pintura vieja; tiene algunas grietas en el borde donde el papel se encuentra con el delgado marco de oro. Pero la mirada de la niña es tan intensa que Mairwen siente casi como si estuviera mirándose al espejo.

Ojos marrones y redondos, labios rosas y delgados dibujando una leve sonrisa, piel rosada y cabello oscuro con algunos reflejos rojizos.

Es ella misma. Cuando tenía unos cinco o seis años.

Antes de que Mairwen pueda pronunciar palabra, siente un ardor en su muñeca.

Y entonces, con un grito, Mair cae sobre sus rodillas y siente cómo un fuego y el frío de la noche oscura explotan en su cuerpo al mismo tiempo: el calor en su sangre, el frío en sus huesos.

Mair deja caer el retrato. Haf se arroja al piso para sostenerla por los hombros y grita su nombre.

La lengua de Mairwen está seca. Se le ha cerrado la garganta. Tose, siente que algo la está ahogando, algo que sube desde el estómago. Se estremece. Lo puede sentir. Es amargo y dulce, es sangre y azúcar. Escupe una flor. Una diminuta viola morada.

De las heridas de Baeddan, crecen flores color púrpura, que luego se marchitan y mueren, cayendo en forma de cenizas negras que se posan alrededor de sus pies descalzos.

—Dejé que el último escapara, y mira en lo que me he convertido.

—Ah, Mairwen, ¿está empeorando? —pregunta Haf.

—No —dice Mairwen con una garganta en carne viva, y luego escupe una segunda viola. Tiene las manos extendidas y apoyadas en el piso sobre el suelo de piedra: una está abierta y enrojecida, con los nudillos blancos por la tensión y la otra está tomando un tinte azulado, pero el guantelete está descascarándose, se va deshaciendo en pequeños fragmentos marrones. El cabello entrelazado se reseca y le molesta.

De repente, Mair siente que su pecho se prende fuego. Hace un esfuerzo enorme para arrodillarse y luego se desgarra la camisa, y con la tela arranca sin querer una de las espinas. La espina cae al suelo. Mair se muerde el labio.

¡El bosque se está retirando de su cuerpo! Rápido y desesperado, ignorando la necesidad de su cuerpo de un cambio más lento.

—Duele —logra decir—. Ayúdame a ponerme de pie.

—Ven a la cama, Mair. Yo iré…

—¡No! Debo llegar al Árbol de los Huesos. Tengo que… ¡Algo no está bien!

Mairwen usa a Haf para pararse. Pisa sin querer el retrato, su talón lo parte en dos; y Mair pierde el equilibrio, pero Haf está allí para no dejarla caer. Juntas salen corriendo de la casa.

Arthur se da vuelta tan rápido que da contra el altar.

Un hombre emerge del bosque. Está vestido con ropas simples: una túnica fina, pantalones y el cuello y los puños de su camisa, desabrochados. No lleva botas ni medias, y sus pies descalzos se ven extrañamente pálidos, manchados como la superficie de la luna, al igual que su rostro. Su sonrisa es amplia y curva como una guadaña. Y su cabello está despeinado y refleja todos los colores de la corteza del árbol y la tierra: marrones y grises y negros y rojos, todos mezclados en un revuelo de rizos. Da la impresión de que uno de sus ojos se agranda mientras que el otro se encoge; uno es oscuro y el otro es claro, y eso es lo único que le permite a Arthur ponerle un nombre a este hombre.

—¿Lord Vaughn? —pregunta, achinando los ojos para verlo mejor.

El hombre levanta los brazos, y entonces varias mujeres-pájaros aterrizan sobre sus palmas abiertas.

—Al menos *Lord*, sí —responde cálidamente.

Siguen lloviendo flores sobre ambos, y Vaughn gira la cabeza hacia el Árbol de los Huesos.

—Ah, mi corazón —dice.

La cabeza de Arthur da vueltas. Se sienta sobre el borde del altar.

Vaughn ingresa a la zona de la arboleda, moviéndose directamente hacia Arthur, pero sin quitar la mirada del Árbol de los Huesos. Dos mujeres-pájaros se aferran a su brazo, y otra se posa sobre su cabello. A continuación, un puñado de muertos vivos aparecen arrastrándose: el cuervo y dos zorros, ojos abiertos y puestos en Vaughn de una manera que Arthur solo puede leer como admiración. Los árboles a su alrededor se mueven y se sacuden, sin ningún tipo de brisa que cause semejante alboroto. Y las sombras también se unen a la peregrinación. Arthur escucha el chasquido de dientes y el roce de plumas, oye pasos y el crujido de ramas a su alrededor.

Y ve las mismas florecillas púrpuras que caen del árbol brotar nuevamente por donde Vaughn va pisando. Salen tallos de la tierra agrietada, por entre las raíces gigantes, por debajo de las piedras. Se elevan, se enredan, y los capullos violetas se abren.

Arthur se apoya sobre el borde del altar, aferrándose a él. Su cuerpo se vuelve rígido, ha entrado en pánico y le cuesta comprender.

—Tú eres el demonio —dice cuando Vaughn pasa junto a él. El *lord* es más alto, y su andar es prácticamente inhumano. Es como si… Sí, exactamente, como si sus piernas se hubiesen torcido de alguna manera, como si tuviese una articulación de más, como si tuviese las patas traseras de un caballo, pero en sus pies crece un tipo de piel animal, velluda, y toman forma de garras, como si fuese un gato salvaje.

Vaughn se ríe. Su voz es profunda, hace eco. Y bien en el centro de esa risa Arthur jura poder oír el sonar de unas campanas.

Unas espinas brotan de la frente y las sienes del Lord, crecen y se retuercen, hasta que llega a tener una corona completa. Se dividen y crecen como cuernos, pero en ellos florecen flores, que luego se marchitan, que luego mueren, que luego vuelven a crecer, esparciéndose sobre su cabello y sus mejillas.

El viejo dios del bosque, piensa Arthur, y es la voz de Mairwen, que murmura esas palabras para él. Y luego, Arthur piensa: *estoy perdido.*

Si puede encontrar una manera de encender su fuego, tal vez pueda escapar. Vaughn se ve tan maravillado por el Árbol de los Huesos, por sus propios movimientos y su risa, que todo eso podría ser posible. Arthur lentamente mete la mano en el bolsillo otra vez, buscando su chispero. Tendrá una sola oportunidad para crear las chispas. Por suerte, los trapos y el pasto seco ya están listos. Una chispa y un soplido, y tal vez…

Se da vuelta y golpea el chispero de acero contra el altar. Las chispas vuelan. Él se dobla y coloca ambas manos alrededor de su fogata y hace una leve reverencia.

Una mano gigante y retorcida hace presión sobre las cenizas. El humo envuelve los dedos del demonio. Arthur toma su cuchillo y ataca.

La cuchilla hiere a Vaughn en el pecho, atraviesa la túnica y da con la piel. La sangre salpica el rostro de Arthur, y Vaughn lo toma por la garganta.

Lo eleva del suelo, sosteniéndolo solo por el cuello. Arthur araña la muñeca del demonio y patea, pero es lo mismo que patear un roble gigante. Aprieta la mandíbula, tratando de recuperar el ritmo de su respiración, tratando de sostenerse con la fuerza de sus brazos.

Vaughn contempla la lucha de Arthur. Sangre espesa y rojiza y marrón brota lenta y pegajosa de su pecho. Como la savia. Sus ojos están completamente negros, con unas pocas manchas marrones y otras blancas; y su boca es de un rojo intenso, devastadoramente rojo, y sus dientes se ven filosos. Arthur nota sorprendido cómo la piel de Vaughn sigue transformándose. Se oscurece por tramos, gris y púrpura, como si todas las venas de su cuerpo hubieran explotado al mismo tiempo y estuvieran ahora desparramando su contenido por todo el cuerpo, como la misma muerte. El demonio se está muriendo y descomponiendo ante Arthur.

—¿Por qué tu madre no te llevó con ella? –pregunta la criatura Vaughn.

Arthur bufa entre dientes. Su visión se vuelve borrosa. La sangre ruge en sus oídos. Patea una y otra vez, se retuerce, pero no puede respirar lo suficiente como para… para…

El demonio lo arrastra hasta llegar al altar, hacia donde lo lanza. Aterriza en la maraña de raíces en la base del Árbol de los Huesos y se da un fuerte golpe. Su cuerpo se contrae, y no puede respirar.

Unos momentos después, está intentando respirar, jadea y tose, con ambas manos sobre las raíces. Intenta darse vuelta y ponerse de pie.

El Árbol de los Huesos se sacude, y debajo de él, la tierra entera tiembla. O tal vez sea Arthur el que está temblando.

El silbido en sus oídos desaparece solo para darle lugar a un sonido un tono más bajo, y entonces puede oír cómo todos los presentes se burlan.

Con su visión teñida de rojo por la sangre, Arthur llega a ver a Vaughn junto al tronco del Árbol de los Huesos, apoyando la mejilla en la corteza áspera. Una de sus manos huesudas toma el cráneo más cercano a su alcance. Lo sujeta con sus dedos por la mandíbula, como si estuviese sosteniendo un grito esquelético.

Su espalda se ha agrandado también, hasta ha llegado a rasgar la túnica que lleva puesta, y ahora es más alto, y su piel es de un color blanquecino otra vez. Su cabello se parece más a los pelos de un animal, negro y sedoso. El demonio mira sobre su hombro a Arthur.

—Aún vivo. Bien.

—Yo no… —A Arthur le duele hablar, pero obliga a las palabras a salir de su garganta magullada–. ¿Por qué… te preocupa tanto… mi… madre?

—No entiendo por qué abandonó a su propio hijo. Casi muero por el mío, y tu madre simplemente… se marchó.

—¡Yo jamás me habría ido de aquí! –grita Arthur.

El demonio se acuclilla, balanceándose con agilidad sobre sus patas de gato salvaje, y mira a Arthur.

—Sí. Te pareces demasiado a mí. Siempre he creído eso.

Arthur sacude la cabeza.

—No, eso no es verdad.

—Demasiado poderoso para el lugar donde has nacido. Siempre queriendo más, pero sin poder soltar.

—No –dice Arthur, haciendo fuerza con las rodillas para levantarse. Sacude la cabeza una vez más–. No, no es verdad.

Una polilla bate sus alas contra la mejilla de Arthur, y un ciempiés del tamaño de una serpiente se desliza por el dorso de su mano, apresurándose hacia el árbol.

Las flores continúan cayendo.

¿Qué había dicho el demonio? Arthur cierra los ojos. *Casi muero por el mío.*

—¿Qué hijo? –pregunta Arthur. Tose, y se retuerce del dolor en su garganta.

—¿A ti qué te importa, Arthur Couch? Yo estaré allí, para romper tu cuello como corresponde.

Arthur comienza a arrastrarse, lejos del demonio, con mucho cuidado poniéndose de pie, aunque pierde el equilibrio y vuelve a car.

—¿Entonces qué? ¿Querías más, y entonces hiciste un pacto con las brujas Grace para abandonar tu bosque?

—¡Sí, exacto! Quería probar la libertad, poder dejar estas raíces; pero estas raíces debían cambiar, debían tener un dios de reemplazo.

—Los demonios que le diste apenas pudieron reemplazarte.

—Ni los demonios, ni los santos mismos, no; pero sí la vida y la muerte en todos ellos. Es el ciclo, ¿no lo ves? La vida y la muerte. Eso es lo que yo soy, eso es lo que siempre ha sido el corazón de mi bosque. Yo me liberé al darle a ese corazón un canal diferente.

Ahora Arthur puede ver lo que el demonio está haciendo: está acariciando el Árbol de los Huesos, persuadiéndolo para que se abra, para que la pesada corteza blanca se retraiga de la fisura.

—¿Vas a volver a entrar?

—Estoy plantando una nueva semilla, Arthur Couch.

—¿Con qué?

Y entonces Vaughn sonríe otra vez.

—Aquí viene.

Una risa irrumpe detrás de Arthur, y este se da vuelta.

Alguien está viniendo, y arrastra algo consigo.

Arthur se pone de pie, aferrándose al altar para no caerse.

Es el demonio… Baeddan.

Arthur se acerca, pero Baeddan no puede verlo. Su capa ya destrozada se engancha en un arbusto y se desgarra aún más, pero Baeddan sigue, arrastrando violentamente su premio.

—¿Baeddan? —dice Arthur.

El demonio levanta la vista y sonríe.

—Tengo al santo, ¡y tengo el santo! Será amarrado al Árbol de los Huesos, Arthur Couch, por ahora y por siempre, ¡y yo seré libre! Ah, tengo tanta hambre.

El pánico se apodera de él. Arthur corre hacia Baeddan.

—¿Rhun? —dice como puede, deteniéndose de golpe cuando llega al borde de la arboleda.

—¡Ja, ja, ja! —dice Baeddan, para luego convertir esa risa irónica en una carcajada diabólica.

Lo que Baeddan arrastra consigo es un cadáver. Mientras se acerca a Rhun, lo único que Arthur llega a oír es un zumbido constante. Baeddan toma al santo del cabello para levantarle la cabeza. Es John Upjohn.

La energía en el gesto de Baeddan hace que los ojos del pobre hombre queden medio abiertos cuando tira de la cabeza hacia arriba, y su mandíbula queda floja, dejando la boca abierta en el aire. Sus brazos le cuelgan a ambos lados y la única mano que le había quedado está manchada de sangre y queda casi rozando la tierra. Tiene el pecho cubierto de tierra y hojas, y el frente de su jubón está destrozado.

—Está muerto —dice Arthur suavemente.

Baeddan resopla y luego arrastra a Upjohn del cabello. Le arranca unos cuantos mechones de pelos rubios mientras lo hace, y Arthur se adelanta.

—¡Suéltalo ahora! Déjalo ir —grita Arthur. Pero Baeddan gruñe, mueve los brazos para todos lados y golpea de revés a Arthur.

El dolor del golpe le bloquea la visión. Se ha mordido la mejilla con los dientes, y ahora tiene sangre saliéndole de la boca. Parpadea varias veces seguidas para que las estrellas que le cubren la visión desaparezcan, y trata de acercarse a Baeddan una vez más.

—¡Detente, Baeddan! —Toma a Baeddan de su pecho desnudo y cubierto de cicatrices y lo golpea fuerte.

Baeddan gruñe.

Arthur se agacha ante John Upjohn, intentando que el dolor que siente no se refleje en su rostro, pero no hay manera: le cuesta respirar. Escupe sangre, que cae sobre las hojas secas. El viejo santo está tieso. Muerto. Un enorme rasguño le atraviesa el ojo izquierdo y llega hasta el labio.

—¿Muerto? —murmura Baeddan.

—Muerto —dice Arthur, como si fuese una maldición.

—Muy bien entonces —Vaughn se les acerca lentamente, habiendo ya observado el drama desde el centro de la arboleda—. Supongo que sí nos serás de utilidad después de todo, Arthur Couch.

—El pacto se ha roto —le dice Rhun a Judith y Ben, que observan los restos aún ardientes de su brazalete. Rhun no tiene intención de esconderlo. Se pregunta si Arthur ya se habrá dado cuenta, si Mairwen lo puede sentir, y si los tres llegarán a reencontrarse.

—¿Qué vamos a hacer? —pregunta Ben otra vez.

Y de repente, al ver a la pareja allí bajo la poderosa luz del sol, algo plateada por las nubes, Rhun finalmente comprende. Allí está la respuesta. En el *vamos*.

Todos eran cómplices en ese secreto, incluso si no lo sabían. Así que todos iban a tener que ser igual de cómplices en la solución.

No sería un puñado de personas tomando decisiones por los demás, no las brujas Grace, ni siquiera él o Arthur. Todos los que se benefician o sufren deben decidir juntos. El calor le sube por el rostro, una especie de sabor a triunfo.

—Lo solucionaremos juntos. Todos los que conformamos Las Tres Gracias.

—¿Cómo? —pregunta Judith.

Rhun Sayer sonríe.

—¡Todos nos convertiremos en santos, Judith! Vengan conmigo al pueblo.

Habiendo dicho eso, avanza. Su revelación se despliega en su espalda cual alas.

Cuando llega a las primeras casas, disminuye la velocidad.

–¡Gente de Las Tres Gracias, soy Rhun Sayer! –les grita–. Ustedes me nombraron su santo. Ahora, por ese honor, les pido que me escuchen. Acérquense al centro del pueblo ahora mismo. A la fogata. Traigan abrigos y botas. ¡Traigan un arma si lo creen necesario! ¡Pero acérquense! Soy Rhun Sayer, su vigesimoctavo santo, y les estoy pidiendo un favor.

Rhun sigue caminando, se va metiendo por las calles laterales, grita su mensaje una y otra y otra vez. Pronuncia los nombres de las personas que se va encontrando en el camino, los invoca con el poder de sus familias y las historias.

–¡Soy Rhun Sayer! –grita desde la plaza. Planta sus pies y se lleva las manos ahuecadas a la boca para usar como megáfono.

–¡Escúchenme!

Más y más personas se van agolpando en la plaza, algunos lo hacen muy lentamente, pero otros llegan como si hubieran esperado toda su vida ser llamados. Este detalle a Rhun no se le escapa: los primeros en llegar son niños y los muchachos más jóvenes del pueblo, los candidatos a santos y sus familiares y sus amigos.

Rhun los saluda con un gesto de la cabeza. Su pecho se le revuelve por el esfuerzo y saca chispas de tanta emoción. No tiene miedo ni tampoco se siente feliz, no está maravillado ni tampoco está al borde del pánico. Está listo en verdad, como nunca antes lo había estado, porque ahora ya no hay nada para ocultar.

Rhun Sayer quiere vivir, pero es más que eso: quiere que todos lo vean. No a su destino o lo que él les había prometido que haría, y también desestimando cualquier tipo de asignación mística que haya decretado que él es el mejor. No, él quiere que todos vean las respuestas a todos los secretos en su corazón: los ama tanto, y ama este valle tanto, que necesita convertirlos a todos en santos. A todos y a cada uno de ellos. Ha cambiado, y todos deben cambiar con él. Deben poder elegirlo. A nadie se le dirá otra mentira. Nadie será inocente. Todos elegirán juntos.

Rhun ve llegar a su madre… y a su padre. Ve al padre de Arthur, y a Cat Dee, Beth Pugh y a su hermano Ifan. Los Sayer llegan todos juntos. Y también todos los muchachos que esperaban ser el santo en su lugar.

Y recién entonces, solo entonces, Rhun sonríe.

Unos pocos aldeanos le devuelven la sonrisa, porque ellos siempre le sonríen a Rhun Sayer. Es instintivo.

–Gracias –les dice–. Gracias por hacer a un lado su trabajo, o su miedo, y venir a escucharme. Ustedes ya saben de qué se trata este pacto bajo el cual hemos estado viviendo por doscientos años. Todos los santos han muerto. Ninguno había sobrevivido hasta John Upjohn, y ahora yo. Mairwen, Arthur y yo intentamos volver a sellar el pacto. De hecho, lo logramos, pero no duró lo que tenía que durar –levanta su brazo–. El hechizo se ha roto. El pacto ya no existe. Porque no lo sellamos con muerte. No hay un equilibrio con la vida que nos es dada. ¿Cómo podemos esperar vivir de la manera que lo hacemos sin ningún tipo de sacrificio? –Rhun ríe suavemente y con algo de enojo ante la ignorancia en la que había vivido todo este tiempo. Sacude la cabeza y pasa la mirada por sus amigos, sus vecinos y su familia, todos reunidos para oírlo. Se miran todos entre ellos y lo miran a él. Silencio. Como si nadie estuviese dispuesto a discutir, aunque aún no logran ponerse en sincronía con él tampoco.

–¡Ahora vamos a morir! –grita alguien en el fondo.

–Siempre morimos –responde Beth Pugh.

Gethin Couch se pasa al frente.

—¿Entonces vas a morir tú, Rhun Sayer? ¿Y mi hijo? ¿Cómo reharemos este pacto?

—No lo sé —dice Rhun—. Pero debemos hacerlo todos juntos, todos nosotros. Todos los que se vayan a beneficiar deben estar de acuerdo con el precio a pagar. Todos deberemos sostener el peso de esa carga juntos —Levanta ambas manos—. Vengan conmigo al bosque, ¡todos ustedes!

Gritos de protesta y miedo acallado estallan por los aires, aunque aquí y allá también se oyen algunos elogios prometedores.

Rhun vuelve a asentir con la cabeza, mirando a los ojos a todos los que puede.

—Sean valientes —les dice—. ¡Sean su mejor versión! Mamá, papá, todos los Sayer, sé que lo tienen en la sangre, lo sé. Y tú, Braith Bowen, tú eres fuerte y quieres que tu familia esté a salvo. Tú, Beth, y todas ustedes, mujeres. Ustedes saben lo que se siente. Hermanos y hermanas que no pueden imaginarse otra cosa, permítanme que les muestre esto.

—Tú no eres nuestro líder, Rhun Sayer —grita Evan Prichard—Eres joven. Un santo, claro, pero sigues un joven y, por tanto, muy imprudente. Tú y tus amigos son los que lo han cambiado todo. ¡Estaba funcionando a la perfección! ¿Por qué íbamos a querer que las cosas cambiaran?

—Estaba funcionando, pero el precio era mi vida—dice Rhun.

—¡Y tú ya sabías eso! ¡Tú competiste por el honor!

Algunos están de acuerdo con esas palabras, pero Rhun llega a ver en otros el deseo de que logre disuadir a Evan Prichard. Ellos esperan que Evan esté equivocado. Pueden sentirlo, es solo que no pueden convencerse a sí mismos.

—A mí también me mintieron —dice Rhun—. Yo creía que tenía una oportunidad. Baeddan Sayer no caminó hacia una muerte certera. ¡Y John Upjohn deseaba con todas sus ganas sobrevivir! ¡Carey Morgan tenía una hija en camino! ¿Quién puede asegurar que ellos habrían competido para convertirse en su santo de haber sabido lo que sabemos ahora? Tú, Per Argall, ¿te habrías parado a mi lado y habrías respondido la pregunta sobre qué te hace el mejor de haberlo sabido?

La emoción en los ojos del muchacho es visible: ha cerrado los puños, pero no desvía la mirada.

—No lo sé, Rhun —admite Per, tranquilo y afligido.

—Ninguno de nosotros puede saberlo —dice Rhun—. Pero era nuestro derecho tomar una decisión real. Ser en verdad valientes, ¡saber! Sin esa verdad, cada alegría en este valle estará construida sobre una base rota, sobre un secreto que nos está matando.

Nadie abandona la plaza. Todos observan a Rhun, esperando su próximo suspiro, como si fuese una pieza de Dios.

Rhun siente ese peso. Siempre lo ha sentido. Así que respira profundo y vuelve a hablarles.

—Todos nosotros tenemos nuestra mejor versión guardada dentro de nosotros. Solo debemos elegir permitir que ese lado nos gobierne. Y esas mejores versiones de cada uno de ustedes saben lo que yo sé: debemos hacer esto juntos. Permítanme que les muestre el Bosque del Demonio.

Y es justo en ese instante que se oye el grito de una mujer:

—¡El demonio se llevó a John!

Es Lace Upjohn, que solloza y arrastra a su hija con ella.

—¿Qué? —Rhun se dirige hacia ella, y la multitud se divide para dejarlo pasar.

—¡Ese demonio, Baeddan Sayer, a quien tú sacaste del bosque, entró en mi casa y se llevó a mi hijo! ¿Qué harás al respecto, Rhun? —Su voz es acusadora.

Rhun acepta la culpa.

—Iré al bosque —dice apretando la mandíbula— y lo detendré. Lucharé por la vida de John y por las vidas de todos los que están aquí.

—Tal vez deberías dejar que el demonio se lo lleve —dice Gethin Couch. Y, juzgando por todas las cabezas que asienten y parecieran coincidir, no es el único que piensa de esa manera.

—¿Cómo te atreves? —dice Lace.

—Ya te habías despedido de él —responde Gethin, acercándosele al rostro.

—No dejaré que eso suceda, Gethin —dice Rhun.

—Pero algunos de los que estamos aquí sí. Ese es el pacto, como tú dijiste, y lo necesitamos.

—¿Vas a poder dormir esta noche, bastardo sin corazón? —grita Braith Bowen.

Evan Prichard le responde.

—Duermo todas las noches, a excepción de la noche de la Luna del Sacrificio, siempre consciente de que enviamos a un joven muchacho a morir en el bosque. Es exactamente lo mismo.

Demasiadas personas responden al mismo tiempo. Es cacofonía, y Lace Upjohn se limpia las lágrimas del rostro, toma un cuchillo del cinturón de Gethin Couch y se marcha en dirección al norte.

—¡Iré hasta el Árbol de los Huesos! —grita Rhun lo más fuerte que puede—. Vengan conmigo si quieren ser los mejores, si quieren merecer esta vida que todos tenemos.

—Mi hermana iría con ustedes —dice la pequeña Bree Lewis—. Así que yo también iré.

Per y Dar Argall dan un paso hacia adelante, con las hachas en mano.

—Guíanos, Rhun.

De un lado, sale Rhun padre con un arco y una flecha.

Cuando Rhun acepta el arma, su gesto dispara un alud de voluntarios. No todos, ni siquiera casi todos, pero Rhun no tiene tiempo para arengar a los que se resisten. Aceptará los que son, la mayoría hombres y mujeres jóvenes, personas que no han vivido tanto tiempo sin nada por lo que luchar y que, por ende, no saben cómo arriesgarlo todo. También los padres de algunos de esos jóvenes, y algunos familiares, y la mayoría del clan Sayer, Ben Heir también se les une, aunque le hace jurar a Judith que se quedará y se mantendrá a salvo.

Cuando Rhun enfila hacia el Bosque del Demonio, van con él todos aquellos aldeanos de Las Tres Gracias que siempre han deseado sentirse valientes.

Ramas y hojas golpean a Mairwen en el rostro mientras que baja corriendo la montaña. Sus pies parecen no estar tocando el suelo. Haf viene mucho más atrás, pero al menos no pierde el ritmo. Mair no puede aminorar la velocidad para esperarla, no cuando el bosque está a punto de salírsele por completo de su sangre. Se siente mareada por la falta de él. Su corazón le duele como si lo hubieran partido al medio.

Corre y se adentra en los campos de ovejas, apuntando al norte y al este, hacia el bosque. Le arden los pulmones, pero sus piernas son fuertes y sacude los brazos como si estuviera haciendo el aire a un lado para ir más rápido. El viento le golpea la cabeza, y los pétalos de una pequeñísima flor ondean tras ella, hechas añicos y cayéndosele del cabello.

Mientras corre por la parte trasera de su casa, observa la chimenea: no hay humo. Se da la vuelta para seguir, lista para avanzar por las pasturas de los caballos, pero nota que hay alguien dentro del patio, justo al lado de la puerta principal, que ha quedado medio abierta.

A pesar de que necesita continuar hasta el Bosque del Demonio, Mairwen corre más despacio ahora, con una sensación inexorable de terror.

Toma la decisión incluso antes de darse cuenta de lo que está decidiendo y corre con urgencia hasta su casa y atraviesa el portón. Es Hetty arrodillada frente a la puerta principal, con los brazos sobre la cabeza, doblada por la mitad. Sus dedos largos están enterrados en su cabello, los abre y los cierra varias veces.

–¿Hetty? –dice Mairwen, que aún debe recuperar el aliento.

La mujer levanta la cabeza: está llorando y tiene sangre en las comisuras de la boca.

–Mair, lo siento tanto… No pude detenerlo. Tu madre…

Mairwen trata de respirar tranquila y mantener la calma, y corre hacia el interior de la casa. Abre la puerta con tanta fuerza que la puerta golpea la pared y vuelve a cerrarse detrás de ella.

En la luz tenue de la casa, todo parece normal. La mesa de la cocina, los bancos, todos los racimos de hierbas secas que cuelgan de las vigas. Sus botas están donde las había dejado el día anterior… ¿El día anterior? Antes de ir al pueblo para la celebración. Están todavía allí, junto a la escalerilla que lleva a su habitación.

Con la única diferencia de que el fuego se ha extinguido, y las cenizas y los trozos negros de carbón se han salido del hogar como si el fuego hubiese explotado en una gran ráfaga.

Y del otro lado del hogar está su madre.

O lo que queda de la última bruja Grace.

Los ojos de Aderyn están cerrados, sus labios están apenas abiertos como si estuviese sumida en un plácido sueño. Las manos, relajadas a los costados, palmas arriba; y sus faldas están plegadas a la altura de sus pantorrillas. Es como si Aderyn se hubiese echado allí para dormir.

Pero su pecho es una masa de sangre oscura y violas nacientes, o algo parecido a las violas, si aquellas pequeñitas flores púrpuras crecieran en hiedras entrenzadas y gruesas.

Las flores perforan su corazón de adentro hacia afuera, erupcionando a través de sus costillas, por el esternón y también entre sus pechos.

Mair cae sobre sus rodillas y se queda allí junto a su madre, respirando como puede.

Pasa las manos por las mejillas de Aderyn, y luego por las flores. Con un dedo, peina la punta de uno de los pétalos. Luego, se cubre la boca para tapar su llanto.

Los labios de Aderyn se retuercen y respira una sola vez y muy suavemente.

—¡Madre! —grita Mairwen, tomando una de sus manos frías.

—Mairwen —murmura su madre.

—¿Quién te ha hecho esto? ¿Qué sucedió? ¿Qué puedo hacer?

—Estoy muriendo, pajarilla.

Las palabras son tan suaves que Mairwen debe inclinarse para oírla mejor.

—No. Debe haber algún hechizo que pueda hacer, algo que pueda decir para hacer desaparecer estas flores. El bosque... El bosque está yéndose de mí. Tendrá que alejarse de ti también.

Aderyn arruga la frente.

—Esta es la muerte para todas las brujas Graces. Brotan flores en nuestros corazones, y luego nos convertimos en flores nosotras también.

—Pero el bosque no te ha llamado. ¡No aún! Tú no has...

Los árboles se sacuden y la luz de la luna juega con ellos y arma figuras y rostros, intenta liberarse de esos árboles y les comparte su luz para regalarles

341

delgados velos plateados. Nueve mujeres con flores que les crecen en el pecho.
Delante de los árboles, todas excepto una, que

Mairwen intenta deshacerse del recuerdo que acaba de venirle a la mente. *¡No aún!*

—El bosque ha venido a mí. No necesitó llamarme —dice Aderyn con simpleza. Su voz suena demasiado débil.

—¡No! —Caen lágrimas de los ojos de Mairwen; una de ellas cae sobre el cuello de su madre y otra cae contra una hoja oscurecida con forma de corazón. Las hiedras se sacuden, se tensan, y su madre da un grito.

Mairwen toma una de las hiedras.

—¡Marchítate! —le ordena con toda la fuerza de su corazón. La hiedra se retuerce y se retrae, pero Aderyn lanza otro gemido.

—Espera, detente, pajarilla, y escúchame: ha vuelto al corazón del bosque.

—¿Qué? ¿Quién? —Se seca las lágrimas y tensa la mandíbula. En sus venas, la sangre bombea más fuerte. Necesita hacer algo, enfurecerse o correr o ir a encontrar el Árbol de los Huesos y exigirle que le obedezca.

—Vaughn. Él es tu… —La voz de Aderyn se pierde. Mair no entiende lo que su madre quiere decirle.

—¿Qué? ¿Lord Vaughn? Él no estaba en su casa. ¿Es que se ha ido? ¿Fue él quien te hizo esto?

—Sí.

—¿Por qué? —pregunta Mairwen, desesperada.

—Lo recuerdo. Cuando tú eras muy pequeña y antes de que nacieras incluso. Ha estado en mis sueños durante las últimas tres noches. Fueron sueños muy extraños… como si fuesen recuerdos incluso. Y yo… Yo… Lo recuerdo.

—Yo también. Todos lo recordamos —murmura Mairwen—. Recuerdo a… Recuerdo a su padre también. Creo que yo le agradaba.

—No era su padre. Vaughn no tiene padre. Él no es un hombre… pajarilla… Él es bosque y flores… piedras y barro… Todas las bestias juntas.

De pronto, Mairwen siente en sus oídos el estruendo de la sospecha. Es una suposición descabellada, una horrible ráfaga de verdad que desearía no tener.

—El viejo dios —murmura.

—Tu padre.

—No —Mairwen se aleja de su madre—. No. *No.* ¡Mi padre era un santo! Mi padre era Carey Morgan, y sus huesos están en… en el Árbol de los Huesos. ¡Toqué con mis dedos los huesos de sus mejillas y hasta pude ver sus ojos vacíos!

Mairwen lo recuerda todo con perfecta claridad.

—¡Soy la hija de una bruja y un santo!

Mairwen enfrenta a la muchacha del largo velo blanco, y la muchacha levanta la mano, señala a Mair y dice

—No —vuelve a murmurar Mairwen.

la muchacha levanta la mano, señala a Mair y dice:
—*Tú no eres una de nosotras.*

*T*odo es silencio.
La rodean unos árboles plateados, enredados con hiedras blancas y luz de la luna. El suelo bajo sus pies es una mezcla de tierra y piedras, sin señales

de pasto ni hojas caídas por ningún lado, y a través de las ramas las estrellas titilan contra el cielo, que no podría estar más oscuro esta noche. No llega a ver la luna. Seguramente esté demasiado baja. Faltan solo dos horas para el alba.

Se apoya sobre el hombro de Baeddan mientras van cambiando de posición y giran lentamente, danzando debajo de las luces en el cielo.

—Se están despertando —murmura Baeddan. Él le suelta la mano y saca la otra mano también de su cintura.

—¿Quiénes? —Mairwen mira a su alrededor. Se siente tan agotada, y también tan en paz, que podría cerrar los ojos y dormir apoyada contra el árbol más cercano, con los brazos de Baeddan abrazándola, y escuchar el latido errático de su corazón y sus extrañas canciones. Tal vez en sus sueños las palabras tendrán algún sentido.

Él se echa hacia atrás, incómodo, como si no supiera a dónde mirar.

—Mira, Mairwen Grace. Son tan hermosos.

De pie en el centro de la arboleda, Mairwen espera. Sola.

Filamentos de luz se cuelan desde las estrellas, bañando en luz la corteza del árbol, y todas las hiedras se estremecen y de ellas nacen flores violetas, que luego se tornan plateadas y blancas y luego tan grises como las cenizas antes de caer en silencio sobre la tierra.

Los árboles se sacuden y la luz de la luna juega con ellos y arma figuras y rostros, intenta liberarse de esos árboles y les comparte su luz para regalarles delgados velos plateados. Nueve mujeres con flores que les crecen en el pecho. Delante de los árboles, todas excepto una, que camina hacia Mairwen.

Contiene la respiración, pero no huye.

La muchacha se le acerca. A través del velo largo y blanco, Mairwen llega a ver sus ojos oscuros, su piel violácea, su boca un poco abierta, y el cabello oscuro que le cae enmarcándole el rostro y luego sobre los hombros.

—Hola —dice Mairwen. El corazón y el estómago inquietos, porque sabe quiénes son estas mujeres. *Son las brujas Grace. Su abuela y la madre de su abuela, y la madre de la madre de su abuela, y así hasta llegar a la primera de todas. Y esta aquí frente a ella, aquí mismo, la más pequeña, la primera Grace.*

La muchacha, Grace, levanta la mano bajo el velo para señalar a Mairwen. Mueve los labios, y el viento alrededor transporta su voz, como un susurro del viento.

—*Tú no eres una de nosotras.*

Mairwen sacude la cabeza, negadora.

—*Yo soy una Bruja Grace. Mi madre es Aderyn Grace, hija de Cloua.*

—*Las brujas Grace no vienen al bosque hasta que llegan aquí para quedarse.*

—*Vine al bosque porque mi padre era Carey Morgan, un santo, y sus huesos yacen aquí.*

Las otras mujeres con el velo murmuran entre ellas, se preguntan:

—¿Un santo?

—¿Eso es todo?

—¿Será esa la respuesta?

—¿Por qué su respiración dobla los árboles y su sangre convoca al viento?

Pero la primera Grace sacude la cabeza, el velo se sacude con el movimiento.

—*No. Los santos están todos en el Árbol de los Huesos, eso es verdad, pero tu corazón no está aquí para un sacrificio... Hija del bosque.*

—*Mi... mi sangre no convoca al viento* —dice Mairwen.

—*El demonio te obedece* —dice la primera Grace, con la mirada puesta fuera de la arboleda donde Baeddan Sayer está hecho un ovillo a un costado, con la cabeza gacha, hamacándose como si fuera un niño pequeño.

—*Pero...* —Mairwen siente la boca seca—. *Mi madre es una bruja y mi padre era un santo.*

La primera Grace presiona los labios. No parece ser mayor que Mairwen.

Tendrá dieciséis, o tal vez un poco menos. Mair quiere preguntarle sobre el demonio, sobre el viejo dios del bosque. ¿Ella lo amaba? ¿Qué era lo que veía tan hermoso en él? Mairwen siempre había pensado que hasta las peores cosas estaban repletas de belleza, y tal vez esta primera Grace supiera por qué. Pero, cuando abre la boca para preguntarle, la primera Grace se le adelanta.

–Detente.

Mairwen escucha, porque elige escuchar, no porque esté obligada.

El viento sopla a ráfagas, los árboles se estremecen, y los largos velos de luz ondean en el aire. Baeddan gruñe.

Antes de que Mairwen se dé cuenta de lo que está sucediendo, Baeddan está detrás de ella, con las manos sobre sus hombros. Se inclina hacia adelante y, con su mejilla apoyada en la de Mair, empuja su cabeza hacia un costado, y luego muerde la base de su cuello.

Ella da un grito, sorprendida.

–¡Baeddan!

–Lo siento. Lo siento mucho –murmura él, clavando sus dientes afilados sobre su piel nuevamente–. Ah, Mairwen Grace, ¡mira!

Los ojos de la primera Grace están clavados sobre la herida, y Mairwen intenta ver también, estirando el cuello. Sangre tibia cae sobre su clavícula.

–Crece para mí –susurra la primera Grace.

Las pequeñas estrellas que brillan y flotan en el aire ahora comienzan a caer como lluvia.

Mairwen siente una sensación algo incómoda en su pecho, algo que va deslizándose como un gusano hacia la herida que tiene en su hombro. Vuelve a desesperarse. Desea que esa sensación desaparezca. Se pone nerviosa y respira de forma entrecortada.

Abre los ojos muy grandes, pero lo único que ve es sangre oscura, casi negra a la luz de la luna.

El gusano llega al cuello y muerde los bordes de la herida. Mairwen cierra los ojos y siente una ola de energía, una chispa.

Baeddan se ríe.

—¡Mira!

Y ella mira, justo a tiempo para ver la diminuta flor púrpura emerger de su propia piel, que trepa por su cuello y luego hasta su mejilla. Le duele el ojo de tanto esfuerzo para fijar la vista en la flor, que pareciera besarla en la mejilla y luego desarmarse, cayendo al suelo, donde se marchita y finalmente muere.

—¡Mira! —grita Baeddan otra vez, mientras baila a su alrededor.

Le muestra su pecho. Con el brote de la sangre púrpura, nacen nuevas flores violetas y brillantes que se enredan entre sí. Luego, estas flores también se desarman, mueren y aterrizan en el suelo cual cenizas.

—El bosque está dentro de ti —dice la primera Grace.

Mairwen toca la sangre y la mira. Es roja, como es la sangre, pero es demasiado oscura.

—Tú puedes desarmarlo todo, o puedes rehacerlo.

—¿Qué? —dice Mairwen como puede, ya que sigue absorta con los ojos en los rastros de sangre en sus dedos.

—Tú eres una bruja y un dios, Mairwen Grace. Una muchacha y un bosque. O al menos podrías serlo, si te lo permites.

Unos brazos la abrazan por detrás. Es Baeddan, que se inclina sobre ella como si él mismo necesitase algo de consuelo. Acaricia con su nariz la mordida que tiene Mairwen, la besa, y también la lame para quitar algunos rastros de sangre. Mairwen se estremece, pero se siente más fuerte ahora que tiene sus brazos a su alrededor que sola con la primera Grace.

—Cuéntame qué sucedió —dice Mairwen—. Cuéntame la verdad.

La primera Grace sonríe tristemente.

—Me enamoré del bosque. Y el bosque también de mí. Y entonces hicimos una especie de intercambio de corazones. El mío está aquí, más grande y más fuerte de lo que jamás podría haber sido en la pequeña caverna que es mi cuerpo. Y yo soy solo muerte. Su corazón está allí fuera, y él es solo vida. Los santos son los que nos unen, los que conservan vivo el hechizo, los que mantienen el bosque medio vivo sin su dios. Porque el santo vive y también muere. Los santos siempre están vivos y siempre están muertos.

Baeddan se ríe.

—¿Qué sucedió con el viejo dios del bosque? —pregunta Mairwen.

—Él vive. Camina entre ustedes. Se aventura a salir lejos de su árbol, pero siempre retorna para el sacrificio.

Mairwen se toma de las muñecas de Baeddan y clava las uñas.

Él parece disfrutarlo, y la abraza más fuerte. Pero Mairwen busca la luna, y luego recuerda que hoy la luna está muy baja, muy, pero muy baja.

—El viejo dios del bosque ha abandonado el bosque.

—Pequeña Mairwen —dice la primera Grace—, me temo que el viejo dios es también tu padre.

Mairwen siente el pánico. Le llega muy poco aire a los pulmones, se le aceleran las pulsaciones, araña a Baeddan de la misma manera que él se araña a sí mismo. Es imposible. Su madre se lo habría dicho, o al menos no le hubiese mentido.

—Pero mi madre...

—Se olvidó —dice Grace, encogiéndose de hombros. Su velo apenas se mueve—. O ha olvidado algunos detalles. Nuestro hechizo se asegura de que así sea, de que el viejo dios sea olvidado.

—¿Y yo puedo cambiar eso? ¿Puedo cambiar el pacto? ¿Romperlo? ¿Deshacerlo? ¿Puedo hacerlo... siendo quien... siendo lo que soy?

—Solo si permites que él te cambie a ti primero, pero no recordarás que te conté esto. Ya hemos hablado demasiado de él.

Mairwen se aleja de la primera Grace, empujando a Baeddan al mismo tiempo, por lo que él también retrocede.

Con los ojos brillantes y puestos en Grace, Mairwen hace un pedido:

—Baeddan, llévame al Árbol de los Huesos.

Cuando abre los ojos, Mairwen lo recuerda todo.

Cada paso dentro del Bosque del Demonio, cada corte y cada árbol que debió escalar. Recuerda a las mujeres-pájaros y recuerda pedirles que la lleven hasta Arthur. Recuerda a Baeddan, que la encontró y la besó y recuerda el momento en que lo reconoció. Recuerda la muñeca de serbal, y recuerda pelear con él, gritarle; recuerda su entusiasmo, su canto alocado, su intención de arrastrarla por el pantano. Recuerda las brillantes manzanas rojas que él le había dado de comer, y los árboles a los que les habían salido rostros y garras, los lobos feroces y los muertos vivos pudriéndose, y las huellas en el barro, y cuando se dio cuenta de que Rhun también estaba en el bosque, y Baeddan estaba desesperado por ir a devorarlo. Recuerda a Arthur y a Rhun peleando sobre quién moriría, recuerda la miseria de ambos sobre cuán desesperadamente querían que el otro sobreviviese.

Recuerda bailar con Baeddan en aquella perfecta arboleda, recuerda la pena de él, su tristeza, y recuerda el momento en que las brujas Grace despertaron de sus tumbas.

Recuerda lo que la primera Grace dijo, y recuerda abandonar la arboleda para ir en busca del Árbol de los Huesos, donde estaba segura de que podría modificar el pacto y conservarlo dentro de ella misma. Recuerda contar los cráneos en el árbol, y también recuerda haber encontrado el de Carey Morgan. Cuando tocó el pómulo del cráneo de quien había sido su padre, sintió que era su despedida. Después de todo, no compartían la misma sangre.

Mairwen recuerda treparse al altar con Rhun y con Arthur, jurando que eso también liberaría a Baeddan, y luego todos ellos podrían irse a casa. *¡Puedo cambiarlo!*, dijo. Se dieron la mano para sellar el acuerdo, ataron amuletos tejidos a sus muñecas y gritaron: "Nosotros somos los santos de Las Tres Gracias", al mismo tiempo que el sol comenzaba a asomarse.

Recuerda a Sy Vaughn riéndose y ayudándola a juntar aquilea cuando era una niñita. Dos ojos color marrón oscuro.

Y ahora uno de esos ojos se ve diferente. Pero el cambio se dio luego de la Luna del Sacrificio de John Upjohn. Se volvió gris cuando el pacto se rompió. Cuando perdió el control.

Todas las memorias deambulan en su mente, opacas y terribles.

Su madre apenas respira, y entonces Mairwen se inclina hacia adelante para respirar para ella. Luego, besa sus labios y se pone de pie.

Le tiemblan las rodillas, y Mairwen se sujeta de la mesa de la cocina para no desplomarse. Sus entrañas se retuercen y se estrujan. Tose. Comienza a ahogarse, tiene arcadas, su cuerpo se inclina involuntariamente hacia adelante, tembloroso. Mairwen escupe otra flor y también pequeñas piezas de la corteza del árbol, duras y húmedas. Tiene otro espasmo, y esta vez las arcadas la ahogan.

Escupe el pequeño hueso de muñeca con forma de piedra que había sido parte de su amuleto.

La cabeza le da vueltas y el sudor le invade el cuerpo entero. Tiene la cara roja y las manos frías.

Mairwen se sienta.

Se ha terminado. Su magia se ha ido. El hechizo, las piezas del bosque. Todo se ha ido.

A rthur corre.

Está rodeado no solo de muertos vivos y mujeres-pájaros, lobos y árboles, sino también dos demonios. Baeddan da grandes saltos hacia él y luego golpea a Arthur en el pecho. Algo se quiebra cuando cae hacia atrás y en los enormes brazos del viejo dios.

Arthur lucha por liberarse, pero sus piernas y sus brazos están sujetos por garras más fuertes que el acero que lo arrastran hasta el altar. Arthur no puede creer que este vaya a ser el final… Amarrado al bosque, transformado como Baeddan, su corazón roto y su mente hecha jirones, sin Mairwen y sin Rhun. *Dios mío*, piensa, ¿qué hará Rhun cuando se entere?

–No, por favor –susurra, y luego se sacude por completo: dobla la columna, se agita, pero no puede conseguir siquiera un milímetro de libertad.

El demonio y el viejo dios del bosque lo empujan contra el altar, desparramando los restos de lo que había sido la fogata. Vaughn apoya la palma de su mano sobre el pecho de Arthur y varias hiedras explotan de la tierra, se trepan por el altar como si fueran serpientes y se enroscan una y otra vez en los brazos de Arthur, y también en su magullada garganta. Le perforan la piel, atándolo de las muñecas.

Arthur grita. Flores y hiedras que forman una red, y el viejo dios que se inclina para apoyar sus labios rojos contra la frente de Arthur.

–¿Vendrán a por ti, Arthur Couch? –murmura el viejo dios.

E l bosque se rehúsa a permitir que Rhun y compañía ingresen tan fácilmente.

Él y su padre llevan la delantera en una columna de aldeanos. Cargan con ramas y se abren camino, a veces talando hiedras que se les trepan por los pies, y todos deben luchar por seguir avanzando contra un viento helado y eterno. Avanzan, aunque lentamente. Algunos se rinden, se quedan sin coraje al ver una línea de dientes en el hueco de un árbol o al oír un grito que nadie más parece poder escuchar.

Algunas mujeres-pájaros rondan por los aires, tajando ojos, riendo y cantando para Rhun:

—¡Demasiado tarde, demasiado tarde!

—¡El dios está en casa!

—¡Ya hay un santo en el altar!

—Rhun Sayer, Rhun-Rhun-Rhun, ¿qué piensas hacer?

—¡Lo liberaré! —les responde Rhun de mal humor, imaginándose a John Upjohn atado y con su sangre manchando el altar—. ¡No tendrán su corazón!

Y entonces las mujeres-pájaros se ríen, revoloteando cerca de Bree Lewis y de Per Argall, que las ahuyentan con su cuchillo y su hacha respectivamente.

Muy alto en los árboles, los roedores cantan y los miran con desdén, guiñando ojos rojos, goteando podredumbre. Rhun escucha el pasar de las arañas, el aleteo de alas en descomposición. Su corazón late fuerte, y él reza para que no haya lobos cerca.

Sí que los hay, por supuesto que sí.

Uno salta sobre Braith Bowen, que grita del dolor, y su primo Dirk lo ataca con su hacha. Otros tres atacan también, y Rhun hace lo que puede para direccionar la defensa, pero es un lío de espadas y armas y gritos, hasta que finalmente los cuatro lobos yacen muertos. Bevan Heir recibió un corte muy profundo en el muslo y no puede continuar.

Muchos están sangrando, pero son heridas un poco más leves. Se pierden otras tres personas, que son quienes deberán cargar a Bevan hasta su casa.

Rhun está cansado, más de lo que había estado luego de estar tan solo una hora en el bosque la vez anterior. No puede imaginarse por qué esta resistencia es tan terrible, cuando el Árbol de los Huesos ya tiene a Upjohn, cuando Baeddan debe de estar allí perdido también, atrapado por el corazón del bosque.

De pronto aparece una mujer con un velo, acompañada de otras dos, y las tres dicen que no con la cabeza y levantan las manos para detener el avance de Rhun.

—Estamos dirigiéndonos al Árbol de los Huesos —dice Rhun—. Vamos a acabar con esto.

Las mujeres lo dejan pasar, pero se aseguran de pasar sus manos por los rostros y las manos de cada una de las personas que caminan tras él.

Cuando Mairwen Grace tenía diez años, creó un hechizo para despertar al fantasma de su padre. Constaba de un silbato de hojalata que le había prestado su hermana y trenzas de su propio cabello y pasto que había arrancado de las sombras del Bosque del Demonio, todo atado con un delgado moño rojo que Rhun Sayer iba a usar para el árbol "Mano de bruja" pero que al final ató al cabello de Mairwen.

Se mordía el labio inferior mientras arrastraba a Haf Lewis con ella por la colina hacia el Bosque del Demonio, preguntándose si el hechizo sería suficiente, o si debería haber agregado algunas gotas de su propia sangre al moño del amuleto. Ahora era la vida, la muerte y la bendición entre ambas, pero esta vez necesitaba una magia mucho mayor, tal vez demasiado para el hechizo de una pequeña bruja.

—Estamos tan cerca —dijo Haf, que le costaba respirar, y con los dedos helados del terror, aferrada con fuerza a Mair.

—Claro que sí. Él murió allí dentro, así es que debo estar lo más cerca posible.

Haf se detuvo y enterró sus pies en el pasto verde en la base de la colina.

—Tal vez esta sea distancia suficiente.

—No, no lo es. Pero quédate aquí si así lo prefieres. Yo solo avanzaré un poco más.

Los árboles altos y oscuros del Bosque del Demonio se mecían en un viento agradable de verano. Mairwen se puso de rodillas junto a la línea entre la luz del sol y la sombra y colocó el amuleto sobre su falda.

Haf apresuró el paso para alcanzarla y se arrodilló justó detrás de ella. Mair se dio vuelta y le sonrió como forma de agradecimiento. Se sentía mejor y hasta le provocaba más la sensación de estar haciendo lo correcto el sentir que tenía la conexión de su amiga al valle y el sol: Haf siempre irradiaba luz y estaba llena de vida. Mairwen decidió que tal vez ella misma podría ser parte del amuleto: el Bosque del Demonio era la muerte, Haf era la vida, y Mair era el hilo que los unía.

Pero no dijo nada.

Levantó el amuleto en sus manos, colocó los labios sobre la boquilla del silbato y sopló suavemente.

Sonó a una canción dulce, solo una nota.

Mairwen sopló más fuerte, gastando todo su aliento, y otra vez, y otra, en un ritmo parejo. Entre las notas, murmuraba el nombre de su padre:

—*Carey Morgan. Carey Morgan. Carey Morgan.*

No había ninguna sensación de calor o de cambio, nada que indicase que el hechizo había funcionado. Pero así es cómo funciona la magia, solía decir su madre. Funciona o no funciona. Una bruja necesita confiar en su poder y en su hechizo.

Haf tocó con su frente la espalda de Mairwen y pasó sus manos por la cintura de su amiga, acercándosele.

Cuando Mairwen susurró el nombre de su padre otra vez, Haf lo hizo con ella.

El Bosque del Demonio se meció en sintonía. Unas hojas oscuras que ya habían caído ondearon sobre el suelo, a varios metros de distancia de donde estaban Mair y Haf.

Algunos pensamientos invadieron su concentración: tal vez debería haber usado el amuleto durante la noche, ya que los fantasmas prefieren la noche… ¿no es así? Quizás debería ingresar en el bosque, arrodillarse en las sombras. O tal vez el moño estaba demasiado amarrado a sus sentimientos por Rhun Sayer como para ser el hilo que lo sujeta. Ah, pero ella deseaba tanto ver a su padre, preguntarle dónde se encontraban sus huesos para ella poder encontrar una manera de reunirlos a todos.

El sonido de un trozo de madera que se quiebra en los adentros del bosque la sobresaltó y la sacó del pensamiento en el que estaba inmersa. La canción desapareció. Miró con ojos muy abiertos las sombras del bosque, observó la luz cambiar a la distancia, hasta donde su vista le permitía ver.

Haf tembló. Sin darse cuenta, le clavó los dedos a Mairwen en la cintura.

Mairwen respiraba con cuidado, pero sus manos le temblaban también.

Una figura apareció en la distancia, solo una sombra con ojos brillantes. Fuerte e imponente, como un santo. Mair se puso de pie de un salto.

—¡Papi! —gritó.

Haf gateó y agarró a Mair de la falda.

—Mairwen —susurró.

La figura se agachó. Mairwen vio el destello de sus dientes como si la figura estuviese sonriendo o haciendo alguna especie de mueca o incluso gruñendo. Una mano en forma de garra tocó el árbol que tenía a su lado.

El pequeño corazón de Mairwen comenzó a latir más fuerte, y entonces ella también mostró los dientes.

Tenía miedo, y al mismo tiempo se rehusaba a sentir miedo.

Esto no era como esas ardillas de ojos rojos y los conejos malformados. No era como esos diminutos pájaros que revoloteaban entre las ramas oscuras, susurrando canciones con palabras humanas en lugar de gorjear y piar.

Mairwen sabía que no era el fantasma de su padre.

Su hechizo había atraído al demonio.

Mairwen dio algunos pasos para atrás.

—Vámonos, Haf —murmuró, retrocediendo, sin sacar los ojos de los del demonio hasta que estuvo lo suficientemente lejos del límite del bosque que la figura del demonio se desvaneció entre los árboles.

Seis años después, no duda en volver a cruzar el umbral, aunque esta vez está sola, sin hechizos que la protejan o al menos le ofrezcan algo de seguridad.

El bosque está tranquilo, le oculta su susurrar, la ignora como si la muchacha fuese tan insignificante para él que no hace falta siquiera molestarse.

Mairwen aprieta los dientes.

No es que ella no sea nadie. Ella es una bruja y la hija de un… de…

Es *algo* entre medio. No es ni un dios ni una muchacha común y corriente. No es un santo ni una bruja.

Mairwen corre. A sus pies descalzos les resulta fácil desplazarse, y

Mair se adentra entre los árboles. Es solo una muchacha en un vestido gris y haraposo.

Su respiración es fuerte, su mirada está concentrada solo al frente. Su ritmo cardíaco no flaquea.

En cuestión de segundos, salta por sobre el arroyo, avanza por entre los setos de bayas rojas, esquiva piedras y llega finalmente al pantano.

Conoce el camino porque lo recuerda todo. Se dirige directamente hacia el corazón del bosque.

Corre y corre, veloz y confiada como un ciervo.

El Árbol de los Huesos se eleva sobre la arboleda, y Mairwen se acerca con mucho cuidado. El corazón le late muy fuerte y sus oídos zumban. Exactamente como lo recuerda.

Y el suelo está cubierto de pequeñas flores púrpuras. Son pimpollos de violas.

Baeddan está apoyado contra el altar. Sobre la base del altar, hay una persona acostada, enredada y atada con hiedras y flores, derrama sangre de las muñecas y los tobillos. Mairwen se acerca aún más. Siente el terror presionando su garganta. Unos mechones rubios se escapan por entre las hiedras, y entonces ella sabe.

Antes de siquiera poder acercársele, ve también a John Upjohn tumbado en el suelo, claramente muerto. Siente las lágrimas en los ojos, pero se rehúsa a dejarlas caer. De ninguna manera.

—Arthur —dice ella, acercándose a John—. Arthur, ¿puedes oírme?

Baeddan levanta la cabeza.

—Retrocede, vete de aquí, bruja Grace.

Demasiado tarde.

—¡Mairwen! —grita una voz cálida, que hasta suena feliz de verla allí—. ¡Has venido!

Él está aquí: caminando alrededor de la base del Árbol de los Huesos.

Sy Vaughn, su cabello castaño rojizo sobre el rostro, brillante y veraniego. Le sonríe, su piel brilla como si hubiese estado al sol y sus ojos también destellan. Su tapado es marrón y verde, de cuero y terciopelo, y tiene piel de animal bordeándole el cuello. Ha pulido sus botas negras. Es la imagen de un hombre en perfecta salud y bonanza.

Sin embargo, y mientras desciende caminando sobre una raíz larga y curva en dirección a Mairwen, Vaughn comienza a mutar. Los ojos se vuelven más oscuros, y brotan espinas de sus mejillas. Los dientes se alargan y los labios se le tornan de un rojo intenso. Sus hombros se ensanchan, sus piernas se alargan, y la ropa ya le queda demasiado ajustada, se abre en jirones, causando la impresión de que ahora carga con alas de cuero y cintas de piel, y una especie de musgo grueso le baja por las caderas y los muslos. Le crecen cuernos en la cabeza, y se bifurcan una y otra vez hasta ser tan altos que se quiebran y se caen, convirtiéndose en hojas de otoño cuando llegan al suelo. Su cabello florece y las manos se convierten en garras. Hay plumas en la parte baja de su estómago, suaves y aterciopeladas como las de un búho.

Mairwen lo mira, maravillada.

Salta por encima del altar con pezuñas pesadas, redondas como las de un caballo, y estira los brazos; brotan más plumas y vuelven a caer. Su nariz se alarga hasta adquirir la forma de un pico, le salen colmillos, tan largos que sobrepasan la boca, que se retuercen varias veces antes de convertirse en hiedras que trepan por encima de sus hombros. Le crece liquen en la frente, y es de un naranja oscuro.

De pronto, comienza a hincharse y se vuelve de un color horriblemente púrpura. De su nariz cae sangre pálida, y sus ojos se vuelven blancos. La piel se descascara y cae, pero en lugar de carne y huesos, allí está él otra vez, luciendo perfectamente como él mismo: Sy Vaughn con cabellos cobrizos y piel suave y pálida.

—¿Lo ves, cariño? —le dice él.

Y el proceso vuelve a comenzar. Aunque esta vez su piel se endurece y se convierte en una especie de granito gris que luce exactamente igual a la piedra del altar, y luego comienza a palidecer hasta convertirse en la corteza blanca y resquebrajada del Árbol de los Huesos. Sus ojos son de un púrpura perfectos, como el de las violas.

—Tú eres el dios del bosque —murmura Mairwen.

—Tú eres mi hija.

Ella ignora el nuevo dato, lo hace a un lado, debajo del alocado latir de su corazón aterrado.

—¿Por qué regresaste al bosque ahora? ¿Por qué has herido a mi madre?

—La magia me ha llamado durante años. Era hora de venir a casa y rehacer el pacto yo mismo. Y en cuanto a Aderyn —Sy suspira, haciendo un sonido chirriante como el de una piedra chocando con otra—. Mi queridísima Aderyn estaba comenzando a recordarme finalmente, porque todos los hechizos estaban cayéndose a pedazos, y ojalá hubiese podido permitírselo... La extraño... Mi bruja favorita... Pero necesitaba su sangre.

—¿Para qué?

Vaughn balancea sus brazos hacia el altar, y hacia Arthur.

—Para consagrar un nuevo santo.

Mairwen se aproxima a Arthur, llevándose ambas manos contra el pecho.

—¿Es demasiado tarde? —le pregunta.

—¿Para él? Tomará el lugar de Baeddan, y volverás a hablar con él.

—Pero eso no es... No lo hagas —Mira los ojos de Vaughn, negros y marrones, e intencionalmente le mantiene la mirada mientras vuelve a rogarle–. Por favor…

Él se ríe: un temblor oscuro y placentero que hace vibrar el suelo debajo de los pies descalzos de Mair. De todas las direcciones llega el eco de la risa, son risas burlonas y aullidos. De repente, Mairwen se paraliza: no se había dado cuenta de que estaban rodeados de criaturas del bosque.

–Eso funcionó una vez, para salvar la vida de un santo, pero no puedo permitir que funcione de nuevo.

Mairwen piensa un momento. Se da cuenta de algo que no puede evitar pronunciarlo en voz alta.

–Pero tú sabías que permitir que John sobreviviera quebraría el pacto. Sabías que eso debilitaría la magia y… y a ti mismo.

–Eso fue lo único que alguna vez me pediste –Su voz ahora es suave, algo extraña entre los colmillos que cuelgan de sus labios rosados.

Mientras tanto, no deja de mutar, de transformarse, de morir y de volver a la vida.

Mairwen solo lo mira, estupefacta.

–Valió la pena… Por ti –agrega el viejo dios del bosque.

Mairwen parpadea, y unas lágrimas le caen rodando por las mejillas en líneas rectas.

–No sabía que te quería hasta que llegaste aquí –dice él–. Jamás había tenido una criatura antes que tú. Aun así, cuando naciste, me quedé junto a Addie y te sostuve en mis brazos. Fue la primera vez desde que había abandonado el bosque que había generado una vida, que había sembrado vida otra vez. Solía hacerlo. Aquí, en el bosque. Yo era parte de todo esto. La vida y la muerte, estrellas y putrefacción…

–Latidos y raíces –murmura Mairwen con él, temblando como una hoja.

Su padre sonríe.

—Te vi y me imaginé el día en que tú tendrías la edad suficiente para comprenderlo, para poder *verme*.

Mairwen no tiene palabras para el sentimiento que crece dentro de ella. Es liviano y es gentil, pero promete ser más, como el alba o el pan que aún está levando. Lo quiere, quiere vivir en él, a pesar de saber que no es real, no lo suficientemente real como para prevalecer. Pero Arthur está muriendo. Su madre está muriendo. Esta criatura (dios, padre, todo lo que es) no puede tenerlos.

—Tú me quitaste mi magia —dice Mair finalmente—. Me estaba cambiando, pero tú la absorbiste toda cuando viniste aquí.

—Habría muerto si no venía aquí y veía el corazón del bosque renacer. Es el pacto el que me mantiene libre, y ahora está completamente roto. Tú lo rompiste.

—Te habría visto mejor si te hubieses presentado cuando tenía espinas saliéndome de los huesos y flores en mi sangre.

Vaughn sonríe.

—Y podrías tener todo eso otra vez. Come una flor de su corazón y recupera ese poder, hija mía.

Mairwen mira a Arthur, mira las diminutas flores púrpuras que nacen de su pecho, las líneas de sangre que siguen cayendo por los costados del altar de piedra. Mira también a Baeddan, que está temblando, y cuya piel se está hundiendo hasta encontrarse con su cráneo. Él también está muriendo.

—Te conozco, Mairwen. Sé que quieres esto —dice el dios, extendiéndole la mano—. Tú eres todo lo que siempre he deseado. Eres valiente y descarada y poderosa, hija mía.

Mira hacia abajo. Mira las flores que se enredan con los dedos de Sy. Mair observa las flores que crecen y se enredan en sus pies. Detrás de él se abre un delgado camino de hiedras que trepan las raíces del Árbol de los Huesos y pintan su corteza blanca de verde y violeta.

—Estás destinada a este lugar porque mi sangre te hace parte de él, Mairwen —le dice Vaughn—. ¡La sangre de las brujas Grace y la sangre del bosque mismo! Oh... —Se ríe—. Podríamos tener todo esto. ¡Todo este poder! Tú y yo, ¡una familia! —La mano que le extiende le ruega que la tome, con dedos de madera retorcidos y una chispa de alegría salvaje—. Hija mía.

Ella quiere que él sea honesto. Quiere que la quiera por lo que es, no por poder.

Mairwen pasa sus dedos por los suyos, sus pulgares rozan la palma de la mano. Mira las líneas que se forman en esta piel-corteza y se lleva la mano de Vaughn a su rostro.

Hace presión, luego besa su pulgar. Huele a raíces de árbol con olor a humedad.

—Tú y yo, Mairwen —la incita el dios—. Nadie en Las Tres Gracias se opondrá a nosotros si estamos unidos.

—No —murmura suavemente. Su familia es Rhun y Arthur y Haf, su madre, sí, e incluso este diablo que la está tentando a quedarse. Los dedos de su pie se sienten fríos sobre el suelo del bosque, siente la energía vital que viene de las raíces y la tierra.

—¿No? —Vaughn está genuinamente sorprendido.

—Mairwen ya tiene una familia —anuncia Rhun Sayer desde el umbral de la arboleda.

Rhun levanta y baja los hombros cuando se detiene justo al borde de la entrada a la arboleda del Árbol de los Huesos para reponerse.

Había escuchado suficiente de la conversación entre Mair y el demonio para saber que este de aquí es el viejo dios, y el viejo dios es Vaughn y también el padre real de Mair. Su verdadero padre, que le está ofreciendo todo el poder del bosque que ella siempre ha deseado.

De alguna manera, esto no sorprende a Rhun. *No*, piensa él mientras mira a Mairwen tocar la mano de su padre y considerar. Tal vez *sí* esté sorprendido, es solo que no se preocupará por eso ahora. Ya tendrá tiempo de lidiar con estas revelaciones, pero no hay una gota de duda en su corazón sobre lo que Mairwen terminará haciendo. Probablemente esté más seguro de lo que ella siente que de lo que él mismo siente en este momento.

—Mairwen ya tiene una familia —dice con confianza, dejándose ver por completo.

Mairwen se da vuelta para verlo, y Baeddan gruñe y se pone de pie de repente.

El demonio, el dios, sonríe.

—Rhun, bienvenido, y bienvenidos todos los que hayas traído contigo. Bree, Per, ¡hasta Rhun padre! Nona, de ti no me sorprende… Braith, ¡e incluso tú, Cat Dee! Debes de estar muy convencida de lo que estás haciendo para haber llegado hasta aquí con esas pobres y viejas piernas. ¡Bienvenidos todos al corazón de mi bosque! Ah, ¿eres tú, Lace?

Todo el mundo reconoce a Sy Vaughn, a pesar de las espinas y las flores que forman una corona entre sus cabellos rizados, a pesar de los dientes filosos y los ojos negros. Su postura es tan noble como aquella postura a la que todo el pueblo siempre ha estado acostumbrado a verle, y su voz suena apenas un poco más grave.

Ahora todos lo recuerdan: jamás hubo un Lord Vaughn anterior a él, sino solo este, joven y guapo… El mismo… durante los últimos doscientos años.

—Rhun –dice Mairwen, pero Lace Upjohn salta al centro de la arboleda y se acerca al cuerpo de su hijo.

—Ah, John, ¡no! –murmura, y le tiemblan las manos–. Tú hiciste esto, Mairwen Grace.

Mair se aleja unos pasos, afligida.

—No. ¡Fue él! –dice Cat Dee–. ¡Esa cosa!

Todos los aldeanos que había seguido a Rhun tardan un poco en unírseles, titubeantes, bajo las ramas blancas del Árbol de los Huesos.

Es Vaughn que se acerca a Lace y se inclina a su lado.

—Lo lamento tanto, Lace. Celebraremos que tuvo otros tres años para vivir, para estar contigo.

Ella lo mira con ojos vidriosos, con la fría mano de su hijo entre las suyas.

—¿Qué eres tú?

—El bosque, querida. Soy el dios del bosque, y también tu Lord, a quien has conocido toda tu vida.

—Ahora recuerdo –murmura Lace. Lo mira, parpadea, pareciera no temerle.

—Estamos aquí para hacer un nuevo pacto –dice Rhun–, o para terminarlo para siempre, Vaughn. Todos nosotros.

El demonio le lanza una mirada fulminante. Se para sobre sus dos largas piernas. Bree Lewis y Ginny Argall se acercan a Lace, ayudándola a seguir junto a John.

—Bueno, Rhun Sayer, ¿qué te hace pensar que tienes derecho a negociar un pacto?

—No te daremos más santos. Estamos todos aquí para poder decidir *juntos* cómo será de ahora en adelante.

El demonio sonríe, y se ríe, un sonido como un trueno y campanas al mismo tiempo. Rhun está tenso, traga saliva.

—Arthur ya está en el altar —dice Mairwen suavemente, sus palabras viajan, y Rhun levanta la cabeza.

Sí hay un cuerpo en el altar, enredado en hiedras y cubierto de sangre.

—¡No! —dice, e intenta correr hacia Arthur.

Pero Baeddan lo detiene con un golpe de su brazo. Rhun cae al suelo, respira agitado. Se levanta tan pronto como puede. Su primo se le acerca y lo toma de ambos brazos para cantarle.

—No puedes pasar, santo-santo-santo. Esta es la única manera que tengo de ser libre-libre-libre.

—Baeddan, suéltame. Sabes que esto está mal. Arthur no es un santo. ¡Es uno de nosotros!

Rhun no cree lo que dice. Él cree que el corazón de Arthur también sería totalmente merecedor de semejante título, pero decide intentarlo. Dirá lo que sea que tenga que decir para poder avanzar hasta el altar.

Los ojos de su primo son más oscuros que el fango del río, apagados y quietos. La piel de Baeddan está hundida en la parte alta del cráneo, su respiración aumenta la velocidad y huele a humedad.

En la distancia, escucha que Mairwen dice algo, y el demonio responde, pero Rhun se limita a colocar sus manos sobre el pecho de Baeddan. Lo empuja, apoyando todo su peso sobre él.

—¡Déjame pasar!

—No puedo, primo... Hermano —Baeddan sacuda la cabeza y comienza a empujar a Rhun hacia atrás, y más hacia atrás, con la fuerza de una montaña. Muestra los dientes, puntiagudos, como hechos de granito. De su delgada piel en la mandíbula le salen espinas oscuras, como si estuviese mutando nuevamente.

—Yo lo amo —dice Rhun.

—Lo sé, pero eso no... No puedo detener... al bosque. Está dentro de mí. Y yo estoy dentro de él. Soy una llama en una antorcha y el vidrio que la recubre ha atrapado mi propio calor, santo. Yo soy… soy raíces y gusano de tierra. Repta dentro de mi estómago y hace cosquillas, Rhun Sayer. Créeme.

Baeddan se ríe, con los dedos apretando más fuerte los brazos de Rhun, dejándole magullones.

—Mis pulmones son hojas secas. Mi corazón… Mi corazón está hecho de pétalos de flores.

En los bordes de la arboleda aparecen espíritus… Son fantasmas que llevan puestos velos blancos. De repente, unas cien mujeres-pájaros vuelan en esa misma dirección, aleteando y lanzando maldiciones, seguidas de muertos vivos que llegan corriendo y cortan a los aldeanos con dedos filosos mientras gritan como locos. Unos lobos en descomposición aúllan, y luego pierden los dientes. Y todos en Las Tres Gracias se agrupan y llegan con sus hachas y sus escobas para defenderse.

—¡Deténganse! —les grita Sy Vaughn, con los brazos en alto, y las flores prendiéndose fuego en el cabello.

Los pequeños monstruos y los pequeños diablos salen disparados y desaparecen, y Rhun lo ignora todo, le cuesta respirar, y no aparta la mirada de su primo.

Rhun deja de luchar y se relaja.

—Muy bien, Baeddan. Ya comprendo —y así es. Rhun comprende. Y sabe lo que debe hacer para salvar a Arthur.

Baeddan relaja los hombros, vencido.

—Muy bien, muy bien. Lamento lo de Arthur. Su corazón durará. Durará, y él te recordará… por un tiempo. Y yo estaré en el Árbol de los Huesos, mirando con ojos vacíos y sonriendo una sonrisa hecha de huesos.

Baeddan se ríe de su horrible broma. Luego, suelta a Rhun.

Rhun toma el mango del cuchillo que tiene en su bota. Nada más le importa, solo mantener sus ojos clavados en la mirada oscura y alocada de su primo mientras que, con un movimiento veloz de su cuchillo, rebana su garganta.

—¿Lo ven? —dice el viejo dios del bosque luego de que Mairwen les anuncie a todos que es Arthur el muchacho en el altar y que Baeddan detenga el avance de Rhun—. Véanlo. Ya hay un santo que ha sido sacrificado. Y yo me ocuparé de la transformación. Tienen otros siete años, y lo único que necesitan hacer ahora es simplemente regresar a sus vidas.

—No me iré sin Arthur —le dice Mairwen a Vaughn, y luego mira a todas las personas de Las Tres Gracias que fueron valientes y siguieron a Rhun hasta aquí. Está orgullosa de todos ellos.

—No podemos dejarlo aquí a que muera, a que se convierta en lo que Baeddan se convirtió.

—Es la única manera de devolverle la vida al bosque, Mairwen. ¿Ves todas estas pobres criaturas? No están ni vivas ni muertas... Como Baeddan. ¿Permitirías que el bosque se pudra y perezca?

Haf sale de entre los árboles.

—¡Mair! Yo... —Se inclina hacia adelante y apoya las manos sobre las rodillas, intentando recuperar el aliento—. ¡Acabo de ver a tu madre! ¡Y a Hetty!

Mairwen aprieta la mandíbula.

—No puedes detener el sacrificio, Mairwen —dice Vaughn.

De alguna manera, su ciclo de transformación constante ha disminuido la velocidad, y conservando la forma de un veraniego Vaughn, con solo unos pocos indicios de salvajismo: espinas, cuernos, flores. Mairwen comprende que su intención no es asustar a nadie. Se ve como el dios de un cuento: hermoso y extraño, pero no monstruoso.

—Yo te detendré.

—No así —dice él con una sonrisa—. No a menos que comas una flor que brote de su corazón y recuperes tu poder.

Mair sacude la cabeza.

—Lord Vaughn, yo… Nosotros hemos venido con Rhun porque queremos saber la verdad. Queremos ser parte de las decisiones —dice Braith Bowen, con las manos en la cintura.

—¡Sí, así es! —dice Bree Lewis, que está junto al cuerpo de John Upjohn y agarrada del brazo de Lace.

—Déjanos llegar a un pacto contigo —le pide Nona Sayer. Ella está junto a Alis Sayer, Delia Sayer, su marido y una docena de hombres y niños Sayer.

El demonio rota los hombros y de ellos brotan plumas, que se convierten en alas gigantes.

—Sí —dice él, con una boca de colmillos curvos—, hagan el pacto conmigo. ¿Qué quisieran ofrecer a cambio de paz y prosperidad en el valle si no será uno de sus corazones?

Mairwen se coloca de cuclillas y apoya las manos sobre la tierra.

—Bosque —susurra—, necesito sentirte otra vez en mi sangre.

Hija del bosque. Mairwen Grace.

Los fantasmas de todas las brujas Grace aparecen sobre los límites de la arboleda. Mairwen inhala profundo mientras que las mujeres-pájaros gritan y los demás habitantes del bosque aparecen para arrojar piedras a los fantasmas, para rasgar las faldas y las botas de los hombres y mujeres que no pertenecen aquí, al Bosque del Demonio.

—¡Deténganse ahora! —ordena Vaughn, y los duendes, los muertos vivos y las mujeres-pájaro se van rápidamente y se esconden entre las sombras otra vez.

—Hola, Grace —dice él, volteándose hacia la muchacha más joven, que sonríe debajo de su velo.

—*Mi corazón* —dice la primera Grace—. *Ha pasado mucho tiempo desde la última vez que viniste a visitarme.*

—No pude volver a entrar una vez que el hechizo estaba hecho, mi amor.

—¿Cómo puedes amarla? —dice Mairwen—. La usaste para obtener tu libertad.

—La amo y la usé, pajarilla. La mayoría de las cosas en este mundo son más de una sola cosa.

Mairwen se pone de pie y se dirige a la primera Grace.

—Devuélveme mi poder.

—*Tú tómalo* —murmura Grace, sus labios apenas se mueven.

Un sonido gutural la distrae, y Mairwen voltea hacia Rhun justo a tiempo para verlo cortar la garganta de Baeddan.

Solo polvo y destellos de luz salen de la herida. No hay sangre.

La herida arde en las entrañas de Mair, como si ella misma acabara de ser apuñalada.

—¡No! —exclama ella, corriendo hacia el demonio moribundo.

Unas hiedras salen de la carne de Baeddan Sayer y lo abren por la mitad. Sale humo de su boca y también de sus ojos, como si fuesen lágrimas que caen hacia arriba. Muestra sus dientes afilados, que se salen, giran en el aire y luego caen contra el suelo. Baeddan sigue riéndose, echa la cabeza hacia atrás y toma a Rhun por los hombros otra vez. Rhun abraza a su primo, amándolo y al mismo tiempo temiéndole.

Caen juntos. El aire huele a fuego y a metal filoso, y Baeddan se deshace en las manos de Rhun, volviéndose brasas y cenizas, polvo y espinas filosas, e incluso flores, disecadas y descoloridas.

Las hiedras en el altar se retuercen y se ajustan, y brotan otras tres flores nuevas.

Caen lágrimas de los ojos de Rhun.

Mairwen, que también está llorando, se arrodilla junto a Rhun y estudia las flores y lo que queda de los frágiles huesos, y allí encuentra una bola de espinas que había sido el corazón de Baeddan. Toma el cuchillo que Rhun sostiene y con él se abre el pecho. Presiona el corazón de espinas sobre la larga línea de sangre que brota de su pecho. El corazón se desarma, y Mairwen termina lamiendo las cenizas, que quedaron en la palma de su mano.

Hojas y espinas explotan de la tierra y la rodean en una especie de nido violento.

Rhun se echa hacia atrás para alejarse de las espinas mientras que llama a Mairwen, y luego corre hasta el altar.

Casi todos los aldeanos presentes comienzan a retroceder, algunos pocos siguen a Rhun, y las mujeres Sayer rodean a Vaughn, usando flechas como espadas, incluso Nona sostiene un hacha en cada mano. Las mujeres espíritu se les acercan flotando, la primera Grace le sonríe a Vaughn, y la sonrisa se vuelve más grande ahora que las plumas de sus alas se convierten en cenizas. Su ciclo de vida y muerte comienza otra vez.

Dentro de su capullo de espinas, Mairwen se estremece y grita debido al pesado y resbaladizo correr de su sangre, mientras que hiedras y flores se liberan, se anudan en su estómago y le rompen los huesos. Su clavícula arde cuando las espinas vuelven a crecer, todas al mismo tiempo, y sus uñas se oscurecen.

En el altar, Rhun comienza a recortar las hiedras, se deshace de ellas como puede. Haf lo ayuda, y también se les unen el padre de Rhun y Braith. Allí ven la garganta de Arthur, y su boca, abiertas y con flores que siguen brotando de ambas.

–No podemos haber llegado demasiado tarde –murmura, tocando las mejillas de Arthur y luego sus labios–. Arthur, ¡despiértate! Baeddan ha muerto. No puedes morir tú también.

Rhun besa la frente de Arthur, mientras que los demás continúan desarticulando hiedras. Salta sangre cuando cortan las que están aferradas a sus muñecas y llevan espinas que ya se habían enterrado en su cuerpo.

Arthur se mueve, encorva la espalda. Abre la boca y grita en silencio.

Mairwen, aún atrapada dentro del nido de hojas, se toma de una hiedra y con sus espinas se corta las palmas de las manos. Donde cae su sangre, florecen flores en pequeños racimos blancos, como si fuese aquilea. Hace un tajo en el capullo que la encierra y se abre camino.

–Arthur, aquí estoy. Todo estará bien –dice Rhun–. No dejaré que el bosque se quede con tu corazón. *Es mío.*

–Deja ir a ese santo en el altar –ordena Mairwen al Árbol de los Huesos.

–No puedes derrotarme, hija –dice Vaughn–. Tu poder es solo vida, no muerte. Debes tener ambas. Debes permitir que te cambie por completo. Ese es el poder real: el cambio.

–Detenerte a ti será suficiente –responde ella. El bosque desborda por su boca, quemándole los ojos hasta que son negros como el carbón, y sus labios se resquebrajan. La aquilea florece y cae, y su cabello también es una especie de capullo en sí mismo, una maraña de cabellos que se enredan entre sí mientras unos brotes tiernos y verdes emergen y se enredan con las espinas.

Arthur Couch se sienta, tose sangre y pétalos. Escupe y luego se cae del altar, contra el pecho de Rhun. No puede enfocar los ojos, pero oye rugidos y campanas a su alrededor. Su cuerpo está débil, y Rhun lo ayuda a sostenerse en pie. Cada latido de su corazón retumba en sus huesos.

El Árbol de los Huesos cruje y se sacude, y de él brotan hojas color escarlata. La señal de que llegó la hora de una nueva Luna del Sacrificio.

—Mira —dice Mairwen a través de las flores en su lengua—. El pacto se ha roto otra vez. El árbol necesita un corazón, y ninguno de nosotros te dará el suyo.

—Sus cosechas se echarán a perder, la lluvia jamás vendrá, y sus bebés morirán —dice el viejo dios. Le crecen pelos debajo de sus mejillas, cuernos en la cabeza. Su espalda se contorsiona y su cuerpo es forzado a doblarse y pararse en las cuatro delicadas patas de un venado, y termina por transformarse por completo.

Este es mi árbol corazón. Todos sufrirán sin mí. Si me vuelven a encerrar aquí, dice mientras que esos pelos en las mejillas caen de a mechones y las astas de venado se convierten en ramas desnudas y el cuerpo entero se descompone hasta que solo quedan los huesos, que son cubiertos por nuevas flores; y entonces se eleva sobre dos patas: un oso, un hombre, una criatura de liquen y barro y arcilla, un hermoso hombre otra vez, con alas de murciélago y una boca de molares fuertes.

—Denme un pacto —les pide—. Hija... Te odiarán si no lo haces, si sus niños mueren, si todos ustedes comienzan a morirse de hambre. No serás bienvenida en tu propio valle, y no serás bienvenida aquí, donde tu corazón pertenece.

Mairwen lo observa fijamente. Ya está exhausta, siente dolor en todo el cuerpo y apenas puede aferrarse a la magia que sigue corriendo por sus venas, hinchándolas, oprimiendo su corazón.

—¡Tú eres una bruja, Mairwen! —grita Haf Lewis—. ¡Sé una bruja!

Mairwen mira a Haf, cuyas mejillas están manchadas de lágrimas, y luego mira a la primera Grace, que sonríe. Y mira a Rhun Sayer y a Arthur Couch, que están abrazados y apoyados contra el altar. Arthur la mira, y ella llega a ver que en su mano derecha Arthur sigue sosteniendo su chispero.

Ella le había dicho a Haf que ser una bruja era estar en el medio: ver ambos lados, todos los lados, ver lo que otros no pueden ver, y usar ese poder para elegir. Para cambiar el mundo.

Tu poder es solo vida, no muerte. Debes tener ambas. Debes permitir que te cambie por completo. Ese es el poder real: el cambio.

–Arthur –dice Mairwen–. Has lo que has venido a hacer.

El viejo dios grita, un poco con furia, un poco con gracia. El bosque entero se inclina hacia donde están todos. Los muertos vivos atacan, y las mujeres-pájaros chillan.

Mairwen decide no esperar. Corre hacia el Árbol de los Huesos, trepando sus raíces hasta el hueco negro que su padre había abierto. Se mete en el pegajoso y frío útero del árbol, gira y mira hacia abajo a Arthur.

Manteniéndose firme gracias al apoyo de Rhun, que lucha para mantener a los monstruos alejados, Arthur levanta el chispero. Sus labios pronuncian su nombre.

–Los amo –le dice ella, aunque nadie puede oírlo–. A los dos. Y a todos. Aférrense a mi corazón, y yo estaré bien. Ahora háganlo.

Se le inflan las fosas nasales, está lleno de furia y de coraje.

Arthur Couch enciende la chispa.

El altar se prende fuego, las hiedras secas y rotas, avivadas por la sangre y los pétalos de flores, también se encienden, y el viejo dios se ríe.

Se ríe porque un fuego no será suficiente para lastimarlo. El Árbol de los Huesos renacerá luego de que muera.

Pero la primera Grace, su Grace, se aparece delante de él y le sonríe.

—*Tu hija está en el corazón del árbol.*

El viejo dios mira en esa dirección y allí está Mairwen, metida en el interior, clavando sus uñas en el corazón del árbol, dejando que las flores que salen de su boca se entrelacen con la corteza blanca del árbol.

Arthur levanta una rama encendida, codea a Rhun, y luego se lleva el fuego consigo mientras que trepa el árbol para acercarse a Mairwen, y luego enciende las raíces del árbol con su fuego.

—¡No! —grita Rhun.

—Confía en mí —le responde Arthur—. Confía *en ella.*

Y entonces Rhun levanta una hiedra gruesa que arde y la acerca al pie del Árbol de los Huesos. Haf Lewis ayuda, y también su pequeña hermana. El resto batalla con las desesperadas criaturas del bosque, los muertos vivos, los pájaros, los roedores y los árboles cambiantes.

—Esto los arruinará —les advierte el viejo dios, que sigue pensando que puede detenerlos y que jamás le teme a la muerte y al inevitable renacer—. Mairwen, iré contigo. Renaceremos juntos.

—No —susurra Mair, pensando en su madre. Mairwen Grace *jala* su propio corazón, y el viejo dios flanquea y cae de rodillas.

—Mairwen.

—Padre —murmura ella por lo bajo, pero él llega a oírla. Muy en lo profundo de su ser y hasta en sus huesos, él puede escuchar su voz. Cuando el Árbol de los Huesos arde en llamas, Mairwen cierra los ojos y presiona las palmas de sus manos contra la herida que tiene en el pecho, a las ruinas del corazón cubierto de espinas de Baeddan, el corazón moribundo del bosque, la clave para el pacto. Lo hace crecer.

Salen flores de la boca del viejo dios. Sus manos se entrelazan con las raíces y se adentran en la tierra, quedando atrapado para siempre.

El fuego arde alrededor del dios y su hija, los abraza y proyecta una red de sombras que cubre el rostro de Mairwen por completo.

El viejo dios tose, y muere otra vez.

—Ahora será mío —dice Mairwen—. Mi corazón, mi bosque.

Hace crecer hojas en el hueco por el que ingresó al Árbol de los Huesos, y queda sola en medio de la oscuridad.

Solo que jamás estará sola, ahora su corazón pertenece a más de uno.

Cuando Mairwen, Arthur y Rhun se subieron juntos al altar, en los momentos finales de su Luna del Sacrificio, se colocaron en sus muñecas unos brazaletes hechos de huesos y se tomaron de las manos. Gritaron juntos las palabras de su hechizo, se apretaron más fuerte de las manos, ojos cerrados, cabezas echadas hacia atrás.

¡Somos los santos de Las Tres Gracias!

Se sentía como si se estuviesen ahogando: era doloroso y desesperante. Se sentía como el despertar luego de la más horrorosa pesadilla. Se sentía como el mismo fuego, y sus corazones latían tan rápido que parecían retumbar.

Cuando el Árbol de los Huesos quedó consumido por las llamas, la sensación fue exactamente la misma.

Solo hay fuego. No hay equilibrio, ni paz. Solo la destrucción ardiente que alcanzó cada punto, en todas las direcciones, e incluso arriba, bien arriba, en el cielo.

El viento da vueltas, arrastrando chispas provenientes del Árbol de los Huesos, y lanza ráfagas de fuego, que encienden árboles aquí y allí.

Las mujeres-pájaros vuelan demasiado cerca y luego ascienden a gran velocidad impulsadas por una explosión de llamas.

Rhun y Arthur se abrazan, y Haf Lewis coloca su mano en la espalda de Arthur. Su hermanita la toma de la mano, y Per Argall sostiene la de Bree, y así van en cadena, hasta que cada una de las personas en Las Tres Gracias que se ha quedado en el bosque se unió a otra, y ahora todos están unidos, tomados de las manos.

—Somos los santos de Las Tres Gracias —dice Rhun demasiado suave como para que alguien pueda oírlo por encima del sonido del fuego, pero es su plegaria y el bosque lo sabe.

Mairwen abre los ojos en el centro de la tormenta de fuego. Duele. Se pregunta si podrá morir más rápido, pero no… Tiene que estar con el árbol si quiere transformarse. Si quiere tomar todo el poder que le corresponde.

Y es a eso a lo que se aferra: a la transformación.

En el bosque, el paso de la vida a la muerte y a la vida otra vez es la chispa, la semilla de la magia.

La vida, la muerte y una Grace entre ambas.

Mairwen, en el medio. Siendo ambas. *Sobrevivirá.*

Sonríe mientras que el calor la envuelve y ya no puede respirar. Intenta recobrar algo del aliento, tose, no puede dejar de toser. Sus músculos sufren espasmos y se dobla por la mitad. Cae, se desploma y pierde la visión y la audición. Lo único que puede sentir ahora es el fuego.

El Árbol de los Huesos explota, fuego y cenizas, ramas encendidas e hilos de humo.

Arroja a las personas hacia afuera.

El humo y el viento causan revuelo, y nueve columnas de luz de luna se alargan y se alargan y luego se disipan contra el cielo oscuro del atardecer.

La luna aún debe elevarse.

El altar está partido en dos: en la parte superior, una pila de huesos y cabellos y nervios que se va desarmando de a poco. Todo lo que queda de Sy Vaughn, un espejo del Árbol de los Huesos, que ha sido destruido.

Entre el altar y el árbol, Rhun y Arthur se ayudan a levantarse.

Detrás de ellos, el espacio en el bosque está vacío. Las personas son las únicas allí ahora. Haf Lewis y su hermana están abrazándose con fuerza. Nona Sayer y su esposo también. Lace, junto al cuerpo de su hijo. Braith, Cat Dee, Ifan Pugh y Beth Pugh se miran entre ellos, aun sosteniéndose de las manos. Todos están cubiertos de cenizas y pétalos de flores.

Todo ha quedado en silencio, excepto por los sonidos de la gente que comienza a retirarse, murmurando cosas, y el ruido del bosque extendiéndose otra vez. El Árbol de los Huesos arde y se divide en tres.

—¡Mairwen! —grita Rhun, y su voz sale ronca y vacía. Arthur se da vuelta. Sus pulmones se sienten en carne viva, como si se hubiese tragado todo el fuego.

Nada le importa en ese momento más que ella, y se le acercan, alejando las cenizas y las raíces aún ardientes. Haf también se les une. Las lágrimas se le abren paso en las mejillas cubiertas de cenizas. Otros también se les acercan.

Unos minutos de búsqueda fallida, y Rhun y Arthur se reúnen nuevamente. Rhun se ve azotado, a punto de largarse a llorar, y Arthur quisiera tomar un cuchillo y arrancarse la piel, como si eso fuese a distraerlo. Pero, en cambio, solo se limita a abrazar a Rhun. Y la cabeza de Rhun cae contra la de Arthur, sus hombros se sacuden.

Nadie sabe qué fue lo que hizo Mairwen en realidad. Nadie sabe si el hechizo ha regresado a su lugar, o si hay un nuevo pacto, o si su valle ahora es como cualquier otro valle en el mundo.

–¿Cuál es la historia que contaremos? –murmura Haf.

Arthur pasa las puntas de sus dedos por la manga de Rhun para llamar su atención.

–Mira eso.

Hiedras de color verde están trepando por entre los restos del Árbol de los Huesos. Crecen y se elevan a una velocidad totalmente sobrenatural, cubriendo la corteza ennegrecida, descascarándola. Pronto las tres partes en las que el árbol se había dividido se ven más verdes que negras, más vivas que el carbón. Florece aquilea blanca.

Rhun toma la mano de Arthur. Arthur toma la mano de Haf, y los tres avanzan sobre las raíces que se desarman y las nuevas hiedras que florecen.

Se ayudan entre ellos a llegar hasta la base enorme del árbol, hasta donde las tres piezas del tronco convergen. No hay nada allí. Solo quedan cenizas, flores de aquilea y huesos muy pequeños.

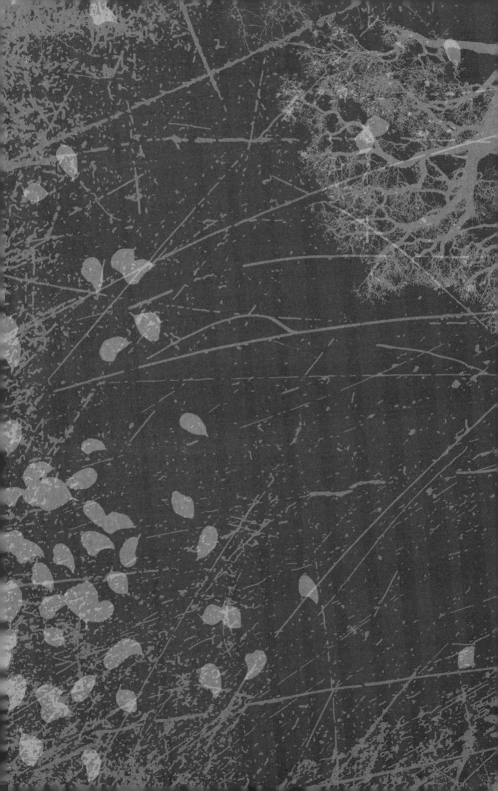

TODAS LAS MAÑANAS

Cada mañana, cuando sale el sol, Rhun Sayer y Arthur Couch esperan en el umbral del Bosque del Demonio. A veces, Haf Lewis los acompaña con una canasta de pan.

Han pasado doce días desde que el Árbol de los Huesos se prendió fuego. Ningún otro árbol se vio afectado. John Upjohn está enterrado en el cementerio, bajo el memorial exclusivo de los santos. De Baeddan había quedado demasiado poco, aunque Rhun llegó a recolectar unos pocos dientes e incluso una costilla. Haf y Hetty los acompañaron hasta la casa de Mairwen y su madre, donde el cuerpo de Aderyn Grace se había transformado e incrustado en el hogar, y de su pecho un pequeño retoño de árbol color gris se eleva a lo alto. Rhun y Arthur treparon hasta el techo y allí reunieron suficiente paja para darle algo de sombra al nuevo árbol.

Llegó la lluvia, la cantidad suficiente de lluvia, y la bebé de Rhos

Priddy no está muy bien de salud, pero sobrevive. La etapa de la siembra ha llegado a su fin, y una docena de personas han abandonado el valle, incluyendo al padre de Arthur.

Sin un pacto, se excusaron, ¿para qué quedarse donde no pueden alcanzar grandes cosas? Arthur simplemente se encogió de hombros y mudó sus pocas pertenencias del granero de los Sayer a la mansión de Sy Vaughn y se llevó un par de botas de Rhun con él. Rhun aún no está listo para mudarse de su hogar. No mientras que no sepa. Cuando el sol brilla sobre hojas rojas caídas, en lo único que puede pensar es en Mairwen.

Dos veces él y Haf subieron hasta la mansión de noche y se sentaron junto al espacio creado para nombrar a los santos, con tres velas grandes ardiendo, solo para observar la luz de la luna dar contra las ramas florecientes del Árbol de los Huesos. Arthur siempre los invita a pasar y les pide que les cuenten historias a los otros niños que viven con él: Per Argall es uno de ellos, y Emma Howell, de siete años, que dice que ella también quiere ser una santa. Arthur le dice que eso no es posible, pero solo porque ya no es necesario asignar ningún otro santo. Aun así, él prometió ayudarla a aprender cómo despellejar un conejo, prender fuego y hacer lo que sea que deba aprender para poder sobrevivir por su cuenta si alguna vez debe hacerlo.

Tres días tardan las quemaduras en las manos de Rhun, Arthur y Haf en sanar por completo. Más tiempo de lo que hubiesen tardado con el pacto, por supuesto, pero los tres se preguntan si no seguirá habiendo algo de magia involucrada. Nadie en el valle sabe o recuerda cuánto tiempo tarda una herida en sanar.

Una tarde, Arthur se quedó observando a Rhun mientras que ambos colocaban una serie de trampas para conejos. Rhun comenzó a sudar bajo la intensidad de su mirada y se apoyó contra un árbol. Arthur se quitó su capa de cazador y lo besó.

Rhun cerró los ojos y aceptó el beso. Dejó que Arthur hiciera lo que quería hacer. Al ver que Rhun iba a quedarse allí solo a recibir sus besos, los labios de Arthur se aflojaron y se pasearon por la mejilla de Rhun. Justo en ese momento parpadeó, y eso a Rhun le provocó cosquillas.

De alguna manera, este avance rompe una barrera que evitaba que Rhun se animara a preguntarle a Arthur que había estado haciendo en el Árbol de los Huesos mientras estuvo solo.

—Había ido a quemarlo —dice Arthur, sin moverse.

Solo hay unos diez centímetros de aire entre ambos.

—No deberías haber ido hasta allí.

Arthur se encoge de hombros y se toca sus propios labios.

Rhun no quiere evitar el tema, aunque tiene la mirada puesta sobre los dedos y los labios de Arthur.

—¡Todos debíamos decidir juntos! No importa lo que hayas aprendido ni cuánto hayas cambiado. Tomar una decisión por tu cuenta habría sido tan malo como todos los secretos y las mentiras que habíamos tenido. No puedes elegir por otros.

—Tampoco es que hubiese una decisión para *tomar*. El pacto no estaba funcionando, y tú lo sabes.

Rhun asiente con la cabeza, aunque se niega a aceptarlo. Lo invaden el arrepentimiento y la pena. Extraña tanto a Mairwen. Ella habría sabido cómo hablarle a Arthur para hacerle entender que él no puede cambiar a la gente solo tomando el control, incluso aunque se esté en lo cierto.

Arthur respira profundo.

—Quiero que regrese.

—¿Aun cuando sabes que era la hija del demonio?

—Siempre supimos eso —dice Arthur con una sonrisa irónica.

La mayor parte de la población de Las Tres Gracias no guarda rencores contra Rhun o Arthur, aunque algunos sí siguen mirando a Arthur de reojo, pero eso probablemente sea porque Arthur no ha perdido la costumbre de mirar con desdén y burlarse de los demás. Arthur cree que la primera vez que alguien muera a causa de alguna enfermedad, las semanas que le sigan a ese evento serán muy duras para los últimos santos del pueblo. Rhun les promete que van a lograrlo, que saldrán adelante. Rhun padre, Braith Bowen y Cat Dee idean algunos planes para almacenar más comida para el invierno y solicitan mejores informes sobre los animales y las cosechas en el valle en caso de que, en la primavera, necesiten enviar a alguien a la ciudad para que traiga más provisiones o más pollos o más de cualquier otra cosa. Encontrarán la manera.

Esta mañana ya han pasado solo dos semanas desde aquella última Luna del Sacrificio, y cuando el sol sale, también se asoma un delgadísimo rayo plateado, el de una luna sonriente.

Rhun se pone de cuchillas junto al borde del Bosque del Demonio con las manos cubriéndole su cabeza gacha. Hay luz que se esparce sobre Arthur, que está semidormido a su lado.

Un pájaro pía al alba, en la brisa gélida. No hay una sola nube en el cielo, y así el alba despierta al valle: rosa y dorado en el este, y un color crema en el oeste. Las estrellas aún brillan, aferrándose al último ápice de oscuridad. Rhun presiona sus dedos sobre el cuero cabelludo, dejando salir pequeñas fracciones de un dolor leve que lo ha estado acechando desde la última hora.

Arthur no está dormido, pero no está listo para abrir los ojos aún. Su espalda está fría, apoyada sobre el pasto amarillento, sobre el cual ha estado tumbado durante horas, y la punta de su nariz también se siente fría. Solo sus manos se sienten calientes, escondidas bajo el frente de su chaqueta. Está cansado de esta vigilia al alba, impaciente de saber si

Mairwen por fin dará una señal de que está viva o que está muerta. Si está muerta, él también querrá morir, pero Rhun lo necesitará. El no saber hace que su estómago se retuerza a cada segundo.

Entonces puede saborear la luz sobre sus labios.

Rhun coloca su mano en la cintura de Arthur, y el calor de su tacto a través de la tela de la camisa hace que Arthur abra por fin los ojos. Se sienta tomándose su tiempo y entreabre los ojos de a poco, toma la mano de Rhun y la sostiene por la muñeca. Observa el color de la cicatriz de las quemaduras, un rosa estridente, que brilla en paralelo a las líneas en la mano de Rhun.

—Ha pasado mucho tiempo —murmura Arthur.

Los dedos de Rhun se cierran sobre la palma de su mano.

—Ella me dijo que se casaría contigo.

Arthur se ríe, divertido.

—Ni siquiera le agrado.

Rhun solo mira, maravillado por la belleza de Arthur cuando se olvida de estar de mal humor. El alba acentúa la línea de la mandíbula de Arthur, y las capas de su cabello, y el resplandor en sus pestañas.

La expresión en el rostro de Rhun le recuerda a Arthur que sus manos están unidas y su risa desaparece para dar paso a la sospecha.

—Querrás decir que te dijo que se casaría conmigo si tú morías.

—No. Ella me lo prometió. Y luego dijo que, si yo sobrevivía, podría vivir con los dos.

—Ay, Dios santo —Arthur vuelve a reírse, pensando en el desastre que eso podría llegar a ser, pero aun así le agrada la idea.

Rhun se encoge de hombros, totalmente consciente de que Arthur está sosteniéndole la mano, con su pulgar acariciando la delicada piel de la palma de su mano. Eso le provoca escalofríos.

Aquí sigue habiendo magia, y tal vez la halla aún en todo el valle.

De pronto, Arthur se queda duro.

—Rhun —susurra—. Hay flores naciendo en el bosque.

Deambula por el bosque.

Tiene una sonrisa en su corazón que aún debe traducir para poder ponerlo en palabras, pero su cuerpo es nuevo, se ha transformado. Es menos niña que ayer. O que el día anterior. No está segura. Donde sea que camine, las raíces del bosque se eleven para que ella las acaricie, y las ramas de los árboles se estiran también para alcanzarla. El toque de sus manos invita a las hojas a brillar, a pesar de que el invierno ya se está acercando. El latir de su corazón es fuerte, bombea sangre fresca, como arroyos del bosque que jamás ven la luz del sol, a través de sus venas.

Si hace una pausa para cerrar los ojos, puede sentirlo todo: el valle entero. Sus pies se conectan a través de la tierra, sus manos lo hacen a través de los árboles que toca. Lo saborea en la lengua y puede oír su dulce canto también. El corazón se le acelera, y el valle se hace eco. Cientos de vidas que titilan con la suya. Personas. Pequeñas criaturas que chasquean los dientes. Pájaros, perros sabuesos, conejos y zorros y algunos ciervos también. Algunos tienen hambre, otros duermen. Algunos están cazando, y otros simplemente extienden sus alas ante la brisa. Están vivos.

Todos están vivos.

Ella no está estancada entre la luz y la oscuridad, o entre el valle y el bosque. Ella no es un hilo de magia o la pieza de algún amuleto. Ella no es una parte. Ella es el centro de todo.

El sol se eleva y ella se acerca al borde del bosque. Un demonio, una bruja, una jovencita, con ojos como una noche estrellada y dientes como los de un gato, y con espinas, con hojas que florecen y se enredan en sus cabellos, con pequeños pétalos blancos que flotan tras ella mientras camina.

La están esperando. Dos de los corazones: uno, ardiente; y el otro, perfectamente en armonía.

Ella sonríe, y es posible verle los dientes, que no son del todo afilados.

En lugar de aminorar la marcha, da un salto hacia adelante. Se zambulle sobre ellos. Los abraza a ambos. Uno apenas se queja cuando alguna parte filosa de su cuerpo le corta la piel, y el otro gruñe porque ella cae sobre él con prácticamente todo su peso. Pero ninguno de los dos la suelta. Ninguno de los dos la dejará ir.

Agradecimientos

Gracias a todos los que alguna vez me escucharon hablar sobre la desconfianza que me genera la magia y al mismo tiempo cuánto la deseo, y a quienes han debatido conmigo sobre brujas, bosques, dioses y género. Este libro nació durante esas conversaciones alrededor de una fogata.

A mi esposa Natalie, quien soporta la peor parte de mi magia y ansiedades de género. Seguida de cerca por Robin Murphy, a quien le he gritado durante veinte años por cuestiones sexistas en las bases del paganismo moderno. Solo lo lamento un poquito, y los amo mucho a los dos.

Gracias a:

Lidia Ash por la información sobre la limpieza de huesos y Gretchen McNeil por todas esas recomendaciones de terror que prácticamente no utilicé.

A mi padre y mis hermanos, por no inmutarse con mis mensajes de

texto llenos de preguntas especificas sobre como coser la mano de una persona al pecho de otra.

A mi agente, Laura Rennert, quien se niega a dejar de apostar por mí, a pesar de las cosas extrañas que le envío.

A mi editora, Ruta Rimas, quien no solo me ayudó a mejorar este libro, sino que identificó algunos de mis peores hábitos como escritora y no me permitió salirme con la mía. Eso vale su peso en oro.

Y gracias a todos los héroes anónimos en McElderry Books que corrigen, diseñan, producen y vende mi trabajo.

He recibido respuestas muy útiles de los siguientes lectores: Miriam Weinberg, Jordan Brown, Laura Ruby y Justina Ireland. ¡Les debo una!

Finalmente, a todos esos amigos que nos apoyaron a mi familia y a mí durante los últimos dos terribles años. Gracias. Si algún día me escapo al mar, quizás los traiga conmigo a todos.

Bandos enfrentados que harán temblar el mundo

¿Crees que conoces todo sobre los cuentos de hadas?

EL ULTIMO MAGO -
Lisa Maxwell

RENEGADOS -
Marissa Meyer

EL HECHIZO DE LOS
DESEOS - *Chris Colfer*

Protagonistas que se atreven a enfrentar lo desconocido

EL FUEGO SECRETO -
*C. J. Daugherty
Carina Rozenfeld*

JANE, SIN LÍMITES -
Kristin Cashore

HIJA DE LAS TINIEBLAS
Kiersten White

Dos jóvenes destinados a descubrir el secreto ancestral mejor guardado

ASY...

En un mundo devastado, una princesa debe salvar un reino

LA REINA IMPOSTORA - *Sarah Fine*

LA CANCIÓN DE LA CORRIENTE - *Sarah Tolcser*

REINO DE SOMBRAS - *Sophie Jordan*

Una joven predestinada a ser la más poderosa

CINDER - *Marissa Meyer*

EL CIELO ARDIENTE - *Sherry Thomas*

La princesa de este cuento dista mucho de ser una damisela en apuros

¡QUEREMOS SABER QUÉ TE PARECIÓ LA NOVELA!

Nos puedes escribir a vrya@vreditoras.com
con el título de esta novela en el asunto.

Encuéntranos en

facebook.com/VRYA México

twitter.com/vreditorasya

instagram.com/vreditorasya

COMPARTE
tu experiencia con
este libro con el hashtag
#extrañagracia